聊齋志異

精選本

蒲松齡著　張友鶴選註

中華書局

目錄

畫壁

江西孟龍潭，與朱孝廉[1]客都中。偶涉[2]一蘭若[3]，殿宇禪舍，俱不甚弘敞。惟一老僧掛搭[4]其中。見客入，肅[5]衣出迓，導與隨喜[6]。殿中塑誌公[7]像，兩壁圖繪精妙，人物如生。東壁畫散花天女[8]，內一垂髫[9]者，拈花微笑，櫻口欲動，眼波將流。朱注目久，不覺神搖意奪，恍然[10]凝想。身忽飄飄，如駕雲霧，已到壁上。見殿閣重重，非復人世。一老僧說法座上，偏袒[11]繞視者甚眾，朱亦雜立其中。少間[12]，似有人暗牽其裾[13]。回顧，則垂髫兒，囅然[14]竟去。履[15]即從之。過曲欄，入一小舍，朱次且[16]不敢前[17]。女回首，舉手中花，遙遙作招狀，乃趨之。舍內寂無人，遽擁之，亦不甚拒，遂與狎好。既而閉戶去，囑勿咳，夜乃復至。如此二日。女伴覺之，共搜得生，戲謂女曰：「腹內小郎已許[18]大，尚髮蓬蓬學處子[19]耶？」共捧簪珥[20]，促令上鬟[21]。女含羞不語。一女曰：「妹妹姊姊，吾等勿久住，恐人不歡。」羣笑而去。生視女，髻雲高簇，鬟鳳[22]低垂，比垂髫時尤豔絕也。四顧無人，漸入猥褻，蘭麝熏心，樂方未艾[23]。忽聞吉莫靴[24]鏗鏗[25]甚厲，縲鎖鏘然[26]，旋有紛囂騰辨之聲。女驚起，與生竊窺，則見一金甲使者[27]，黑面如漆，綰鎖挈槌，眾女環繞之。使者曰：「全未？」答言：「已全。」使者曰：「如有藏匿下界人，即共出首，勿貽伊慼[28]。」又同聲言：「無。」使者反身鶚顧[29]，似將搜匿。女大懼，面如死灰[30]，張皇[31]謂朱曰：「可急匿榻下！」乃啓壁上小扉，猝遁去。朱伏，不敢少息。俄聞靴聲至房內，復出。未幾，煩喧漸遠，心稍安；然戶外輒有往來語論者。朱跼蹐[32]既久，覺耳際蟬鳴，目中火出，景狀殆不可忍，惟靜聽以待女歸，竟不復憶身之何自來也。時孟龍潭在殿中，轉瞬不見朱，疑以問僧。僧笑曰：「往聽說法去矣。」問：「何處？」曰：「不遠。」少時，以指彈壁而呼曰：「朱檀越[33]！何久遊不歸？」旋見壁間畫有朱像，傾耳佇立，若有聽察。僧又呼曰：「遊侶久待矣！」遂飄忽自壁而下，灰心木立，目瞪足耎[34]。孟大駭，從容問之。蓋方伏榻下，聞扣聲如雷，故出房窺聽也。共視拈花人，螺髻[35]翹然，不復垂髫矣。朱驚拜老僧，而問其故。僧笑曰：「幻由人生，老僧何能解！」朱氣結而不揚，孟心駭而無主。即起，歷階而出。

異史氏[36]曰：「『幻由人生』，此言類有道者。人有淫心，是生褻境；人有褻心，是生怖境，菩薩點化愚蒙，千幻並作，皆人心所自動耳。老僧婆心切，惜不聞其言下大悟，披髮入山[37]也。」

①孝廉——這裏指舉人。明清兩代的科舉考試制度：讀書人經過縣考和府考，被錄取後，再參加院考，考中的稱秀才。秀才經過三年一次的鄉試，考中的稱舉人。舉人經過三年一次在京城舉行的會試，被錄取後，再參加復試、殿試，考中的稱進士。秀才、舉人、進士，有很多別稱。由於漢代取士有郡國薦舉孝廉這一科目，所以明清用「孝廉」二字作為對舉人的別稱。

②涉——經歷、進入。

③蘭若——廟。印度語的音譯，原意是安靜的地方。

④掛搭——和尚寄住在別的廟裏的代詞。寄住是臨時性質，他們把隨身的衣鉢袋，掛在僧堂的鈎子上，以便隨時離去。掛搭，有時也被寫作掛褡、掛單。

⑤肅——恭敬的意思。這裏的「肅衣」，指衣服穿得恭敬整齊。後文《嬰甯》篇「肅客」，指用恭敬的態度招待來賓；《辛十四娘》篇「肅身」，指身體作行禮的恭敬姿勢。

⑥隨喜——在廟裏參觀。

⑦誌公——對寶誌的尊稱。寶誌是南北朝宋、齊時的和尚，信徒很多，在封建迷信的社會裏，有關於他的種種神異傳說。

⑧散花天女——佛家的神名。佛家神話：諸佛菩薩講道時，散花天女把花散在他們身上，考驗道心，道心不堅定的，花就留在身上，落不下去。

⑨垂髫——髫，幼女的垂髮。垂髫，一般作幼年的代詞。這裏指的是沒有結婚的少女。

⑩怳然——一般是覺醒的意思，這裏卻作神魂顛倒、迷迷糊糊解釋。後文《翩翩》篇「怳然神奪」，怳，也同「恍」，和這裏的解釋相同。

⑪偏袒——穿衣服只筒着一隻袖子，另一隻肩膀露出來，叫作「偏袒」。和尚穿袈裟，為了表示恭敬和便於操作，通常露出右肩，因而這裏借作和尚的代詞。

⑫少間——不久、一會兒功夫，後文其他篇裏的少時、少選、須臾、未幾、移時、俄、頃、俄頃、少頃、頃之、俄而，義均同。少間，有時也作稍稍休息、稍稍疏遠解釋。

⑬裾——衣襟。

⑭囅然——形容笑的樣子。

⑮履——這裏指腳步。後文《嬌娜》篇「飄然履空」，履是行走的意思；《葛巾》篇「暫時一履塵世」，履是降臨、到的意思。

⑯次且——要上前不敢上前、進進退退的樣子。也寫作趑趄。

⑰前——這裏作上前、向前解釋。

⑱許——如此、這般的意思。後文《青鳳》篇「一少年可二十許」，許是表示約數，二十許就是二十多的意思；《鳳陽士人》篇「不知麗人何許」，許是表示處所，何許就是何處的意思。

⑲處子——沒有結婚的女子、沒有和男子發生過性行為的女子。「處女」，義同。

⑳珥——耳上的珠玉飾物。

㉑上鬟——封建社會習俗：未婚的少女，頭髮是披垂的；已結婚的婦女，頭髮是梳上去結成髻的，當少女將要結婚時，要舉行一種儀式，把披垂的頭髮梳上去，這種儀式稱「上鬟」，也稱「上頭」。

㉒鬟鳳——古時婦女把頭髮繞成環狀，總結為髻，叫作鬟。鬟鳳，指髮形如鳳。後文《恆娘》篇「鳳髻」，義同。

㉓未艾——沒完沒了。

㉔吉莫靴——皮靴。

㉕鏗鏗——金屬物響聲的形容詞，這裏是形容皮靴聲。

㉖鏘然——鏘，在這裏是描述鎖鏈響聲的形容詞。然，是助詞。

㉗金甲使者——這裏指的是身穿黃金衣甲、負有一定使命的神。

㉘勿貽伊戚——不要找麻煩，不要後悔的意思。

㉙鶚顧——鶚，一種深目的猛禽。鶚顧，形容眼睛看人深入而有威力，令人可怕的樣子。

㉚死灰——火已熄滅的冷灰。這裏是用死灰來形容臉色敗壞，沒有血色。

㉛張皇——驚慌失措的樣子。

㉜跼蹐——害怕不安的樣子。

㉝檀越——施主。印度語「陀那鉢底」的意譯。

㉞耎——音義同「軟」。

㉟螺髻——螺旋形的髮髻。

㊱異史氏——本書作者蒲松齡的自稱。漢代司馬遷做過太史令，因而在他所著作的《史記》的《論贊》中，自稱太史公。本書作者在正文後發表的意見，屬於論贊體裁，但他認為所作的並非正史，所以自稱異史氏。

㊲披髮入山——打散了頭髮，逃入深山，永遠不和世人見面。原是消極避世的表示，這裏是修煉學道的意思。

勞山道士

邑有王生，行七，故家[1]子。少慕道，聞勞山多仙人，負笈[2]往遊。登一頂，有觀[3]宇，甚幽。一道士坐蒲團上，素髮[4]垂領，而神觀[5]爽邁。叩而與語，理甚玄[6]妙。請師之[7]。道士曰：「恐嬌惰不能作苦[8]。」答言：「能之！」其門人甚眾，薄暮畢集，王俱與稽首[9]。遂留觀中。凌晨，道士呼王去，授以斧，使隨眾採樵。王謹受教。過月餘，手足重繭，不堪其苦，陰[10]有歸志。一夕歸，見二人與師共酌。日已暮，尚無燈燭。師乃剪紙如鏡，黏壁間，俄頃，月明輝[11]室，光鑑毫芒[12]。諸門人環聽[13]奔走[14]。一客曰：「良宵勝樂，不可不同。」乃於案上取壺酒，分賚諸徒，且囑盡醉。王自思：七八人，壺酒何能遍給？遂各覓盎盂，競飲先釂[15]，惟恐樽盡。而往復挹注[16]，竟不少減。心奇之。俄，一客曰：「蒙賜月明之照，乃爾[17]寂飲，何不呼嫦娥來？」乃以箸擲月中。見一美人，自光中出，初不盈尺[18]，至地，遂與人等[19]。纖腰秀項，翩翩作《霓裳舞》[20]。已而[21]歌曰：「仙仙乎！而[22]還乎！而幽[23]我於廣寒[24]乎！」其聲清越，烈如簫管。歌畢，盤旋而起，躍登几上。驚顧之間，已復為箸。三人大笑。又一客曰：「今宵最樂，然不勝酒力矣。其餞我於月宮可乎？」三人移席，漸入月中，眾視三人坐月中飲，鬚眉畢見，如影之在鏡中。移時，月漸暗。門人然[25]燭來，則道士獨坐，而客杳矣。几上餚核尚存；壁上月，紙圓如鏡而已。道士問眾：「飲足乎？」曰：「足矣。」「足，宜早寢，勿誤樵蘇[26]。」眾諾而退。王竊忻慕，歸念遂息。又一月，苦不可忍，而道士並不傳教一術。心不能待，辭曰：「弟子數百里受業仙師，縱不能得長生術，或小有傳習，亦可慰求教之心。今閱[27]兩三月，不過早樵而暮歸，弟子在家，未諳此苦。」道士笑曰：「我固謂不能作苦，今果然。明早當遣汝行。」王曰：「弟子操作多日，師略授小技，此來為不負也。」道士問：「何術之求？」王曰：「每見師行處，牆壁所不能隔，但得此法足矣。」道士笑而允之。乃傳以訣，令自咒，畢，呼曰：「入之！」王面[28]牆，不敢入。又曰：「試入之。」王果從容入，及牆而阻。道士曰：「俛[29]首驟入，勿逡巡[30]！」王果去[31]牆數步，奔而入。及牆，虛若無物，回視果在牆外矣。大喜，入謝。道士曰：「歸宜潔持，否則不驗。」遂助資斧[32]遣之歸。抵家，自詡遇仙，堅壁所不能阻。妻不信。王傚[33]其作為，去牆數尺，奔而入，頭觸硬壁，驀然[34]而踣[35]。妻扶視之，額上墳起[36]如巨卵焉。妻揶揄[37]之，王慚忿罵老道士之無良而已。

異史氏曰：「聞此事，未有不大笑者。而不知世之為王生者，正復不少。今有傖父[38]，喜疢[39]毒而畏藥石，遂有舐癰吮痔[40]者，進宣威逞暴之術，以迎其旨。詒[41]之曰：『執此術也以往，可以橫行而無礙。』初試，未嘗不小效，遂謂天下之大，舉[42]可以如是行矣，勢不至觸硬壁而顛蹶，不止也。」

①故家——指祖先曾為官作宦的老家族。後文《嬌娜》篇「世族」，《王成》篇「世家」，《青鳳》篇「大家」，義同。

②負笈——出外求學的代詞。笈，書箱。古人出外求學，一般是背着自己的書箱的。

③觀——指道士住的廟宇。

④素髮——白髮。

⑤神觀——神氣。

⑥玄——在古代中國，皇帝的名字是不許臣民寫的；不得已要寫的時候，或缺末筆，或用代字；叫作「避諱」。清聖祖名玄燁，因此，在當時以及到清代末期，一般人寫「玄」字，或缺末筆作「𤣥」，或用「元」字代替。本書作者兼採兩種方法，按手稿本看出，這裏的「玄妙」，原作「𤣥妙」；後文《聶小倩》篇的「玄海」，原作「𤣥海」；《辛十四娘》篇的「玄霜」，原作「元霜」。這些避諱的地方，本書都一律予以改正，換用本字。

⑦請師之——請以他做老師。師，這裏作動詞用。

⑧作苦——勞動吃苦。
⑨稽首——我國古代人俯首至地的一種最敬禮。這裏指道士敬禮，深度的鞠躬。
⑩陰——私下、暗地裏。
⑪輝——照耀，這裏作動詞用。
⑫毫芒——毫，毫毛；芒，草殼的細鬚。毫芒，指細小、纖微。
⑬聽——這裏是聽候、聽命的意思。後文《阿寶》篇「不聽他往」，聽，是允從、聽任的意思。
⑭奔走——這裏是跑來跑去伺候着的意思。
⑮釂——乾杯。
⑯挹注——把液體從一個盛器倒入另一個盛器裏。
⑰爾——如此這般。有時兩個「爾」字連用，是加重語氣，如後文《嬰甯》篇「憨狂爾爾」。
⑱盈尺——滿一尺。
⑲等——相同。這裏指身長相同。
⑳《霓裳舞》——古代一種舞蹈《霓裳羽衣舞》的省詞。霓裳，白色的裙子。神話傳說：唐玄宗（李隆基）夢遊月宮，看見仙女舞蹈，醒後，就按照那歌調譜成《霓裳羽衣曲》，相應的舞蹈稱為《霓裳羽衣舞》。
㉑已而——這裏是等一會、然後的意思。

㉒而——這裏同「爾」字，作「你」字解釋。下一「而」字，義同。
㉓幽——禁閉、拘囚。
㉔廣寒——廣寒宮的省詞，指月。神話傳說：唐玄宗遊月宮，見月宮上有「廣寒清虛之府」這樣的題字。因而後來一般用廣寒宮作月宮的代詞。
㉕然——這裏同「燃」字。
㉖蘇——割取野草。
㉗閱——經歷了、過去了。
㉘面——這裏是面對、臉衝着的意思。後文《嬰甯》篇「請面之」，面之，與之見面的意思。
㉙俛——同「俯」字。
㉚逡巡——欲進不進的樣子。
㉛去——離開。
㉜資斧——旅費、盤纏。資斧本義指財貨，有些地方作錢財、費用解釋。
㉝傚——同「效」字。模仿的意思。
㉞驀然——猛然。
㉟踣——跌倒。
㊱墳起——凸起。

㊲揶揄——作手勢來加以嘲笑。

㊳傖父——傖，卑鄙無聊。傖父，卑鄙無聊的傢伙。後文傖楚（古時吳國和楚國不和，吳人呼楚人作「楚傖」）、奸傖等，和傖父義同。

㊴疢——疾病。

㊵舐癰吮痔——這是一個典故，指那種卑鄙無恥的諂媚手段。語出《莊子》：「秦王有病召醫，破癰潰痤者得車一乘，舐痔者得車五乘，所治愈下，得車愈多。」

㊶詒——這裏同「紿」，欺騙的意思。

㊷舉——這裏是完全、全部的意思。後文《青鳳》篇「果舉家來」，舉家，就是全家。

嬌娜

孔生雪笠，聖裔①也。為人蘊藉②，工詩③。有執友④令⑤天台，寄函招之。生往，令適卒，落拓⑥不得歸。寓菩陀寺，傭為寺僧抄錄。寺西百餘步，有單先生第。先生，故公子，以大訟蕭條，眷口寡，移而鄉居，宅遂曠焉。一日，大雪崩騰，寂無行旅。偶過其門，一少年出，丰采甚都⑦。見生，趨與為禮，略致慰問，即屈降臨。生愛悅之，慨然⑧從入。屋宇都不甚廣，處處悉懸錦幕，壁上多古人書畫。案頭書一冊，籤⑨云：《瑯嬛瑣記》⑩。翻閱一過，俱目所未睹。生以居單第，意為第主，即亦不審⑪官閥⑫。少年細詰行蹤，意憐之，勸設帳⑬授徒。生歎曰：「羈旅⑭之人，誰作曹丘⑮者！」少年曰：「倘不以駑駘⑯見斥，願拜門牆⑰。」生喜，不敢當師，請為友。便問：「宅何久錮⑱？」答曰：「此為單府。曩以公子鄉居，是以久曠。僕，皇甫氏，祖居陝。以家宅焚於野火，暫借安頓。」生始知非單。當晚，談笑甚歡，即留共榻。昧爽⑲，即有僮子熾炭於室。少年先起入內，生尚擁被坐。僮入白：「太公來。」生驚起。一叟入，鬢髮皤然⑳，向生殷謝，曰：「先生不棄頑兒，遂肯賜教。小子初學塗鴉㉑，勿以友故，行輩㉒視之也。」已㉓，乃進錦衣一襲，貂帽、襪、履各一事[24]。視生盥櫛[25]已，乃呼酒薦[26]饌。几、榻、裙、衣，不知何名，光彩射目。酒數行[27]，叟興辭，曳杖而去。餐訖，公子呈課業，類皆古文詞，並無時藝[28]。問之，笑云：「僕不求進取也。」抵暮，更酌，曰：「今夕盡歡，明日便不許矣。」呼僮曰：「視太公寢未。已寢，可暗喚香奴來。」僮去，先以繡囊將[29]琵琶至。少頃，一婢入，紅粧豔絕。公子命彈《湘妃》[30]。婢以牙撥[31]勾動[32]，激揚哀烈，節拍[33]不類夙聞[34]。又命以巨觴[35]行酒，三更始罷。次日，早起共讀。公子最惠[36]，過目成咏。二三月後，命[37]筆警絕。相約五日一飲，每飲必招香奴。一夕，酒酣氣熱，目注之。公子已會[38]其意，曰：「此婢為老父所豢養。兄曠邈無家[39]，我夙夜[40]代籌久矣，行[41]當為君謀一佳偶。」生曰：「如果惠好，必如香奴者。」公子笑曰：「君誠『少所見而多所怪』者矣。以此為佳，君願亦易足也。」居半載，生欲翺翔[42]郊郭，至門，則雙扉外扃[43]。問之，公子曰：「家君[44]恐交遊紛[45]意念，故謝[46]客耳。」生亦安之。時盛暑溽熱，移齋園亭。生胸間腫起如桃，一夜如盌，痛楚吟呻。公子朝夕省視，眠食都廢。又數日，創劇，益絕食飲。太公亦至，相對太息[47]。公子曰：「兒前夜思先生清恙，嬌娜妹子能療之，遣人於外祖母處，呼令歸，何久不至？」俄，僮入白：「娜姑至，姨與松姑同來。」父子疾趨入內。少間，引妹來視生。年約十三四，嬌波[48]流慧，細柳生姿。生望見顏色，嚬呻頓忘，精神為之一爽。公子便言：「此兄良友。不啻胞[49]也。妹子好醫之！」女乃斂羞容，揄[50]長袖，就榻診視。把握之間，覺芳氣勝蘭。女笑曰：「宜有是疾，心脈動矣。然症雖危，可治，但膚塊已凝，非伐[51]皮削肉不可。」乃脫臂上金釧，安患處，徐徐按下之。創突起寸許，高出釧外，而根際餘腫，盡束在內，不似前如盌闊矣。乃一手啓羅衿，解佩刀——刃薄於紙——把釧握刃，輕輕附根而割，紫血流溢，沾染牀蓆。生貪近嬌姿，不惟不覺其苦，且恐速竣割事，偎傍不久。未幾，割斷腐肉，團團然如樹上削下之癭[52]。又呼水來，為洗割處，口吐紅丸如彈大，着肉上，按令旋轉：才一周，覺熱火蒸騰；再一周，習習作痒；三周，已遍體清涼，沁[53]入骨髓。女收丸入咽，曰：「癒矣！」趨步出。生躍起，走謝，沈痼[54]若失。而懸想容輝，苦不自已。自是廢卷癡坐，無復聊賴[55]。公子已窺[56]之，曰：「弟為兄物色[57]，得一佳偶。」問：「何人？」曰：「亦弟眷屬。」生凝思良久，但云：「勿須！」面壁吟曰：「曾經滄海難為水，除卻巫山不是雲[58]。」公子會其指[59]，曰：「家君仰慕鴻才，常欲附為昏因[60]。但止一少妹，齒[61]太穉。有姨女阿松，年十八矣，頗不粗陋。如不見信，松姊日涉園亭，伺前廂，可望見之。」生如其教。果見嬌娜偕麗人來，畫黛彎蛾[62]，蓮鈎蹴鳳[63]，與嬌娜相伯仲[64]也。生大悅，請公子作伐[65]。公子翼日[66]自內出，賀曰：「諧[67]矣！」乃除[68]別院，為生成禮。是夕，鼓吹闐咽[69]，塵落漫飛[70]，以望中仙人，忽同衾幄，遂疑廣寒宮殿，未必在雲霄矣。合巹[71]之後，甚愜心懷。一夕，公子謂生曰：「切磋[72]之惠，無日可以忘之。近單公子解訟歸，索宅甚急。意將棄此而西[73]，勢難復聚，因而離緒縈懷。」生願從之而去。公子勸還鄉閭，生難之。公子曰：「勿慮，可即送君行。」無何[74]，太公引松娘至，以黃金百兩贈生。公子以左右手與夫婦相把握，囑閉眸勿視，飄然履空，但覺耳際風鳴。久之，曰：「至矣。」啓目，果見故里。始知公子非人。喜扣家門。母出非望，又睹美婦，方共忻慰。及回顧，則公子逝矣。松娘事姑孝，豔色賢名，聲聞遐邇。後生舉進士[75]，授延安司李[76]，攜家之[77]任。母以道遠，不行。松娘舉一男[78]，名小宦。生以忤[79]直指[80]，罷官，罣礙[81]不得歸。偶獵郊野，逢一美少年，跨驪駒，頻頻瞻顧。細視，則皇甫公子也，攬轡停驂[82]，悲喜交至。邀生去，至一村，樹木濃昏，蔭翳天日。入其家，則金漚浮釘[83]，宛然世族。問妹子，則嫁；岳母，已亡；深相感悼。經宿別去，偕妻同返。嬌娜亦至，抱生子，掇提而弄，曰：「姊姊亂吾種矣。」生拜謝曩德。笑曰：「姊夫貴矣！創口已合，未忘痛耶？」妹夫吳郎，亦來謁拜，信宿[84]乃去。一日，公子有憂色，謂生曰：「天降凶殃，能相救否？」生不知何事，但銳[85]自任。公子趨出，招一家俱入，羅拜堂上。生大駭，亟問。公子曰：「余非人類，狐也。今有雷霆之劫[86]。君肯以身赴難，一門可望生全；不然，請抱子而行，無相累。」生矢[87]共生死。乃使仗劍於門，囑曰：「雷霆轟擊，勿動也！」生如所教。果見陰雲晝暝[88]，昏黑如磬[89]。回視舊居，無復閈閎[90]，惟見高冢歸然[91]，巨穴無底。方錯愕[92]間，霹靂一聲，擺簸山嶽，急雨狂風，老樹為拔。生目眩耳聾，屹不少動。忽於繁煙黑絮之中，見一鬼物，利喙長爪，自穴攫一人出，隨煙直上。瞥睹[93]衣履，念似嬌娜。乃急躍離地，以劍擊之，隨手墮落。忽而崩雷暴裂，生仆，遂斃。少間，晴霽，嬌娜已能自蘇，見生死於旁，大哭曰：「孔郎為我而死，我何生矣！」松娘亦出，共舁生歸。嬌娜使松娘捧其首，兄以金簪撥其齒，自乃撮[94]其頤，以舌度[95]紅丸入，又接吻而呵之。紅丸隨氣入喉，格格[96]作響。移時，醒然而蘇。見眷口滿前，恍如夢寤。於是一門團圞，驚定而喜。生以幽壙不可久居，議同旋里。滿堂交讚，惟嬌娜不樂。生請與吳郎俱[97]，又慮翁媼不肯離幼子。終日議不果[98]。忽吳家一小奴，汗流氣促而至。驚致研詰[99]，則吳郎家亦同日遭劫，一門俱沒[100]。嬌娜頓足悲傷，涕不可止。共慰勸之。而同歸之計遂決。生入城，勾當[101]數日，遂連夜趣裝[102]。既歸，以閒園寓公子，恆反關之，生及松娘至，始發扃。生與公子兄妹，棋酒談讌，若一家然。小宦長成，貌韶秀，有狐意，出遊都市，共知為狐兒也。

異史氏曰：「余於孔生，不羨其得豔妻，而羨其得膩友也。觀其容，可以忘飢；聽其聲，可以解頤[103]。得此良友，時一談宴，則色授魂與[104]，尤勝於顛倒衣裳[105]矣。」

①聖裔——聖，指孔子；聖裔，孔子的後代。

②蘊藉——儒雅風流的樣子。

③工詩——會做詩，詩做得好。

④執友——要好的、志同道合的、常在一起的朋友。

⑤令——原是縣令的省詞。縣令，就是後來知縣、縣長一類的官。本書後文各篇中所用的宰、邑宰、邑令、令尹、大尹，都是縣令的別稱。這裏作動詞用，是被任職為縣令的意思。

⑥落拓——潦倒、倒霉的樣子。後文《細侯》篇「落魄」，義同。

⑦都——美好、漂亮。

⑧慨然——這裏是形容高興、願意。一般卻作慷慨解釋，如後文《青鳳》篇「莫慨然解贈」。有時也表示感歎。

⑨籤——指書面的標籤。

⑩《瑯嬛瑣記》——元伊士珍作《瑯嬛記》（一說明人作），中載張華曾遊仙境「瑯嬛福地」，看到各種奇書。這裏根據這一故事，造作《瑯嬛瑣記》一書，用來形容書主人的學問淵博。

⑪審——這裏作詢問解釋。

⑫官閥——對人家世的尊稱。後文《青鳳》篇「門閥」，《嬰甯》篇「宗閥」，《王桂菴》篇「家閥」，義同。

⑬設帳——東漢馬融教書，把屋子用紗帳隔開，前面坐着學生，後面陳列女樂，因而後來就用「設帳」

為教書的代詞。

⑭羈旅——在外作客的意思。

⑮曹丘——這裏是介紹人、推薦人的意思。原是複姓。歷史故事：漢代有個曹丘生，到處讚揚季布，季布因之享有盛名。後來就把曹丘或曹丘生借作介紹、推薦的代詞。

⑯駑駘——駑和駘都是劣馬，比喻能力低下、沒有學問的人。

⑰門牆——孔子的弟子端木賜（子貢），把孔子學問的高深，比作很高的宮牆，想進去的人，找不到門進去。後來因用門牆比喻老師的門下，是尊敬老師的話。

⑱錮——鎖閉。

⑲昧爽——天還沒有大亮的時候。後文《寄生》篇「昧旦」，義同。

⑳皤然——對老年人白頭髮的形容詞。

㉑塗鴉——指字寫得壞，好像烏鴉一樣的一個個黑墨團；也泛指寫作的低劣，文字被塗改太多。語出唐盧仝詩：「忽來案上飛墨汁，塗抹詩書似老鴉。」

㉒行輩——班輩，這裏是平輩、同輩的意思。

㉓已——完畢。

㉔事——件。

㉕盥櫛——梳洗。盥，洗；櫛，梳。

㉖薦——陳獻。

㉗酒數行——敬酒、勸人喝酒叫作行酒。酒數行，是敬過、斟過幾遍酒的意思。

㉘時藝——科舉時代應試的文字，指八股文。後文《陸判》篇「制藝」，義同。

㉙將——與、和。後文《王成》篇「可將去」，將，拿、取的意思。

㉚《湘妃》——指古曲調《湘妃怨》。神話傳說：舜后妃娥皇、女英，死在江湘間，後來成為湘水之神，號湘君。《湘妃怨》，相傳是娥皇、女英所作。

㉛牙撥——撥，彈琵琶的一種工具。有牙撥、金撥、鐵撥、木撥、龍香撥種種的不同。牙撥，象牙撥的省詞。

㉜勾動——彈弄。

㉝節拍——節和拍，都是拍板一類的古樂器。拍板，通常以六塊堅木片製成，用絨繩穿連，左右各三片，合擊以節制樂奏的。後文《馬介甫》篇「紅牙玉板」，指牙玉嵌製的拍板。這裏節拍，猶如說節奏，指樂聲的抑揚頓挫。

㉞夙聞——從前聽過的。

㉟觴——酒杯一類的東西。

㊱惠——這裏同「慧」。

㊲命——運用、指揮的意思。命字的用法很廣泛，這裏「命筆」，指用筆、下筆；後文《葉生》篇「命

駕」，指叫車夫駕車；《鳳陽士人》篇「命燭」，指點燭；《巧娘》篇「命婢」，指喚婢；《陳雲棲》篇「命舟」，指乘船；《瑞雲》篇「命酒」，指置酒；《羅剎海市》篇「命名」，指起名；《司文郎》篇「命題」，指出題。

㊳會——這裏是了解、明白的意思。後文《葉生》篇「會關東丁乘鶴來令是邑」，會，卻作湊巧、恰好解釋。

㊴曠邈無家——遠離鄉里，沒有老婆的意思。

㊵夙夜——日日夜夜。後文《俠女》篇「宵旦號咷」，宵旦，義同。

㊶行——不久、將要。

㊷翱翔——指出遊。用鳥飛比喻人在外面遊覽散步的自由。

㊸扃——門外的鐶鈕。這裏作動詞用，把門從外面鎖閉起來的意思。

㊹家君——對人稱自己的父親的代詞。

㊺紛——擾亂、打攪。

㊻謝——謝絕、辭去。

㊼太息——長歎。

㊽嬌波——習慣用以比喻女人的眼睛。後文各篇「秋波」、「秋水」，義同。

㊾不啻胞也——不啻是超過、不止的意思，一般作如同、等於解釋。胞是同胞，指兄弟。不啻胞也，

就是說比親兄弟還要好、和親兄弟一樣。

⑸⑽揄——拖垂着。

⑸⑾伐——這裏是「割除」的意思。後文《陸判》篇「湔腸伐胃」，伐，引申為「洗刮」解釋。

⑸⑿瘻——瘤。

⒁沁——浸透。

⒂沈痼——日久難癒的病。後文《陳雲棲》篇「沉疴」，義同。

⒃無復聊賴——無聊、乏味、不高興的樣子。

⒄窺——看出、明白。

⒅物色——訪求、尋覓。

⒆曾經滄海難為水，除卻巫山不是雲——原是唐元稹哀悼亡妻的兩句詩。意思是讚美他的妻子是非凡的，好像滄海之水，平常的水同它比較起來便很難算是水；好像巫山之雲，平常的雲同它比較起來便不能算是雲：表示自己既愛過這樣一位非凡的女子，對一般女子就再不會產生愛情了。習慣引用作男女間「情有獨鍾」的比喻。

⒇指——這裏同「旨」，作「意思」解釋。

㉑昏因——同「婚姻」。本書後文各篇，婚或作昏，婚姻或作昏因。

㉒齒——指年齡。

⑫畫黛彎蛾——畫的眉毛像蛾眉一樣彎細。

⑬蓮鉤蹴鳳——纖小的腳穿着鳳頭鞋行走。彎曲的東西叫鉤。這裏的「蓮鉤」，和後文《阿寶》篇「雙彎」，《連瑣》篇「雙鉤」，都是指婦女瘦曲的腳。《葛巾》篇「付鉤乃去」，鉤，指如意；《辛十四娘》篇「內聞鉤動」，鉤，指簾鉤。

⑭伯仲——兄弟之間，老大叫作伯，老二叫作仲。一般借用作差不多、不相上下解釋。

⑮作伐——作媒的意思。《詩經》有「伐柯如何？匪斧不克。取妻如何？匪媒不得」這兩句，後來把作媒叫作作伐。後文《嬰甯》篇「執柯」，也就是這個意思。

⑯翼日——翼，這裏同「翌」。翼日，就是明天。

⑰諧——成功了、說妥了。

⑱除——打掃、清除。

⑲鼓吹闐咽——鼓吹，各種打擊樂器和吹奏樂器的合奏。闐咽，響亮、吵鬧。

⑳塵落漫飛——由於聲音的振動、動作的紛亂，使得灰塵到處飛舞。這裏是形容熱鬧的情況。

㉑合巹——婚禮中的一節儀式。巹，是把一個瓠子分成兩半的瓢。古人行婚禮時，新夫婦各拿着半個瓢飲酒，叫作合巹，有如後來的喝交杯酒。

㉒切磋——觀摩、研究的意思。原指用獸骨做器具的工人，在把骨頭切開後，還要細細磋磨平滑，才可以製造東西。後來就借作彼此間共同研究解釋，語出《詩經》：「如切如磋。」

⑬西——這裏作動詞用，就是到西方去。後文各篇中，常把東、南、西、北，作為動詞用。
⑭無何——沒有多久。後文各篇的「居無何」、「亡（同無）何」，義同。
⑮舉進士——考中了進士。
⑯司李——官名，也叫司理。本是宋時掌理獄訟的官吏，明清時也稱推官為司李，類似後來的法官。
⑰之——前往、赴。
⑱舉一男——生了一個男孩。
⑲忤——得罪、冒犯。
⑳直指——官名，漢時派侍御史為直指使，到各地審理重大案件；這裏指奉派在外調查、巡察的高級官吏，有如巡按御史之類。
㉑罣礙——就是罣誤。官吏由於某一案件的牽連而受到處分，往往免職後，還要聽候處置，不能夠自由行動，所以叫罣礙。
㉒攬轡停驂——帶住韁繩停住馬。
㉓金漚浮釘——古時宮、廟和貴族人家大門上的一種裝飾品，像水泡一樣的一個個金色的突起物。
㉔信宿——住兩夜。
㉕銳——迅速而又有力地。
㉖劫——宿命注定的災難，一切修道者，以及有了靈性的東西，都要經過雷擊、火燒以及其他各劫，

能逃過才能成仙得道。這完全是迷信說法。

⑰矢——發誓。

⑱晝暝——白日裏天色昏暗。

⑲毉——黑色石頭。

⑳閈閎——里巷的大門。

㉑巋然——孤單而高聳的樣子。

㉒錯愕——猛吃一驚的樣子。

㉓瞥睹——一眼看見的意思。後文《俠女》篇「瞥爾間」，是一霎眼的功夫。《促織》篇「瞥來」，可以兼作上兩種解釋。

㉔撮——用手指捏住。

㉕度——在這裏同「渡」，送進的意思。

㉖格格——這裏形容響聲。後文《畫皮》篇「格格」，形容有阻礙的樣子。

㉗與俱——偕同、在一起的意思。這裏指同去。後文《葉生》篇「夙夜與俱」，指日夜同處；《賈兒》篇「亦招與俱」，指同榻而眠。

㉘果——這裏是決定、實現的意思。後文《竹青》篇「須臾果腹」，果，作吃飽了解釋。

㉙研詰——追問。

⑩沒——這裏指死亡。
⑩勾當——料理、收拾。
⑩趣裝——匆忙地整理行李。趣也可作促。
⑩解頤——開口笑。
⑩色授魂與——指男女相互間情感的交流。意思是被美色所動，精神和它融合在一起。
⑩顛倒衣裳——這裏是性行為的隱語。引自《詩經》：「東方未明，顛倒衣裳。」

葉生

淮陽葉生者，失其名字。文章詞賦，冠絕[1]當時；而所如不偶[2]，困於名場[3]。會關東丁乘鶴來令是邑，見其文，奇之；召與語，大悅。使即[4]官署受燈火[5]，時賜錢穀恤其家。值科試[6]，公遊揚[7]於學使[8]，遂領冠軍。公期望綦[9]切。闈[10]後，索文讀之，擊節[11]稱歎。不意時數[12]限人，文章憎命[13]，榜既放，依然鎩羽[14]。生嗒喪[15]而歸，愧負知己，形銷骨立，癡若木偶。公聞，召之來而慰之。生零[16]涕不已。公憐之，相期考滿[17]入都，攜與俱北。生甚感佩。辭而歸，杜門不出。無何，寢疾。公遺問[18]不絕。而服藥百裹，殊罔所效。公適以忤上官免，將解任去。函致生，其略云：「僕東歸有日。所以遲遲者，待足下耳。足下朝至，則僕夕發矣。」傳之卧榻。生持書啜泣，寄語[19]來使：「疾革[20]，難遽瘥，請先發。」使人返白。公不忍去，徐待之。踰[21]數日，門者[22]忽通[23]葉生至。公喜，逆[24]而問之。生曰：「以犬馬病[25]，勞夫子久待，萬慮不寧。今幸可從杖履[26]。」公乃束裝。戒旦[27]，抵里。命子師事生，夙夜與俱。公子名在昌，時年十六，尚不能文[28]。然絕惠，凡文藝，三兩過[29]，輒無遺忘。居之期歲[30]，便能落筆成文。益之公力，遂入邑庠[31]。生以生平所擬舉子業[32]，悉錄授讀。闈中七題，並無脫漏，中亞魁[33]。公一日謂生曰：「君出餘緒[34]，遂使孺子成名。然黃鐘長棄[35]，奈何？」生曰：「是殆有命！借福澤為文章吐氣，使天下人知半生淪落，非戰之罪也[36]，願亦足矣。且士得一人知，已可無憾；何必拋卻白紵[37]，乃謂之利市[38]哉！」公以其久客，恐誤歲試[39]，勸令歸省。慘然不樂。公不忍強。囑公子至都為之納粟[40]。公子又捷南宮[41]，授部中主政[42]，攜生赴監[43]，與共晨夕。踰歲，生入北闈[44]，竟領鄉薦[45]。會公子差南河典務[46]，因謂生曰：「此去離貴鄉不遠。先生奮跡雲霄，錦還[47]為快。」生亦喜，擇吉就道。抵淮陽界，命僕馬送生歸。歸見門戶蕭條，意甚悲惻。逡巡至庭中。妻攜簸具以出，見生，擲具駭走。生悽然曰：「我今貴矣！三四年不覿，何遂頓[48]不相識？」妻遙謂曰：「君死已久，何復言貴！所以久淹[49]君柩者，以家貧子幼耳。今阿大亦已成立，行將卜窀穸[50]，勿作怪異嚇生人！」生聞之，憮然惆悵。逡巡入室，見靈柩儼然[51]，撲地而滅。妻驚視之，衣冠履舄[52]如蛻委[53]焉。大慟，抱衣悲哭。子自塾中歸，見結[54]駟於門，審所自來，駭奔告母。母揮涕告訴。又細詢從者，始得顛末。從者返，公子聞之，涕墮垂膺。即命駕哭諸其室；出橐[55]營喪，葬以孝廉禮。又厚遺其子，為延師教讀。言於學使，逾年遊泮[56]。

異史氏曰：「魂從知己，竟忘死耶？聞者疑之，余深信焉。同心倩女，至離枕上之魂[57]；千里良朋，猶識夢中之路[58]。而況繭絲蠅跡[59]，嘔學士之心肝[60]；流水高山[61]，通我曹之性命者哉！嗟呼！遇合難期，遭逢不偶：矜蹤落落[62]，對影長愁；傲骨嶙嶙[63]，搔頭自愛。歎面目之酸澀，來鬼物之揶揄[64]。頻居康了[65]之中，則鬚髮之條條可醜；一落孫山[66]之外，則文章之處處皆疵。古今痛哭之人，卞和[67]惟爾；顛倒逸羣之物，伯樂[68]伊誰[69]？抱刺於懷，三年滅字[70]；側身以望，四海無家。人生世上，只須合眼放步，以聽造物[71]之低昂而已。天下之昂藏[72]淪落如葉生其人者，亦復不少，顧[73]安得令威[74]復來而生死從之也哉？噫！」

①冠絕——首屈一指，沒有人比得上的意思。

②所如不偶——走到哪裏都倒霉的意思。如，到；偶，偶數。古人認為：偶數（雙數）好，奇數（單數）不好，所以把「命運」不好叫作不偶。這裏是指屢次考試失敗。

③名場——指科舉的考場，就是科場。科舉的考場是求名的地方，所以叫名場。後文《司文郎》篇「場屋」，義同。

④即——到、在，就着。

⑤燈火——求學、苦讀的代詞，有時包含求學費用的意思。讀書人讀到夜晚，所以才要用燈火；用燈

火是要花錢的。

⑥科試——鄉試之前的一種預備考試，由學使主持，有甄別的性質。科試成績優良的保送鄉試。

⑦遊揚——到處逢人稱讚的意思。

⑧學使——就是提學使，也叫學政、學台、學院，是科舉時代各省主持學政和學業的官員。

⑨綦——很、非常。

⑩闈——科舉時代考試舉人、進士的場所。這裏「闈後」指考後。又內室也叫作闈，後文《辛十四娘》篇「闈中人」，指妻。

⑪擊節——猶如說打拍子，稱讚別人文章作得好，也叫擊節，指讀好文章也用打拍子的方法去欣賞。這裏是後一意義。

⑫時數——指命運。後文各篇中有時單用一個「數」字，如《王成》篇「此我數也」，《書癡》篇「妾亦知其有數」，《雲蘿公主》篇「君不信數」，義同。

⑬文章憎命——杜甫詩：「文章憎命達。」指當時某些作家、詩人寫文章、做詩揭發社會的矛盾與時弊，往往受到當權者的歧視和排斥。當時人們對於這種聯繫，覺得好像文章做得好，妨害了命運。後來在科舉制度下，一些自以為文章好而考不取的人，也常引用這個典故來發洩牢騷。

⑭鎩羽——鳥的羽翼傷殘，飛不動了，叫做鎩羽，比喻事情的失敗。

⑮嗒喪——喪氣的樣子。

⑯零——落、垂。

⑰考滿——明清時官吏考績制度的一種，清初實行一個短時期就廢止了。最初規定三年初考，六年再考，九年通考；後來通常以三年為期。考滿，分稱職、平常、不稱職三等，再結合地方政務繁簡的不同情況，以為評定和遷調的標準，參看後文《小翠》篇「三年大計吏」註。

⑱遺問——贈送東西，並問問還需什麼。語出《曲禮》：「問疾弗能遺，不問其所欲。」

⑲寄語——轉告。

⑳革——厲害、沉重。

㉑踰——在這裏同「逾」，越、過。

㉒門者——傳達、看門的人。也叫「閽人」，如後文《羅剎海市》篇「閽人輒闔戶」。

㉓通——報告、傳達。

㉔逆——迎。

㉕犬馬病——犬馬，古人自稱的卑詞。犬馬病，就是指自己的病，也含有不足輕重的意思。

㉖杖履——老年人要拄着拐杖走路；古人在屋內是席地而坐的，出門才穿鞋子，所以習慣用杖履指老年人的出門。也用為對尊長客氣的話。這裏的「從杖履」，猶如說「追隨左右」。

㉗戒旦——一大早。

㉘文——這裏作動詞用，作文的意思。

㉙三兩過——這裏指讀了兩三遍。

㉚期歲——滿一年。

㉛入邑庠——邑庠，指縣學。科舉時代，秀才才有到縣、州、府學裏讀書的資格，所以「入邑庠」就是中了秀才的意思。後文《竹青》篇「入郡庠」，郡庠是府學，義同。

㉜舉子業——科舉時代，讀書人為求取功名而學習的一種文字。這裏指八股文。後文《夜叉國》篇「儒業」，義同。

㉝亞魁——第二名。

㉞餘緒——剩餘。這裏意指多餘的才學。

㉟黃鐘長棄——黃鐘，古代主要樂器，它的發音為校正音樂的十二律中陽律之一。一般用它來象徵正宗、正派。《楚辭．卜居》中有「黃鐘毀棄，瓦釜雷鳴」這兩句，比喻有本領的賢人失意，沒有本領的小人得志。這裏的「黃鐘長棄」就是借用《楚辭》的句子，指有學問的人反而考不取。

㊱非戰之罪也——歷史記載：項羽在垓下被漢高祖（劉邦）打敗時說：「這是天有意滅亡我，並不是仗打得不好。」這裏引用這一句來比喻考不中只是因為命運關係，而不是文章作得不好。

㊲拋卻白紵——紵，細布。白紵，白衣的意思。古代平民穿白衣，這裏「拋卻白紵」，是脫掉白衣的意思，也就是指得了科舉功名、做了官。一說：唐宋時秀才穿白衣，本書作者也以白衣指明清時的秀才。「拋卻白紵」，就是不再穿秀才的服裝，意思指中了舉人。

㊳利市——運道、走運。

㊴歲試——科舉時代，各省的學使於三年內到各府、州考試一回秀才的課業，分為六等，看成績的好壞以定獎懲，叫歲試。

㊵納粟——秦漢時，人民捐獻糧食給政府叫納粟，可以贖罪或獲得爵位。後來的封建王朝為了搜刮財富，更擴大範圍，規定某一些官職捐錢就可以買。這裏納粟指捐錢買監生。監生可以做官或用相等於秀才的資格去應考舉人。

㊶捷南宮——捷，勝利；南宮，禮部的別稱。科舉時代，考進士的會試由禮部主持，所以這裏南宮是指會試，捷南宮就是考取了進士。後文《陸判》篇「禮闈」，也指會試。

㊷主政——官名，是當時中央各部裏的主事，大致相當於後來的科長。

㊸監——這裏指官署。

㊹北闈——明清時鄉試分順天府（今北京）、應天府（今南京）兩地舉行；順天府的鄉試叫北闈。

㊺領鄉薦——鄉試中式的意思，就是中了舉人。後文《陳雲棲》篇「中鄉選」，《竹青》篇「領薦」，《司文郎》篇「捷於鄉」，義均同。

㊻差南河典務——典務，典舉的意思，指主考。南河，疑係河南之誤。下文「抵淮陽界」，淮陽是河南的屬地。差河南典務，就是奉派到河南去做學差——鄉試主考官。

㊼錦還——衣錦還鄉的省詞。

㊽頓——頓時、立刻、突然。

㊾淹——久留、耽擱。

㊿卜窀穸——安葬的意思。窀穸，墓穴；卜窀穸，選擇墓地。

51儼然——本是形容矜莊的樣子，在本書各篇裏，多作顯然、明明白白的意思解釋。

52舃——一種鞋底嵌有木板的鞋子，穿了可以不受潮濕。古來鞋子分兩種：複底的叫舃，單底的叫履。舃也叫複履。後來舃履兩字混用，實際上也就沒有什麼分別了。

53蛻委——指衣服褪落，像蟲類脫皮一樣。

54結——拴繫。

55出橐——掏腰包。

56遊泮——泮，泮宮的省詞，古時講學的地方。遊泮，指到學裏讀書，就是中了秀才的意思。後文《嬰甯》篇「入泮」，義同。

57同心倩女，至離枕上之魂——傳奇故事：唐張鎰的女兒倩娘和住在她家裏的表哥王宙很要好。起初張鎰表示要把倩娘嫁給王宙，後來又變了卦，王宙因而失望走了。當天夜裏，倩娘忽然到了王宙船上，和他一同逃到遠方，生了孩子。過了五年又回到娘家來。原來和王宙在一起的是倩娘的魂，她的肉體卻一直在家裏因病睡在牀上；到這時，魂和肉體才合而為一。見《太平廣記》。

58千里良朋，猶識夢中之路——故事傳說：戰國時，張敏曾經三次在夢裏去看他的好朋友高惠，都在半路上因迷失途徑回來。出《韓非子》。這裏引用這個故事，並加以強調，意思是夢中還是認得路。

⑲藺絲蠅跡——藺絲，指作文章像蠶藺抽絲一樣地源源而出；蠅跡，指作文章寫的字跡像蠅頭一樣。

⑳嘔學士之心肝——學士，原指唐詩人李賀。故事傳說：李賀的母親常說李賀作詩太辛苦，一定要把心肝嘔出來才肯停止。

㉑流水高山——故事傳說：春秋時，俞伯牙琴彈得好，只有鍾子期能夠聽得出他琴裏含有高山或者流水的聲音的意思。這句話是比喻知己。

㉒落落——這裏指不苟合、不隨和。後文《辛十四娘》篇「殊落落置之」，落落是豁達、大方，引申為不關心的意思。《公孫九娘》篇「落落不稱意」，落落作淪落、衰敗解釋。

㉓嶙嶙——原是形容多石的山，這裏借以形容人有骨氣。

㉔來鬼物之揶揄——揶揄，見《勞山道士》註。故事傳說：晉羅友為桓溫的掾吏。當時有人出去做郡守，桓溫設宴為他餞行，羅友故意到得最晚。桓溫問他為什麼來遲了，羅友答說：我在路上碰到了鬼物，他嘲笑了我一頓，說只看見我送別人出去做郡守，卻看不見別人送我出去做郡守。於是桓溫就保薦他做襄陽太守。

㉕康了——落第的意思。故事傳說：唐代柳冕應舉的時候，忌諱安樂的「樂」字和落第的「落」字同音，叫家人改叫「安樂」為「安康」。後來考試沒有中，僕人看過榜回來向他報告，因忌諱「落」字，對他說：「秀才康了！」

⑥⑥孫山——宋代人。故事傳說：孫山和一個同鄉一同應考，孫山取在最後一名，同鄉沒有考取。同鄉的父親向孫山打聽自己的兒子考取了沒有，孫山說：「解名盡處是孫山，賢郎更在孫山外。」後來因稱考試不取的為「名落孫山」。

⑥⑦卞和——春秋時楚國人。故事傳說：卞和在山裏得到一塊石頭中間藏有美玉的璞，曾兩次獻給楚厲王、楚武王，都被認為是欺騙，先後被砍去了兩隻腳。到楚文王即位的時候，他抱着璞在山下哭。楚文王知道了，把璞拿去，叫玉工剖開，果然得到一塊美玉。這裏引用這一故事，比喻有真才實學的人，因被埋沒而感到悲哀。

⑥⑧伯樂——春秋時秦國人，歷史上最有名的懂得相馬的人。有許多好馬，別人看不出，他一看就知道了。上句「逸羣之物」，指的是好馬。這裏兩句，借用識馬來比喻知人。

⑥⑨伊誰——就是誰。伊，發音詞，無意義。後文《嬰甯》篇「阿誰」，同。

⑦⓪抱刺於懷，三年滅字——古人把姓名寫在竹簡、木片上，叫作刺，猶如後來的名片。故事傳說：東漢禰衡到許昌去，身上帶着刺，打算謁見當時的權要；誰知一直沒有人接見他，以致於把刺揣在懷裏達三年之久，上面的字都被磨掉了。

⑦①造物——創造萬物者，宿命論中萬物命運的主宰之神，猶如說老天爺、上帝。

⑦②昂藏——氣概不凡的樣子。

⑦③顧——但是、不過的意思。有時也作卻、乃、難道解釋，如後文《賈兒》篇「顧忘之耶」，《俠女》

篇「而顧私於我兒」。

⑺令威——姓丁，漢代人。神話傳說：丁令威學道成仙，後來變作一隻鶴飛回家鄉，想勸人修行，他在空中徘徊感慨：「有鳥有鳥丁令威，去家千年今始歸。城郭如故人民非，何不學仙塚纍纍？」

王成

王成，平原故家子。性最懶，生涯日落[1]，惟剩破屋數間，與妻臥牛衣[2]中，交謫[3]不堪。時盛夏燠熱。村中故有周氏園，牆宇盡傾，惟存一亭。村人多寄宿其中，王亦在焉。既曉，睡者盡去。紅日三竿[4]，王始起。逡巡欲歸。見草際金釵一股[5]，拾視之，鐫有細字云：「儀賓[6]府造。」王祖為衡府[7]儀賓，家中故物，多此款式，因把[8]釵躊躇[9]。欻[10]，一嫗來尋釵。王雖故貧，然性介[11]，遽出授之。嫗喜，極讚盛德，曰：「釵直[12]幾何，先夫之遺澤[13]也。」問：「夫君伊誰？」答云：「故儀賓王柬之也。」王驚曰：「吾祖也。何以相遇？」嫗亦驚曰：「汝即王柬之之孫耶！我乃狐仙。百年前，與君祖繾綣[14]。君祖歿，老身遂隱，過此遺釵，適入子手，非天數耶！」王亦曾聞祖有狐妻，信其言。便邀臨顧。嫗從之。王呼妻出見，負敗絮[15]，菜色[16]黯[17]焉。嫗歎曰：「嘻！王柬之孫子乃一[18]貧至此哉！」又顧敗[19]竈無煙，曰：「家計若此，何以聊生[20]？」妻因細述貧狀，嗚咽飲泣[21]。嫗以釵授婦，使姑[22]質錢市[23]米，三日外請復相見。王挽留之。嫗曰：「汝一妻不能自存活；我在，仰屋[24]而居，復何裨益！」遂徑去。王為妻言其故，妻大怖。王誦[25]其義，使姑事之[26]，妻諾。踰三日，果至。出數金，糴粟麥各石。夜與婦共短榻。婦初懼之，然察其意殊拳拳[27]，遂不之疑。翌日，謂王曰：「孫勿惰，宜操小生業，坐食烏可長也。」王告以無貲。曰：「汝祖在時，金帛憑所取。我以世外人無需是物，故未嘗多取。積花粉之金四十兩，至今猶存。久貯亦無所用，可將去，悉以市葛。刻日赴都，可得微息。」王從之，購五十餘端[28]以歸。嫗命趣裝，計六七日可達燕都。囑曰：「宜勤勿懶，宜急勿緩，遲之一日，悔之已晚！」王敬諾。囊[29]貨就路，中途遇雨，衣履浸濡。王生平未歷風霜，委頓[30]不堪，因暫休旅舍。不意淙淙[31]徹暮，簷雨如繩。過宿，濘益甚。見往來行人，踐淖沒脛[32]，心畏苦之。待至亭午[33]，始漸燥；而陰雲復合，雨又大作。信宿乃行。將近京，傳聞葛價翔貴[34]，心竊[35]喜。入都，解裝客店，主人深惜其晚。先是[36]，南道初通，葛至絕少，貝勒[37]府購致甚急，價頓昂，較常可三倍。前一日方購足，後來者並皆失望。主人以故告王，王鬱鬱不得志。越日[38]，葛至愈多，價益下[39]。王以無利，不肯售。遲十餘日，計食耗煩多，倍益憂悶。主人勸令賤鬻，改而他圖。從之。虧貲十餘兩，悉脫[40]去。早起，將作歸計，啓視囊中，則金亡[41]矣。驚告主人。主人無所為計[42]。或勸鳴[43]官，責主人償。王歎曰：「此我數也，於主人何尤[44]！」主人聞而德[45]之，贈金五兩，慰之使歸。自念無以見祖母，蹀踱[46]內外，進退維谷[47]。適見鬭鶉者，一賭輒數千，每市一鶉，恆百錢不止。意忽動。計囊中貲，僅足販鶉。以商主人，主人亟慫恿[48]之。且約假寓，飲食不取其直。王喜，遂行，購鶉盈儋[49]，復入都。主人喜，賀其速售。至夜，大雨徹曙。天明，衢水如河，淋零[50]猶未休也，居以待晴。連綿[51]數日，更無休止。起視籠中，鶉漸死。王大懼，不知計之所出。越日，死愈多。僅餘數頭，併一籠飼之。經宿往窺，則一鶉僅存。因告主人，不覺涕墮。主人亦為扼腕[52]。王自度[53]，金盡罔歸，但欲覓死。主人勸慰之。共往視鶉，審諦之，曰：「此似英物[54]。諸鶉之死，未必非此之鬭殺之也。君暇，亦無所事，請把之：如其良也，賭亦可以謀生。」王如其教。既馴，主人令持向街頭，賭酒食。鶉健甚，輒贏[55]。主人喜，以金授王，使復與子弟決賭，三戰三勝。半年許，積二十金。心益慰，視鶉如命。先是，大親王好鶉，每值上元[56]，輒放民間把鶉者入邸相角[57]。主人謂王曰：「今大富宜可立致，所不可知者，在子之命矣。」因告以故。導與俱往，囑曰：「脫敗，則喪氣出耳；倘有萬分一，鶉鬭勝，王必欲市之，君勿應。如固強之，惟予首是瞻，待首肯[58]而後應之。」王曰：「諾！」至邸，則鶉人肩摩[59]於墀[60]下。頃之，王出御[61]殿。左右宣言：「有願鬭者上。」即有一人，把鶉趨而進。王命放鶉，客亦放。略一騰踔[62]，客鶉已敗，王大笑。俄頃，登而敗者數人。主人曰：「可矣！」相將[63]俱登。王相之曰：「睛有怒脈，此健羽[64]也，不可輕敵。」命取鐵喙者當之。一再騰躍，而王鶉鎩羽。更選其良，再易再敗。王急命取宮中玉鶉。片時，把出，素羽如鷺，神駿不凡。王成意餒[65]，跪而求罷，曰：「大王之鶉，神物也，恐傷吾禽，喪吾業矣。」王笑曰：「縱之！脫鬪而死，當厚爾償[66]。」成乃縱之。玉鶉直奔之。而玉鶉方來，則伏如怒雞以待之；玉鶉健啄，則起如翔鶴以擊之；進退頡頏[67]，相持約一伏時，玉鶉漸懈。而其怒益烈，其鬪益急。未幾，雪毛摧落，垂翅而逃。觀者千人，罔不歎羨。王乃索取而親把之，自喙至爪，審周一過，問成曰：「鶉可貨否？」答云：「小人無恆產[68]，與相依為命，不願售也。」王曰：「賜而重直，中人之產[69]可致，頗願之乎？」成俯思良久，曰：「本不樂置[70]。顧大王既愛好之，苟使小人得衣食業，又何求？」王請[71]直，答以「千金。」王笑曰：「癡男子！此何珍寶，而千金直也！」成曰：「大王不以為寶，臣以為連城之璧[72]不過也。」王曰：「如何[73]？」曰：「小人把向市廛，日得數金，易升斗粟，一家十餘食指[74]無凍餒憂，是何寶如之[75]！」王言：「予不相虧，便與二百金。」成搖首。又增百數。成目視主人，主人色不動。乃曰：「承大王命，請減百價。」王曰：「休矣[76]！誰肯以九百易一鶉者！」成囊鶉欲行。王呼曰：「鶉人來，鶉人來！實給六百。肯則售，否則已耳。」成又目[77]主人，主人仍自若[78]。成心願盈溢[79]，惟恐失時[80]，曰：「以此數售，心實怏怏[81]。但交而不成，則獲戾滋大。無已[82]，即如王命。」王喜，即秤付之。成囊金，拜賜而出。主人懟[83]曰：「我言如何，子乃急自鬻也！再少靳[84]之，八百金在掌中矣。」成歸，擲金案上，請主人自取之。

主人不受。又固讓之，乃盤計飯直而受之。王治裝歸。至家，歷述所為，出金相慶。嫗命治良田三百畝，起屋作器[85]，居然世家。嫗早起，使成督耕，婦督織。稍惰，輒訶之。夫婦相安，不敢有怨詞。過三年，家益富。嫗辭欲去，夫妻共挽之，至泣下。嫗亦遂止。旭旦[86]候之，已杳矣。

異史氏曰：「富皆得於勤，此獨得於惰，亦創聞也。不知一貧徹骨而至性不移，此天所以始棄之而終憐之也。懶中豈果有富貴乎哉！」

①生涯日落——生涯，指生計、生活。落，下降。生涯日落，是生活水準一天一天下降的意思。

②牛衣——用草、麻編成的一種類如蓑衣的東西，本是農民替牛蓋在身上取暖的，所以叫作牛衣。窮苦的人沒有衣服穿，就穿牛衣，因而習慣上就用牛衣形容貧苦。

③交謫——互相埋怨、責備的意思。通常指夫婦間的吵架。

④紅日三竿——太陽出來有三竿高，指上午八九點鐘的時候。形容時間很晚。

⑤股——這裏是「支」的意思。

⑥儀賓——明代對親王、郡王女婿的稱呼。

⑦衡府——指明憲宗（朱見深）的兒子衡恭王朱祐楎家。當時封在青州。

⑧把——拿着。又有養育的意思，如下文「請把之」、「輒放民間把鶉者」，等等。
⑨躊躇——考慮不決的樣子。
⑩欻——忽然的意思。其他篇裏也作欻。
⑪介——有志氣，不苟取。
⑫直——這裏同價值的值。
⑬遺澤——人手常常撫摸的東西，表面光滑，叫作澤。遺澤，指人死後留下來可以作紀念的物品。
⑭繾綣——男女間的纏綿要好。後文《俠女》篇「綢繆」，義同。
⑮負敗絮——穿着破棉襖。
⑯菜色——只有蔬菜可吃，以致臉上現出營養不良的青黃色，這種臉色就叫作菜色。
⑰黯——心情沮喪，無精打采的樣子。
⑱一——一旦、一朝。後文《陸判》篇「生死一耳」，一是一樣、相同的意思。《俠女》篇「神情一何可畏」，一是語助詞。《西湖主》篇「何富貴一至於此」，一作竟、乃解釋。
⑲敗——毀壞的意思。
⑳聊生——過活、維持生計。
㉑飲泣——眼淚流到嘴裏。形容悲哀過甚，哭不出聲音來。
㉒姑——這裏是姑且的意思。

㉓市——這裏作購買解釋。下文「市葛」、「每市一鶉」、「王必欲市之」，市，義均同。
㉔仰屋——抬頭看着屋頂。形容窮得沒有辦法的樣子。
㉕誦——稱誦、讚揚。
㉖姑事之——把她當作婆婆一樣服侍。
㉗拳拳——誠懇的樣子。
㉘端——古度名，有一丈六尺、兩丈、六丈等不同的說法。通常以一端指一疋。
㉙囊——裝盛的意思。
㉚委頓——疲困的樣子。
㉛淙淙——形容雨聲。
㉜踐淖沒脛——淖，泥地。脛，小腿。踐淖沒脛，意思是腳踏在爛泥裏，小腿陷了下去。
㉝亭午——正午。
㉞翔貴——形容物價盤旋上漲，有如鳥的盤旋上飛。
㉟竊——私下、暗自。
㊱先是——本來、早些時候。
㊲貝勒——清代給予皇族和蒙古外藩的一種封爵，比郡王低一級。貝勒，是多羅貝勒的簡稱，滿洲話部長的意思。

㊳越日——隔天。
㊴下——低、落。
㊵脫——這裏是脫售的意思。下文「脫敗」、「脫鬥而死」的脫，卻作倘若、如果解釋。
㊶亡——失去。
㊷無所為計——沒有辦法想、不知如何是好。下文「不知計之所出」，義同。
㊸嗚——這裏是喊冤、控告的意思。
㊹尤——這裏是過失、差錯的意思；後文《恆娘》篇「而尤男子乎」，尤是埋怨、歸咎的意思；《石清虛》篇「物之尤者禍之府」，尤是特殊、最好的意思。
㊺德——感激的意思。
㊻蹀躞——走來走去的樣子。後文《俠女》篇「蹀躞」，義同。這裏是表現焦慮不安的心情。
㊼進退維谷——谷是山谷，指絕路。進退維谷，是進退兩難、走投無路的意思。
㊽慫恿——勸誘、說動。恿同「慂」。
㊾儋——在這裏同「擔」。
㊿淋零——形容大雨後尚未完全停止的雨腳。
51連綿——繼續不斷。這裏是對落雨而言。
52扼腕——自己的一隻手抓住另一隻手，是感情衝動的自然表示。這裏是表示對別人失意的同情。

⑬度——推測、揣量。
⑭英物——傑出的人或其他傑出的有生命的東西。
⑮嬴——這裏同「贏」。
⑯上元——正月十五元宵節。
⑰角——鬥、比賽、較量。
⑱首肯——點頭答應。
⑲肩摩——肩膀互相摩擦，形容人多。
⑳墀——宮殿石階前的平台。
㉑御——臨、至。
㉒騰踔——跳躍。
㉓相將——一道、一同、互相陪伴着。
㉔羽——鳥的代詞。
㉕餒——本是飢餓的意思。這裏作害怕、胆怯解釋。
㉖厚爾償——厚，多、重的意思；厚爾償，就是重重賠償你的損失。
㉗頡頏——本指上下飛翔，這裏形容跳躍。
㉘恆產——常業的意思，一般指不動產而言。

⑲中人產——中等人家的財產，古時以有百金家財的為中人之產。
⑳置——放棄、捨去。又作擱下、不理解釋，如後文《俠女》篇「故置之」。
㉑請——含有對人作某種要求的意思。這裏指請問，後文《石清虛》篇「有老叟款門而請」，請，指請看；「長跪請之」，請，指請求。這一類的用法很多，不再註。
㉒連城之璧——歷史記載：戰國時，卞和獻給楚王一塊璧，後來為趙國所有。秦王表示願意以十五座城市為代價向趙國換取這塊璧。因之後來就把它喚作「連城璧」。習慣以連城璧比喻最可珍貴的東西。參看《葉生》篇「卞和」註釋。
㉓如何——一般作怎麼、怎樣解釋，這裏是為什麼的意思。
㉔食指——人的第二個手指叫食指，有時也指人口。這裏是後一意義。
㉕何寶如之——什麼寶貝能比得了它。
㉖休矣——算了罷。
㉗目——看着。
㉘自若——態度如常。
㉙心願盈溢——心滿意足。
㉚失時——錯過機會。
㉛怏怏——不滿意的樣子。

㉜無已——不得已、沒有辦法。

㉝懟——埋怨。

㉞靳——這裏含有掯勒、居奇的意思。原作吝惜解釋，如後文《賈兒》篇「何靳些須」。

㉟起屋作器——興建房屋、置辦傢具。

㊱旭旦——早上太陽才出來的時候。

青鳳

太原耿氏，故[1]大家，第宅弘闊。後淩夷[2]，樓舍連亙，半曠廢之，因生怪異，堂門輒自開掩。家人恆中夜駭譁。耿患之，移居別墅，留老翁門[3]焉。由此荒落益甚，或聞笑語歌吹聲。耿有從子[4]去病，狂放不羈，囑翁有所聞見，奔告之。至夜，見樓上燈光明滅，走報生。生欲入覘其異。止之，不聽。門戶素所習識，竟撥蒿蓬，曲折而入。登樓，殊無少異。穿樓而過，聞人語切切[5]。潛窺之，見巨燭雙燒，其明如晝。一叟儒冠，南面坐，一媼相對，俱年四十餘。東向一少年，可[6]二十許[7]。右一女郎，裁[8]及笄[9]耳。酒胾[10]滿案，團坐笑語。生突入，笑呼曰：「有不速之客[11]一人來！」羣驚奔匿。獨叟出，叱問：「誰何入人閨闥？」生曰：「此我家閨闥，君佔之。旨酒自飲，不邀主人，毋乃[12]太恡[13]？」叟審睇[14]曰：「非主人也。」生曰：「我狂生耿去病，主人之從子耳。」叟致敬曰：「久仰山斗[15]。」乃揖生入。便呼家人易饌，生止之。叟乃酌客。生曰：「吾輩通家[16]，座客無庸見避，還祈招飲。」叟呼：「孝兒！」俄少年自外入。叟曰：「此豚兒[17]也。」揖而坐。略審門閥。叟自言：「義君姓胡。」生素豪，談議風生；孝兒亦倜儻[18]；傾吐[19]間雅[20]相愛悅。

生二十一，長孝兒二歲，因弟[21]之。叟曰：「聞君祖纂《塗山外傳》，知之乎？」答：「知之。」叟曰：「我塗山氏[22]之苗裔[23]也。唐以後，譜系猶能憶之；五代而上，無傳焉。幸公子一垂教也。」生略述塗山女佐禹之功。粉飾多詞，妙緒泉湧。叟大喜，謂子曰：「今幸得聞所未聞。公子亦非他人，可請阿母及青鳳來，共聽之，亦令知我祖德也。」孝兒入幃中。少時，媼偕女郎出。審顧之，弱態生嬌，秋波流慧，人間無其麗也。叟指婦云：「此為老荊[24]。」又指女郎：「此青鳳，鄙人之猶女也。頗惠，所聞見，輒記不忘，故喚令聽之。」生談竟而飲，瞻顧女郎，停睇不轉。女覺之，輒俯其首。生隱躡[25]蓮鉤，女急斂足，亦無慍怒。生神志飛揚，不能自主，拍案曰：「得婦如此，南面王不易也[26]！」媼見生漸醉，益狂，與女俱起，遽搴幃去。生失望，乃辭叟出。而心縈縈不能忘情於青鳳也。至夜，復往，則蘭麝猶芳，而凝待終宵，寂無聲欬[27]。歸與妻謀，欲攜家而居之，冀得一遇。妻不從。生乃自往，讀於樓下。夜方凭[28]几，一鬼披髮入，面黑如漆，張目視生。生笑，染指研[29]墨自塗，灼灼然[30]相與對視。鬼慚而去。次夜，更既深，滅燭欲寢，聞樓後發扃，闢之閛然[31]。急起窺覘，則扉半啓。俄聞履聲細碎，有燭光自房中出。視之，則青鳳也。驟見生，駭而卻退，遽闔雙扉。生長跽而致詞曰：「小生不避險惡，實以卿故。幸無他人，得一握手為笑，死不憾耳。」女遙語曰：「惓惓[32]深情，妾豈不知。但閨訓嚴，不敢奉命。」生固哀[33]之，云：「亦不敢望肌膚之親，但一見顏色足矣。」女似肯可，啓關[34]出，捉之臂而曳之。生狂喜，相將入樓下，擁而加諸膝。女曰：「幸有夙分[35]。過此一夕，即相思，無用矣。」問：「何故？」曰：「阿叔畏君狂，故化厲鬼以相嚇，而君不動也。今已卜居[36]他所。一家皆移什物赴新居，而妾留守，明日即發[37]矣。」言已欲去，云：「恐叔歸。」生強止之，欲與為歡。方持論[38]間，叟掩入。女羞懼無以自容，俯首倚牀，拈帶不語。叟怒曰：「賤婢辱吾門戶！不速去，鞭撻且[39]從其後！」女低頭急去。叟亦出。尾[40]而聽之，訶詬[41]萬端。聞青鳳嚶嚶啜泣。生心意如割，大聲曰：「罪在小生，於青鳳何與[42]！倘宥鳳也，刀鋸鈇鉞[43]，小生願身受之！」良久，寂然。生乃歸寢。自此第內絕不復聲息矣。生叔聞而奇之，願售以居，不較直。生喜，攜家口而遷焉。居逾年，甚適，而未嘗須臾忘鳳也。會清明，上墓歸，見小狐二，為犬逼逐。其一投荒竄去；一則惶急道上，望見生，依依哀啼，闒耳戢首[44]，似乞其援。生憐之，啓裳衿，提抱以歸。閉門，置牀上，則青鳳也。大喜，慰問。女曰：「適與婢子戲，遘[45]此大厄。脫非郎君，必葬犬腹。望無以非類見憎。」生曰：「日切懷思，繫於魂夢。見卿，如獲異寶，何憎之云！」女曰：「此天數也！不因顛覆，何得相從。然幸矣，婢子必以妾為已死，可與君堅[46]永約耳。」生喜，另舍舍之[47]。積二年餘，生方夜讀，孝兒忽入。生輟讀，訝詰所來。孝兒伏地愴然[48]曰：「家君有橫難[49]，非君莫拯。將自詣懇，恐不見納，故以某來。」問：「何事？」曰：「公子識莫三郎否？」曰：「此吾年家子[50]也。」孝兒曰：「明日將過。倘攜有獵狐，望君之留之也。」生曰：「樓下之羞，耿耿[51]在念。他事不敢與聞，必欲僕效綿薄[52]，非青鳳來不可。」孝兒零涕曰：「鳳妹已野死三年矣！」生拂衣曰：「既爾[53]，則恨滋深耳！」執卷高吟，殊不顧瞻。孝兒起，哭失聲，掩面而去。生如[54]青鳳所，告以故。女失色，曰：「果救之否？」曰：「救則救之。適不之諾[55]者，亦聊以報前橫[56]耳。」女乃喜，曰：「妾少孤[57]，依叔成立[58]。昔雖獲罪，乃家範應爾。」生曰：「誠然。但使人不能無介介[59]耳。卿果死，定不相援。」女笑曰：「忍哉！」次日，莫三郎果至，鏤膺虎韔[60]，僕從甚赫[61]。生門逆之。見獲禽甚多，中一黑狐，血殷毛革[62]，撫之，皮肉猶溫。便託[63]裘敝，乞得綴補。莫慨然解贈。生即付青鳳。乃與客飲。客既去，女抱狐於懷，三日而甦，展轉[64]復化為叟。舉目見鳳，疑非人間。女歷言其情。叟乃下拜，慚謝前愆。喜顧女曰：「我固謂汝不死，今果然矣。」女謂生曰：「君如念妾，還乞以樓宅相假，使妾得以申返哺[65]之私。」生諾之。叟赧然謝別而去。入夜，果舉家來。由此如家人父子，無復猜忌矣。生齋居，孝兒時共談讌。生嫡出子漸長，遂使傅[66]之，蓋循循[67]善教，有師範焉。

①故——本是、原來、舊日。
②淩夷——衰微、沒落。
③門——這裏作動詞用，是守門、看門的意思。
④從子——姪。後文《公孫九娘》篇「猶子」，義同。本篇下文中「猶女」就是姪女。
⑤切切——輕細聲音的形容詞。
⑥可——大約、差不多。
⑦二十許——指歲數。
⑧裁——這裏同「纔」、「才」。
⑨及笄——指女子到了十五歲左右年齡。笄，簪子；及笄，到了戴簪子的時候。古時女子年十五歲，就要把頭髮用簪子簪起來，表示已經成年了。
⑩胾——大塊肉。
⑪不速之客——速，邀請；不速之客，不請自來的客人。
⑫毋乃——未免、豈不、只怕。
⑬恪——同「吝」。
⑭審睇——細看。下文「停睇」，後文《阿寶》篇「凝睇」，是目不轉睛地看着的意思。
⑮久仰山斗——山，泰山；斗，北斗。久仰山斗，是說仰望人如同仰望泰山北斗的高一樣，是表示欽

慕的客氣話。語出《新唐書韓愈傳》：「學者仰之，如泰山北斗。」

⑯通家——指彼此世代有極親密交情的人家。

⑰豚兒——對人稱自己兒子的謙詞。

⑱倜儻——豪爽而不拘束的樣子。

⑲傾吐——無所不談的意思。

⑳雅——頗、很、甚為。

㉑弟之——把他當作弟弟。弟字在這裏作動詞用。

㉒塗山氏——神話傳說：禹在塗山娶狐女為妻，叫作塗山氏。

㉓苗裔——一脈相傳、後代，包括血統和師承，如後文《偷桃》篇「意此其苗裔耶」的苗裔，就是指的徒子徒孫。

㉔老荊——猶如說老妻。東漢梁鴻妻孟光服飾儉樸，荊釵布裙；最初本以「荊釵」讚揚婦女服飾儉樸的美德，後來卻作為貧寒的代詞，因而稱自己的妻子為「荊妻」，省稱「荊」，成為謙詞。後文《陸判》篇「山荊」，《辛十四娘》篇「荊人」，義均略同。

㉕躡——踹。

㉖南面王不易也——南面王，指帝王，因為中國過去帝王的座位都是坐北朝南的。易，交換。這裏是說，即使別人用皇帝的位置來交換，他也不肯換。

㉗欬——同「咳」。

㉘凭——同「憑」，倚靠的意思。

㉙研——在這裏同「硯」。

㉚灼灼然——本指花開鮮明的樣子，這裏形容眼球閃亮。

㉛闢然——開門、闢門的聲音。這裏指開門。

㉜惓惓——在這裏義同拳拳。

㉝哀——這裏是哀求的意思。

㉞闢——指門，也可作門閂解釋。後文《陸判》篇「叩闢」，闢指門；《荷花三娘子》篇「拔闢出視」，闢指門閂。

㉟夙分——舊緣、前緣。後文《狐諧》篇「夙因」，《狐夢》篇「宿分」，《天宮》篇「宿緣」，義同。

㊱卜居——選擇住宅。

㊲發——啓程、動身。

㊳持論——爭執、各說各的理。

㊴且——將、即。

㊵尾——這裏作動詞用，跟隨的意思。

㊶訶詬——責罵。後文《恆娘》篇「詬誶」，《小翠》篇「詬讓」、「詬厲」，義同。

㊷何與——有什麼關係。後文《陸判》篇「無與朱孝廉」，就是同朱孝廉沒有關係的意思。
㊸鈇鉞——鈇，同「斧」；鉞，大斧。都是古代的武器。
㊹闒耳戢首——垂耳縮頭，害怕可憐的樣子。
㊺遘——遭遇。
㊻堅——這裏作動詞用，是牢靠的意思。
㊼另舍舍之——用另外的房屋讓她住下。上一「舍」字指房屋，下一「舍」字作動詞用，居住的意思。
㊽愴然——悲傷的樣子。
㊾橫難——意外的災禍。
㊿年家子——科舉時代，在同一科取中的舉人、進士，彼此稱為同年；彼此的後輩就叫作年家子。
51耿耿——心裏不安定、不忘記的樣子。
52綿薄——微弱的力量，通常用為自謙的話。
53既爾——既然如此。
54如——去、往。
55不之諾——不應允他。
56橫——野蠻、蠻不講理。
57孤——死了父親的子女。這裏作動詞用，死了父親的意思。

㊽成立——成長、長大成人。
㊾介介——不愉快地記在心裏。
㊿鏤膺虎韔——鏤膺，繫在馬腹上的金質勒帶；虎韔，虎皮做的弓匣子。
61赫——很有聲勢、很有威風的樣子。
62血殷毛革——血殷，血污變成黑色；毛革，皮上的毛脫落。
63託——託詞、假話。說的這個、事實上卻是那個的意思。
64展轉——展在這裏同「輾」，屈伸轉動的樣子。心思不定也叫輾轉，如後文《鳳陽士人》篇「輾轉無以自主」。
65返哺——傳說烏是孝鳥，能够銜着食物回巢餵養老烏，這種行為就叫作返哺。習慣用這個詞比喻子女向父母的盡孝。
66傅——這裏作動詞用，做師傅的意思。
67循循——逐漸、有次序的樣子。

畫皮

太原王生，早行，遇一女郎，抱襆[1]獨奔，甚艱於步[2]。急走趁[3]之，乃二八姝麗。心相愛樂，問：「何夙夜踽踽[4]獨行？」女曰：「行道之人，不能解愁憂，何勞相問。」生曰：「卿何愁憂？或可效力，不辭也。」女黯然曰：「父母貪賂，鬻妾朱門[5]。嫡妒甚，朝詈而夕楚辱[6]之。所弗堪也，將遠遁耳。」問：「何之？」曰：「在亡之人，烏有定所。」生言：「敝廬不遠，即煩枉顧[7]。」女喜，從之。生代攜襆物，導與同歸。女顧室無人，問：「君何無家口？」答云：「齋[8]耳。」女曰：「此所良佳。如憐妾而活之，須祕密勿洩。」生諾之。乃與寢合。使匿密室，過數日而人不知也。生微[9]告妻。妻陳，疑為大家媵妾，勸遣之。生不聽。偶適市，遇一道士，顧生而愕，問：「何所遇？」答言：「無之。」道士曰：「君身邪氣縈繞，何言無？」生又力白。道士乃去，曰：「惑哉！世固有死將臨而不悟者。」生以其言異，頗疑女；轉思明明麗人，何至為妖：意道士借魘禳[10]以獵食[11]者。無何，至齋門。門內杜，不得入。心疑所作，乃踰垝垣[12]，則室門亦閉。躡跡而窗窺之，見一獰鬼，面翠色，齒巉巉[13]如鋸，鋪人皮於榻上，執彩筆而繪之。已而擲筆，舉皮如振衣狀，披於身，遂化為女子。睹此狀，大懼，獸伏[14]而出。急追道士，不知所往。遍跡[15]之，遇於野，長跪乞救。道士曰：「請遣除之。此物亦良[16]苦，甫能覓代者，予亦不忍傷其生。」乃以蠅拂[17]授生，令掛寢門。臨別約會於青帝[18]廟。生歸，不敢入齋，乃寢內室，懸拂焉。一更許，聞門外戢戢[19]有聲。自不敢窺也，使妻窺之。但見女子來，望拂子不敢進，立而切齒，良久乃去。少時，復來，罵曰：「道士嚇我！終不然，甯入口而吐之耶！」取拂碎之，壞寢門而入，徑登生牀，裂生腹，掬生心而去。妻號。婢入燭[20]之，生已死，腔血狼籍[21]。陳駭涕不敢聲[22]。明日，使弟二郎奔告道士。道士怒曰：「我固憐之，鬼子乃敢爾！」即從生弟來。女子已失所在。既而仰首四望，曰：「幸遁未遠。」問：「南院誰家？」二郎曰：「小生所舍也。」道士曰：「現在君所。」二郎愕然，以為未有，道士問曰：「曾否有不識者一人來？」答曰：「僕早赴青帝廟，良不知。當歸問之。」去，少頃而返，曰：「果有之：晨間，一嫗來，欲傭為僕家操作；室人[23]止之，尚在也。」道士曰：「即是物矣。」遂與俱往，仗木劍，立庭心，呼曰：「孽魅償我拂子來！」嫗在室惶遽無色[24]，出門欲遁。道士逐擊之。嫗仆，人皮劃然[25]而脫，化為厲鬼[26]，卧嗥[27]如豬。道士以木劍梟其首[28]。身變作濃煙，匝地作堆[29]。道士出一葫蘆，拔其塞，置煙中，飀飀然[30]如口吸氣。瞬息煙盡，道士塞口入囊。共視人皮，眉目手足，無不備具。道士卷[31]之，如卷畫軸聲，亦囊之。乃別，欲去。陳氏拜迎於門，哭求回生之法。道士謝不能。陳益悲，伏地不起。道士沈思曰：「我術淺，誠不能起死。我指一人，或能之，往求必合有效。」問：「何人？」曰：「市上有瘋者，時臥糞土中。試叩而哀之。倘狂辱夫人，夫人勿怒也。」二郎亦習知之，乃別道士，與嫂俱往。見乞人顛歌道上，鼻涕三尺，穢不可近。陳膝行[32]而前。乞人笑曰：「佳人愛我乎？」陳告之故。又大笑曰：「人盡夫也，活之何為！」陳固哀之。乃曰：「異哉！人死而乞活於我，我閻摩[33]耶？」怒以杖擊陳，陳忍痛受之。市人漸集，如堵。乞人咯痰唾[34]盈把[35]，舉向陳吻曰：「食之！」陳紅漲於面，有難色。既思道士之囑，遂強啖焉：覺入喉中，硬如團絮，格格而下，停結胸間。乞人大笑曰：「佳人愛我哉！」遂起，行已不顧。尾之，入於廟中。迫而求之，不知所在，前後冥搜[36]，殊無端兆[37]。慚恨而歸。既悼夫亡之慘，又悔食唾之羞，俯仰哀啼，但願即死。方欲展血斂屍，家人佇望，無敢近者。陳抱屍收腸，且理且哭。哭極聲嘶，頓欲嘔，覺鬲中結物，突奔而出，不及回首，已落腔中。驚而視之，乃人心也，在腔中突突[38]猶躍，熱氣騰蒸如煙然。大異之。急以兩手合腔，極力抱擠；少懈[39]，則氣氤氳[40]自縫中出。乃裂繒帛，急束之。以手撫屍，漸溫。覆以衾裯。中夜啓視，有鼻息矣。天明竟活。為言：「恍惚若夢，但覺腹隱痛耳。」視破處，痂結如錢，尋愈。

異史氏曰：「愚哉世人！明明妖也，而以為美。迷哉愚人！明明忠也，而以為妄。然愛人之色而漁[41]之，妻亦將食人之唾而甘之矣。天道好還，但愚而迷者不寤耳，可哀也夫！」

①襆——行李，衣被。後文《嬰甯》篇「襆被」，指鋪陳臥具，打開行李；《小翠》篇「襆之而去」，襆，指包裹、捲束。後兩義都作動詞用。

②甚艱於步——走得很吃力的樣子。

③趁——趕上前、湊上去。

④踽踽——一個人孤單單走路的樣子。

⑤朱門——從前富貴人家的大門，多半漆成紅色，所以一般「朱門」作為富貴人家的代詞。

⑥楚辱——捶打侮辱的意思。楚，一種四五尺高的小樹，古人用這種樹的木頭做責罰子弟的扑具，後來就把打人的棍子叫作楚。有時也作動詞用，後文《嬰甯》篇「鞭楚」，《王十》篇「楚背」的楚，都是打的意思。

⑦枉顧——對別人來看自己的客氣話，意思是讓他到自己這裏來，是委屈了他的身份。

⑧齋——書房。

⑨微——略略、稍為。

⑩魘禳——畫唸符咒，向神祈禱，希望趕走鬼怪的一種迷信行為。後文《賈兒》篇「驅禳」，《嬰甯》

篇「醮禳」，義同。

⑪獵食——謀生、找飯吃。把找飯吃的目的比作獵人打獵之希望有所獲取一樣，所以叫獵食。

⑫垝垣——垝，毀壞的意思。垝垣，是毀壞的牆，指有缺口的地方。

⑬巉巉——本指山的高峻，這裏形容牙齒的銳利。

⑭獸伏——爬在地下。

⑮跡——這裏是追蹤尋找的意思。

⑯良——深、很、甚。

⑰蠅拂——驅散蚊蠅的用具，是用馬尾或麈尾做成的撣子，也叫拂塵、拂子。從前道士一般都習慣拿着蠅拂。

⑱青帝——古人認為在東、南、西、北、中央有五天帝，是太微垣裏的五星座；青帝，是在東方的五天帝之一。

⑲戢戢——本是魚唼水的聲音，這裏指鬼怪來時的響聲。

⑳燭——用火照看的意思。後文《賈兒》篇「輒起火之」，火，義同，都作動詞用。

㉑狼籍——亂七八糟的樣子。傳說狼睡在草上，每每把草弄得又髒又亂，所以習慣用狼籍兩字形容凌亂不整。籍，在這裏同「藉」。

㉒聲——出聲、作聲，這裏作動詞用。

㉓室人——指妻。後文《粉蝶》篇「家室」，義同。
㉔無色——面無人色的省詞，指因害怕而臉色慘白的樣子。
㉕劃然——形容皮和肉脫離的聲音。
㉖厲鬼——惡鬼。
㉗嗥——同「號」，呼叫。
㉘梟其首——本是斬首懸在竿上示眾的意思，這裏指把他的頭砍下來。
㉙匝地作堆——圍繞在地下成為一個小堆。
㉚飀飀然——形容風聲，後文《荷花三娘子》篇「颼飀」，義同。
㉛卷——這裏同「捲」。
㉜膝行——跪着用兩膝行走。
㉝閻摩——也作閻魔，就是傳說中的陰間閻王。
㉞涶——同「唾」。
㉟盈把——滿滿的一手。
㊱冥搜——窮找、無處不查地搜索。
㊲端兆——頭緒、消息。
㊳突突——形容跳動的樣子。

㊴少懈——稍為懈怠一下，就是過了一會兒，猶如說「少頃」。

㊵氤氳——冒熱氣，氣盛的樣子。

㊶漁——貪取的意思，這裏指對女色方面而言。好女色的人，看到中意的女子就要設法勾引到手，猶如打魚的人要撈取所有的魚一樣，所以叫作「漁」。

賈兒

楚某翁，賈[1]於外。婦獨居，夢與人交[2]，醒而捫[3]之，小丈夫也。察其情，與人異，知為狐。未幾，下牀去，門未開而已逝矣。入暮，邀庖媼[4]伴焉。有子十歲，素[5]別榻卧，亦招與俱。夜既深，媼、兒皆寐，狐復來，婦喃喃[6]如夢語，媼覺呼之，狐遂去。自是，身忽忽若有亡[7]。至夜，不敢息燭，戒子睡勿熟。夜闌[8]，兒及媼倚壁少寐，既醒，失婦。意其出遺[9]；久待不至，始疑。媼懼，不敢往覓。兒執火遍燭之。至他室，則母裸卧其中。近扶之，亦不羞縮。自是遂狂：歌哭叫詈，日萬狀。夜厭與人居，另榻寢，兒、媼亦遣去。兒每聞母笑語，輒起火之。母反怒訶兒，兒亦不為意。因共壯兒膽。然嬉戲無節，日效杇者[10]，以磚石疊窗上，止之，不聽。或去其一石，則滾地作嬌啼。人無敢氣觸之。過數日，兩窗盡塞，無少明。已，乃合泥塗壁孔，終日營營[11]，不憚其勞。塗已，無所作[12]，遂把廚刀霍霍[13]磨之。見者皆憎其頑，不以人齒[14]。兒宵分[15]隱[16]刀於懷，以瓢覆燈。伺母囈語[17]，急啓燈，杜門聲喊。久之，無異。乃離門，揚言[18]詐作欲溲狀。欻有一物如狸，突奔門隟[19]。急擊之，僅斷其尾，約二寸許，溼血猶滴。初挑燈[20]起，母便詬罵，兒若弗聞。擊之不中，懊恨而寢。自念，雖不即戮，可以幸其不來。及明，視血跡踰垣而去，跡之，入何氏園中。至夜，果絕。兒竊喜，但母癡臥如死。未幾，賈人歸，就榻問訊婦[21]。嫚罵[22]，視若仇。兒以狀對。翁驚，延醫藥[23]之。婦瀉[24]藥詬罵。潛以藥入湯水，雜飲之，數日，漸安。父子俱喜。一夜，睡醒，失婦所在。父子又覓得於別室。由是復顛，不欲與夫同室處。向夕[25]，竟奔他室。挽之，罵益甚。翁無策，盡扃他扉。婦奔去，則門自闢。翁患之，驅禳備至，殊無少驗。兒薄暮潛匿何氏園，伏莽[26]中，將以探狐所在。月初升，乍聞人語。暗撥蓬科[27]，見二人來飲，一長鬣奴捧壺，衣老椶色[28]。語俱細隱，不甚可辨。移時，聞一人曰：「明日可取白酒一瓻[29]來。」頃之，俱去，惟長鬣獨留，脫衣臥庭石上。審顧之，四肢皆如人，但尾垂後部。兒欲歸，恐狐覺，遂終夜伏。未明，又聞二人以次[30]復來，噥噥[31]入竹叢中，兒乃歸。翁問所往，答：「宿阿伯家。」適[32]從父入市，見帽肆掛狐尾，乞翁市之。翁不顧。兒牽父衣，嬌聒[33]之。翁不忍過拂[34]，市焉。父貿易廛中，兒戲弄其側。乘父他顧，盜錢去，沽白酒寄[35]肆廊。有舅氏城居，素業獵。兒奔其家，舅他出。妗[36]詰母疾，答云：「連朝稍可。又以耗子嚙衣，怒涕不解，故遣我乞獵藥耳。」妗檢櫝，出錢許，裹付兒。兒少[37]之。妗欲作湯餅[38]啖[39]兒，兒覷[40]室無人，自發藥裹，竊盈掬[41]而懷[42]之。乃趨告妗，俾勿舉火，「父待市中，不遑[43]食也」。遂徑去。隱以藥置酒中，遨遊市上，抵暮方歸。父問所在，託在舅家。兒自是日遊廛肆間。一日，見長鬣人亦雜[44]儔中[45]。兒審之確，陰綴繫[46]之。漸與語，詰其居里，答言：「北村。」亦詢兒，兒偽云：「山洞。」長鬣怪其洞居。兒笑曰：「我世居洞府，君固否耶？」其人益驚，便詰姓氏。兒曰：「我胡氏子。曾在何處，見君從兩郎，顧忘之耶？」其人熟[47]審之，若信若疑，兒微啓下裳，少少[48]露其假尾，曰：「我輩混跡人中，但此猶存，為可恨耳。」其人問：「在市欲何作？」兒曰：「父遣我沽。」其人亦以沽告。兒問：「沽未？」曰：「吾儕多貧，故常竊時多。」兒曰：「此役亦良苦，耽[49]驚憂。」其人曰：「受主人遣，不得不爾。」因問：「主人伊誰？」曰：「即曩所見兩郎兄弟也。一私[50]北郭王氏婦，一宿東村某翁家。翁家兒大惡，被斷尾，十日始瘥，今復往矣。」言已，欲別，曰：「勿誤我事。」兒曰：「竊之難，不若沽之易。我先沽寄廊下，敬以相贈。我囊中尚有餘錢，不愁沽也。」其人愧無以報。兒曰：「我本同類，何靳些須[51]。暇時，尚當與君痛飲耳。」遂與俱去，取酒授之，乃歸。至夜，母竟安寢，不復奔。心知有異，告父同往驗之。則兩狐斃於亭上，一狐死於草中，喙津津[52]尚有血出。酒瓶猶在，持而搖之，未盡也。父驚問：「何不早告？」曰：「此物最靈，一洩，則彼知之。」翁喜曰：「我兒討狐之陳平[53]也。」於是父子荷狐歸。見一狐禿尾，刀痕儼然。自是遂安。而婦瘠殊甚，心漸明了，但益之嗽，嘔痰輒數升，尋[54]瘉。北郭王氏婦，向祟於狐，至是問之，則狐絕而病亦瘉。翁由此奇兒，教之騎射，後貴至總戎[55]。

①賈——這裏是經商、做生意的意思。題目「賈兒」，賈，指商人。
②交——這裏指男女間的性行為。
③捫——摸。
④庖媼——廚娘。
⑤素——一向、從來。
⑥喃喃——不斷小聲地說話。
⑦忽忽若有亡——忽忽，精神恍惚的樣子。忽忽若有亡，意思是精神恍惚，好像丟了什麼東西一樣。後文《向杲》篇「忽忽然」，是形容痲木的樣子。
⑧闌——深、盡。
⑨遺——和後文「溲」，都指小便。
⑩杇者——磚瓦工人，泥水匠。
⑪營營——忙碌的樣子。
⑫無所作——沒有事做。

⑬霍霍——形容把刀來回磨得很快的聲音。
⑭不以人齒——不當作人看待。
⑮宵分——夜半。後文《巧娘》篇「宵半」、「夜分」，《香玉》篇「中夜」，義同。
⑯隱——這裏是藏匿的意思。下文「隱」也作隱約、暗地解釋。
⑰囈語——說胡話、說夢話。
⑱揚言——故意宣稱。
⑲隟——同「隙」，指門縫。
⑳挑燈——古人點油燈、點燭照明，要時時挑剔燈心、燭心，使它明亮，所以也就把燃點燈、燭，叫作挑燈、挑燭。後文《巧娘》篇「雙鬟挑畫燭」，挑是持拿的意思。
㉑問訊——詢問、問候。出家人向人當胸合掌，口裏問安，也叫問訊。
㉒嫚罵——辱罵。
㉓藥——這裏作動詞用，指醫治和服藥。
㉔瀉——潑掉、倒掉。
㉕向夕——臨晚、傍晚。後文《聶小倩》篇「向晚」，義同；《連瑣》篇「向夜二更許」，意思是臨到夜裏二更多天。
㉖莽——叢生的草木。

㉗蓬科——草堆。

㉘老樱色——老，這裏指較深的顏色；老樱色就是深樱色。

㉙瓻——陶製的酒壺。

㉚以次——先後、陸續。

㉛噥噥——形容低聲說話的聲音。

㉜適——偶然。

㉝聒——嘮叨、嚕蘇、接連不斷地說話。

㉞拂——違背。

㉟寄——借地存放。

㊱妗——舅母。

㊲少——這裏是以為少的意思。

㊳湯餅——帶湯的麵。

㊴啖——這裏是供應食物給別人吃的意思。

㊵覷——偷看，也寫作「覻」。

㊶盈掬——滿滿的一把。後文《葛巾》篇「纖腰盈掬」，盈掬是形容腰細，意思是只有手抓起來那樣一把。

㊷懷——揣起。
㊸不遑——來不及、沒有功夫。有時也形容慌張、手足無措的樣子，如後文《聶小倩》篇「驚顧不遑」。
㊹雜——雜在、混在。
㊺儔中——人羣裏。
㊻綴繫——跟隨。
㊼熟——仔細。
㊽少少——稍為、略為。
㊾耽——同「擔」。這裏「耽驚憂」，就是擔驚受怕的意思。耽，也作歡喜、嗜好解釋，如《聶小倩》篇「性癖耽寂」。
㊿私——私通，非正式的、不合法的男女關係。
51些須——少許、一點點。
52津津——形容口水流出的樣子。
53陳平——漢高祖的謀臣，曾經想出許多計策，幫助漢高祖戰勝了對手。
54尋——不久。
55總戎——總兵的別稱。明清時管轄一鎮的高級軍官，比提督低一級，也叫總鎮、鎮台。

陸判

陵陽朱爾旦，字小明。性豪放，然素鈍，學雖篤，尚未知名。一日，文社[1]眾飲。或戲之云：「君有豪名，能深夜赴十王殿負得左廊判官[2]來，眾當醵[3]作筵。」蓋陵陽有十王殿，神鬼皆以木雕，妝飾如生。東廡有立判，綠面赤鬚[4]，貌尤獰惡。或夜聞兩廊拷訊聲，入者毛皆森豎[5]，故眾以此難[6]朱。朱笑起，徑去。居無何，門外大呼曰：「我請髯宗師[7]至矣！」眾皆起。俄負判入，置几上，奉觴酹[8]之三[9]。眾睹之，瑟縮[10]不安於座，仍請負去。朱又把酒灌地，祝曰：「門生狂率不文[11]，大宗師諒不為怪。荒舍匪遙，合[12]乘興來覓飲，幸勿為畦畛[13]。」乃負之去。次日，眾果招飲。抵暮，半醉而歸，興未闌，挑燈獨酌。忽有人搴簾入，視之，則判官也。朱起曰：「噫！吾殆將死矣！前日冒瀆，今來加斧鑕[14]耶？」判啓濃髯微笑曰：「非也！昨蒙高義相訂，夜偶暇，敬踐達人[15]之約。」朱大悅，牽衣促坐，自起滌器爇[16]火。判曰：「天道溫和，可以冷飲。」朱如命，置瓶案上。奔告家人治[17]餚果。妻聞大駭，戒勿出。朱不聽，立俟治具[18]以出。易琖[19]交酬，始詢姓氏，曰：「我陸姓，無名字。」與談古典，應答如響[20]。問：「知制藝否？」曰：「妍媸亦頗辨之。

陰司誦讀，與陽世略同。」陸豪飲，一舉十觥[21]。朱因竟日飲，遂不覺玉山傾頹[22]，伏几醺睡。比[23]醒，則殘燭昏黃，鬼客已去。自是三兩日輒一來，情益洽，時抵足眠。朱獻窗稿，陸輒紅勒[24]之，都言不佳。一夜，朱醉，先寢，陸猶自酌。忽醉夢中，覺臟腑微痛。醒而視之，則陸危坐[25]牀前，破腔出腸胃，條條整理。愕曰：「夙無仇怨，何以見[26]殺？」陸笑云：「勿懼！我為君易慧心耳。」從容納腸已，復合之，末以裹足布束朱腰。作用畢，視榻上亦無血跡，腹間覺少麻木。見陸置肉塊几上，問之。曰：「此君心也。作文不快，知君之毛竅塞耳。適在冥間，於千萬心中，揀得佳者一枚，為君易之。留此，以補闕數。」乃起，掩扉去。天明解視，則創縫已合，有綖[27]而赤者存焉。自是文思大進，過眼不忘。數日，又出文示陸。陸曰：「可矣。但君福薄，不能大顯貴，鄉、科[28]而已。」問：「何時？」曰：「今歲必魁。」未幾，科試冠軍；秋闈[29]果中經元[30]。同社友素揶揄之，及見闈墨[31]，相視而驚，細詢始知其異。共求朱先容[32]，願納交陸。陸諾之。眾大設以待之。更初，陸至，赤髯生動，目炯炯[33]如電。眾茫乎無色，齒欲相擊，漸引去。朱乃攜陸歸飲。既醺，朱曰：「湔腸伐胃，受賜已多。尚有一事欲相煩，不知可否？」陸便請命。朱曰：「心腸可易，面目想亦可更。山荊，予結髮人[34]。下體頗亦不惡，但頭面不甚佳麗。尚欲煩君刀斧，如何？」陸笑曰：「諾！容徐圖之。」過數日，半夜來叩關。朱急起延入。燭之，見襟裹一物。詰之。曰：「君曩所囑，向艱物色。適得一美人首，敬報君命。」朱撥視，頸血猶溼。陸立促急入，勿驚禽犬。朱慮門戶夜扃。陸至，一手推扉，扉自闢。引至臥室，見夫人側身眠。陸以頭授朱抱之，自於靴中出白刃如匕首，按夫人項，着力如切腐狀，迎刃而解，首落枕畔，急於生懷取美人頭合項上，詳審端正，而後按捺。已而移枕塞肩際，命朱瘞[35]首靜所，乃去。朱妻醒，覺頸間微麻，面頰甲錯[36]，搓之，得血片，甚駭，呼婢汲盥。婢見面血狼籍，驚絕。濯之，盆水盡赤。舉首，則面目全非，又駭極。夫人引鏡自照，錯愕不能自解。朱入告之。因反覆細視，則長眉掩鬢，笑靨[37]承顴，畫中人也。解領驗之，有紅綫一周，上下肉色，判然而異。先是，吳侍御[38]有女甚美，未嫁而喪二夫，故十九猶未醮[39]也。上元遊十王殿，時遊人甚雜，內有無賴賊，窺而豔之[40]，遂陰訪居里，乘夜梯入[41]，穴[42]寢門，殺一婢於牀下，逼女與淫。女力拒聲喊。賊怒，亦殺之。吳夫人微聞鬧聲，呼婢往視，見屍，駭絕。舉家盡起，停屍堂上，置首項側。一門啼號，紛騰終夜。詰旦[43]啓衾，則身在而失其首。遍撻侍女，謂所守不恪，致葬犬腹。侍御告郡[44]，郡嚴限捕賊，三月而罪人弗得。漸有以朱家換頭之異聞吳公者。吳疑之，遣媼探諸其家。入見夫人，駭走以告吳公。公視女屍故存，驚疑無以自決，猜朱以左道[45]殺女。往詰朱。朱曰：「室人夢易其首，實不解其何故。謂僕殺之，則冤也。」吳不信，訟之。收家人鞫[46]之，一如朱言。郡守不能決。朱歸，求計於陸。陸曰：

「不難。當使伊女自言之。」吳夜夢女曰：「兒為蘇溪楊大年所賊[47]，無與朱孝廉。彼不豔於其妻，陸判官取兒頭與之易之，是兒身死而頭生也。願勿相仇。」醒告夫人，所夢同。乃言於官。問之，果有楊大年。執而械[48]之，遂伏其罪。吳乃詣朱請見夫人，由此為翁婿。乃以朱妻首合女屍而葬焉。朱三入禮闈，皆以場規被放[49]，於是灰心仕進。積三十年，一夕，陸告曰：「君壽不永[50]矣。」問其期，對以「五日」。「能相救否？」曰：「惟天所命，人何能私。且自達人觀之，生死一耳，何必生之為樂、死之為悲！」朱以為然。即治衣衾棺槨。既竟，盛服而沒，翌日，夫人方扶柩哭，朱忽冉冉[51]自外至。夫人懼。朱曰：「我誠鬼，不異生時。慮爾寡母孤兒，殊戀戀耳。」夫人大慟，涕垂膺。朱依依慰解之。夫人曰：「古有還魂之說，君既有靈，何不再生？」朱曰：「天數不可違也。」問：「在陰司作何務？」曰：「陸判薦我督案務，授有官爵，亦無所苦。」夫人欲再語，朱曰：「陸公與我同來，可設酒饌。」趨而出。夫人依言營備。但聞室中笑飲，豪氣高聲，宛若生前。半夜窺之，窅然[52]已逝。自是，三數日輒一來。時而留宿繾綣，家中事就便經紀[53]。子瑋，方五歲，來輒提抱。至七八歲，則燈下教讀。子亦惠，九歲能文，十五入邑庠，竟不知無父也。從此來漸疏，日月至焉[54]而已。又一夕，來，謂夫人曰：「今與卿永訣[55]矣！」問：「何往？」曰：「承帝命為太華[56]卿，行將遠赴。事煩途隔，故不能來。」母子持之哭。曰：「勿爾！兒已成立，家業尚可存活，豈有百歲不拆之鸞鳳耶！」顧子曰：「好為人，勿墮父業！十年後一相見耳。」徑出門去，於是遂絕。後瑋二十五舉進士，官行人[57]。奉命祭西嶽，道經華陰，忽有輿從羽葆[58]，馳衝鹵簿[59]。訝之。審視車中人，其父也。下馬哭伏道左。父停輿曰：「官聲[60]好，我目瞑矣。」瑋伏不起。朱促輿行，火馳不顧。去數步，回望，解佩刀，遣人持贈。遙語曰：「佩之當貴。」瑋欲追從，見輿馬人從，飄忽若風，瞬息不見。痛恨良久。抽刀視之，製極精工。鐫字一行，曰：「膽欲大而心欲小，智欲圓而行欲方。」瑋後官至司馬[61]。生五子，曰沉，曰潛，曰沕，曰渾，曰深。一夕，夢父曰：「佩刀宜贈渾也。」從之。渾仕為總憲[62]，有政聲。

異史氏曰：「斷鶴續鳧[63]，矯作者妄；移花接木，創始者奇。而況加鑿削於肝腸，施刀錐於頸項者哉？陸公者，可謂媸皮裹妍骨矣。明季至今，為歲[64]不遠，陵陽陸公猶存乎？尚有靈焉否也？為之執鞭[65]，所欣慕焉。」

①文社——科舉時代，秀才講學作文的組合。後文其他篇中也簡稱作「社」。

②判官——官名，在唐代是節度、觀察、防禦諸使的幕僚。這裏指傳說中輔佐閻王的冥官。題目「陸判」和下文「立判」的「判」字，是判官的省詞。

③醵——湊份子。
④鬒——同「鬒」。
⑤森豎——叢密如林地一根根站起來。
⑥難——這裏是與人為難、用難題目考人的意思。
⑦宗師——科舉時代，秀才對於學使的尊稱；道德文章可以為大眾模範的人，也往往被尊稱為宗師。這裏指後者，客氣的稱呼。
⑧酹——把酒澆在地上祭祀鬼神叫作酹。後文《香玉》篇「日酹妾一杯水」，酹，澆、灌的意思。
⑨三——三次、三回。
⑩瑟縮——把身體緊縮在一起，害怕的樣子。
⑪不文——不文雅、粗野。
⑫合——應該、可以。
⑬畦畛——本是田裏的道路，引申為「界限」。
⑭斧鑕——古代類似鍘刀的腰斬器具。斧，上面的刀；鑕，下面的板。這裏是殺害的意思。
⑮達人——曠達、達觀的人。
⑯爇——燃燒、點着。
⑰治——備辦。

⑱具——原作餐具解釋，這裏指酒食。後文「設」，義同。大設，是豐富的酒食、盛大的招待宴會。
⑲琖——同「盞」。
⑳應答如響——答覆問題如同聲音的回響一樣。聲音的回響是很快的，這裏是形容答話迅速、敏捷。
㉑觥——野牛角做的酒杯。
㉒玉山傾頹——形容文雅的人喝酒醉倒的樣子。
㉓比——及、等到。
㉔紅勒——用紅筆塗抹，在文句旁打槓子。
㉕危坐——端坐、獨坐。後文《葛巾》篇「兀坐」，義同。
㉖見——被、遭。
㉗綖——這裏同「綫」。
㉘鄉、科——鄉試和科試的省詞。參看前文《葉生》篇「科試」和「領鄉薦」註釋。
㉙秋闈——就是鄉試。科舉時代，農曆八月裏舉行鄉試，所以叫秋闈。後文《書癡》篇「秋捷」，指中舉。
㉚經元——也叫經魁，就是鄉試的前五名。明代分五經（《易經》、《書經》、《詩經》、《禮記》、《春秋》）取士，每一經的第一名叫作魁首；鄉試第一名到第五名，一定要在五經裏各取一名，所以叫作經元或經魁。後來雖然取消了分五經取士的方法，但習慣上仍然把前五名叫作經元。

㉛闈墨——清代鄉試和會試之後，主考官從錄取的卷子中，挑選他所認為優秀的作品，刊刻成書，供人觀摩研究，這書就叫闈墨。

㉜先容——預先介紹的意思。後文《雲蘿公主》篇「求先容於婦」，先容，指預先說情。

㉝炯炯——極其光亮的樣子。

㉞結髮人——古時男子到了二十歲，女子到了十五歲，都要把頭髮結起來，算是成年，所以習慣把少年時的元配妻子叫作結髮人。語出漢蘇武詩：「結髮為夫婦。」

㉟瘞——埋葬。

㊱甲錯——皮膚皴皺的樣子。

㊲笑靨——酒窩。

㊳侍御——官名，御史的別稱，負糾察、彈劾責任的官吏，明清時屬於都察院，有左／右都御史、左／右副都御史、僉都御史、監察御史等分別。

㊴醮——古代結婚時一種飲酒的禮節，引申作「結婚」解釋。

㊵艷之——認為是美麗的。

㊶梯入——爬高進去。

㊷穴——這裏作動詞用，指挖洞。

㊸詰旦——第二天早晨。

㊹郡——指州府衙門。下文「郡守」，指知州、知府一類的官。
㊺左道——邪道、邪術。
㊻鞫——審訊。
㊼賊——這裏作動詞用，殺害的意思。
㊽械——這裏作動詞用，用刑具拷問的意思。
㊾放——驅逐。這裏指取消參加考試的資格。
㊿永——長久的意思。
(51)冉冉——緩慢漸漸走近的樣子。
(52)窅然——深遠難見的樣子。
(53)經紀——料理、照管。
(54)日月至焉——偶然來來的意思。
(55)永訣——永別。
(56)太華——同後文的「西嶽」，都指華山。
(57)官行人——官，這裏是做官的意思。行人，官名。明代官署中有行人司，設官名行人，代表皇帝出使做種種活動。祭祀，是行人職掌之一。
(58)輿從羽葆——輿從，車馬前後侍奉的人。羽葆，用鳥毛飾成像傘一樣的華蓋，是官員的儀仗之一。

⑲鹵簿——本指皇帝出行時的儀從和警衛，後來也泛指一般官員的儀仗。

⑳聲——指名譽。下文「有政聲」，後文《聶小倩》篇「仕進有聲」，聲，義同。

㉑司馬——從前把兵部尚書和侍郎叫作大司馬、少司馬；也以司馬泛指兵部較高級的官員。又府同知也稱司馬。

㉒總憲——明清時對都察院左都御史的尊稱。

㉓斷鶴續鳧——語出《莊子》：「鳧脛雖短，續之則憂；鶴脛雖長，斷之則悲。」意思是：野鴨的腳雖然短，鶴的腳雖然長，如果硬要把野鴨的腳接上一段，鶴的腳去掉一截，那麼，野鴨和鶴都要感到悲哀痛苦的。這個比喻是說：事物本身有它一定的形態和作用，不可能依着人的主觀意圖而加以改變。這裏引用這一典故，意思是「斷鶴續鳧」的事情已經離奇，陸判還能給別人換心換頭，尤其了不起啊。

㉔為歲——歲，年歲，通常計算時間的最大單位。為歲，就是「算起年歲來」的意思。

㉕執鞭——為人駕車，是對人極度欽佩的表示。

嬰寧

王子服，莒之羅店人。早孤。絕惠，十四入泮。母最愛之，尋常不令遊郊野。聘蕭氏，未嫁而夭[1]，故求凰[2]未就也。會上元，有舅氏子吳生，邀同眺矚。方至村外，舅家有僕來，招吳去。生見遊女如雲，乘興獨遨。有女郎攜婢，撚[3]梅花一枝，容華絕代，笑容可掬[4]。生注目不移，竟忘顧忌。女過去數武，顧婢曰：「個[5]兒郎目灼灼似賊！」遺花地上，笑語自去。生拾花悵然，神魂喪失，怏怏遂返。至家，藏花枕底，垂頭而睡，不語亦不食。母憂之。醮禳，益劇，肌革銳減[6]。醫師診視，投劑發表[7]，忽忽若迷。母撫問所由，嘿然不答。適吳生來，囑密詰之。吳至榻前，生見之淚下。吳就榻慰解，漸致研詰。生具吐其實，且求謀畫。吳笑曰：「君意亦復癡。此願有何難遂？當代訪之。徒步於野，必非世家。如其未字[8]，事固諧矣；不然，拚[9]以重賂，計必允遂。但得痊瘳，成事在我。」生聞之，不覺解頤。吳出告母，物色女子居里，而探訪既窮，並無蹤緒。母大憂，無所為計。然自吳去後，顏頓開，食亦略進。數日，吳復來。生問所謀。吳紿之曰：「已得之矣！我以為誰何人，乃我姑氏女，即君姨妹行，今尚待聘。雖內戚[10]有昏因之嫌，實告之，無不諧者。」生喜溢眉宇。問：「居何里？」吳詭曰：「西南山中，去此可三十餘里。」生又付囑再四，吳銳身自任而去。生由此飲食漸加，日就平復。探視枕底，花雖枯，未便彫落，凝思把玩，如見其人。怪吳不至，折柬[11]招之。吳支託不肯赴召。生恚怒，悒悒[12]不歡。母慮其復病，急為議姻。略與商榷，輒搖首不願。惟日盼吳。吳迄無耗，益怨恨之。轉思三十里非遙，何必仰息[13]他人？懷梅袖中，負氣[14]自往，而家人不知也。伶仃[15]獨步，無可問程[16]，但望南山行去。約三十餘里，亂山合沓，空翠爽肌，寂無人行，止有鳥道。遙望谷底叢花亂樹中，隱隱有小里落。下山入村，見舍宇無多，皆茅屋，而意[17]甚修雅[18]。北向一家，門前皆絲柳，牆內桃杏尤繁，間[19]以修竹，野鳥格磔[20]其中。意其園亭，不敢遽入。回顧對戶，有巨石滑潔，因據坐少憩。俄聞牆內有女子，長呼：「小榮！」其聲嬌細。方佇聽間，一女郎由東而西，執杏花一朵，俯首自簪；舉頭見生，遂不復簪，含笑撚花而入。審視之，即上元途中所遇也。心驟喜，但念無以階進[21]。欲呼姨氏，顧從無還往，懼有訛誤。門內無人可問，坐臥徘徊[22]，自朝至於日昃[23]，盈盈[24]望斷，並忘飢渴。時見女子露半面來窺，似訝其不去者。忽一老媼扶杖出，顧生曰：「何處郎君，聞自辰刻便來，以至於今，意將何為？得勿[25]飢耶？」生急起揖之，答云：「將以探親。」媼聾聵不聞。又大言之。乃問：「貴戚何姓？」生不能答。媼笑曰：「奇哉！姓名尚自不知，何親可探？我視郎君，亦書癡耳，不如從我來，啖以粗糲。家有短榻可卧。待明朝歸，詢知姓氏，再來探訪不晚也。」生方腹餒思啗[26]，又從此漸近麗人，大喜，從媼入。見門內白石砌路，夾道紅花片片墮階上；曲折而西，又啓一關，豆棚花架滿庭中。肅客入舍，粉壁光明如鏡；窗外海棠枝朵，探入室中。裀籍[27]几榻，罔不潔澤。甫坐，即有人自窗外隱約相窺。媼喚：「小榮，可速作黍！」外有婢子，噭[28]聲而應。坐次[29]，具展[30]宗閥。媼曰：「郎君外祖，莫姓吳否？」曰：「然。」媼驚曰：「是吾甥也！尊堂，我妹子。年來以家屢貧，又無三尺男，遂至音問梗塞。甥長成如許，尚不相識。」生曰：「此來即為姨也，匆遽遂忘姓氏。」媼曰：「老身秦姓，並無誕育；弱息[31]僅存，亦為庶產。渠母改醮，遺我鞠養。頗亦不鈍，但少教訓，嬉不知愁。少頃，使來拜識。」未幾，婢子具飯，雛尾盈握[32]。媼勸餐已，婢來斂具[33]。媼曰：「喚甯姑來。」婢應去。良久，聞戶外隱有笑聲。媼又喚曰：「嬰甯！汝姨兄在此。」戶外嗤嗤笑不已。婢推之以入，猶掩其口，笑不可遏。媼瞋目曰：「有客在，咤咤叱叱[34]，是何景象！」女忍笑而立。生揖之。媼曰：「此王郎，汝姨子。一家尚不相識，可笑人也。」生問：「妹子年幾何矣？」媼未能解。生又言之。女復笑不可仰視。媼謂生曰：「我言少教誨，此可見矣。年已十六，呆癡裁如嬰兒。」生曰：「小於甥一歲。」曰：「阿甥已十七矣，得非庚午屬馬者耶？」生首應之。又問：「甥婦阿誰？」答云：「無之。」曰：「如甥才貌，何十七歲猶未聘[35]耶？嬰甯亦無姑家[36]，極相匹敵，惜有內親之嫌。」生無語，目注嬰甯，不遑他瞬。婢向女小語云：「目灼灼賊腔未改。」女又大笑，顧婢曰：「視碧桃開未。」遽起，以袖掩口，細碎連步而出。至門外，笑聲始縱。媼亦起，喚婢襆被，為生安置。曰：「阿甥來不易，宜留三五日，遲遲送汝歸。如嫌幽悶，舍後有小園，可供消遣。有書可讀。」次日，至舍後，果有園半畝，細草鋪氈，楊花糝[37]逕。有草舍三楹，花木四合其所。穿花小步，聞樹頭蘇蘇有聲，仰視，則嬰甯在上，見生來，狂笑欲墮。生曰：「勿爾！墮矣！」女且下且笑，不能自止。方將及地，失手而墮，笑乃止。生扶之，陰捘[38]其腕。女笑又作，倚樹不能行，良久乃罷。生俟其笑歇，乃出袖中花示之。女接之，曰：「枯矣！何留之？」曰：「此上元妹子所遺，故存之。」問：「存之何意？」曰：「以示相愛不忘也。自上元相遇，凝思成疾，自分[39]化為異物[40]，不圖得見顏色，幸垂憐憫！」女曰：「此大細事！至戚何所靳惜。待兄行時，園中花，當喚老奴來，折一巨綑負送之。」生曰：「妹子癡耶？」「何便是癡？」曰：「我非愛花，愛撚花之人耳。」女曰：「葭莩[41]之情，愛何待言。」生曰：「我所謂愛，非瓜葛之愛，乃夫妻之愛。」女曰：「有以異乎？」曰：「夜共枕蓆耳。」女俯思良久，曰：「我不慣與生人睡！」語未已，婢潛至。生惶恐，遁去。少時，會母所。母問：「何往？」女答以「園中共話」。媼曰：「飯熟已久，有何長言，周遮[42]乃爾？」女曰：「大哥欲我共寢。」

言未已，生大窘，急目瞪之。女微笑而止。幸媼不聞，猶絮絮[43]究詰。生急以他詞掩[44]之。因小語責女，女曰：「適此語不應說耶？」生曰：「此背人語。」女曰：「背他人，豈得背老母？且寢處亦常事，何諱之？」生恨其癡，無術可以悟之。食方竟，家中人捉[45]雙衛[46]來尋生。先是，母待生久不歸，始疑。村中搜覓幾遍，竟無蹤兆。因往詢吳。吳憶曩言，因教於西南山村行覓。凡歷數村，始至於此。生出門，適相值。便入告媼，且請偕女同歸。媼喜曰：「我有志，匪伊朝夕[47]，但賤軀不能遠涉。得甥攜妹子去，識認阿姨，大好！」呼：「嬰甯！」甯笑至。媼曰：「有何喜，笑輒不輟？若不笑，當為全人。」因怒之以目。乃曰：「大哥欲同汝去。可便裝束。」又餉家人酒食，始送之出。曰：「姨家田產豐裕，能養冗人。到彼且勿歸，小學詩禮，亦好事翁姑。即煩阿姨為汝擇一良匹。」二人遂發。至山坳[48]回顧，猶依稀[49]見媼倚門北望也。抵家，母睹姝麗，驚問為誰。生以「姨女」對。母曰：「前吳郎與兒言者，詐也。我未有姊，何以得甥？」問女。女曰：「我非母出[50]，父為秦氏。沒時，兒在褓[51]中，不能記憶。」母曰：「我一姊適秦氏，良確。然殂謝[52]已久，那得復存？」因細詰面龐誌贅，一一符合。又疑曰：「是矣！然亡已多年，何得復存？」疑慮間，吳生至。女避入室。吳詢得故，惘然久之，忽曰：「此女名嬰甯耶？」生然之。吳極稱怪事。問所自知。吳曰：「秦家姑去世後，姑丈鰥居，祟於狐，病瘠死。狐生女名嬰甯，綳臥牀上，家人皆見之。姑丈歿，狐猶時來。後求天師[53]符，黏壁間，狐遂攜女去。將勿此耶？」彼此疑參[54]，但聞室中吃吃，皆嬰甯笑聲。母曰：「此女亦太憨生[55]。」吳請面之。母入室，女猶濃笑不顧。母促令出，始極力忍笑，又面壁移時，方出。才一展拜，翻然遽入，放聲大笑。滿室婦女，為之粲然[56]。吳請往覘其異，就便執柯。尋至村所，廬舍全無，山花零落而已。吳憶姑葬處彷彿[57]不遠，然墳壠堙沒，莫可辨識，詫歎而返。母疑其為鬼。入告吳言，女略無駭意；又弔其無家，亦殊無悲意：孜孜[58]憨笑而已。眾莫之測。母令與少女同寢止，昧爽即來省問。操女紅[59]，精巧絕倫。但善笑，禁之亦不可止。然笑處嫣然，狂而不損其媚，人皆樂之。鄰女少婦，爭承迎之。母擇吉將為合卺，而終恐為鬼物，竊於日中窺之，形影殊無少異。至日，使華妝行新婦禮，女笑極，不能俯仰，遂罷。生以其憨癡，恐漏洩房中隱事，而女殊密祕，不肯道一語。每值母憂怒，女至一笑即解。奴婢小過，恐遭鞭楚，輒求詣母共話，罪婢投見，恆得免。而愛花成癖，物色遍戚黨[60]；竊典金釵，購佳種：數月，階砌藩溷[61]無非花者。庭後有木香一架，故鄰西家，女每攀登其上，摘供簪玩，母時遇見，輒訶之，女卒[62]不改。一日，西人子見之，凝注傾倒[63]，女不避而笑。西人子謂女意已屬，心益蕩。女指牆底，笑而下。西人子謂示約處，大悅。及昏而往，女果在焉。就而淫之，則陰如錐刺，痛徹於心，大號而踣。細視，非女，則一枯木臥牆邊，所接乃水淋竅也。鄰父聞聲，急奔研問，呻而不言。妻來，始以實告。爇火燭窺，見中有巨蠍，如小蟹然。翁碎木，捉殺之。負子至家，半夜尋卒。鄰人訟生，訐[64]發嬰甯妖異。邑宰素仰生才，稔知其篤行士，謂鄰翁訟誣，將杖[65]責之，生為乞免，逐釋而歸。母謂女曰：「憨狂爾爾，早知過喜而伏憂也。邑令神明，幸不牽累；設鶻突[66]官宰，必逮婦女質公堂，我兒何顏見戚里？」女正色，矢不復笑。母曰：「人罔不笑，但須有時。」而女由是竟不復笑。雖故逗，亦終不笑；然竟日未嘗有戚容。一夕，對生零涕。異之。女哽咽曰：「曩以相從日淺，言之恐致駭怪；今日察姑及郎，皆過愛無有異心，直告或無妨乎？妾本狐產。母臨去，以妾託鬼母，相依十餘年，始有今日。妾又無兄弟，所恃者惟君。老母岑寂山阿，無人憐而合厝[67]之，九泉輒為悼恨。君倘不惜煩費，使地下人消此怨恫[68]，庶養女者不忍溺棄。」生諾之。然慮墳塚迷於荒草。女但言：「無慮。」刻日夫妻輿櫬[69]而往。女於荒煙錯楚[70]中，指視墓處，果得媼屍，膚革猶存。女撫哭哀痛。舁歸，尋秦氏墓合葬焉。是夜，生夢媼來稱謝，寤而述之，女曰：「妾夜見之，囑勿驚郎君耳。」生恨不邀留。女曰：「彼鬼也。生人多，陽氣勝，何能久居。」生問小榮。曰：「是亦狐，最黠。狐母留以視[71]妾。每攝[72]餌相哺，故德之常不去心。昨問母，云已嫁之。」由是歲值寒食，夫妻登秦墓，拜掃無缺。女逾年生一子，在懷抱中，不畏生人，見人輒笑，亦大有母風云。

異史氏曰：「觀其孜孜憨笑，似全無心肝者，而牆下惡作劇[73]，其黠孰甚焉！至悽戀鬼母，反笑為哭，我嬰甯殆隱於笑者矣。竊聞山中有草，名『笑矣乎』，嗅之則笑不可止。房中植此一種，則合歡、忘憂[74]，並無顏色矣；若解語花[75]，正嫌其作態[76]耳。」

①夭——早死。後文《聶小倩》篇「夭殂」，《伍秋月》篇「夭殁」，義同。

②求凰——求妻的代詞。故事傳說：漢司馬相如作《琴歌》挑動卓文君，中有「鳳兮鳳兮歸故鄉，遨遊四海求其凰」的句子。

③撚——輕巧地拿着、捏着。

④笑容可掬——掬，兩手捧着的意思。笑容可掬，是說滿臉的笑，好像可以用手捧着一樣。

⑤個——這個的意思。

⑥肌革銳減——指身體大大地消瘦。

⑦發表——中醫認為，有些病潛伏在人體裏面，要用藥把它發散表托出來，這種治病的方法叫作發表。例如風寒病需要服藥出汗，就是發表的方法之一。

⑧字——女子許嫁。

⑨拚——拚着，含有不惜犧牲的意思，猶如說「豁出去」。

⑩內戚——母系的親戚。下文「內親」，義同。古時姑表不通婚，所以文中有「內戚有婚姻之嫌」、「內親之嫌」這樣的話。
⑪折柬——裁紙寫信。後文《辛十四娘》篇「折簡」，義同。
⑫悒悒——憂悶不樂的樣子。後文各篇或作「邑邑」。
⑬仰息——依賴的意思。仰人鼻息的省詞。人呼出的鼻息是溫暖的，仰人鼻息，就是靠別人呼出的鼻息來溫暖自己。
⑭負氣——賭氣。
⑮伶仃——孤孤單單的樣子。
⑯程——路程。
⑰意——這裏指房屋建築及其自然環境所表現出來的一種意境、風格。下文「意是園林」，意，推測之詞，是心中想、以為、認作的意思。
⑱修雅——整齊幽雅的樣子，下文「間以修竹」，修是長的意思。
⑲間——夾雜的意思。
⑳格磔——形容鳥鳴的聲音。
㉑階進——階，原是一層層階梯的意思。階進，就是通過一層層關係、找出一層層理由而進去的意思。

㉒徘徊——形容心神不定、走來走去的樣子。

㉓昃——過午的時候。

㉔盈盈——對於包含有輕倩、流動的美的形容。這裏形容盼望着的眼睛。後文《香玉》篇「盈盈而入」，《伍秋月》篇「盈盈然神仙不殊」，盈盈是形容體態的美；《羅剎海市》篇「盈盈一水」，盈盈是形容水的美。

㉕得勿——是不是、莫非、只怕的意思。下文「將勿」，後文《聶小倩》篇「將無」，《鳳陽士人》篇「得無」，義同。

㉖啗——同「啖」。這裏是吃的意思。有時也作利誘解釋，如後文《紅玉》篇「君重啗之」。

㉗茵籍——墊褥、坐蓆。

㉘嗷——高響的答應的聲音。

㉙次——指某一事件進行到中間的時候。這裏的「坐次」，猶如說坐着的時候；後文各篇中的「言次」、「飲次」，猶如說話的時候、吃酒的時候；有時也指處所，如說「舟次」、「旅次」，猶如說在船上的時候、在旅館裏的時候。

㉚展——這裏是展開談話的意思。

㉛息——指自己生的。這裏的「弱息」，和後文《西湖主》篇「息女」，都指女兒。

㉜雛尾盈握——肥雞肥鴨之類。古人對於吃東西有種種禮制的規定，「雛尾不盈握」是屬於不應該吃的

東西。雛尾不盈握，是指雞鴨之類的幼禽，尾部抓着還不滿一手。這裏說雛尾盈握，就是已經肥大了的家禽。

㉝斂具——收拾餐具。

㉞咤咤叱叱——這裏是形容笑聲。

㉟聘——指訂婚。

㊱姑家——姑，翁姑的姑，就是公婆的婆。姑家，猶如後來說的婆家。

㊲糝——原是把米和在羹湯裏叫作糝。這裏「楊花糝逕」，是藉以形容楊花和在泥土的路上；後文《錦瑟》篇「又出藥糝其創」，糝是把藥敷在創口上。

㊳挼——按，捏。

㊴自分——自己以為，自己料想。

㊵異物——指死亡的人。後文《公孫九娘》篇「物故」，指死亡。

㊶葭莩——蘆葦裏面的白膜，一種很薄且黏附的物質；下文「瓜葛」，指瓜和葛，是牽連很長的蔓生植物。都用以比喻疏遠的親戚。瓜葛，也可作關係解釋。

㊷周遮——形容話多的樣子。

㊸絮絮——形容接連不斷地說話，含有嘮叨、嚕囌的意思；後文《巧娘》篇「絮聒」，義同。

㊹掩——掩飾、遮蓋。

㊺捉——這裏作牽引解釋。後文《辛十四娘》篇「持驢」，持，義同。
㊻衞——驢的別名。
㊼匪伊朝夕——不止一朝一夕，就是不止一天的功夫的意思。伊，在這裏是語助詞。
㊽山坳——山凹裏；下文「山阿」，義同。
㊾依稀——彷彿，好像，似有若無。
㊿出——生育。
51 褓——包裹嬰孩的衣被。下文「繃」（同綳），後文《俠女》篇「繃席」，義同。
52 殂謝——死亡。
53 天師——東漢張道陵傳佈道教，子孫世代住在江西龍虎山，以「煉丹畫符，捉鬼拿妖」為職業。元時被封為天師，後代便沿用這一稱號。
54 疑參——疑惑參詳，研討可疑之處。
55 太憨生——嬌癡的意思。這裏和後文《辛十四娘》篇「作麼生」，《鳳仙》篇「太瘦生」的「生」字，都是語助詞。
56 粲然——形容笑得好看的樣子。
57 彷彿——好像、似乎的意思。後文其他篇裏也作「仿佛」、「髣髴」。《葛巾》篇「彷彿其立處坐處」，彷彿，有懸想、揣擬的意思。

㊽孜孜——形容不歇的樣子。
㊾女紅——紅，這裏同「工」。女紅，指紡織、刺繡等事。
㊿黨——指親戚，有時也可以指鄰居。參看後文《紅玉》篇「里黨」註釋。
(61)藩溷——藩，籬笆；溷，廁所。這裏用這兩字來形容花種得到處皆是。
(62)卒——終於，到底。
(63)傾倒——這裏是愛慕的意思。後文《羅剎海市》篇「一座無不傾倒」，傾倒是欽佩的意思。
(64)訐——用言詞攻擊別人。
(65)杖——擊，打。後文《紅玉》篇「杖而能起」，杖是扶杖的意思。
(66)鶻突——糊塗。
(67)厝——埋葬。
(68)恫——悲痛。
(69)輿櫬——用車子裝着棺材。
(70)錯楚——叢雜的樹木。
(71)視——看待、照顧。
(72)攝——取的意思。後文《錦瑟》篇「代攝家政」，攝是代理的意思。
(73)惡作劇——一種令人難堪的戲弄。

⑭合歡、忘憂——合歡，也叫合昏、夜合，是一種夏天開花的豆科植物。忘憂，萱草的別名，百合科植物。

⑮解語花——唐玄宗稱楊貴妃為解語花，後來一般用解語花代指聰敏的美人。

⑯作態——矯揉造作，不自然。後文《俠女》篇「假惺惺勿作態」，作態，是裝模作樣、一本正經的意思。

聶小倩

甯采臣，浙人。性慷爽，廉隅[1]自重。每對人言：「生平無二色[2]。」適赴金華，至北郭，解裝蘭若。寺中殿塔壯麗，然蓬蒿沒[3]人，似絕行蹤。東西僧舍，雙扉虛掩；惟南一小舍，扃鍵如新，又顧殿東隅，修竹拱把[4]，下有巨池，野藕已花[5]。意樂其幽杳。會學使案臨[6]，城舍價昂，思便留止。遂散步以待僧歸。日暮，有士人來，啓南扉。甯趨為禮，且告以意。士人曰：「此間無房主，僕亦僑居。能甘荒落，旦晚惠教，幸甚！」甯喜，藉藁[7]代牀，支板作几，為久客計。是夜，月明高潔，清光似水。二人促膝[8]殿廊，各展姓字。士人自言：「燕姓，字赤霞。」甯疑為赴試諸生[9]，而聽其音聲，殊不類浙。詰之。自言：「秦人。」語甚樸誠。既而相對詞竭，遂拱別歸寢。甯以新居，久不成寐。聞舍北喁喁[10]，如有家口。起伏北壁石窗下，微窺之。見短牆外一小院落，有婦可四十餘；又一媼，衣[11]黦緋[12]，插蓬首[13]，鮐背[14]龍鍾[15]，偶語[16]月下。婦曰：「小倩何久不來？」媼曰：「殆好至矣。」婦曰：「將無向姥姥有怨言否？」曰：「不聞。但意似蹙蹙。」婦曰：「婢子不宜好相識[17]！」言未已，有一十七八女子來，彷彿豔絕。媼笑曰：「背地不言人。我兩個正談道，小妖婢悄來無跡響，幸不訾着短處。」又曰：「小娘子端好是畫中人，遮莫⑱老身是男子，也被攝魂去。」女曰：「姥姥不相譽，更阿誰道好！」婦人女子又不知何言。甯意其鄰人眷口，寢不復聽。又許時，始寂無聲。方將睡去，覺有人至寢所，急起審顧，則北院女子也。驚問之。女笑曰：「月夜不寐，願修燕好⑲。」甯正容曰：「卿防物議⑳，我畏人言。略一失足，廉恥道喪。」女云：「夜無知者。」甯又咄㉑之。女逡巡若復有詞，甯叱：「速去！不然，當呼南舍生知。」女懼，乃退至戶外。復返，以黃金一鋌㉒置褥上。甯掇擲庭墀，曰：「非義之物，污吾囊橐！」女慚出，拾金自言曰：「此漢當是鐵石。」詰旦，有蘭溪生，攜一僕來候試，寓於東廂，至夜暴亡，足心有小孔如錐刺者，細細有血出。俱莫知故。經宿，僕亦死㉓，症亦如之。向晚，燕生歸，甯質之。燕以為魅。甯素抗值㉔，頗不在意。宵分，女子復至，謂甯曰：「妾閱人多矣，未有剛腸如君者。君誠聖賢，妾不敢欺。小倩，姓聶氏。十八夭殂，葬寺側。輒被妖物威脅，歷役賤務。覥顏㉕向人，實非所樂。今寺中無可殺者，恐當以夜叉來。」甯駭求計。女曰：「與燕生同室可免。」問：「何不惑燕生？」曰：「彼奇人也，不敢近。」問：「迷人若何？」曰：「狎暱我者，隱以錐刺其足，彼即茫若迷，因攝血以供妖飲；又或以金，——非金也，乃羅剎㉖鬼骨，留之，能截取人心肝：二者凡以投時好耳。」甯感謝，問戒備之期。答以「明宵」。臨別，泣曰：「妾墮玄海㉗，求岸不得。

郎君義氣干雲[28]，必能拔生救苦。倘肯囊妾朽骨，歸葬安宅[29]，不啻再造。」甯毅然諾之。因問葬處。曰：「但記取白楊之上有烏巢者是也。」言已出門，紛然而滅。明日，恐燕他出，早詣邀致。辰後具酒饌，留意察燕。既約同宿，辭以「性癖耽寂」。甯不聽，強攜卧具來，燕不得已，移榻從之。囑曰：「僕知足下丈夫，傾風[30]良切。要[31]有微衷，難以遽白。幸勿翻窺篋襆，違之，兩俱不利。」甯謹受教。既而各寢，燕以箱篋置窗上，就枕移時，齁如雷吼。甯不能寐。近一更許，窗外隱隱有人影。俄而近窗來窺，目光睒閃[32]。甯懼，方欲呼燕。忽有物裂篋而出，耀若疋練，觸折窗上石櫺，欻然一射，即遽斂入，宛如電滅。燕覺而起。甯偽睡以覘之。燕捧篋，檢取一物，對月嗅視，白光晶瑩，長可二寸，徑韭葉許。已而數重包固，仍置破篋中。自語曰：「何物老魅，直爾大膽，致壞篋子。」遂復卧。甯大奇之，因起問之，且以所見告。燕曰：「既相知愛，何敢深隱。我，劍客也。若非石櫺，妖當立斃；雖然，亦傷。」問：「所緘何物？」曰：「劍也。適嗅之有妖氣。」甯欲觀之。慨出相示，熒熒然[33]一小劍也。於是益厚重燕。明日，視窗外有血跡。遂出寺北，見荒坟纍纍，果有白楊，烏巢[34]其顛。迨營謀既就，趣裝欲歸。燕生設祖帳[35]，情義殷渥[36]。以破革囊贈甯，曰：「此劍袋也，寶藏可遠魑魅。」甯欲從授其術。曰：「如君信義剛直，可以為此。然君猶富貴中人，非道中人也。」甯乃託有妹葬此，發掘女骨，斂以衣衾，賃舟而歸。甯齋臨野，因營墳葬諸齋外，祭而祝曰：「憐卿孤魂，葬近蝸居，歌哭相聞，庶不見陵[37]於雄鬼。一甌漿水飲，殊不清旨，幸不為嫌！」祝畢而返，後有人呼曰：「緩待同行！」回顧，則小倩也。歡喜謝曰：「君信義，十死不足以報。請從歸，拜識嫜姑[38]，媵御[39]無悔。」審諦之，肌暎流霞，足翹細筍，白晝端相[40]，嬌豔尤絕。遂與俱至齋中。囑坐少待，先入白母。母愕然。時甯妻久病，母戒勿言，恐所駭驚。言次，女已翩然[41]入，拜伏地下。甯曰：「此小倩也。」母驚顧不遑。女謂母曰：「兒飄然一身，遠[42]父母兄弟。蒙公子露覆[43]，澤被髮膚。願執箕帚[44]，以報高義。」母見其綽約[45]可愛，始敢與言，曰：「小娘子惠顧吾兒，老身喜不可已。但生平止此兒，用承祧緒[46]，不敢令有鬼偶。」女曰：「兒實無二心。泉下人既不見信於老母，請以兄事[47]。依高堂，奉晨昏[48]，如何？」母憐其誠，允之。即欲拜嫂。母辭以疾，乃止。女即入廚下，代母尸饔[49]。入房穿榻，似熟居者。日暮，母畏懼之，辭使歸寢，不為設牀褥。女窺知母意，即竟去。過齋欲入，卻退，徘徊戶外，似有所懼。生呼之。女曰：「室中劍氣畏人。向道途之不奉見者，良以此故。」甯悟為革囊，取懸他室。女乃入，就燭下坐，移時，殊不一語。久之，問：「夜讀否？妾少誦《楞嚴經》[50]，今強半[51]遺亡，浼[52]求一卷，夜暇就兄正之。」甯諾。又坐，嘿然。二更向盡，不言去。甯促之。愀然曰：「異域孤魂，殊怯荒墓。」甯曰：「齋中別無牀寢。且兄妹亦宜遠嫌。」女起，容顰蹙[53]而欲啼，足俇儴[54]而懶步，從容出門，涉階而沒。甯竊憐之，欲留宿別榻，又懼母嗔。女朝旦朝母，捧匜沃盥[55]，下堂操作，無不曲承母志。黃昏告退，輒過齋頭，就燭誦經。覺甯將寢，始慘然去。先是，甯妻病廢，母劬[56]不可堪，自得女，逸甚，心德之。日漸稔，親愛如己出，竟忘其為鬼，不忍晚令去，留與同臥起。女初來，未嘗食飲，半年，漸啜稀飩[57]。母子皆溺愛之，諱言其鬼，人亦不之辨也。無何，甯妻亡，母陰有納女意，然恐於子不利。女微窺之，乘間告母曰：「居年餘，當知兒肝鬲，為不欲禍行人，故從郎君來。區區無他意，止以公子光明磊落，為天人所欽矚，實欲依贊[58]三數年，借博封誥[59]，以光泉壤。」母亦知其無惡，但懼不能延宗嗣。女曰：「子女惟天所授。郎君註福籍[60]，有亢宗[61]子三，不以鬼妻而遂奪[62]也。」母信之，與子議。甯喜，因列筵告戚黨。或請覿新婦，女慨然華妝出，一堂盡眙，反不疑其鬼，疑為仙。由是五黨[63]諸內眷，咸執贄[64]以賀，爭拜識之。女善畫蘭梅，輒以尺幅[65]酬答，得者藏什襲[66]以為榮。一日，俛頸窗前，怊悵若失[67]。忽問：「革囊何在？」曰：「以卿畏之，故緘置他所。」曰：「妾受生氣已久，當不復畏。宜取掛牀頭。」甯詰其意。曰：「三日來，心怔忡[68]無停息。意金華妖物，恨妾遠遁，恐旦晚尋及也。」甯果攜革囊來。女反覆審視，曰：「此劍仙將[69]盛人頭者也。敝敗至此，不知殺人幾何許。妾今日視之，肌猶慄粟[70]。」乃懸之。次日，又命移懸戶上。夜對燭坐，約甯勿寢。欻有一物，如飛鳥墮。女驚匿夾幕間。甯視之，物如夜叉狀，電目血口，睒閃攫拏而前；至門，卻步逡巡；久之，漸近革囊，以爪摘取，似將抓裂。囊忽格然一響，大可合簣[71]，恍惚有鬼物，突出半身，揪夜叉入。聲遂寂然，囊亦頓縮如故。甯駭詫。女亦出，大喜曰：「無恙矣！」共視囊中，清水數斗而已。後數年，甯果登[72]進士。女舉一男。納妾後，又各生一男。皆仕進，有聲。

①廉隅——行為端正、不苟且的樣子。

②無二色——意思是除了妻子之外，不和第二個女人要好。

③沒——埋沒。

④拱把——兩手合圍叫作拱，一手握住叫作把。拱把，形容粗大。

⑤花——這裏作動詞用，指開花。

⑥案臨——科舉時代，學使在任期三年內，要分赴各府舉行歲試和科試各一次，叫作案臨。後文《辛十四娘》篇「提學試」，就是指的這一種考試。有時中央政府派官吏到某一地方調查審核案件，也叫案臨。

⑦藉藁——鋪草。

⑧促膝——兩人對坐，膝部接近。
⑨諸生——秀才的別稱。
⑩喁喁——形容低而密的談話聲音。
⑪衣——這裏作動詞用，指穿着。
⑫鬍緋——鬍，變色；緋，紅帛。鬍緋，指紅色的舊衣。
⑬蓬首——一種一尺多長的大銀櫛，是古時某些地方婦女頭上戴的首飾。後文《瑞雲》篇「蓬首廚下」，蓬，是飛蓬，一種遇風就吹起旋轉的草。蓬首，指頭髮散亂像飛蓬一樣。
⑭鮐背——老年人背皮黑皺消瘦的樣子。鮐也作駘。
⑮龍鍾——形容衰老的樣子。
⑯偶語——兩個人對話。
⑰好相識——客氣對待的意思。
⑱遮莫——這裏是假使、哪怕、儘管的意思；有時也作拚着、無論、莫非解釋。
⑲燕好——男女要好。
⑳物議——別人的議論。
㉑咄——叱斥的聲音。
㉒鋌——在這裏同「錠」。

㉓僕亦死——手稿本作「僕一死」，其他刻本作「一僕死」，疑係「僕亦死」之誤。
㉔抗直——爽直、剛強不屈。
㉕靦顏——羞容、老着臉。其他篇裏「靦然」，是形容慚愧的樣子，「靦然」，義同。
㉖羅剎——佛教名詞，指惡鬼。
㉗玄海——佛教名詞，指苦海，比喻苦難無邊。
㉘干雲——衝上雲霄的意思，形容氣魄宏大。
㉙安宅——安居。
㉚傾風——風，風采、風度。傾風，傾慕風度的意思。猶如說「久仰」。後文《辛十四娘》篇「欽風已久」，義略同。
㉛要——總之。後文《紅玉》篇「每思要路刺殺宋」，要，是遮攔的意思。
㉜睒閃——眼光瞥視、閃爍不定的樣子。後文《考弊司》篇「睒睒」，義同。
㉝熒熒然——明亮的樣子。這裏形容劍光，後文各篇也用以形容淚光、燈光。
㉞巢——這裏作動詞用，指做窠。
㉟祖帳——傳說道路的神名祖神。出門上路的人，臨行時都要祭一祭祖神，以求一路平安。後來一般就稱餞行的酒宴為祖餞，或簡稱作祖。祖帳，就是指餞行的酒食張設。
㊱殷渥——親切深厚的意思。

㊲陵——欺負。

㊳嫜姑——公婆。

㊴媵御——妾婢。

㊵端相——仔細地看。

㊶翩然——形容飄忽輕捷的樣子。

㊷遠——離開的意思。

㊸露覆——露，膏澤；覆，庇蔭。露覆，受膏澤庇蔭，就是照顧、恩惠的意思。

㊹執箕帚——指做灑掃一類的事情。後文《羅剎海市》篇「奉裳衣」，指照料穿衣。《狐夢》篇「侍巾櫛」，指服侍梳洗：都是做妻子的謙辭，也都是「男尊女卑」封建禮教的反映。

㊺綽約——苗條的樣子。

㊻祧緒——祧，祖廟，就是祠堂。祧緒，指奉祀祖先的事情。這裏的「承祧緒」，意思就是做後嗣、繼承人。下文「宗嗣」，後文《俠女》篇「祧續」、「宗支」，《紅玉》篇「宗祧」，《巧娘》篇「宗緒」，義均同。

㊼以兄事——當作哥哥看待。聶小倩請求老母允許她把甯采臣當作哥哥看待，也就是請老母把她當女兒看待，因此下文有「依高堂，奉晨昏」這樣的話。

㊽奉晨昏——早晚服侍的意思。

㊾尸饔——料理飲食。

㊿《楞嚴經》——佛經名。佛教的說法：熟讀此經，可以安心養性。

51強半——大半。

52浼——請託。

53顰蹙——愁眉苦臉。

54偃儴——走路時歪歪倒倒的樣子。

55捧匜沃盥——匜，盛水器；沃盥，澆洗；捧匜沃盥，意思是照料洗漱。

56劬——勞苦。

57飽——粥湯。本應作「餰」字。

58依贊——依靠並幫忙。

59封誥——明清時，皇帝封贈臣下及其祖先、妻子的爵位名號，叫作封典。因爵位官階的高低而有誥命敕命的分別，通常統稱為封誥。這裏專指妻子因丈夫而得的封誥。

60註福籍——宿命論的說法：一生應享受的福祿是有一定的；註福籍，就是福命如何，早已在天上的簿冊上注定了。又還認為，因前世或今生的行善行惡，應享受的福祿也隨之而有變動，如後文《司文郎》篇「削去祿籍」，就是說，因罪過而減少甚至取消了祿籍。

61亢宗——光宗耀祖的意思。

⑥②奪——剝奪，取消。

⑥③五黨——未詳。疑係「三黨」之誤。父族、母族、妻族，人們的親戚關係，主要是這三方面，過去稱為三黨。

⑥④贄——中國古時禮節，親友初次見面，學生初拜老師，都要贈送禮物，這種禮物叫作贄。古代多用食物，後來多用錢。

⑥⑤尺幅——作書畫之用的一尺見方的紙幅。

⑥⑥什襲——重疊包裹珍藏。

⑥⑦怊悵若失——心裏不痛快，好像丟了什麼東西一樣。

⑥⑧怔忡——心跳害怕的樣子。

⑥⑨將——用此、藉以。

⑦⓪慄粟——粟，小米。慄粟，指因害怕而皮膚上面生出像小米一樣的細顆粒，就是所謂「起雞皮疙瘩」。

⑦①合簣——簣，盛土的竹器，如畚箕之類。合簣，指有兩個畚箕合起來那樣大。

⑦②登——這裏是考取的意思。

鳳陽士人

鳳陽一士人，負笈遠遊，謂其妻曰：「半年當歸。」十餘月，竟無耗問。妻翹盼綦切。一夜，才就枕，紗[1]月搖影，離思縈懷。方反側[2]間，有一麗人，珠鬟絳帔，搴帷而入，笑問：「姊姊得無欲見郎君乎？」妻急起應之。麗人邀與共往。妻憚修阻[3]，麗人但請勿慮。即挽女手出，並踏月色。約行一矢之遠，覺麗人行迅速，女步履艱澁，呼麗人少待，將歸着複履[4]。麗人牽坐路側，自乃捉足脫履相假。女喜着之，幸不鑿枘[5]。復起從行，健步如飛。移時，見士人跨白騾來。見妻大驚，急下騎，問：「何往？」女曰：「將以探君。」又顧問麗者伊誰。女未及答，麗人掩口笑曰：「且勿問訊。娘子奔波[6]匪易；郎君星馳夜半，人畜想當俱殆[7]。妾家不遠，且請息駕[8]，早旦[9]而行，不晚也。」顧數武之外，即有村落。遂同行。入一庭院。麗人促睡婢起供[10]客，曰：「今夜月色皎然，不必命燭，小台石榻可坐。」士人縶[11]蹇[12]檐梧[13]，乃即坐。麗人曰：「履大不適於體，途中頗累贅否？歸有代步，乞賜還也。」女稱謝，付之。俄頃，設酒果。麗人酌曰：「鸞鳳久乖[14]，圓在今夕，濁醪一觴，敬以為賀。」士人亦執琖酬報。主客笑言，履舄交錯。士人注視麗者，屢以遊詞[15]相挑[16]；夫妻乍聚，並不寒暄一語。麗人亦美目流情，妖言隱謎。女惟嘿坐，偽為愚者。久之，漸醺，二人語益狎。又以巨觥勸客。士人以醉辭。勸之益苦[17]。士人笑曰：「卿為我度一曲[18]，即當飲。」麗人不拒，即以牙杖[19]撫提琴而歌曰：「黃昏卸得殘粧罷，窗外西風冷透紗。聽蕉聲，一陣一陣細雨下。何處與人閒磕牙[20]？望穿秋水，不見還家，潸潸[21]淚似麻。又是想他，又是恨他，手拿着紅繡鞋兒占鬼卦[22]。」歌竟，笑曰：「此市井里巷之謠，不足污君聽。然因流俗所尚[23]，姑效顰[24]耳。」音聲靡靡[25]，風度狎褻。士人搖惑，若不自禁。少間，麗人偽醉離席；士人亦起，從之而去。久之不至。婢子乏疲，伏睡廊下。女獨坐，塊然[26]無侶，中心憤恚，頗難自堪。思欲遁歸，而夜色微茫，不憶道路，輾轉無以自主。因起而覘之。裁近其窗，則斷雲零雨之聲，隱約可聞。又聽之，聞良人[27]與己素常猥褻之狀，盡情傾吐。女至此手顫心搖，殆不可遏，念不如出門竄溝壑以死。憤然方行，忽見弟三郎乘馬而至，遽便下問。女具以告。三郎大怒，立與姊回，直入其家。則室門扃閉，枕上之語猶喁喁也。三郎舉巨石如斗，拋擊窗櫺三五，碎斷。內大呼曰：「郎君腦破矣！奈何？」女聞之愕然，大哭，謂弟曰：「我不謀[28]與汝殺郎君，今且若何！」三郎撐目[29]曰：「汝嗚嗚促我來。甫能消此胸中惡，又護男兒、怨弟兄。我不貫[30]與婢子供指使！」返身欲去。女牽衣曰：「汝不攜我去，將何之？」三郎揮姊仆地，脫體而去。女頓驚寤，始知其夢。越日，士人果歸，乘白騾。女異之而未言。士人是夜亦夢，所見所遭，述之悉符。互相駭怪。既而三郎聞姊夫遠歸，亦來省問。語次，謂士人曰：「昨宵夢君歸，今果然，亦大異。」士人笑曰：「幸不為巨石所斃。」三郎愕然問故。士人以夢告。三郎大異之：蓋是夜三郎亦夢遇姊泣訴，憤激投石也。三夢相符，但不知麗人何許耳。

①紗——這裏是紗窗的省詞。

②反側——這裏指睡在牀上翻來覆去。

③修阻——指道路的遠險。

④複履——就是舄。參看前文《葉生》篇「舄」的註釋。

⑤鑿枘——原是木工在木器上鑿榫頭。凸出的榫頭叫作枘；凹入受榫的卯眼叫作鑿：不論是鑿榫頭或者鑿卯眼，都叫作鑿枘。《楚辭》上有句：「圜鑿而方枘兮，吾固知其鉏鋙而難入。」意思是說，鑿了圓的卯眼，卻想把方的榫頭放進去，那是不行的。因此，後來就簡用鑿枘二字，比喻彼此意見不合。這裏「不鑿枘」，是從這句話反面說的，就是合式的意思。

⑥奔波——不停地奔走。

⑦殆——勞累、疲倦。

⑧息駕——駕，指騎馬、駕車。息駕，停下了車馬，就是歇息的意思。後文《巧娘》篇「稅駕」，稅作解、脫解釋，也和息駕同義。《公孫九娘》篇「息駕庭樹」，意思是指把馬匹拴在樹上。

⑨早旦——早晨、天亮時。後文《荷花三娘子》篇「平旦」，義同。

⑩供——供應，招待。

⑪縶——繫住。後文《竹青》篇「維縶腰際」，《羅剎海市》篇「維舟而入」，維縶，維，義同。

⑫蹇——駑弱的坐騎。

⑬檐梧——屋檐下的柱子。也可作屋檐旁的梧桐樹解釋。

⑭乖——這裏是離別的意思。後文《陳雲棲》篇「亦不敢遂乖廉恥」，乖卻作違反、背棄解釋。

⑮遊詞——調戲、狎暱的言語。

⑯挑——引誘的意思。

⑰苦——極力。

⑱度一曲——唱一支曲子。

⑲牙杖——牙撥一類的東西。參看前文《嬌娜》篇「牙撥」註。

⑳閒磕牙——閒談。

㉑潸潸——流淚的樣子。

㉒紅繡鞋兒占鬼卦——古代婦女一種占卜的方法：丈夫或其他親人遠出，拿所穿的鞋子拋在地上，如果鞋底朝上，就認為是顯示就要回來了。

㉓尚——歡喜、流行。

㉔效顰——《莊子》寓言：西施有病，捧着心口，皺起眉頭，因為她長得美，捧心皺眉也很好看。鄰居一位醜女人學她的樣子，也捧心、皺眉，結果卻越顯其醜。後來就把學別人卻學得不好的叫作效顰。這裏自己說效顰，是客氣話。

㉕靡靡——淫蕩的聲音。

㉖塊然——孤單的樣子。

㉗良人——就是丈夫。

㉘不謀——這裏是沒有打算、沒有想到的意思。後文《夜叉國》篇「恨其不謀」，不謀，是不商量的意思。

㉙撐目——怒目、張大着眼睛。

㉚貫——這裏同「慣」。

俠女

顧生，金陵人。博於才藝而家綦貧。又以母老，不忍離膝下，惟日為人書畫，受贄以自給。行[1]年二十有[2]五，伉儷猶虛。對戶舊有空第，適一老嫗及少女，稅[3]居其中，以其家無男子，故未問其誰何。一日，偶自外入，見女郎自母房中出，年約十八九，秀曼都雅，世罕其匹。見生不甚避，而意[4]凜如[5]也。生入問母。母曰：「是對戶女郎，就吾乞[6]刀尺。適言其家亦只一母。此母女不似貧家產。問其何為不字，則以母老為辭。明日，當往拜其母，便風[7]以意。倘所望不奢，兒可代養其老。」明日，造[8]其室。其母，一聾媼耳。視其室，並無隔宿糧。問所業，則仰女十指[9]。徐以同食之謀試之。媼意似納；而轉商其女，女默然，意殊不然。母乃歸。詳其狀而疑曰：「女子得非嫌吾貧乎？為人不言亦不笑，豔如桃李而冷如霜雪，奇人也。」母子猜嗟而罷。一日，生坐齋頭，有少年來求畫，姿容甚美，意頗儇佻[10]。詰其所自，以「鄰村」對。嗣後三兩日輒一至，稍稍稔熟，漸以嘲謔。生狎抱之，亦不甚拒，遂私焉。由此往來暱甚。會女郎過，少年目送之。問以為誰，對以「鄰女」。少年曰：「豔麗如此，神情一何可畏。」少間，生入內，母曰：「適女子來乞米，云不舉火者經日矣。此女至孝，貧極可憫，宜少周卹之。」生從母言，負斗粟款門而達母意。女受之，亦不申謝。日嘗至生家，見母作衣履，便代縫紉；出入堂中，操作如婦。生益德之。每獲餽餌，必分給其母。女亦略不置齒頰[11]。母適疽生陰處，宵旦號咷。女時就榻省視，為之洗創敷藥，日三四作。母意甚不自安，而女不厭其穢。母曰：「唉！安得新婦如兒而奉老身以死也！」言訖，悲哽。女慰之曰：「郎子大孝，勝我寡婦孤女什百[12]矣！」母曰：「牀頭蹀躞之役，豈孝子所能為者。且身已向暮[13]，旦夕犯霧露[14]，深以祧續為憂耳。」言間，生入。母泣曰：「虧娘子良多，汝無忘報德。」生伏拜之。女曰：「君敬我母，我弗謝也；君何謝焉？」於是益敬愛之。然其舉止生硬，毫不可干。一日，女出門，生目注之，女忽回首嫣然而笑。生喜出意外，趨而從諸其家。挑之亦不拒，欣然交歡。已，戒生曰：「事可一而不可再！」生不應而歸。明日，又約之，女厲色不顧而去。日頻來，時相遇，並不假以詞色[15]。稍遊戲之，則冷語冰[16]人。忽於空處問生：「日來少年，誰也？」生告之。女曰：「彼舉止態狀，無禮於妾，頻矣。以君之狎暱，故置之。請便寄語：再復爾，是不欲生也。」已，少年至，生以告，且曰：「子必慎之，是不可犯。」少年曰：「既不可犯，君何犯之？」生白其無。曰：「如其無，則猥褻之語，何以達君聽哉？」生不能答。少年曰：「亦煩寄語：假惺惺[17]勿作態。不然，我將遍播揚。」生甚怒之，情見於色，少年方去。

一夕，獨坐，女忽至，笑曰：「我與君情緣未斷，寧非天數。」生狂喜而抱於懷。欻聞履聲籍籍，兩人驚起，則少年推扉入矣。生驚問：「子胡為者？」笑曰：「我來觀貞潔之人耳！」顧女曰：「今不怪人耶？」女眉豎頰紅，默不一語。急翻上衣，露一革囊。應手而出，則尺許晶瑩匕首也。少年見之，駭而卻走。追出戶外，四顧渺然。女以匕首望空拋擲，戛然[18]有聲，燦若長虹。俄一物墮地作響，生急燭之，則一白狐，身首異處矣。大駭。女曰：「此君之孌童[19]也。我固恕之，奈渠定不欲生何。」收刃入囊。生拽令入。曰：「適以妖物敗意[20]，請俟來宵。」出門逕去。次夕，女果至，遂共綢繆。詰其術。女曰：「此非君所知。宜須慎祕，洩恐不為君福。」又訂以嫁娶。曰：「枕蓆[21]焉，提汲焉，非婦伊何也？業夫婦矣，何必復言嫁娶乎！」生曰：「將勿憎吾貧耶？」曰：「君固貧，妾富耶？今宵之聚，正以憐君貧耳。」臨別囑曰：「苟且之行，不可以屢[22]。當來，我自來；不當來，相強無益。」後相值，每欲引與私語，女輒走避；然衣綻炊薪，悉為紀理，不啻婦也。積數月，其母死，生竭力營葬之。女由是獨居。生意其孤寂可亂[23]，踰垣入。隔窗頻呼，迄不應，視其門，則空室扃焉。竊疑女有他約。夜復往，亦如之，遂留佩玉於窗間而去之。越日，相遇於母所，既出，而女尾其後，曰：「君疑妾耶？人各有心，不可以告人。今欲使君無疑而烏可得。然一事，煩急為謀。」問之。曰：「妾體孕已八月矣，恐旦晚臨盆[24]。妾身未分明，能為君生之，不能為君育之。可密告老母，覓乳媼，偽為討螟蛉㉕者，勿言妾也。」生諾，以告母。母笑曰：「異哉此女！聘之不可，而顧私於我兒！」喜從其謀以待之。又月餘，女數日不出。母疑之，往探其門，蕭蕭㉖閉寂，扣良久，女始蓬頭垢面自內出。啓而入之，則復闔之。入其室，則呱呱者㉗在牀上矣。母驚問：「誕幾時矣？」答云：「三日。」捉綳蓆而視之，男也，且豐頤而廣額。喜曰：「兒已為老身育孫矣。伶仃一身，將焉所託？」女曰：「區區隱衷，不敢掬示老母。俟夜無人，可即抱兒去。」母歸與子言，竊共異之。夜往抱子歸。更數夕，夜將半，女忽款門入。手提革囊，笑曰：「大事已了，請從此別！」急詢其故。曰：「養母之德，刻刻不去於懷。向云『可一而不可再』者，以相報不在牀笫㉘也，為君貧不能婚，將為延一綫之續。本期一索而得，不圖信水㉙復來，遂至破戒而再。今君德既酬，妾志已遂，無憾矣。」問：「囊中何物？」曰：「仇人頭耳！」檢而窺之，鬚髮交而血模糊也。駭絕，復致研詰。曰：「向不與君言者，以機事不密，懼有宣洩。今事已成，不妨相告：妾，浙人，父官司馬，陷於仇，被籍㉚吾家。妾負老母出，隱姓名，埋頭項，已三年矣。所以不即報者，徒以老母在；母去，一塊肉又累腹中，因而遲之又久。曩夜出，非他，道路門戶未稔，恐有訛誤耳。」言已，出門，又囑曰：「所生兒，善視之。君福薄無壽，此兒可光門閭。夜深不得驚老母，我去矣。」方悽然欲詢所之，女一閃如電，瞥爾間遂不復見。生歎惋木立，若喪魂魄。明日告母，相為嗟異而已。後三年，生果卒。子十八，舉進士，猶奉祖母以終老云。

異史氏曰：「人必室有俠女，而後可以畜孌童也。不然，爾愛其艾豭，彼愛爾婁豬[31]矣。」

①行——這裏是經歷的意思。

②有——這裏同「又」。

③稅——租賃。

④意——這裏指態度。

⑤凜如——形容嚴肅可畏的樣子。

⑥乞——這裏是借的意思。下文「乞米」的乞，義同。

⑦風——這裏同「諷」，暗示的意思。

⑧造——往，到。

⑨仰女十指——仰，依賴、依靠的意思。十指，指一雙手。仰女十指，是靠着女兒一雙手勞動來生活的意思。

⑩儇佻——輕薄。後文《辛十四娘》篇「儇子」，指輕薄子弟。

⑪不置齒頰——不放在嘴裏。就是不談起、不道謝的意思。

⑫什百——什同「十」。什百，十倍百倍的意思。
⑬向暮——臨晚。這裏是衰老、風燭殘年的意思。
⑭犯霧露——指死亡。因為人死後埋葬野外，墳墓要被霧露侵蝕的。
⑮不假以詞色——詞，指言語；色，指臉色。不假以詞色，就是說，不以好言語好面孔相對待。
⑯冰——這裏是動詞，指說話的態度冷冰冰。
⑰假惺惺——假意、裝模作樣。
⑱戛然——形容一種金屬之類輕微的響聲。
⑲孌童——舊時一種醜惡的現象：以男色事人的人。
⑳敗意——掃興的意思。
㉑枕蓆——共枕蓆的省詞，指男女同居。
㉒屢——時常，多次。
㉓亂——淫亂。
㉔臨盆——臨產。後文《竹青》篇「臨蓐」，義同。
㉕螟蛉——飛蟲螟蛉娥的幼蟲。蜂類中的蜾蠃，常捕螟蛉去餵牠的幼蟲，古人錯認為蜾蠃養螟蛉做兒子，因此把乾兒子稱螟蛉。
㉖蕭蕭——這裏是形容冷靜的樣子。後文《連瑣》篇「白楊蕭蕭」，蕭蕭，是形容風吹樹木的聲音。

㉗呱呱者——呱呱，是形容初生嬰兒的哭聲。這裏呱呱者，借作初生嬰兒的代詞。

㉘牀笫——笫，牀上的草薦。牀笫，一般作性行為的代詞。

㉙信水——月經。

㉚籍——籍沒的省詞。籍沒，就是抄家。抄家時要把資財點清登記在簿冊上，加以沒收，所以叫作籍沒。

㉛爾愛其艾豭，彼愛爾婁豬——艾豭，公豬；婁豬，母豬。歷史故事：春秋時，衞靈公（姬元）的夫人宋女南子，性情淫亂；衞靈公把宋國的美男子公子朝找了來。衞太子經過宋國，宋人唱着歌諷刺說：「既定爾婁豬，曷歸吾艾豭。」婁豬指南子，艾豭指公子朝。見《左傳》。這裏的意思是：愛好男色的人，自己的妻子有被所愛的男子勾引上手的危險。

阿寶

粵西孫子楚，名士也。生有枝指①。性迂訥②，人誑之輒信為真。或值座有歌妓，則必遙望卻走。或知其然，誘之來，使妓狎逼之，則赬顏徹頸③，汗珠珠下滴，因共為笑。遂貌④其呆狀，相郵傳⑤作醜語，而名之「孫癡」。邑大賈某翁，與王侯埒⑥富，姻戚皆貴胄⑦。有女阿寶，絕色也。日擇良匹，大家兒爭委禽妝⑧，皆不當翁意。生時失儷，有戲之者，勸其通媒。生殊不自揣，竟從其教。翁素耳⑨其名，而貧之⑩。媒媼將出，適遇寶。問之，以告。女戲曰：「渠去其枝指，余當歸⑪之。」媼告生。生曰：「不難！」媒去，生以斧自斷其指，大痛徹心，血溢傾注，濱⑫死。過數日，始能起，往見媒而示之。媼驚，奔告女。女亦奇之，戲請再去其癡。生聞而譁辨，自謂不癡。然無由見而自剖。轉念：阿寶未必美如天人⑬，何遂高自位置⑭如此。由是曩念頓冷。會值清明，俗於是日，婦女出遊；輕薄少年，亦結隊隨行，恣⑮其月旦。有同社友人，強邀生去。或嘲之曰：「莫欲一觀可人⑯否？」生亦知其戲己，然以受女揶揄故，亦思一見其人，忻然隨眾物色之。遙見有女憩樹下，惡少年環如牆堵。眾曰：「此必阿寶也。」趨之，果寶。審諦之，娟麗無雙。少頃，人益稠，女起遽去。眾情顛倒，品頭題足，紛紛若狂。生獨默然。及眾他適，回視，猶癡立故所[17]，呼之不應。羣曳之曰：「魂隨阿寶去耶？」亦不答。眾以其素訥，故不為怪，或推之、或挽之以歸。至家，直上牀臥，終日不起，冥[18]如醉，呼之不醒。家人疑其失魂，招[19]於曠野，莫能效。強拍問之，則朦朧應云：「我在阿寶家。」及細詰之，又默不語。家人惶惑莫解。初，生見女去，意不忍捨，覺身已從之行，漸傍其衿帶間，人無呵者，遂從女歸。坐臥依之，夜輒與狎，意甚得。然覺腹中奇餒，思欲一返家門，而迷不知路。女每夢與人交，問其名，曰：「我孫子楚也。」心異之，而不可以告人。生臥三日，氣休休[20]若將澌滅[21]。家人大恐，託人婉告翁，欲一招魂其家。翁笑曰：「平昔不省往還，何由遺魂吾家。」家人固哀之，翁始允。巫執故服、草薦以往。女詰得其故，駭極，不聽他往，直導入室，任招呼而去。巫歸至門，生榻上已呻。既醒，女室之香奩什具[22]，何色何名，歷言不爽。女聞之，益駭，陰感其情之深。生既離牀，坐立凝思，忽忽若忘。每伺察阿寶，希幸一再遘之。浴佛節[23]，聞將降香水月寺，遂早旦往候道左，目眩睛勞。日涉午，女始至。自車中窺見生，以摻[24]手搴簾，凝睇不轉。生益動，尾從之。女忽命青衣[25]來詰姓字，生殷勤自展，魂益搖。車去，生始歸。歸復病，冥然絕食，夢中輒呼寶名，每自恨魂不復靈。家舊養一鸚鵡，忽斃，小兒持弄於牀。生自念：倘得身為鸚鵡，振翼可達女室。心方注想，身已翩然鸚鵡，遽飛而去，直達寶所。女喜而撲之，鎖其肘，飼以麻子。大呼曰：「姐姐勿鎖！我孫子楚也。」女大駭，解其縛，亦不去。女祝曰：「深情已篆[26]中心。今已人禽異類，姻好何可復圓？」鳥云：「得近芳澤[27]，於願已足。」他人飼之，不食；女自飼之，則食。女坐，則集其膝；卧，則依其牀。如是三日，女甚憐之。陰使人瞰[28]生，生則僵卧氣絕已三日，但心頭未冰[29]耳。女又祝曰：「君能復為人，當誓死相從。」鳥云：「誑我！」女乃自矢。鳥側目，若有所思。少間，女束雙彎，解履牀上，鸚鵡驟下，銜履飛去。女急呼之，飛已遠矣。女使嫗往探，則生已寤。家人見鸚鵡銜繡履來，墮地死，方共異之；生旋甦，即索履，眾莫知故。適嫗至，入視生，問履所在。生曰：「是阿寶信誓物。借口相覆，小生不忘金諾也。」嫗反命，女益奇之，故使婢泄其情於母。母審之確，乃曰：「此子才名亦不惡，但有相如之貧[30]。擇數年，得婿如此，恐遂為顯者[31]笑。」女以履故，矢不他[32]。翁媼乃從之。馳報生，生喜，疾頓瘳。翁議贅諸家，女曰：「婿不可久處岳家。況郎又貧，久益為人賤[33]。兒既諾之，蓬茆[34]而甘，藜藿[35]不怨。」生乃親迎成禮，相逢如隔世歡。自是生家得奩妝，小阜[36]，頗增物產。而生癡於書，不知理家人生業；女善居積[37]，亦不以他事累生。居三年，家益富。生忽病消渴[38]，卒。女哭之痛，至絕眠食，勸之不納，乘夜自經[39]。婢覺之，急救而甦，終亦不食。三日，集親黨，將以斂生。聞棺中呻以息，啓之，已復活。自言：「見冥王，以生平樸誠，令作部曹㊵。忽有人白：『孫部曹之妻將至。』王稽『鬼錄㊶』，言：『此未應便死。』又白：『不食三日矣。』王顧謂：『感汝妻節義，始賜再生。』因使馭卒控馬送汝還。』」由此體漸平。值歲大比㊷，入闈之前，諸少年玩弄之，共擬隱僻之題七，引生僻處，與語，言：「此某家關節㊸，敬祕相授。」生信之，晝夜揣摩，制成七藝。眾隱笑之。時典試者慮熟題有蹈襲弊，力反常徑，題紙下，七首皆符。生以是掄魁㊹。明年，舉進士，授詞林㊺。上㊻聞其異，召問之。生啓奏，上大嘉悅，即召見阿寶，賞賚有加焉。

異史氏曰：「性癡，則其志凝：故書癡者文必工，藝癡者技必良。——世之落拓而無成者，皆自謂不癡者也。且如粉花蕩產，盧雉傾家㊼，顧癡人事哉？以是知慧黠而過，乃是真癡。彼孫子何癡乎？」

①枝指——手指上多長出一節岔枝，是六指頭。
②訥——口齒遲鈍。
③赬顏徹頸——赬，紅色。赬顏徹頸，意思是因為害羞從臉上一直紅到頸子上。後文《陳雲棲》篇「赬顏發頳」，是因害羞而腮都紅了的意思。

④貌——這裏作形容、描摹解釋。

⑤郵傳——到處傳播。

⑥埒——相比、相等。

⑦貴冑——貴族後裔。

⑧委禽妝——古時婚姻儀式的一種。男方向女方求婚，通過媒人，送去禮物；女方接受求婚，就收下禮物。從此婚姻約定。求婚禮物送去而被收受，叫作「納采」，意思近於後來的「訂婚」。納采的禮物之中，主要的有雁，因為雁有固定的對象，不肯雜交，藉以象徵男女愛情專一。所以納采也被稱作「委禽」，禽就指的是雁。這裏的「委禽妝」，指送去求婚的禮物。後文《公孫九娘》篇「禽儀」，《寄生》篇「雁采」，和「禽妝」義同。《黃英》篇「辭不受采」，就是不肯收受求婚禮物的意思。

⑨耳——這裏作動詞用，聽到的意思。

⑩貧之——嫌他窮。

⑪歸——嫁的意思。

⑫瀕——迫近、幾乎。

⑬天人——這裏是最好看的人、像天上神仙一樣的人的意思。

⑭高自位置——把自己的身份抬得很高。

⑮恣——任意。

⑯可人——可愛的人、意中人。後文《巧娘》篇「可兒」，義同。

⑰故所——原來的地方。

⑱冥——昏昧糊塗、無知無覺的樣子。

⑲招——指招魂。古人迷信，認為人有病是因為魂魄落在外面的緣故；拿着病人平常使用的東西，到路旁或病人最近到過的地方，口裏叫着病人的名字，喚他回來，希望這樣做了之後，病就能好。這種行為，叫作招魂或叫魂。

⑳休休——氣吼聲，後文各篇多作「咻咻」。

㉑澌滅——渙散、消滅。

㉒什具——日常用具。

㉓浴佛節——佛教認為農曆四月初八日是佛的生日，這一天，廟裏用香湯為佛沐浴，名為浴佛節。

㉔摻——這裏同「纖」，形容女人手美。

㉕青衣——婢女。古代以青衣為卑賤的服裝，婢女被認為是卑賤的人，都穿青衣，所以青衣就成為婢女的代詞。

㉖篆——本是雕刻的意思，引申為深深地記住。

㉗芳澤——本指婦女頭上搽的油膏，後來就用以泛指女人身上的香氣。後文《荷花三娘子》篇「薌澤」，薌同「香」，義同。

㉘瞰——看。
㉙冰——這裏作動詞用，冷的意思。
㉚相如之貧——相如，指漢司馬相如。司馬相如少年的時候很窮。
㉛顯者——闊人。
㉜不他——這裏是不嫁別人的意思。
㉝賤——輕視、瞧不起。
㉞蓬茆——茆在這裏同「茅」。蓬茆是蓬門茅屋，指居處的簡陋。後文《巧娘》篇「蓬蓽」，是蓬門蓽戶的省詞，義同。
㉟藜藿——野菜。這裏指飲食的粗糲。
㊱小阜——小康、略有財產。
㊲居積——經營、囤積。
㊳消渴——病名。患者身體瘦弱，時時覺得口渴，所以叫作消渴，就是糖尿病。
㊴自經——上吊、自縊。
㊵部曹——部裏的屬官。
㊶鬼錄——傳說中鬼世界中的戶口名冊，「生死簿」之類的東西。
㊷大比——古代對鄉大夫（地方官）的品學和技能，每三年考核一次，叫作大比。科舉時代的鄉、會

試也是三年舉行一次，所以明初把「科舉年」叫作「大比之年」，後來專稱鄉試為大比。

㊸關節——考生和考官勾結舞弊，如預告試題、在試卷上做暗記等等，叫作通關節。

㊹掄魁——掄，選擇的意思。掄魁，就是中選為第一名。

㊺授詞林——詞林，指翰林院。授詞林是派到翰林院工作，如任修撰、編修、檢討一類的官職。

㊻上——指皇帝。

㊼粉花蕩產，盧雉傾家——粉花，代表女色。盧雉，代表賭博，因為盧和雉都是古來「樗蒲之戲」裏的貴采。這兩句的意思是說，因為嫖賭，把家財都花完了。

巧娘

廣東有縉紳①傅氏，年六十餘，生一子，名廉。甚慧，而天閹②，十七歲，陰裁如蠶。遐邇聞知，無妻以女③。自分宗緒已絕，晝夜憂怛，而無如何。廉從師讀。師偶他出，適門外有猴戲者，廉觀之，廢學焉。度師將至而懼，遂亡去。離家數里，見一白衣女郎，偕小婢出其前。女一回首，妖麗無比。蓮步蹇緩，廉趨過之。女回顧婢曰：「試問郎君，得毋欲如瓊否？」婢果呼問。廉詰其何為。女曰：「倘之瓊也，有尺一書④，煩便道寄里門。老母在家，亦可為東道主⑤。」廉出本無定向，念浮海亦得⑥，因諾之。女出書付婢，婢轉付生。問其姓名居里，云：「華姓，居秦女村，去北郭三四里。」生附舟便去。至瓊州北郭，日已曛暮，問秦女村，迄無知者。往北行四五里，星月已燦，芳草迷目，曠無逆旅⑦，窘甚。見道側一墓，思欲傍墳棲止，大懼虎狼，因攀樹猱升，蹲踞其上。聽松聲謖謖，宵蟲哀奏，中心忐忑⑧，悔至如燒。忽聞人聲在下。俯瞰之，庭院宛然，一麗人坐石上，雙鬟挑畫燭，分侍左右。麗人左顧曰：「今夜月白星疏，華姑所贈團茶⑨，可烹一琖，賞此良夜。」生意其鬼魅，毛髮森豎，不敢少息。忽婢子仰視，曰：「樹上有人。」女驚起，曰：「何處大膽兒，暗來窺人？」生大懼。無所逃隱，遂盤旋下，伏地乞宥。女近臨一諦，反恚為歡，曳與並坐。睨之，年可十七八，姿態豔絕。聽其言，亦非土音。問：「郎何之？」答云：「為人作寄書郵[10]。」女曰：「野多暴客[11]，露宿可虞。不嫌蓬蓽，願就稅駕。」邀生入。室惟一榻，命婢展兩被其上。生自慚形穢，願在下牀。女笑云：「佳客相逢，女元龍何敢高臥[12]。」生不得已，遂與共榻，而惶恐不敢自舒。未幾，女暗中以纖手探入，輕捻脛股。生偽寐，若不覺知。又未幾，啓衾入，搖生，迄不動。女便下探隱處，乃停手悵然，悄悄出衾去。俄，隱聞哭聲。生惶愧無以自容，恨天公之缺陷而已。女呼婢篝燈[13]。婢見啼痕，驚問所苦。女搖首曰：「我自歎吾命耳。」婢立榻前，眈望顏色。女曰：「可喚郎醒，遣放去。」生聞之，倍益慚怍，且懼宵半，茫茫無所復之。籌念間，一婦人排闥[14]入。婢曰：「華姑來。」微窺之，年約五十餘，猶風格[15]。見女未睡，便致詰問。女未答。又視榻上有臥者，遂問：「共榻何人？」婢代答：「夜，一少年郎寄此宿。」婦笑曰：「不知巧娘諧花燭。」見女涕淚未乾，驚曰：「合巹之夕，悲涕不倫[16]，將勿郎君粗暴耶？」女不言，益悲。婦欲捋[17]衣視生，一振衣，書落榻上。婦取視，駭曰：「我女筆意也。」拆讀歎咤。女問之，婦云：「是三兒家報。言吳郎已死，煢[18]無所依。且為奈何？」女曰：「彼固云為人寄書，幸不遣之去。」婦呼生起，究詢書所自來，生備述之。婦曰：「遠煩寄書，當何以報？」又熟視生，笑問：「何迕[19]巧娘？」生言：「不自知罪。」又詰女，女歎曰：「自憐生適[20]閹寺[21]，沒奔椓人，是以悲耳。」婦顧生曰：「慧黠兒，固雄而雌者耶？是我之客，不可久溷[22]他人。」遂導生於東廂，探手於胯而驗之，笑曰：「無怪巧娘零涕。然幸有根蒂，猶可為。」乃挑燈遍翻箱簏，得黑丸，授生，令即吞下，祕囑勿吪[23]，乃出。生獨臥籌思，不知藥醫何症。比五更初醒，覺臍下熱氣一縷，直沖隱處，蠕蠕然似有物垂股際，自探之，身已偉男。心驚喜，如乍膺九錫[24]。檽色才分[25]，婦即入，以炊餅[26]納生室，叮囑耐坐。反關其戶，出語巧娘曰：「郎有寄書勞，將留召三娘來，與訂姊妹交。且復閉置，免人厭惱。」乃出門去。生迴旋無聊，時近門隙，如鳥窺籠。望見巧娘，輒欲招呼自呈，慚訥而止。延至夜分，婦始攜女歸。發扉曰：「悶煞郎君矣！三娘可來拜謝。」途中人逡巡入，向生斂衽。婦命相呼以兄妹。巧娘笑云：「姊妹亦可。」並出堂中，團坐置飲。飲次，巧娘戲問：「寺人亦動心佳麗否？」生曰：「跛者不忘履，盲者不忘視。」相與粲然。巧娘以三娘勞頓，迫令安置。婦顧三娘，俾與生俱。三娘羞暈，不行。婦曰：「此丈夫而巾幗[27]者，何畏之！」敦促偕去。私囑生云：「陰為吾婿，陽為吾子可也。」生喜，捉臂登牀，發硎[28]新試，其快可知。既於枕上問女：「巧娘何人？」曰：「鬼也。才色無匹，而時命蹇落[29]。適毛家小郎子，病閹，十八歲而不能人[30]。因邑邑不暢，齎恨入冥。」生驚，疑三娘亦鬼。女曰：「實告君：

妾非鬼，狐耳。巧娘獨居無偶，我母子無家，借廬棲止。」生大愕。女曰：「勿懼！雖故鬼狐，非相禍者。」由此日共談讌。雖知巧娘非人，而心愛其娟好，獨恨自獻無隙[31]。生蘊藉，善詼噱，頗得巧娘憐。一日，華氏母子將他往，復閉生室中。生悶氣，繞屋隔扉呼巧娘。巧娘命婢歷試數鑰，乃得啓。生附耳請間[32]。巧娘遣婢去。生挽就寢榻，偎向之。女戲掬臍下曰：「惜可兒此處闕然。」語未竟，觸手盈握，驚曰：「何前之渺渺而遽纍然？」生笑曰：「前羞見客，故縮；今以誚謗難堪，聊作蛙怒耳。」遂相綢繆。已而，恚曰：「今乃知閉戶有因。昔母子流蕩無所，假廬居之；三娘從學刺繡，妾不曾少祕惜。乃妒忌如此！」生勸慰之，且以情告。巧娘終銜[33]之。生曰：「密之！華姑囑我嚴……」語未及已，華姑掩入。二人惶遽方起。華姑瞋目，問：「誰啓扉？」巧娘笑迎自承。華姑益怒，聒絮不已。巧娘故哂曰：「阿姥亦大笑人[34]，是『丈夫而巾幗者』，何能為？」三娘見母與巧娘苦相抵[35]，意不自安，以一身調停兩間，始各拗[36]怒為喜。巧娘言雖憤烈，然自是屈意事三娘。但華姑晝夜防閒[37]，兩情不能自展，眉目含情而已。一日，華姑謂生曰：「吾兒姊妹皆已奉事君。念居此非計，君宜歸告父母，早定永約。」即治裝促生行。二女相向，容顏悲惻，而巧娘尤不可堪，淚滾滾如斷貫珠，殊無已時。華姑排止之。便曳生出。至門外，則院宇無存，但見荒塚。華姑送至舟上，曰：「君行後，老身攜兩兒僦[38]屋於貴邑。倘不忘夙好，李氏廢園中，可待親迎。」生乃歸。時傅翁覓子不得，正切焦慮。見子歸，喜出非望。生略述崖末，兼致華氏之訂。父曰：「妖言何足聽信。汝尚能生還者，徒以閹廢故；不然，死矣！」生曰：「彼雖異物，情亦猶人，況又慧麗，娶之，亦不為戚黨笑。」父不言，但嗤之。生乃退而技癢[39]，不安其分，輒私婢。漸至白晝宣淫，意欲炫聞翁媼。一日，為小婢所窺，奔告母。母不信，薄[40]觀之，始駭。呼婢研究，盡得其狀。喜極，逢人宣暴，以示子不閹，將論婚於世族。生私白母，非華氏不娶。母曰：「世不乏美婦人，何必鬼物。」生曰：「兒非華姑，無以知人道。背之不祥。」傅翁從之，遣一僕一媼往覘之。出東郭四五里，尋李氏園，見敗垣竹樹中縷縷有炊煙。媼下乘，直造其闥。則母子拭几濯溉，似有所伺。媼拜致主命。見三娘，驚曰：「此即吾家小主婦耶？我見猶憐，何怪公子魂思而夢繞之？」便問阿姊。華姑歎曰：「是我假女[41]。三日前，忽殂謝去。」因以酒食餉媼及僕。媼歸，備道三娘容止，父母皆喜。末陳巧娘耗，生惻然欲涕。親迎之夜，見華姑親問之。笑云：「已投生北地矣。」生欷歔[42]久之。迎三娘歸，而終不能忘情巧娘，凡有自瓊來者，必召見問之。或言，秦女墓夜聞鬼哭。生訝其異，入告三娘。三娘沈吟良久，泣下曰：「妾負姊矣！」詰之，答云：「妾母子來時，實未嘗使聞，茲之怨啼，將無是姊？向欲相告，恐彰母過。」生聞之，悲已而喜。即命輿，宵晝兼程[43]，馳詣其墓，叩墓木而呼曰：「巧娘！巧娘！某在斯[44]！」

俄見巧娘綳嬰兒自穴中出。舉首酸嘶，怨望無已。生亦涕下。探懷問：「誰氏子？」巧娘曰：「是君之遺孽也，誕三日矣。」生曰：「誤聽華姑言，使母子埋憂地下，罪將安辭！」乃與同輿，航海而歸。抱子告母。母視之，體貌豐偉，不類鬼物，益喜。二女諧和，事姑孝。後傅翁病，延醫來。巧娘曰：「疾不可為，魂已離舍㊺。」督治冥具㊻，既竣而卒。兒長，絕肖父，尤慧，十四入泮。高郵翁紫霞，客於廣而聞之，地名遺脫，亦未知所終。

①縉紳——指官。紳是大帶，縉是把做官的朝笏版插在大帶裏，因此就用縉紳作官的代詞。縉，後文也作搢。

②天閹——男子的性器官發育不全，沒有性行為和生殖能力。

③妻以女——把女兒嫁給他做老婆。

④尺一書——信件。古人把書信寫在木簡上，木簡有尺餘長，所以後來就把信件叫作尺牘或尺一書。

⑤東道主——請客、招待客人的主人。歷史故事：鄭國使臣到秦國去，和秦國說，如果秦國有事經過鄭國，鄭國可以做東道主，供應一切。鄭國在秦國的東方，所以稱東道。後來就用「東道主」指做主人。

⑥亦得——這裏是也好、也可以的意思。
⑦逆旅——客舍、旅館。有時也引申作在外、客居解釋。
⑧忐忑——形容心神不安的樣子。
⑨團茶——古代一種名貴的茶餅，上面印有龍鳳文，也叫龍團、鳳團。
⑩寄書郵——帶信的人。
⑪暴客——指強盜。
⑫女元龍何敢高卧——故事傳說：東漢陳登，接待他所瞧不起的客人時，讓客人睡小牀，他自己卻睡大牀。陳登號元龍，後人就稱這一段故事為「元龍高卧」，並用以形容主人待客的不禮貌。這裏是那女子自比為女性的陳登，卻又說並不用陳登待客的態度來對待她自己的客人。
⑬篝燈——篝，是籠，這裏作動詞用。篝燈，把燈燭放在籠裏，就是點燈籠。
⑭排闥——推門，有不待通報就闖進來的意思。
⑮風格——風韻、風流。
⑯不倫——這裏是不合適、不對的意思。
⑰捋——撫摩、拿取。
⑱煢——形容孤單的樣子。
⑲迕——得罪、冒犯。

⑳適——嫁。

㉑閹寺——閹人、寺人的併稱。閹寺就是古代帝王宮裏的宦官、太監。閹寺在宮裏是要去掉性器官的。後文「椓人」，椓是古代割去男子性器官的一種刑罰，就是宮刑；椓人，指被處了宮刑的人。在這裏都借指沒有性能力的人。

㉒溷——這裏是擾亂、夾在裏面攪混的意思。

㉓吪——動。

㉔如乍膺九錫——古代皇帝對於有大功的諸侯，獎給九樣器物，叫作加九錫。後來的皇帝對於當權的大臣，也往往有加九錫的舉動。「如乍膺九錫」，就是說，如同忽然得到九錫這種難得的獎賞，形容喜出望外的樣子。九錫是輿馬、衣服、樂器、朱戶、納陛、虎賁、弓矢、鈇鉞、秬鬯。

㉕櫺色才分——櫺，窗上的格子。櫺色才分是窗戶上才看得出顏色，指天朦朦亮。

㉖炊餅——就是蒸餅。

㉗巾幗——這裏是婦女的代詞。本指婦女戴的頭巾和髮飾，如後文《馬介甫》篇「跪受巾幗」。

㉘發硎——硎，磨刀石；發硎，剛剛把刀在磨刀石上磨過。

㉙蹇落——不順遂、倒霉。

㉚人——這裏指性行為，是「人道」的省詞。

㉛隙——這裏是機會的意思。

㉜請間——間，是隔離。請間，要求避開第三者，以便兩人私談。
㉝銜——心裏懷恨。
㉞大笑人——太令人可笑的意思。
㉟抵——言語抗拒反駁。
㊱拗——抑制的意思。
㊲防閑——防備禁止。
㊳僦——租賃。
㊴技癢——有本領的人，總想把他的技藝表現出來，猶如身上發癢而必須搔爬幾下一樣。
㊵薄——這裏作迫近解釋。
㊶假女——乾女兒。
㊷欷歔——形容哭泣抽噎的聲音。
㊸兼程——以比平時加倍的速度趕路。
㊹斯——這、這裏。
㊺舍——本是房屋，這裏借指人的軀殼。古時以為人的靈魂和身體的關係，猶如人和房屋的關係，前者可以住在後者裏面，也可以離開，甚至如這裏所說，另換一個軀殼。
㊻冥具——指棺槨之類的東西。後文《石清虛》篇「葬具」，義同。

紅玉

廣平馮翁者，一子，字相如。父子俱諸生。翁年近六旬，性方鯁，而家屢空[1]。數年間，媼與子婦又相繼逝，井臼[2]自操之。一夜，相如坐月下，忽見東鄰女自牆上來窺。視之，美。近之，微笑。招以手，不來，亦不去。固請之，乃梯而過。遂共寢處。問其姓名。曰：「妾鄰女紅玉也。」生大愛悅，與訂永好，女諾之。夜夜往來，約半年許。翁夜起，聞子舍笑語，窺之，見女，怒，喚生出，罵曰：「畜生所為何事！如此落寞[3]，尚不刻苦，乃學浮蕩耶？人知之，喪汝德；人不知，亦促汝壽！」生跪自投[4]，泣言知悔。翁叱女曰：「女子不守閨戒，既自玷，而又復玷人。倘事一發，當不僅貽寒舍羞！」罵已，憤然歸寢。女流涕曰：「親庭罪責，良足愧辱，我兩人緣分盡矣。」生曰：「父在，不得自專。卿如有情，尚當含垢為好。」女言辭決絕，生乃灑涕。女止之，曰：「妾與君無媒妁之言，父母之命，踰牆鑽隙[5]，何能白首[6]。此處有一佳偶，可聘也。」生告以貧。女曰：「來宵相俟，妾為君謀之。」次夜，女果至，出白金[7]四十兩贈生，曰：「去此六十里，有村衞吳氏女，年十八矣，高其價，故未售[8]也。君重啗之，必合諧允。」言已，別去。生乘間語父，欲往相之，而隱饋金，不敢告父。翁自度無貲，以是故止之。生又婉言：「試可乃已。」翁頷[9]之。生遂假僕馬，詣衛氏。衛故田舍翁。生呼出外，與閒語。衛知生望族[10]，又見儀采軒豁[11]，心許之，而慮其靳於貲。生聽其詞意吞吐，會其旨，傾囊陳几上。衛乃喜，浼鄰生居間[12]，書紅箋而盟焉。生入拜媼。居室偪側[13]，女依母自障。微睨之，雖荊布[14]之飾，而神情光豔，心竊喜。借舍款婿，便言：「公子無須親迎；待少作衣妝，即令舁送去。」生與訂期而歸。詭告翁，言：「衛愛清門[15]，不責[16]貲。」翁亦喜。至日，衛果送女至。女勤儉，有順德[17]，琴瑟[18]甚篤。踰二年，舉一男，名福兒。會清明，抱子登墓，遇邑紳宋氏。宋官御史[19]，坐[20]行賕[21]，免[22]，居林下[23]，大攝[24]威虐。是日，亦上墓歸，見女豔之。問村人，知為生配。料馮貧士，誘以重賂，冀可搖。使家人風示之。生驟聞，怒形於色；既思勢不敵，斂怒為笑。歸告翁。翁大怒，奔出，對其家人，指天畫地，詬罵萬端。家人鼠竄而去。宋氏亦怒，竟遣數人入生家，毆翁及子，洶若沸鼎[25]。女聞之，棄兒於牀，披髮號救。羣篡[26]舁之，鬨然便去。父子傷殘，呻吟在地；兒呱呱啼室中。鄰人共憐之，扶置榻上。經日，生杖而能起；翁忿不食，嘔血，尋斃。生大哭。抱子興詞[27]，上至督撫[28]，訟幾遍，卒不得直[29]。後聞婦不屈死，益悲。冤塞胸吭，無路可伸。每思要路刺殺宋，而慮其扈從[30]繁，兒又罔託。日夜哀思，雙睫為之不交。忽一丈夫弔諸其室，虬髯[31]闊頷，曾與無素[32]。挽坐，欲問邦族。客遽曰：「君有殺父之讎、奪妻之恨，而忘報乎？」生疑為宋使之偵，姑偽應之。客怒，眥欲裂，遽出，曰：「僕以君人也，今乃知不足齒之傖！」生察其異，跪而挽之，曰：「誠恐宋人餂[33]我。今實佈腹心：僕之卧薪嘗膽者，固有日矣。但憐此褓中物[34]，恐墜宗祧。君義士，能為我杵臼[35]否？」客曰：「此婦人女子之事，非所能。君所欲託諸人者，請自任之；所欲自任者，願得而代庖[36]焉。」生聞，崩角[37]在地。客不顧而出。生追問姓字。曰：「不濟，不任受怨；濟，亦不任受德。」遂去。生懼禍及，抱子亡去。至夜，宋家一門俱寢，有人越重垣入，殺御史父子三人，及一婢一媳。宋家具狀告官，官大駭。宋執謂相如。於是遣役捕生。生遁，不知所之。於是情益真。宋僕同官役諸處冥搜，夜至南山，聞兒啼，跡得之，繫纍[38]而行。兒啼愈嗔，羣奪兒拋棄之。生冤憤欲絕。見邑令，問：「何殺人？」生曰：「冤哉！某以夜死，我以晝出；且抱呱呱者，何能踰垣殺人！」令曰：「不殺人，何逃乎？」生詞窮[39]，不能置辨。乃收[40]諸獄。生泣曰：「我死，無足惜；孤兒何罪？」令曰：「汝殺人子多矣；殺汝子，何怨？」生既褫革[41]，屢受梏慘[42]，卒無詞。令是夜方卧，聞有物擊牀，震震有聲，大懼而號。舉家驚起，集而燭之，一短刀，銛[43]利如霜，剁牀入木者寸餘，牢不可拔。令睹之，魂魄喪失。荷戈遍索，竟無蹤緒。心竊餒。又以宋人死，無可畏懼，乃詳諸憲[44]，代生解免，竟釋生。生歸，甕無升斗[45]，孤影對四壁。幸鄰人憐餽食飲，苟且自度㊻。念大讎已報，則覸然喜；思慘酷之禍，幾於滅門㊼，則淚潸潸墮；及思半生貧徹骨，宗支不續，則於無人處大哭失聲，不復能自禁。如此半年，捕禁益懈，乃哀邑令，求判還衞氏之骨。既葬而歸，悲怛欲死，輾轉空牀，竟無生路。忽有款門者，凝神寂聽，聞一人在門外，譨譨㊽與小兒語。生急起窺覘，似一女子。扉初啓，便問：「大冤昭雪，可幸無恙？」其聲稔熟，而倉猝不能追憶。爇火燭之，則紅玉也，挽一小兒，嬉笑跨㊾下。生不暇問，抱女嗚哭。女亦慘然，既而推兒曰：「汝忘而父耶？」兒牽女衣，目灼灼視生，細審之，福兒也。大驚，泣問：「兒那得來？」女曰：「實告君：昔言鄰女者，妄也。妾實狐。適宵行，見兒啼谷中，抱養於秦。聞大難既息，故攜來與君團聚耳。」生揮涕拜謝。兒在女懷，如依其母，竟不復能識父矣。天未明，女即遽起。問之。答曰：「奴欲去。」生裸跪牀頭，涕不能仰。女笑曰：「妾誑君耳！今家道新創，非夙興夜寐㊿不可。」乃剪莽擁篲㊿，類男子操作。生憂貧乏，不能自給。女曰：「但請下帷㊿讀，勿問盈歉，或當不殍㊿餓死。」遂出金治織具；租田數十畝，僱傭耕作；荷鑱誅茅，牽蘿補屋㊿，日以為常。里黨㊿聞婦賢，益樂貲助之。約半年，人煙騰茂，類素封㊿家。生曰：「灰燼之餘，卿白手㊿再造矣。然一事未就安妥，如何？」詰之，答云：「試期已迫，巾服㊿尚未復耳。」女笑曰：「妾前以四金寄廣文㊿，已復名在案。若待君言，誤之已久。」生益神之。是科遂領鄉薦。時年三十六；腴田連阡，夏屋渠渠[60]矣。女娉娜[61]如隨風飄去，而操作過農家婦，雖嚴冬自苦，而手膩如脂。自言三十八歲，人視之，常若二十許人。

異史氏曰：「其子賢，其父德，故其報之也俠，非特人俠，狐亦俠也。遇亦奇矣！然官宰悠悠[62]，豎人毛髮[63]，刀震震入木，何惜不略移牀上半尺許哉？使蘇子美[64]讀之，必浮白[65]曰：『惜乎擊之不中！』」

①屢空——時常一點東西都沒有，意思指很窮。

②井臼——這裏是家事的代詞。因為古時一般的人家，都要從井中汲水，用臼舂米。

③落寞——本是寂寞冷淡的意思，這裏指的是由於窮苦而被人瞧不起、沒有人和他往來。

④自投——自首、自己承認錯誤。

⑤踰牆鑽隙——封建婚姻制度之下，婚姻必須由父母包辦，經媒人說合，才是合法的。男女間的戀愛，只能暗地進行，從牆壁縫中互相窺看，跳牆來往。《孟子》：「鑽穴隙相窺，踰牆相從。」後來就用這個成語指一切不合於封建婚姻制度的男女結合。

⑥白首——指夫妻偕老。

⑦白金——銀子。

⑧售——這裏本應作成功、實現解釋；不售，指那個女兒還沒有許配人家。原文兩句是：「高其價，故未售也。」含有沒有賣出去的意思。由於封建婚姻制度原有買賣性質，所以這裏的「售」字可認作有雙關的意義。

⑨頷——點頭，表示應允、默許。

⑩望族——有聲望的高貴家族。

⑪軒豁——形容態度開朗的樣子。

⑫居間——做中間人、介紹人的意思。

⑬偪側——偪，這裏同「逼」。偪側，是迫近、窄狹的意思。

⑭荊布——荊釵布裙的省詞。

⑮清門——通常指寒素的人家，這裏是清白家世、書香門第的意思。

⑯責——索取、苛求。

⑰順德——指妻子服從丈夫，是封建社會用以奴役女性的道德標準之一。

⑱琴瑟——古代對夫婦的象徵辭。

⑲御史——官名。參看前文《陸判》篇「侍御」註。

⑳坐——入於罪、犯了法的意思。這裏的「坐行賕」，就是由於行賕而犯了法。

㉑行賕——用財物行賄以求免罪。
㉒免——罷免，就是革職、開除。
㉓林下——古人指田為林，林下，猶如說田間，就是鄉間的意思。官吏是在城市裏的，一旦不做官了，就叫「退歸林下」。所以「林下」一詞，一般專指退職官吏。
㉔搧——這裏是發揮的意思。
㉕沸鼎——鼎，古代烹飪的器具。沸鼎，是鼎裏煮的東西滾了、開了，形容動亂嘈雜的聲音。
㉖篡——奪取。
㉗興詞——告狀。
㉘督撫——總督和巡撫的省詞。明初派大員到外地督導軍務或撫慰軍民，稱為總督或巡撫，是臨時派遣的性質；從明末直到清時，成為固定的高級地方官吏了。總督是管轄一省或幾省、巡撫是管轄一省的最高級官吏。總督也稱作制軍、制台。巡撫也稱作撫台、撫軍。總督品級略高於巡撫，但實際督撫是平行的，彼此並無統轄的關係。兩者的職權很難劃分，大抵總督偏重軍政，巡撫偏重民政。
㉙直——伸了冤、獲得勝訴的意思。
㉚扈從——隨從的人。
㉛虬髯——虬，傳說中兩角的幼龍。虬髯，指蜷曲的兜腮鬍子。

㉜無素——沒有交情、從無往來。這裏引申作不認識解釋。

㉝餂——套騙、鈎取。

㉞褓中物——指嬰兒。

㉟杵臼——指公孫杵臼，春秋時晉人，趙朔的門客。歷史故事：屠岸賈殺死了趙朔，還想捕殺他的遺腹子。公孫杵臼和趙朔的朋友程嬰想出一條計策，由公孫杵臼另外找了一個嬰兒，冒充趙朔的兒子，故意抱着逃到山裏；程嬰假作出頭告發。屠岸賈派人把公孫杵臼和孩子都捉來殺了。這樣，程嬰才能夠把趙朔的兒子撫養成人，後來報了仇。

㊱代庖——語出《莊子》：「庖人雖不治庖，尸祝不越樽俎而代之矣。」原意是各有專司，司禱告祭神的人是不能夠代替廚司工作的。後來一般以代庖指代人做非自己份內的事情。

㊲崩角——磕響頭。

㊳縶累——用繩子綑綁。

㊴詞窮——沒得話說了。

㊵收——這裏作拘押解釋。

㊶褫革——科舉時代，秀才有一定式樣的制服。清時是青領藍衫，戴銀頂的帽子。秀才如犯了罪，必須先請學官革掉其功名，不准再穿戴秀才的「衣頂」，叫作褫革，然後才可以動刑拷問。後文《書癡》篇「斥革衣襟」，義同。

㊷梏慘——梏，犯人手上戴的刑具。梏慘，酷刑的意思。

㊸銛——鋒利。

㊹詳諸憲——從前下級向上級官署呈報的文書叫作「詳」，這裏作動詞用。憲，對上官的尊稱。詳諸憲，就是向上級呈報的意思。

㊺升斗——量具，常用來量粮食。這裏指少量的粮食。後文《黄英》篇「升斗」，義同。

㊻度——度過，過活。苟且自度，馬馬虎虎地活下去。

㊼滅門——全家被害。

㊽譊譊——形容多話的樣子。

㊾跨——這裏同「胯」。

㊿夙興夜寐——早起晚睡，指勤勞。

(51)剪莽擁篲——莽，草。篲，掃帚。剪莽擁篲，指辛苦勞動。

(52)下帷——放下帷幕，表示和外間隔絕的意思。指專心讀書。

(53)殍——同「莩」，餓死。

(54)荷鑱誅茅，牽蘿補屋——掮着鋤頭去把草挖掉，用藤蘿把茅屋的漏洞補起來。形容在困難的環境裏，力圖興作。

(55)里黨——鄰居、同鄉。古時以二十五家為里，五百家為黨。

⑤⑥素封——並不因為做官而來的殷實、富有。

⑤⑦白手——指兩手空空，沒有憑藉。

⑤⑧巾服——這裏指秀才的制服。秀才被褫革後，就失卻了參加鄉試的資格。必須證明無罪，申請恢復秀才功名，穿起秀才的制服，然後才可以參加鄉試。所以這裏有「試期已迫，巾服尚未復」的話。

⑤⑨廣文——明清時對教官的通稱。

⑥⓪夏屋渠渠——夏屋，高大的房子。渠渠，形容高大房子的深廣。

⑥①嬝娜——輕盈柔美的樣子。

⑥②悠悠——這裏是荒謬糊塗的意思。

⑥③豎人毛髮——人的毛髮站起來了，是對恐怖和痛恨的形容詞。這裏是形容痛恨，後文《向杲》篇「指人髮」，指是直的意思，義同。

⑥④蘇子美——宋文學家蘇舜欽的號。

⑥⑤浮白——浮，處罰；白，乾杯。這裏是「浮一大白」的省詞，意思是乾一大杯酒。故事傳說：蘇舜欽讀《漢書．張良傳》到「良與客狙擊秦皇帝」這一段時，撫掌痛恨說：「惜乎擊之不中！」就浮一大白。這裏因為沒有殺掉縣官，所以引這個故事作比喻。

王者

湖南巡撫某公，遣州佐①押解餉金六十萬赴京。途中被雨，日暮愆程②，無所投宿，遠見古剎，因詣棲止。天明，視所解金，蕩然無存。衆駭怪，可莫取咎③。回白撫公。公以為妄，將寘之法④。及詰衆役，並無異詞。公責令仍返故處，緝察蹤緒。至廟前，見一瞽者，形貌奇異，自榜⑤云：「能知心事。」因求卜筮⑥。瞽曰：「是為失金者。」州佐曰：「然。」因訴前苦。瞽者便索肩輿，云：「但從我去，當自知。」遂如其言，官役皆從之。瞽曰：「東！」東之。曰：「北！」北之。凡五日，入深山，忽睹城郭，居人輻輳⑦。入城，走移時，瞽曰：「止！」因下輿，以手南指：「見有高門，西向，可款關自問之。」拱手自去。州佐從其教，果見高門。漸入之。一人出，衣冠漢制，不言姓名。州佐訴所自來。其人云：「請留數日，當與君謁當事者。」遂導去，令獨居一所，給以食飲。暇時，閒步至第後，見一園亭，入涉之。老松翳日，細草如氈。數轉廊榭，又一高亭，歷階而升，見壁上掛人皮數張，五官俱備，腥氣流熏。不覺毛骨森豎，疾退歸舍。自分留鞹異域⑧，已無生望，因念進退一死，亦姑聽之。明日，衣冠者召之去，曰：「今日可見矣。」州佐唯唯⑨。

衣冠者乘怒馬[10]甚駛，州佐步馳從之。俄至一轅門，儼如制府[11]衙署，皂衣人[12]羅列左右，規模凜肅。衣冠者下馬，導入。又一重門，見有王者，珠冠繡紱[13]，南面坐。州佐趨上，伏謁。王者問：「汝湖南解官耶？」州佐諾。王者曰：「銀具在此，是區區者，汝撫軍即慨然見贈，未為不可。」州佐泣訴：「限期已滿，歸即就刑，稟白何所申證？」王者曰：「此即不難。」遂付以巨函云：「以此覆之，可保無恙。」又遣力士送之。州佐慴息[14]，不敢辨，受函而返。山川道路，悉非來時所經。既出山，送者乃去。數日，抵長沙，敬白撫公。公益妄之，怒不容辨，命左右者飛索以縶[15]。州佐解襆出函，公拆視未竟，面如灰土。命釋其縛，但云：「銀亦細事，汝姑出。」於是急檄[16]屬官，設法補解訖。數日，公疾，尋卒。先是，公與愛姬共寢，既醒，而姬髮盡失。闔署驚怪，莫測其由。蓋函中即其髮也。外有書云：「汝自起家守[17]令，位極[18]人臣。賕賂貪婪，不可悉數。前銀六十萬，業已驗收在庫。當自發貪囊，補充舊額。解官無罪，不得妄加譴責。前取姬髮，略示微警。如復不遵教令，旦晚取汝首領。姬髮附還，以作明信。」公卒後，家人始傳其書。後屬員遣人尋其處，則皆重巖絕壑，更無徑路矣。

異史氏曰：「紅綫金合[19]，以儆貪婪，良亦快異。然桃源[20]仙人，不事掠刦；即劍客所集，烏得有城郭衙署哉？嗚呼！是何神歟？苟得其地，恐天下之赴愬[21]者無已時矣。」

①州佐——清代知州的輔佐官，州同、州判之類。
②愆程——錯過宿頭、誤了路程。
③取咎——負錯誤責任、歸罪。
④寘之法——寘，同「置」。寘之法，一般指處死刑。
⑤榜——這裏是揭示的意思。
⑥卜筮——卜卦的通稱。古人卜課，工具用龜殼的叫卜，用蓍草的叫筮。
⑦輻輳——輻，車輪裏的直木；輳，聚集的意思。輻輳，形容人煙的密集，有如車輪的直木聚集於軸心一樣。
⑧留鞹異域——鞹，皮。留鞹異域，意思是死在他鄉。
⑨唯唯——恭敬地答應，猶如說「是是是」。
⑩怒馬——形容馬奔馳不可遏止，猶如發怒一般。後文《香玉》篇「赤芽怒生」，是形容草木勃發不可遏止的樣子。
⑪制府——指總督。參看前文《紅玉》篇「督撫」註。
⑫皂衣人——隸役、差人。古來隸役規定穿黑衣，皂是黑色，所以稱皂衣人。後文《伍秋月》篇「皂」，是皂隸的省詞，義同。
⑬紱——古代一種蔽膝的服飾。

⑭慴息——慴，害怕。慴息，害怕得不敢出氣。
⑮飛索以緡—飛，拋擲的意思。緡，綑綁。飛索以緡，扔繩索去綑綁。
⑯檄——古時刻有通告文字的木片。檄上的文字，一般是徵召、罪責、曉慰之類。後來雖然不用木片，卻仍把這一類文字稱作檄文，成為公文體裁的一種。這裏作動詞用，是飭令、通知的意思。
⑰守——太守的省詞，明清時是知府的別稱。
⑱極——最高的、頂點。這裏「位極人臣」，意思是做了頂大、不能再大的官。
⑲紅綫金合——紅綫，傳奇故事中唐代的俠女。據說原是潞州節度使薛嵩的婢女，曾經用了神異的方法，盜走魏博節度使田承嗣珍重收藏的金盒，使得田承嗣知道潞州有能人，不敢侵犯潞州。這裏合字同「盒」。
⑳桃源——晉陶潛作《桃花源記》，記漁人在桃花林裏遇見避難秦人的故事，原是有所寄託的一種幻想，這裏卻用桃源比喻世外神仙居住的地方。
㉑愬——這裏同「訴」。

陳雲棲

真毓生，楚夷陵人，孝廉之子。能文，美丰姿，弱冠①知名。兒時，相者曰：「後當娶女道士為妻。」父母共以為笑。而為之論婚，低昂苦不能就。生母臧夫人，祖居黃岡，生以故詣外祖母。聞時人語曰：「黃州『四雲』，少者無倫。」蓋郡有呂祖②菴，菴中女道士皆美，故云。菴去臧氏村僅十餘里，生因竊往。扣其關，果有女道士四人，謙喜承迎，度③皆雅潔。中一最少者，曠世真無其儔。心好而目注之。女以手支頤，但他顧。諸女冠④覓琖烹茶。生乘間問姓名。答云：「雲棲姓陳。」生戲曰：「奇矣！小生適姓潘⑤。」陳赬顏發頰，低頭不語，起而去。少間，瀹茗，進佳果。道姓字：一，白雲深，年三十許；一，盛雲眠，二十已來；一，梁雲棟，約二十有四五，卻為弟。而雲棲不至。生殊悵惘，因問之。白曰：「此婢懼生人。」生乃起別。白力挽之，不留而出。白曰：「如欲見雲棲，明日可復來。」生歸，思戀綦切。次日，又詣之。諸道士俱在，獨少雲棲。未便遽問。諸女冠治具留餐，生力辭，不聽。白拆餅授箸，勸進良殷。既問：「雲棲何在？」答云：「自至。」久之，日勢已晚，生欲歸。白捉腕留之，曰：「姑止此，我捉婢子來奉見。」生乃止。俄，挑燈具酒，雲眠亦去。酒數行，生辭以醉。白曰：「飲三觥，則雲棲出矣。」生果飲如數。梁亦以此挾勸之，生又盡之。覆琖告醉。白顧梁曰：「吾等面薄，不能勸飲，汝往曳陳婢來，便道潘郎待妙常已久。」梁去，少時而返，具言：「雲棲不至。」生欲去，而夜已深，乃佯醉仰臥。兩人代裸之，迭就淫焉。終夜不堪其擾。天既明，不辭而別。數日不敢復往，而心念雲棲不忘也。但不時於近側探偵之。一日，既暮，白出門，與少年去。生喜，不甚畏梁，急往款關。雲眠出應門。問之，則梁亦他適。因問雲棲。盛導去，又入一院，呼曰：「雲棲！客至矣。」但見室門闔然而合。盛笑曰：「閉扉矣。」生立窗外，似將有言，盛乃去。雲棲隔窗曰：「人皆以妾為餌，釣君也。頻來，則身命殆矣。妾不能終守清規，亦不敢遂乖廉恥，欲得如潘郎者而事之耳。」生乃以白頭相約。雲棲曰：「妾師撫養，即亦非易。果相見愛，當以二十金贖妾身。妾候君三年。如望為桑中之約[6]，所不能也。」生諾之。方欲自陳，而盛復至，從與俱出，遂別而歸。中心悁悵，思欲委曲夤緣[7]，再一親其嬌範，適有家人報父病，遂星夜而還。無何，孝廉卒。夫人庭訓最嚴，心事不敢使知，但刻減金貲，日積之。有議婚者，輒以服闋[8]為辭。母不聽。生婉告曰：「曩在黃岡，外祖母欲以兒婚陳氏，誠心所願。今遭大故[9]，音耗遂梗[10]，久不如黃省問；旦夕一往，如不果諧，從母所命。」夫人許之。乃攜所積而去。至黃，詣菴中，則院宇荒涼，大異疇昔。漸入之，惟一老尼炊竈下，因就問訊。尼曰：「前年老道士死，『四雲』星散矣。」問：「何之？」曰：「雲深、雲棟，從惡少遁去；向聞雲棲寓居郡北；雲眠消息，不知也。」生聞之，悲歎。命駕即詣郡北，遇觀輒詢，並少蹤緒。悵恨而返，偽告母曰：「舅言，陳翁如岳州，待其歸，當遣伻⑪來。」踰半年，夫人歸寧⑫，以事問母，母殊茫然。夫人怒子誑；媼疑甥與舅謀，而未以聞也。幸舅遠出，莫從稽其妄。夫人以香愿⑬登蓮峯，齋宿⑭山下。既卧，逆旅主人扣扉，送一女道士，寄宿同舍，自言：「陳雲棲。」聞夫人家⑮夷陵，移坐就榻，告愬坎坷⑯，詞旨悲惻。末言：「有表兄潘生與夫人同籍，煩囑子姪輩，一傳口語，但道其暫寄棲鶴觀師叔王道成所，朝夕厄苦，度日如歲。令早一臨存⑰。恐過此以往，未或知也。」夫人審潘名字，即又不知。但云：「既在學宮，秀才輩想無不聞也。」未明早別，慇慇再囑。夫人既歸，向生言及。生長跪曰：「實告母：所謂潘生，即兒也。」夫人詰知其故，怒曰：「不肖兒！宣淫寺觀，以道士為婦，何顏見親賓乎！」生垂頭，不敢出詞。會生以赴試入郡，竊命舟訪王道成。至，則雲棲半月前出遊不返。既歸，邑邑而病。適臧媪卒，夫人往奔喪。殯後迷途，至京氏家，問之，則族妹也。相便邀入。見有少女在室，年可十八九，姿容曼妙，目所未睹。夫人每思得一佳婦，俾子不懟，心動，因詰生平。妹云：「此王氏，京氏甥也。怙恃⑱俱失，暫寄此耳。」問：「婿家誰？」曰：「無之。」把手與語，意致嬌婉。

母大悅，為之過宿。私以己意告妹。妹曰：「良佳。但其人高自位置；不然，胡蹉跎[19]至今也。容商之。」夫人招與同榻；談笑甚歡；自願母夫人[20]。夫人悅，請同歸荊州；女益喜。次日，同舟而還。既至，則生疾未起。母欲慰其沈痾，使婢陰告曰：「夫人為公子載麗人至矣。」生未信，伏窗窺之，較雲棲尤豔絕也。因念三年之約已過；出遊不返，則玉容必已有主。得此佳麗，心懷頗慰。於是靦然動色，病亦尋瘳。母乃招兩人相拜見。生出。夫人謂女：「亦知我同歸之意乎？」女微笑曰：「妾已知之。但妾所以同歸之初志，母不知也。妾少字夷陵潘氏，音耗闊絕[21]，必已另有良匹。果爾，則為母也婦；不爾，則終為母也女，報母有日也。」夫人曰：「既有成約，即亦不強。但前在五祖山時，有女冠問潘氏，今又潘氏，——固知夷陵世族無此姓也。」女驚曰：「卧蓮峯下者即母耶？詢潘氏者即我是也。」母始恍然悟，笑曰：「若然，則潘生固在此矣。」女問：「何在？」夫人命婢導去問生。生驚曰：「卿，雲棲耶？」女問：「何知？」生言其情，始知以潘郎為戲。女知為生，羞與終談，急返告母。母問其「何復姓王」。答云：「妾本姓王。道師見愛，遂以為女，故從其姓耳。」夫人亦喜，涓吉[22]為之成禮。先是，女與雲眠俱依王道成。道成居隘，雲眠遂去之漢口。女嬌癡不能作苦，又羞出操道士業，道成頗不善[23]之。會舅京氏如黃岡，女遇之流涕，因與俱去，俾改女子裝，將論婚士族，故諱其曾隸女冠籍。而問名[24]者，女輒不願，舅及妗皆不知其意向，心頗嫌之。是日，從夫人歸，得所託，如釋重負焉。合巹後，各述所遭，喜極而泣。女孝謹，夫人雅憐愛；而彈琴好弈不知理家人生業，夫人頗以為憂。積月餘，母遣兩人如京氏，留數日而歸。泛舟江流，欻一舟過，中一女冠，近之，則雲眠也。——雲眠獨與女善。——女喜，招與同舟，相對酸辛。問：「將何之？」盛云：「久切懸念。遠至棲鶴觀，則聞依京舅矣。故將詣黃岡，一奉探耳。竟不知意中人已得相聚。今視之如仙。剩此漂泊人，不知何時已矣！」因而欷歔。女設一謀：令易道裝，偽作姊，攜伴夫人，徐擇佳偶。盛從之。既歸，女先白夫人，盛乃入。舉止大家；談笑間，練達世故。母既寡，苦寂，得盛良歡，惟恐其去。盛早起，代母劬勞，不自作客。母益喜，陰思納女姊，以掩女冠之名，而未敢言也。一日，忘某事未作，急問之，則盛代備已久。因謂女曰：「畫中人不能作家㉕，亦復何為。新婦若大姊者，吾無憂也。」不知女存心久，但懼母嗔。聞母言，笑對曰：「母既愛之，新婦欲效英、皇，如何？」母不言，亦囅然笑。女退，告生曰：「老母首肯矣。」乃另潔一室，告盛曰：「昔在觀中共枕時，姊言：『但得一能知親愛之人，我兩人當共事之。』猶憶之否？」盛不覺雙眥熒熒曰：「妾所謂親愛者非他：如日日經營，曾無一人知其甘苦；數日來略有微勞，即煩老母卹念，則心中冷暖頓殊矣。若不下逐客令㉖，俾得長伴老母，於願斯足，亦不望前言之踐也。」女告母。母令姊妹焚香，各矢無悔詞。

乃使生與行夫婦禮。將寢，告生曰，「妾乃二十三歲老處女也。」生猶未信。既而落紅殷褥，始奇之。盛曰：「妾所以樂得良人者，非不能甘岑寂也，誠以閨閣之身，靦然酬應如勾欄[27]，所不堪耳。借此一度，掛名君籍，當為君奉事老母，作內紀綱[28]。若房闈之樂，請別與人探之。」三日後，襆被從母，遣之不去。女早之母所，佔其牀寢，不得已，乃從生去。由是三兩日輒一更代，習為常。夫人故善弈，自寡居不暇為之；自得盛經理井井，晝日無事，輒與女弈。挑燈瀹茗，聽兩婦彈琴，夜分始散。每語人曰：「兒父在時，亦未能有此樂也。」盛司出納，每記籍報母。母疑曰：「兒輩嘗言幼孤，作字彈棋[29]，誰教之？」女笑以實告。母亦笑曰：「我初不欲為兒娶一道士，今竟得兩矣。」忽憶童時所卜，始信數定不可逃也。生再試不第[30]。夫人曰：「吾家雖不豐，薄田三百畝，幸得雲眠紀理，日益溫飽。兒但在膝下，率兩婦與老身共樂，不願汝求富貴也。」生從之。後雲眠生男女各一；雲棲女一男三。母八十餘歲而終：孫皆入泮；長孫，雲眠所出，已中鄉選矣。

①弱冠——指男子到了二十歲左右的年齡。古時男子二十歲舉行「冠禮」，戴上成人戴的帽子，表示

是少年而不再是兒童了。但這時身體還不比大人那樣強壯，所以稱作「弱冠」。

②呂祖——道教徒對呂洞賓的尊稱，神話傳說裏的「八仙」之一。

③度——這裏作風度、態度解釋。

④女冠——道士。

⑤「小生適姓潘」——戲曲故事：宋女尼陳妙常，和書生潘法成相戀，後成夫婦。這裏真毓生謊稱姓潘，就是藉這個故事來和姓陳的女道士開玩笑。

⑥桑中之約——指封建觀念認為不正當的男女間的密約幽會。由於《詩經·鄘風》裏有「期我乎桑中」這一句，後人認為是描寫男女幽會的，所以一般都這樣加以比喻引用。

⑦委曲夤緣——鑽頭覓縫找機會。

⑧服闋——服，指喪服；闋，終了的意思。服闋，是古時喪禮所規定為父母服喪三年的期限已經屆滿，就是後來說的「除孝」。

⑨大故——大事，習慣專指父母死亡。

⑩梗——阻塞、不通。

⑪伻——使者、使人。

⑫歸寧——婦女回娘家的代詞。語出《詩經》：「歸寧父母。」

⑬香願——為了許願或還願到廟裏去燒香。

⑭齋宿——古人在祭祀鬼神的時候一種恭敬虔誠的表示：包括不吃葷、不喝酒、不洗澡、不換衣等等，叫作「齋」：齋的時間長短不同，至少要隔一天，所以叫「齋宿」。
⑮家——這裏是住家的意思。
⑯坎坷——形容不如意，環境惡劣，運氣不好。
⑰臨存——來看望。
⑱怙恃——《詩經．小雅》有「無父何怙，無母何恃」這兩句，後來就以怙恃指父母。怙、恃，原是依靠、依賴的意思。
⑲蹉跎——耽擱。
⑳母夫人——把夫人認作母親。
㉑闊絕——長久的隔別。
㉒涓吉——選擇好日子。
㉓善——這裏是歡喜、贊成的意思，下文「雲眠獨與女善」，善是要好的意思。
㉔問名——求婚。古時婚禮程序中，男方先求取女方的名姓和生辰時間，去占卜吉凶，卜吉，才進行下一步程序。
㉕作家——操持家務。
㉖逐客令——歷史記載：秦始皇（嬴政）下逐客令，要攆走各國到秦國來做說客的人。後來一般就用

下逐客令作為驅逐的代詞。

㉗勾欄——指妓院。

㉘紀綱——管家。

㉙彈棋——現已失傳的一種古代棋戲，據說是兩人對局，黑白棋各六枚（一說二十四棋）；棋局中心高起像覆蓋，上面為小壺，四角隆起。

㉚不第——沒有考取。後文《竹青》篇「下第」，義同。

竹青

魚容，湖南人，談者忘其郡邑。家綦貧，下第歸，資斧斷絕。羞於行乞，餓甚，暫憩吳王廟中。因以憤懣之詞，拜禱神座。出臥廊下，忽一人引去，見吳王，跪曰：「黑衣隊尚缺一卒，可使補缺。」吳王可。即授黑衣。既着身，化為烏，振翼而出。見烏友羣集，相將俱去，分集帆檣。舟上客旅，爭以肉餌拋擲。羣於空中接食之。因亦尤效①，須臾果腹。翔棲樹杪，意亦甚得。踰二三日，吳王憐其無偶，配以雌，呼之竹青。雅相愛樂。魚每取食，輒馴無機②。竹青恆勸諫之，卒不能聽。一日，有兵過，彈③之，中胸。幸竹青銜去之，得不被擒。羣烏怒，鼓翼搧波，波湧起，舟盡覆。竹青乃攝餌哺魚。魚傷甚，終日而斃。忽如夢醒，則身臥廟中。先是，居人見魚死，不知誰何，撫之未冰，故不時以人邏察之。至是，訊知其由，斂貲送歸。後三年，復過故所，參謁吳王。設食，喚烏下集啗，乃祝曰：「竹青如在，當止。」食已，並飛去。後領薦歸，復謁吳王廟，薦以少牢④。已，乃大設以饗烏友，又祝之。是夜宿於湖村。秉燭方坐，忽几前如飛鳥飄落，視之，則二十許麗人，囅然曰：「別來無恙乎？」魚驚問之。曰：「君不識竹青耶？」魚喜，詰所來。曰：「妾今為漢江神女，返故鄉時常少。前烏使兩道君情，故來一相聚也。」魚益欣感，宛如夫妻之久別，不勝歡戀。生將偕與俱南，女欲與俱西，兩謀不決。寢初醒，則女已起。開目，見高堂中巨燭熒煌，竟非舟中。驚起，問：「此何所？」女笑曰：「此漢陽也。妾家即君家，何必南！」天漸曉，婢嫗紛集，酒炙⑤已設。就廣牀⑥上陳矮几，夫婦對酌。魚問僕之所在，答：「在舟上。」生慮舟人不能久待。女言：「不妨，妾當助君報之。」於是日夜談讌，樂而忘歸。舟人夢醒，忽見漢陽，駭絕。僕訪主人，杳無信兆。舟人欲他適，而纜結不解，遂共守之。積兩月餘，生忽憶歸，謂女曰：「僕在此，親戚斷絕。且卿與僕，名為琴瑟，而不一認家門，奈何？」女曰：「無論⑦妾不能往；縱能之，君家自有婦，將何以處妾也？不如置妾於此，為君別院⑧可耳。」生恨道遠，不能時至。女出黑衣，曰：「君舊衣尚在。如念妾時，衣此可至；至時為君解之。」乃大設餚珍，為生祖餞。既醉而寢，醒，則身在舟中。視之，洞庭舊泊處也。舟人及僕俱在，相視大駭，詰其所往。生故悵然自驚。枕邊一襆，檢視，則女贈新衣襪履，黑衣亦摺置其中。又有繡橐維縶腰際，探之，則金貲充牣⑨焉。於是南發，達岸，厚酬舟人而去。歸家數月，苦憶漢水，因潛出黑衣着之。兩脇生翼，翕然⑩凌空。經兩時許，已達漢水。回翔下視，見孤嶼中有樓舍一簇⑪，遂飛墮。有婢子已望見之，呼曰：「官人至矣！」無何，竹青出，命眾手為之緩結⑫，覺羽毛劃然盡脫。握手入舍，曰：「郎來恰好，妾旦夕臨蓐矣。」生戲問曰：「胎生乎？卵生乎？」女曰：「妾今為神，則皮骨已更，應與曩異。」至數日，果產，胎衣厚裹如巨卵然，破之，男也。生喜，名之漢產。三日後，漢水神女皆登堂以服飾珍物相賀。並皆佳妙，無三十以上人。俱入室，就榻，以拇指按兒鼻，名曰「增壽」。既去，生問：「皆誰何？」女曰：「此皆妾輩。其末後着藕白者，所謂『漢皋解佩』⑬，即其人也。」居數月，女以舟送之。不用帆楫，飄然自行。抵陸，已有人繫馬道左，遂歸。由此往來不絕。積數年，漢產益秀美，生珍愛之。妻和氏，苦不育，每思一見漢產。生以情告女。女乃治任⑭，送兒從父歸，約以三月。既歸，和愛之過於己出，逾十餘月，不忍令返。一日，暴病而殤。和氏悼痛欲死。生乃詣漢告女。入門，則漢產赤足臥牀上。喜以問女。女曰：「君久負約。妾思兒，故招之也。」生因述和氏愛兒之故。女曰：「待妾再育，放漢產歸。」又年餘，女雙生，男女各一：男名漢生，女名玉佩。生遂攜漢產歸。然歲恆三四往，不以為便，因移家漢陽。漢產十二歲，入郡庠。女以人間無美質，招去，為之娶婦，始遣歸。婦名扈娘，亦神女產也。後和氏卒，漢生及妹皆來擗踊⑮。葬畢，漢產遂留，生攜漢生、玉佩去，自此不返。

①尤效——就是效尤，本指學做壞事的意思，這裏作模仿、跟着學解釋。
②機——機警。
③彈——這裏作射擊解釋。
④少牢——祭品中的豬和羊。
⑤炙——烤肉。道裏泛指菜餚。
⑥廣牀——大牀。
⑦無論——不用說。
⑧別院——這裏指舊社會中某些男子在正式夫妻所組成的家庭之外，暗地又與別的女子同居；一名外室。
⑨充牣——充滿。
⑩翕然——很快的樣子。
⑪一簇——一堆、一叢。
⑫緩結——解開紐結。
⑬漢皋解佩——神話傳說：古時有一個人叫鄭交甫，路過漢皋台下，遇見兩個女子，每人身上佩着一顆雞蛋大的珠子。他向這兩個女子討珠子，兩個女子都解下來給了他。但一轉眼的功夫，兩個女子不見了，珠子也不見了。

⑭治任——任，指旅行所用行李之類的東西。治任，就是整理行裝、準備行李。

⑮擗踊——擗，用手拍胸；踊，以腳頓地，是極度悲哀的表示。古來擗踊用於父母喪事，而且拍幾次，跳幾次，依人的身份而有不同的規定，這就成了一種封建禮節的具文，失去悲哀的意義了。

香玉

勞山下清宮，耐冬高二丈，大數十圍①，牡丹高丈餘，花時璀璨②如錦。膠州黃生，築舍其中而讀焉。一日，遙自窗中見女郎，素衣掩映花間。心疑觀中烏得有此。趨出，已遁去。由此屢見。遂隱身叢樹中，以俟其至。無何，女郎又偕一紅裳者來，遙望之，豔麗雙絕。行漸近，紅裳者卻退，曰：「此處有人！」生乃暴起。二女驚奔。袖裙飄拂，香風流溢，追過短牆，寂然已杳。愛慕殷切，因題樹上云：「無限相思苦，含情對短窗。恐歸沙吒利③，何處覓無雙④。」歸齋冥想。女郎忽入。驚喜承迎。女笑曰：「君洶洶似強寇，使人恐怖；不知君竟騷士，無妨相親。」生略叩生平。曰：「妾小字香玉，隸籍平康巷⑤。被道士閉置山中，實非所願。」生問：「道士何名？當為卿一滌此垢。」女曰：「不必，彼亦未敢相逼。借此與風流士長作幽會亦佳。」問：「紅衣者誰？」曰：「此名絳雪，亦妾義姊。」遂相狎寢。既醒，曙色已紅。女急起，曰：「貪歡忘曉矣。」着衣易履，且曰：「妾酬君作，口占⑥勿笑也：『良夜更易盡，朝暾⑦已上窗。願如樑上燕，棲處自成雙。』」生握腕曰：「卿秀外慧中，使人愛而忘死。顧一日之去，如千里之別。卿乘間常來，勿待夜也。」女諾之。由此夙夜必偕。每使邀絳雪來，輒不至，生以為恨。女曰：「絳姊性殊落落，不似妾情癡也。當從容勸駕，不必過急。」一夕，女慘然入，曰：「君隴不能守，尚望蜀耶⑧？今長別矣。」問：「何之？」以袖拭淚，曰：「此有定數，難為君言。昔日佳什⑨，今成讖語矣：『佳人已屬沙吒利，義士今無古押衙⑩』，可為妾詠。」詰之，不言，但有嗚咽。竟夜不眠，早旦而去。生怪之。次日，有墨藍即氏，入宮遊矚，見白牡丹，悅之，掘移逕去。生始悟香玉乃花妖也。悵惋不已。過數日，聞藍氏移花至家，日就萎悴。恨極，作《哭花詩》五十首。日日臨穴，涕洟其處。一日，憑弔而返，遙見紅衣人，揮涕穴側。從容而近就之，女亦不避。生因把袂，相向汍瀾⑪。已而挽請入室，女亦從之，歎曰：「童稚之姊妹，一朝斷絕！聞君哀傷，彌觸妾慟。淚墮九泉，或當感誠再作；然死者神氣已散，倉猝何能與吾兩人共談笑也。」生曰：「小生薄命，妨害情人，當亦無福可消雙美。曩頻煩香玉道達微忱，胡再不臨？」女曰：「妾以年少書生，什九薄倖；不知君固至情人也。然妾與君交以情，不以淫。若晝夜狎暱，則妾所不能矣。」言已，告別。生曰：「香玉長離，使人寢食俱廢。賴卿少留，慰此懷思，何決絕如是！」女乃止，過宿而去。數日不復至。冷雨幽窗，苦懷香玉，輾轉牀頭，淚凝枕簟。攬衣更起，挑燈命筆，踵前韻⑫曰：「山院黃昏雨，垂簾坐小窗。相思人不見，中夜淚雙雙。」詩成自吟。忽窗外有人曰：「作者不可無和。」

聽之，絳雪也。啓門內[13]之。女視詩，即續其後曰：「連袂人何處？孤燈照晚窗。空山人一個，對影自成雙。」生讀之淚下，因怨相見之疏。女曰：「妾不能如香玉之熱，但可少慰君寂寞耳。」生欲與狎。曰：「相見之歡，何必在此。」於是至不聊[14]時，女輒一至。至則宴飲酬唱，有時不寢遂去，生亦聽之。謂之曰：「香玉吾愛妻，絳雪吾良友也。」每欲相問：「卿是院中第幾株？早以見示，僕將把植家中，免似香玉被惡人奪去，貽恨百年。」女曰：「故土難移，告君亦無益也。妻尚不能終從，況友乎！」生不聽，捉臂而出，每至牡丹下，輒問：「此為卿否？」女不言，掩口笑之。適生以殘臘歸過歲。二月間，忽夢絳雪至，愀然曰：「妾有大難！君急往，尚得相見；遲無及矣。」醒而異之，急命僕馬，星馳至山。則道士將建屋，有一耐冬，礙其營造，工師方縱斤[15]矣。生知所夢即此，急止之。入夜，絳雪來謝。生笑曰：「向不實告，宜遭此厄！今而後知卿矣。卿如不至，當以艾炷[16]相灸。」女曰：「妾固知君如此，曩故不敢相告。」坐移時，生曰：「今對良友，益思豔妻。久不哭香玉，卿能從我哭乎？」二人乃往，臨穴灑涕。至一更向盡，絳雪抆淚勸止，乃還。又數夕，生方獨居悽惻，絳雪笑入曰：「喜信報君知！花神感君至情，俾香玉復降宮中。」生喜，問：「何時？」答云：「不知，要不遠耳。」天明下榻，生曰：「僕為卿來，勿長使人孤寂。」女笑諾。兩夜不至。生往抱樹，搖動撫摩，頻喚：「絳雪！」久之無聲，乃返。對燭團艾，將以灼樹。女遽入，奪艾棄之，曰：「君惡作劇，使人創痏⑰，當與君絕矣！」生笑擁之。坐方定，香玉盈盈而入。生望見，泣下流離⑱，急起把握。香玉以一手捉絳雪，相對悲哽。已而坐道離苦。生覺把之而虛，如手自握，驚其不類曩昔。香玉泫然曰：「昔，妾花之神，故凝；今，妾花之鬼，故散也。今雖相聚，君勿以為真，但作夢寐觀可耳。」絳雪曰：「妹來大好！妾被汝家男子糾纏死矣。」遂辭而去。香玉款愛如生平，但偎傍之間，髣髴以身就影。生邑邑不歡；香玉亦俯仰自恨，曰：「君以白蘞滑，少雜硫黃，日酹妾一杯水，明年此日報君恩。」亦別而去。明日，往觀故處，則牡丹萌生矣。生從其言，日加培溉，又作雕闌以護之。香玉來，感激甚至。生謀移植其家，女不可，曰：「妾弱質，不堪復戕。且物生各有定處，妾來原不擬生君家，違之反促年壽。但相憐愛，好合自有日耳。」生恨絳雪不至。香玉曰：「必欲強之使來，妾能致之。」乃與生挑燈出，至樹下，取草一莖，布裳作度⑲，以度樹本⑳，自下而上，至四尺六寸，按其處，使生以兩爪齊搔之。俄，絳雪自背後出，笑罵曰：「婢子來，益助紂為虐㉑耶！」牽挽並入。香玉曰：「姊勿怪！暫煩陪侍郎君，一年後不相擾矣。」自此遂以為常。生視花芽，日益肥盛，春盡，盈二尺許。歸後，亦以金遺道士，使朝夕培養之。次年四月至宮，則花一朵，含苞未放；方流連所，花搖搖欲坼㉒；少時已開，花大如盤，儼然有小美人坐蕊中，裁三四指㉓；轉瞬間飄然已下，則香玉也。笑曰：「妾忍風雨以待君，君來何遲也！」遂入室。絳雪已至，笑曰：「日日代人作婦，今幸退而為友。」遂相談讌賡和。至中夜，絳雪乃去。兩人同寢，款洽一如當年。後，生妻卒，遂入山，不復歸。是時牡丹已大如臂。生每指之曰：「我他日寄魂於此，當生卿之左。」兩女笑曰：「君勿忘之。」後十年餘，忽病。其子至，對之而哀。笑曰：「此我生期，非死期也，何哀為！」謂道士曰：「他日牡丹下有赤芽怒生，一放五葉者，即我也。」遂不復言。子輿抬而歸，至家，尋卒。次年，果有肥芽突出，葉如其數。道士以為異，益灌溉之。三年，高數尺，大拱把，但不花。老道士死，其弟子不知愛惜，因其不花，斫去之。白牡丹亦憔悴，尋死；無何，耐冬亦死。

異史氏曰：「情之結者，鬼神可通。花以鬼從，而人以魂寄，非其結於情者深耶？一去而兩殉之，即非堅貞，亦為情死矣。人不能貞，猶是情之不篤耳。仲尼讀《唐棣》而曰『未思』㉔，信矣哉！」

①圍——計算圓周大小的一種尺寸標準，從來說法不一：一說是人用雙臂去合抱，一抱是一圍；一說是直徑一尺或五寸的圓周是一圍。

②璀璨——玉的光彩。這裏藉以形容花的光彩。

③沙吒利——傳奇故事：唐韓翃和柳氏愛戀，番將沙吒利，乘韓他去，將柳刼走。後有虞侯許俊，設計奪回，仍還韓翃。

④無雙——傳奇故事：唐劉無雙和王仙客原有婚約，後因政變，劉被皇家強迫收進宮去。有俠客古押衙，設計把劉騙出，與王團聚。

⑤平康巷——指妓院。唐時娼妓聚住在平康里，因而後來便以「平康」為妓院的代詞。

⑥口占——作詩文不用動筆起草，隨口便唸出來，叫作口占。

⑦朝暾——剛出來的太陽。

⑧隴不能守，尚望蜀耶——歷史記載：漢光武帝（劉秀）命岑彭帶兵打下隴右之後，又要他去攻蜀。在給他的信裏說：「人苦不知足，既平隴，復望蜀。」後來因以「得隴望蜀」比喻人的不知足。這裏說「隴不能守，尚望蜀耶」，意思是連已有的一個也靠不住了，還要想另一個。

⑨什——《詩經》裏《雅》、《頌》每十篇為一卷，叫作「××之什」，後來便以「篇什」指詩，簡稱「什」。

⑩押衙——古代官名，管理皇帝的儀仗侍衞。「佳人已屬沙吒利，義士今無古押衙」，原是宋王晉卿的詩句。這裏引用，認為是讖語，因為前有「恐歸沙吒利，何處覓無雙」的句子之故。

⑪汍瀾——這裏形容流淚流得很厲害的樣子。

⑫踵前韻——踵，追隨着、跟從着的意思。踵前韻，就是和詩，照着原詩所押的韻腳再作一首。

⑬內——這裏同「納」。
⑭不聊——無聊。
⑮斤——砍木的斧頭。
⑯艾炷——艾絨搓成的長條。用艾炷燒灼人的經脈穴道，是中醫的一種醫療方法。
⑰創痏——瘢疤。
⑱流離——這裏同「淋漓」，形容眼淚的湧出。
⑲度——指尺碼。下文「以度樹本」，度，衡量的意思。
⑳本——這裏指樹幹。後文《葛巾》篇「牡丹一本」，一本是一棵、一株的意思。
㉑助紂為虐——紂是歷史傳說中夏代一個暴虐無道的皇帝。「助紂為虐」是幫助壞人做壞事的意思。
㉒坼——裂開，這裏指花蕊的開放。
㉓三四指——三四個指頭那樣大。
㉔仲尼讀《唐棣》而曰「未思」——仲尼，孔丘的號。孔丘讀「唐棣之華，偏其反而。豈不爾思？室是遠而」的詩句，說：「未之思也，夫何遠之有？」意思是事情能不能做成功，完全在於自己能否想辦法克服困難，而不是事情本身難易的問題。

石清虛

邢雲飛，順天人。好石，見佳石不靳重直。偶漁於河，有物掛網，沈而取之，則石徑尺①，四面玲瓏，峯巒疊秀。喜極，如獲異珍。雕紫檀為座，供諸案頭。每值天欲雨，則孔孔生雲，遙望如塞新絮。有勢豪某，踵門②求觀。既見，舉付健僕，策③馬竟去。邢無奈，頓足悲憤而已。僕負石至河濱，息肩④橋上，忽失手，墮諸河。豪怒，鞭僕。即出金，僱善泅者，百計冥搜，竟無可見。乃懸金署約⑤而去。由是尋石者，日盈於河，迄無獲者。後邢至落石處，臨流於邑，但見河水清澈，則石固在水中，邢大喜，解衣入水，抱之而出，檀座猶存。既歸，不肯設諸廳事⑥，潔內室供之。一日，有老叟款門而請，邢託言石失已久。叟笑曰：「客舍非耶？」邢便請入舍，以實⑦其無。既入，則石果陳几上。錯愕不能言。叟撫石曰：「此吾家故物，失去已久，今固在此耶。既見之，請即賜還。」邢窘甚，遂與爭作石主。叟笑曰：「既汝家物，有何驗證？」邢不能答。叟曰：「僕則故識之：前後九十二竅，巨孔中五字云『清虛天石供』。」邢審視，孔中果有小字，細於粟米，竭目力裁可辨認；又數其竅，果如所言。邢無以對，但執不與。叟笑曰：「誰家物而憑君作主耶！」拱手而出。邢送至門外；既還，則石失所在。大驚，疑叟，急追之，則叟緩步未遠。奔去牽其袂而哀之，叟曰：「奇矣！徑尺之石，豈可以手握袂藏者耶？」邢知其神，強曳之歸，長跪請之。叟乃曰：「石果君家者耶、僕家者耶？」答曰：「誠屬君家，但求割愛⑧耳。」叟曰：「既然，則石固在是。」還入室，則石已在故處。叟曰：「天下之寶，當與愛惜之人。此石能自擇主。僕亦喜之，然彼急於自見，其出也早，則魔刼未除。實將攜去，待三年後，始以奉贈。既欲留之，當減三年壽數，始可與君相終始。君願之乎？」曰：「願！」叟乃以兩指捏一竅，竅軟如泥，隨手而閉，閉三竅。已，曰：「石上竅數，即君壽也。」作別欲去。邢苦留之，辭甚堅；問其姓字，亦不言；遂去。積年餘，邢以故他出，夜有小偷入室，諸無所失，惟竊石而去。邢歸，悼喪欲死。訪察購求，全無蹤緒。積有數年，偶入報國寺，見賣石者，近視，則其故物，將便認取。賣者不服。因負石至官。官問：「何所質驗？」賣石者能言竅數。邢問其他，賣石者不能言。邢乃言竅中五字及三指痕，理遂得伸。官欲杖責賣石者，賣石者自言以二十金買諸市，遂釋之。邢得石歸，裹以錦，藏櫝中，時出一賞，先焚異香而後出之。有尚書⑨某，購以百金，而邢意萬金不易也。某怒，陰以他事中傷之。邢被收，典質田產。某託他人風示其子。子告邢，邢願以死殉石。妻竊與子謀，獻石尚書家。邢出獄始知，罵妻毆子，屢欲自經，皆以家人覺救，得不死。夜夢一丈夫來，自言：「石清虛。」謂邢勿戚：「特[10]與君年餘別耳。明年八月二十日，昧爽時，可詣海岱門，以兩貫相贖。」邢得夢，喜，敬志[11]其日。而石在尚書家，更無出雲之異，久亦不甚貴重之。明年，尚書以罪削職[12]，尋死。邢如期詣海岱門，則其家人竊石出，將求售主，因以兩貫市歸。後邢至八十九歲，自治葬具；又囑子，必以石殉。既而果卒。子遵遺教，瘞石墓中。半年許，賊發墓，刼石去。子知之，莫可追詰。踰二三日，攜僕在道，忽見兩人，奔躓汗流，望空自投，曰：「邢先生，勿相逼！我二人將石去，不過賣四兩銀耳。」遂縶送諸官，一訊遂伏。問石，則鬻諸宮氏。取石至，官愛玩，欲得之，命寄諸庫。吏舉石，石忽墮地，碎為數十餘片。罔不失色。官乃重械兩盜而放之。邢子拾石出，仍瘞墓中。

異史氏曰：「物之尤者禍之府[13]。至欲以身殉石，亦癡甚矣！而卒之石與人相終始，誰謂石無情哉？古人云：『士為知己者死。』非過也！石猶如此，而況人乎！」

①徑尺——直徑一尺長。

②踵門——登門、上門。

③策——本作馬鞭解釋，如後文《辛十四娘》篇「以策撾門」。這裏是鞭打的意思。

④息肩——歇力、休息。

⑤懸金署約——出帖子懸賞立約。

⑥廳事——堂屋、大廳。原來寫作「聽事」，是官署問案的地方；後來私家堂屋也叫聽事，一般就通寫作「廳事」。

⑦實——證實、證明。

⑧割愛——把自己喜歡的東西讓給別人。

⑨尚書——官名。在明清時是中央政府部的長官。

⑩特——只是、不過。

⑪志——記着。

⑫削職——開除、革職。

⑬府——這裏指集中、聚集的地方。

瑞雲

瑞雲，杭之名妓，色藝無雙。年十四歲，其母蔡媼，將使出應客。瑞雲告曰：「此奴終身發軔①之始，不可草草。價由母定，客則聽奴自擇之。」媼曰：「諾！」乃定價十五金，遂日見客。客求見者以贄：贄厚者接一弈，酬一畫；薄者留一茶而已。瑞雲名譟已久，自此富商貴介②，日接於門。餘杭賀生，才名夙著，而家僅中貲。素仰瑞雲，固未敢擬③同鴛夢，亦竭微贄，冀得一覩芳澤。竊恐其閱人既多，不以寒畯④在意；及至相見一談，而款接殊殷。坐語良久，眉目含情，作詩贈生曰：「何事求漿者，藍橋叩曉關？有心尋玉杵，端只在人間。」⑤生得之狂喜。更欲有言，忽小鬟曰：「客來。」生倉猝遂別。既歸，吟玩詩詞，夢魂縈擾。過一二日，情不自已，修贄復往。瑞雲接見良歡，移坐近生，悄然謂：「能圖一宵之聚否？」生曰：「窮踧⑥之士，惟有癡情可獻知己。一絲之贄，已竭綿薄。得近芳容，意願已足；若肌膚之親，何敢作此夢想？」瑞雲聞之，戚然不樂，相對遂無一語。生久坐不出，媼頻喚瑞雲以促之，生乃歸。心甚邑邑，思欲罄家以博一歡，而更盡而別，此情復何可耐？籌思及此，熱念都消，由是音息遂絕。瑞雲擇婿數月，更不得一當，媼頗恚，將強奪[7]之而未發也。一日，有秀才投贄，坐語少時，便起，以一指按女額曰：「可惜，可惜！」遂去。瑞雲送客返，共視額上，有指印黑如墨，濯之益真。過數日，墨痕漸闊；年餘，連顴徹準[8]矣。見者輒笑，而車馬之跡以絕。媼斥[9]去妝飾，使與婢輩伍。瑞雲又荏弱，不任驅使，日益憔悴。賀聞而過之，見蓬首廚下，醜狀類鬼。舉首見生，面壁自隱。賀憐之，與媼言，願贖作婦。媼許之。賀貨田傾裝，買之而歸。入門，牽衣攬涕，且不敢以伉儷自居，願備妾媵，以俟來者。賀曰：「人生所重者知己：卿盛時猶能知我，我豈以衰故忘卿哉！」遂不復娶。聞者共姍笑[10]之，而生情益篤。居年餘，偶至蘇，有和生與同主人[11]，忽問：「杭有名妓瑞雲，近如何矣？」賀以「適人」對。又問：「何人？」曰：「其人率[12]與僕等。」和曰：「若能如君，可謂得人矣。不知價幾何許？」賀曰：「緣有奇疾，姑從賤售耳。不然，如僕者，何能於勾欄中買佳麗哉？」又問：「其人果能如君否？」賀以其問之異，因反詰之。和笑曰：「實不相欺，昔曾一覲其芳儀，甚惜其以絕世之姿而流落不偶，故以小術晦其光而保其璞，留待憐才者之真鑑耳。」賀急問曰：「君能點之，亦能滌之否？」和笑曰：「烏得不能。但須其人一誠求耳。」賀起拜曰：「瑞雲之婿，即某是也。」和喜曰：「天下惟真才人為能多情，不以妍媸易念也。請從君歸，便贈一佳人。」遂與同返。既至，賀將命酒，和止之曰：「先行吾法，當先令治具者有歡心也。」即令以盥器貯水，戟指⑬而書之，曰：「濯之當瘉。然須親出一謝醫人也。」賀笑捧而去，立俟瑞雲自靧⑭之，隨手光潔，豔麗一如當年。夫婦共德之，同出展謝，而客已渺，遍覓之不可得，意者其仙與⑮！

①發軔——比喻一切事情的開端。軔是支住車輪、讓它不能轉動的木頭。發軔，是把支住車輪的木頭拿掉，這樣，車子就可以行動了。

②貴介——貴族、闊人。

③擬——這裏作希冀、企圖解釋。後文《羅剎海市》篇「主人請擬其聲」，擬是學、模仿的意思。

④寒畯——貧士。

⑤「何事求漿者，藍橋叩曉關？有心尋玉杵，端只在人間。」——這首詩的意思是說：你若愛我，是有辦法的。傳奇故事：唐裴航路過藍橋驛，向一老婦求漿水；老婦命少女捧漿而出。少女名雲英，很美麗。裴航想求她為妻。老婦說：「我有神仙給的藥，要用玉杵臼去搗，吃了會長生不老。你能用玉杵臼作聘禮，搗藥一百天，我就把雲英許你為妻。」裴航果然求得玉杵臼，和雲英成婚後，兩人吃靈藥成仙。

⑥窮蹙——蹙同「蹙」。窮蹙，貧困的意思。

⑦強奪——強迫人改變原來的意志。

⑧連顴徹準——從臉頰連到鼻子。

⑨斥——解除、褫剝。

⑩姍笑——譏笑。

⑪同主人——同在一個主人家作客。

⑫率——大抵、大概的意思。後文《恆娘》篇的「以三日為率」，率是準則的意思。

⑬戟指——用手像戟（古兵器）一樣地指着。這裏是形容施行法術時的一種姿勢。

⑭靧——洗臉。

⑮與——這裏同「歟」。

恆娘

洪大業，都中人。妻朱氏，姿致頗佳，兩相愛悅。後洪納婢寶帶為妾，貌遠遜朱，而洪嬖之。朱不平，輒以此反目。洪雖不敢公然宿妾所，然益嬖寶帶、疏朱。後徙其居，與帛商狄姓者為鄰。狄妻恆娘，先過院謁朱。恆娘三十許，姿僅中人，而言詞輕倩。朱悅之。次日，答其拜，見其室亦有小妻[1]，年二十以來[2]，甚娟好。鄰居幾半年，並不聞其詬誶一語，而狄獨鍾愛恆娘，副室則虛員而已。朱一日見恆娘而問之曰：「余向謂良人之愛妾，為其為妾也，每欲易妻之名呼作妾。今乃知不然。夫人何術？如可授，願北面[3]為弟子。」恆娘曰：「嘻！子則自疏而尤男子乎？朝夕而絮聒之，是為叢敺雀[4]，其離滋甚耳！其歸，益縱[5]之，即男子自來，勿納也。一月後，當再為子謀之。」朱從其言，益飾寶帶，使從丈夫寢。洪一飲食，亦使寶帶共之。洪時一周旋朱，朱拒之益力；於是共稱朱氏賢。如是月餘，朱往見恆娘。恆娘喜曰：「得之矣！子歸毀若妝，勿華服，勿脂澤；垢面敝履，雜家人操作。一月後，可復來。」朱從之，衣敝補衣，故不潔清，而紡績外無他問。洪憐之，使寶帶分其勞，朱不受，輒叱去之。如是者一月，又往見恆娘。恆娘曰：

「孺子真可教也！後日為上巳節⑥，欲招子踏春園，子當盡去敝衣，袍袴襪履，嶄然⑦一新，早過我。」朱曰：「諾！」至日，攬鏡細勻鉛黃⑧，一一如恆娘教。妝竟，過恆娘。恆娘喜曰：「可矣！」又代挽鳳髻，光可鑑影；袍袖不合時製，拆其綫，更作之；謂其履樣拙，更於笥中出業履⑨，共成之，訖，即令易着。……臨別，飲以酒，囑曰：「歸去一見男子，即早閉戶寢，渠來叩關，勿聽也。三度呼，可一度納。口索舌，手索足，昔吝之。半月後，當復來。」朱歸，炫妝見洪。洪上下凝睇之，歡笑異於平時。朱少話遊覽，便支頤作惰態；日未昏，即起，入房，闔扉眠矣。未幾，洪果來款關；朱堅卧不起，洪始去。次夕復然。明日，洪讓之。朱曰：「獨眠習慣，不堪復擾。」日既西，洪入閨坐守之。滅燭登牀，如調⑩新婦，綢繆甚歡。更為次夜之約，朱不可長，與洪約以三日為率。半月許，復詣恆娘。恆娘闔門與語曰：「從此可以擅專房⑪矣。然子雖美，不媚也。子之姿，一媚可奪西施之寵，況下者乎！」於是試使睨，曰：「非也！病在外眥。」試使笑，又曰：「非也！病在左頤。」乃以秋波送嬌，又囅然瓠犀⑫微露，使朱傚之。凡數十作，始略得其仿佛。恆娘曰：「子歸矣！攬鏡而嫺習之，術無餘矣。至於牀笫之間，隨機而動之，因所好而投之，此非可以言傳者也。」朱歸，一如恆娘教。洪大悅，形神俱惑，惟恐見拒。日將暮，則相對調笑，跬步⑬不離閨闥。日以為常，竟不能推之使去。朱益善遇⑭寶帶，每房中之宴，輒呼與共榻坐，而洪視寶帶益醜，不終席，遣去之。朱賺夫入寶帶房，扃閉之，洪終夜無所沾染。於是寶帶恨洪，對人輒怨謗；洪益厭怒之，漸施鞭楚。寶帶忿，不自修飾，敝衣垢履，頭類蓬葆[15]，更不復可言人矣。恆娘一日謂朱曰：「我術如何矣？」朱曰：「道則至妙；然弟子能由之[16]，而終不能知之也。縱之，何也？」曰：「子不聞乎：人情厭故而喜新，重難而輕易？丈夫之愛妾，非必其美也，甘其所乍獲而幸其所難遘也。縱而飽之，則珍錯[17]亦厭，況藜羹乎！」「毀之而復炫之，何也？」曰：「置不留目，則似久別；忽覩豔妝，則如新至：譬貧人驟得粱肉[18]，則視脫粟[19]非味矣。而又不易與之，則彼故而我新，彼易而我難。——此即子易妻為妾之法也。」朱大悅，遂為閨中之密友。積數年，忽謂朱曰：「我兩人情若一體，自當不昧生平。向欲言而恐疑之也；行相別，敢以實告：妾乃狐也。幼遭繼母之變，鬻妾都中。良人遇我厚，故不忍遽絕，戀戀以至於今。明日老父屍解[20]，妾往省覲，不復還矣。」朱把手欷歔。早旦往視，則舉家惶駭，恆娘已杳。

異史氏曰：「買珠者不貴珠而貴櫝[21]：新舊難易之情，千古不能破其惑；而變憎為愛之術，遂得以行乎其間矣。古佞臣事君，勿令見人，勿使窺書[22]。乃知容身固寵，皆有心傳也。」

①小妻——妾，猶如說「小老婆」。下文「副室」，義同。
②來——這裏表示約數。「年二十以來」，就是二十多歲的意思。
③北面——古代，老師的座位坐北朝南，學生北面受教，是一種尊敬的表示。
④為叢敺雀——比喻由於自己處理得不善，致使事態發展，反而違背最初的願望。語出《孟子》：「為叢敺雀者，鸇也。」叢，叢林；敺，同「驅」；鸇，鷹鷂一類的猛禽。鸇喜歡捕食小鳥，結果小鳥都躲進了樹林裏。
⑤縱——放任的意思。
⑥上巳節——古代風俗以農曆三月三日為上巳，這一天要到郊外遊玩洗濯，所以下文有「踏春園」的話。最初本有提倡清潔衞生的含義，後來傳說這樣可以把壞運氣洗掉，就成為一種迷信的行為了。
⑦嶄然——形容事物簇新的意思。
⑧鉛黃——指婦女的化妝品。鉛，鉛粉；黃，雌黃，一種橙紅色的顏料。
⑨業屐——沒有做成的鞋子。
⑩調——調笑、戲弄。
⑪擅專房——獨被寵愛。
⑫瓠犀——比喻好看的牙齒，一般專用以形容美貌女子的牙齒。瓠犀是瓠子的籽，瓠子的籽是潔白而整齊的。

⑬跬步——一舉腳叫作跬，所以跬步是半步，猶如說寸步。後文《促織》篇「天子一跬步」，一跬步，指一舉一動。
⑭遇——看待。
⑮蓬葆——蓬和葆都是亂生的野草，這裏用以比喻頭髮的散亂。
⑯由之——依着、隨着、照着辦。
⑰珍錯——指貴重食物，山珍海錯的省詞。
⑱粱肉——好飯菜。後文《小翠》篇「膏粱」，義同。
⑲脫粟——只去掉外面一層硬殼的米，指粗糧。
⑳屍解——道家說法：人和其他動物修煉得道，就可以脫離軀殼，遺下屍體而成仙，叫作屍解。
㉑買珠者不貴珠而貴櫝——古代寓言：楚國人到鄭國去賣珠子，用最好的香木做成盒子來裝珠子，而且把盒子裝飾得很漂亮。鄭國人看見盒子很好，於是就買了盒子卻退還了珠子。
㉒古佞臣事君，勿令見人，勿使窺書——歷史記載：唐武宗（李瀍）做皇帝的時候，得寵的太監仇士良告訴他的同伴，要想辦法不讓皇帝讀書，也不讓皇帝多接近讀書人；不然的話，皇帝就會提高警惕，不信任他們了。

葛巾

常大用，洛人。癖好牡丹。聞曹州牡丹甲[①]齊魯，心向往之。適以他事如曹，因假縉紳之園居焉。而時方二月，牡丹未華[②]，惟徘徊園中，目注勾萌[③]，以望其坼。作《懷牡丹詩》百絕[④]。未幾，花漸含苞，而資斧將匱；尋典春衣，流連忘返。一日，凌晨趨花所，則一女郎及老嫗在焉。疑是貴家宅眷，亦遂遄返。暮而往，又見之，從容避去。微窺之，宮妝豔絕。眩迷之中，忽轉一想：此必仙人，世上豈有此女子乎！急反身而搜之，驟過假山，適與嫗遇。女郎方坐石上，相顧失驚。嫗以身幛[⑤]女，叱曰：「狂生何為！」生長跪曰：「娘子必是神仙。」嫗咄之曰：「如此妄言，自當縶送令尹！」生大懼。女郎微笑曰：「去之！」過山而去。生返，不能徒步，意女郎歸告父兄，必有詬辱之來。偃臥空齋，自悔孟浪[⑥]。竊幸女郎無怒容，或當不復置念。悔懼交集，終夜而病。日已向辰，喜無問罪之師[⑦]，心漸寧帖。而回憶聲容，轉懼為想。如是三日，憔悴欲死。秉燭夜分，僕已熟眠，嫗入，持甌而進曰：「吾家葛巾娘子，手合[⑧]鴆湯[⑨]，其速飲！」生聞而駭，既而曰：「僕與娘子，夙無怨嫌，何至賜死？既為娘子手調，與其相思而病，不如仰藥[⑩]而死。」遂引而盡之。嫗笑，接甌而去。生覺藥氣香冷，似非毒者。俄覺肺鬲寬舒，頭顱清爽，酣然睡去。既醒，紅日滿窗。試起，病若失。心益信其為仙。無可夤緣，但於無人時仿佛其立處、坐處，虔拜而嘿禱之。一日，行去，忽於深樹內，覿面遇女郎，幸無他人。大喜投地。女郎近曳之，忽聞異香竟體。即以手握玉腕而起，指膚軟膩，使人骨節欲酥。正欲有言，老嫗忽至。女令隱身石後，南指曰：「夜以花梯度牆，四面紅窗者，即妾居也。」匆匆遂去。生悵然，魂魄飛散，莫能知其所往。至夜，移梯登南垣，則垣下已有梯在，喜而下，果見紅窗。室中聞敲棋⑪聲，佇立不敢復前，姑踰垣歸。少間，再過之，子聲猶繁。漸近窺之，則女郎與一素衣美人相對着，老嫗亦在坐，一婢侍焉。又返：凡三往復，三漏⑫已催⑬。生伏梯上，聞嫗出云：「梯也，誰置此？」呼婢共移去之。生登垣，欲下無階，恨悒而返。次夕，復往，梯先設矣。幸寂無人。入，則女郎兀坐，若有思者，見生驚起，斜立含羞。生揖曰：「自謂福薄，恐於天人無分，亦有今夕耶！」遂狎抱之。纖腰盈掬，吹氣如蘭，撐拒曰：「何遽爾！」生曰：「好事多磨，遲為鬼妒。」言未及已，遙聞人語。女急曰：「玉版妹子來矣。君可姑伏牀下。」生從之。無何，一女子入，笑曰：「敗軍之將，尚可復言戰否？業已烹茗，敢⑭邀為長夜之歡。」女郎辭以困惰。玉版固請之，女郎堅坐不行。玉版曰：「如此戀戀，豈藏有男子在室耶？」強拉之，出門而去。生膝行而出。恨絕⑮，遂搜枕簟，冀一得其遺物。而室內並無香奩[16]，只牀頭有水精[17]如意[18]，上結紫巾，芳潔可愛。懷之，越垣歸。自理襟袖，體香猶凝，傾慕益切。然因伏牀之恐，遂有懷刑[19]之懼，籌思不敢復往，但珍藏如意，以冀其尋。隔夕，女郎果至，笑曰：「妾向以君為君子也，而不知寇盜也。」生曰：「良有之！所以偶不君子者，第望其如意耳。」乃攬體入懷，代解裙結：玉肌乍露，熱香四流，偎抱之間，覺鼻息汗熏，無氣不馥。因曰：「僕固意卿為仙人，今益知不妄。幸蒙垂盼，緣在三生。但恐杜蘭香[20]之下嫁，終成離恨耳。」女笑曰：「君慮亦過。妾不過離魂之倩女，偶為情動耳。此事要宜慎密，恐是非之口，捏造黑白，君不能生翼，妾不能乘風，則禍離更慘於好別矣。」生然之，而終疑為仙，固詰姓氏。女曰：「既以妾為仙，仙人何必以姓名傳。」問：「嫗何人？」曰：「此桑姥姥。妾少時受其露覆，故不與婢輩同。」遂起，欲去，曰：「妾處耳目多，不可久羈，蹈隙[21]當復來。」臨別，索如意，曰：「此非妾物，乃玉版所遺。」問：「玉版為誰？」曰：「妾叔妹也。」付鈎乃去。去後，衾枕皆染異香。由此三兩夜輒一至。生惑之，不復思歸。而囊橐既空，欲貨馬。女知之，曰：「君以妾故，瀉囊質衣，情所不忍。又去代步，千餘里將何以歸？妾有私蓄，聊可助裝。」生辭曰：「感卿情好，撫臆誓肌[22]，不足論報；而又貪鄙，以耗卿財，何以為人矣！」女固強之曰：「姑假君。」遂捉生臂，至一桑樹下，指一石，曰：「轉之！」生從之。又拔頭上簪，刺土數十下，又曰：「爬之！」生又從之。則甕口已見。女探之，出白鏹[23]近五十兩許；生把臂止之，不聽，又出十餘鋌；生強返其半而後掩之。一夕，謂生曰：「近日微有浮言[24]，勢不可長，此不可不預謀也。」生驚曰：「且為奈何？小生素迂謹，今為卿故，如寡婦之失守，不復能自主矣。一惟卿命，刀鋸斧鉞，亦所不遑顧耳！」女謀偕亡[25]，命生先歸，約會於洛。生治任旋里，擬先歸而後逆之；比至，則女郎車適已至門。登堂朝[26]家人，四鄰驚賀，而並不知其竊而逃也。生竊自危；女殊坦然[27]，謂生曰：「無論千里外非邏察所及，即或知之，妾世家女，卓王孫當無如長卿何也[28]。」

生弟大器，年十七，女顧之，曰：「是有慧根，前程尤勝於君。」完婚有期，妻忽夭殞。女曰：「妾妹玉版，君固嘗窺見之，貌頗不惡，年亦相若，作夫婦可稱嘉偶。」生聞之而笑，戲請作伐。女曰：「必欲致之，即亦匪難。」喜問：「何術？」曰：「妹與妾最相善。兩馬駕輕車，費一嫗之往返耳。」生懼前情俱發，不敢從其謀；女固言：「不害[29]。」即命車，遣桑嫗去。數日，至曹，將近里門，嫗下車，使御者止而候於途，乘夜入里。良久，偕女子來，登車遂發。昏暮即宿車中，五更復行。女郎計其時日，使大器盛服而逆之。五十里許，乃相遇，御輪[30]而歸；鼓吹花燭，起拜成禮。由此兄弟皆得美婦，而家又日以富。一日，有大寇數十騎，突入第。生知有變，舉家登樓。寇入，圍樓。生俯問：「有讎否？」答言：「無讎。但有兩事相求：一則聞兩夫人世間所無，請賜一見；一則五十八人，各乞金五百。」聚薪樓下，為縱火計以脅之。生允其索金之請，寇不滿志，欲焚樓，家人大恐，女欲與玉版下樓，止之不聽。炫妝而下，階未盡者三級，謂寇曰：「我姊妹皆仙媛，暫時一履塵世，何畏寇盜！欲賜汝萬金，恐汝不敢受也。」寇眾一齊仰拜，喏聲「不敢」。姊妹欲退，一寇曰：「此詐也！」女聞之，反身佇立，曰：「意欲何作，便早圖之，尚未晚也。」諸寇相顧，嘿無一言，姊妹從容上樓而去。寇仰望無跡，鬨然始散。後二年，姊妹各舉一子，始漸自言魏姓，母封曹國夫人。生疑曹無魏姓世家；又且大姓㉛失女，何得一置不問？未敢窮詰，而心竊怪之。遂託故復詣曹，入境諮訪，世族並無魏姓。於是仍假館舊主人。忽見壁有《贈曹國夫人》詩，頗涉駭異，因詰主人。主人笑，即請往觀曹夫人，至則牡丹一本，高與簷等。問所由名，則以此花為曹第一，故同人戲封之。問其「何種」，曰：「葛巾紫也。」心益駭，遂疑女為花妖。既歸，不敢質言，但述贈夫人詩以覘之。女蹙然變色，遽出，呼玉版抱兒至，謂生曰：「三年前，感君見思，遂呈身相報；今見猜疑，何可復聚。」因與玉版皆舉兒遙擲之，兒墮地並沒。生方驚顧，則二女俱渺矣。悔恨不已。後數日，墮兒處生牡丹二株，一夜徑尺。當年而花，一紫一白，朵大如盤，較尋常之葛巾、玉版，瓣尤繁碎。數年，茂蔭成叢。移分他所，更變異種，莫能識其名，自此牡丹之盛，洛下無雙焉。

異史氏曰：「懷之專一，鬼神可通，偏反者㉜亦不可謂無情也。少府寂寞，以花當夫人㉝，況真能解語，何必力窮其原哉？惜常生之未達也！」

①甲——頂好，第一。
②華——這裏作開花解釋。
③勾萌——草木才發的嫩芽，屈的叫勾，直的叫萌。
④絕——絕句的省詞。絕句，古詩體的一種：每首四句，每句或五字或七字，叫作五絕、七絕。
⑤幛——本是屏風一類的東西，引申作遮蔽解釋。也作障。
⑥孟浪——輕率、冒失的意思。
⑦問罪之師——古時兩國相爭，此國向彼國進軍時，總宣稱對方有罪，進攻是去問罪，因此稱自己的軍隊為問罪之師。後來就引用作一切質責的代詞。
⑧合——配合、調製的意思。
⑨鴆湯——毒藥。古人說，鴆是一種羽毛有毒的鳥，把鴆毛和在酒或湯水裏，就成為殺人的毒藥。
⑩仰藥——仰起頭來把藥喝下去，一般指服毒。
⑪敲棋——下棋時，棋子敲着棋盤有響聲，所以下棋也就叫作敲棋。

⑫漏——計時器，漏刻的省詞。古時沒有鐘錶，就用漏刻計時。漏刻，是用一個盛水的銅壺，在壺裏豎立着刻有度數的箭；壺底穿一個孔，讓水慢慢地流掉；看水平在什麼度數上，便知道是什麼時候。歷代的漏刻樣式很多，以上所說的只是其中的一種。這裏三漏，猶如說三更、三鼓。

⑬催——漏刻指到什麼時候，好像告訴人時間不早了，所以叫作「催」。

⑭敢——對人有所請求時表示自己冒昧、大胆的謙辭。

⑮恨絕——恨透了。

⑯奩——匣子，一般專指婦女梳妝用的鏡匣、粉匣；有時也指棋盒。

⑰水精——就是水晶。

⑱如意——搔癢爬。因為它能够抓到身上任何部分，如人之意，所以叫如意。後來漸漸變成一種陳設品，用玉石之類的質料刻製，爬的一頭改作芝草或雲形，成為象徵吉祥的東西了。

⑲懷刑——惟恐受到法律制裁。

⑳杜蘭香——古代神話中的仙女。因為有罪，被謫降人間，在洞庭湖邊，由一漁夫收養；十幾歲時，期限屆滿，仍然回到天上。

㉑蹈隙——這裏是趁空、等機會的意思。有時也作挑眼、找錯解釋，本有「抵瑕蹈隙」這一句成語，後文《小翠》篇「蹈我之瑕」，就是這個意思。

㉒撫臆誓肌——按住胸口，拿身上的肉來賭咒。感謝之詞，略近「粉身碎骨」之類的意思。

㉓白鏹——銀子。

㉔浮言——沒有根據的話、謠言。

㉕亡——這裏作逃走解釋。

㉖朝——拜見的意思。

㉗坦然——滿不在乎的樣子。

㉘卓王孫當無如長卿何也——長卿，漢司馬相如的號。歷史故事：司馬相如和臨邛富人卓王孫的女兒文君相戀，一同逃走。卓王孫雖然知道，卻因面子關係，不敢聲張，拿司馬相如沒辦法。

㉙不害——不要緊、不妨礙。後文《公孫九娘》篇「無傷」，義同。

㉚御輪——古代婚禮的程序之一：新婿到女家行「奠雁」禮後，出來親自為新婦駕車，執着車索，繞三個圈子；然後先回家去，在門外候着新婦到來。這裏用這個典故，是陪着新婦乘車的意思。

㉛大姓——大戶人家。

㉜偏反者——指花。古詩有「唐棣之花，偏其反爾」這兩句；偏反，是形容花搖動的樣子。所以這裏就用偏反者為花的代詞。

㉝少府寂寞，以花當夫人——少府，唐代縣尉的別稱。這裏指白居易。白居易作過《戲題新栽薔薇》詩，其中有兩句：「少府無妻春寂寞，花開將爾當夫人。」當時白正在盩厔做縣尉，所以自稱少府。

黃英

馬子才，順天人。世好菊，至才尤甚。聞有佳種，必購之，千里不憚。一日，有金陵客寓其家，自言其中表親有一二種，為北方所無。馬欣動，即刻治裝，從客至金陵。客多方為之營求，得兩芽①，裹藏如寶。歸至中途，遇一少年，跨蹇從油碧車②，丰姿灑落。漸近與語。少年自言：「陶姓。」談言騷雅。因問馬所自來，實告之。少年曰：「種無不佳，培溉在人。」因與論藝菊之法。馬大悅，問：「將何往？」答云：「姊厭金陵，欲卜居於河朔③耳。」馬欣然曰：「僕雖固貧，茅廬可以寄榻。不嫌荒陋，無煩他適。」陶趨車前，向姊諮稟。車中人推簾語，乃二十許絕世美人也。顧弟言：「屋不厭卑而院宜得廣。」馬代諾之，遂與俱歸。第南有荒圃，僅小室三四椽④，陶喜，居之。日過北院，為馬治⑤菊。菊已枯，拔根再植之，無不活。然家清貧。陶日與馬共食飲，而察其家似不舉火。馬妻呂，亦愛陶姊，不時以升斗餽䘏之。陶姊小字黃英，雅善談，輒過呂所，與共紉績。陶一日謂馬曰：「君家固不豐，僕日以口腹累知交，胡可為常。為今計，賣菊亦足謀生。」馬素介，聞陶言，甚鄙之，曰：「僕以君風流高士，當能安貧；今作是論，則以東籬為市井，有辱黃花[6]矣。」陶笑曰：「自食其力，不為貪；販花為業，不為俗。人固不可苟求富，然亦不必務求貧也。」馬不語，陶起而出。自是，馬所棄殘枝劣種，陶悉掇拾而去。由此不復就馬寢食，招之始一至。未幾，菊將開，聞其門囂喧如市。怪之，過而窺焉，見市人買花者，車載肩負，道相屬[7]也。其花皆異種，目所未睹。心厭其貪，欲與絕；而又恨其私祕佳本[8]。遂款其扉，將就誚讓。陶出，握手曳入。見荒庭半畝皆菊畦，數椽之外無曠土。劚[9]去者則折別枝插補之；其蓓蕾[10]在畦者罔不佳妙，而細認之，皆向所拔棄也。陶入屋，出酒饌，設席畦側，曰：「僕貧不能守清戒，連朝幸得微貲，頗足供醉。」少間，房中呼「三郎」，陶諾而去。俄獻佳餚，烹飪良精。因問：「貴姊胡以不字？」答云：「時未至。」問：「何時？」曰：「四十三月。」又詰：「何說？」但笑不言。盡歡始散。過宿，又詣之，新插者已盈尺矣。大奇之，苦求其術。陶曰：「此固非可言傳，且君不以謀生，焉用此！」又數日，門庭略寂，陶乃以蒲席包菊，捆載數車而去。踰歲，春將半，始載南中異卉而歸，於都中設花肆，十日盡售。復歸藝菊。問之去年買花者，留其根，次年盡變而劣，乃復購於陶。陶由此日富：一年增舍，二年起夏屋。興作從心，更不謀諸主人。漸而舊日花畦，盡為廊舍。更買田一區，築墉[11]四周，悉種菊。至秋，載花去，春盡不歸。而馬妻病卒。意屬黃英，微使人風示之。黃英微笑，意似允許，惟專候陶歸而已。年餘，陶竟不至。黃英課[12]僕種菊，一如陶。得金益合商賈，村外治膏田二十頃，甲第益壯。忽有客自東粵來，寄陶函信，發之，則囑姊歸馬。考其寄書之日，即妻死之日。回憶園中之飲，適四十三月也。大奇之，以書示英，請問「致聘何所」。英辭不受采。又以故居陋，欲使就南第居，若贅焉。馬不可，擇日行親迎禮。黃英既適馬，於壁間開扉通南第，日過課其僕。馬恥以妻富，恆囑黃英作南北籍，以防淆亂。而家所須，黃英輒取諸南第。不半歲，家中觸類皆陶家物。馬立遣人一一賫還之，戒勿復取。未浹旬[13]，又雜之。凡數更，馬不勝煩。黃英笑曰：「陳仲子[14]毋乃勞乎？」馬慚，不復稽，一切聽諸黃英。鳩工庀料[15]，土木大作。馬不能禁。經數月，樓舍連亙，兩第竟合為一，不分疆界矣。然遵馬教，閉門不復業菊，而享用過於世家。馬不自安，曰：「僕三十年清德，為卿所累。今視息[16]人間，徒依裙帶而食[17]，真無一毫丈夫氣矣。人皆祝富，我但祝窮耳！」黃英曰：「妾非貪鄙。但不少致豐盈，遂令千載下人謂淵明[18]貧賤骨，百世不能發跡，——故聊為我家彭澤解嘲耳。然貧者願富，為難；富者求貧，固亦甚易。牀頭金任君揮去之，妾不靳也。」馬曰：「捐[19]他人之金，抑亦良醜。」黃英曰：「君不願富，妾亦不能貧也。無已，析君居：清者自清，濁者自濁，何害。」乃於園中築茅茨，擇美婢往侍馬。馬安之。然過數日，苦念黃英。招之，不肯至；不得已，返就之。隔宿輒至，以為常。黃英笑曰：「東食西宿[20]，廉者當不如是。」馬亦自笑，無以對，遂復合居如初。會馬以事客金陵，適逢菊秋[21]。早過花肆，見肆中盆列甚煩[22]，款朵佳勝，心動，疑類陶製。少間，主人出，果陶也。喜極，具道契闊，遂止宿焉。馬要之歸。陶曰：「金陵，吾故土，將昏於是。積有薄貲，煩寄吾姊，我歲杪當暫去。」馬不聽，請之益苦，且曰：「家幸充盈，但可坐享，無須復賈。」坐肆中，使僕代論價，廉其直，數日盡售。逼促囊裝，賃舟遂北。入門，則姊已除舍，牀榻裀褥皆設，若預知弟也歸者。陶自歸，解裝課役，大修亭園，惟日與馬共棋酒，更不復結一客。為之擇昏，辭不願。姊遣兩婢侍其寢處，居三四年，生一女。陶飲素豪，從不見其沉醉。有友人曾生，量亦無對，適過馬，馬使與陶相較飲。二人縱飲甚歡，相得恨晚。自辰以訖四漏，計各盡百壺。曾爛醉如泥，沉睡座間。陶起歸寢，出門，踐菊畦，玉山傾倒，委衣於側，即地化為菊，高如人，花十餘朵，皆大於拳。馬駭絕，告黃英。英急往，拔置地上，曰：「胡醉至此！」覆以衣，要馬俱去，戒勿視。既明而往，則陶臥畦邊。馬乃悟姊弟菊精也。益愛敬之。而陶自露跡，飲益放，恆自折柬招曾，因與莫逆[23]。值花朝[24]，曾來造訪，以兩僕舁藥浸白酒一罈，約與共盡。罈將竭，二人猶未甚醉。馬潛以瓻續入之，二人又盡之。曾醉已憊，諸僕負之以去。陶臥地，又化為菊。馬見慣不驚，如法拔之，守其旁以觀其變。久之，葉益憔悴。大懼，始告黃英。英聞駭曰：「殺吾弟矣！」奔視之，根株已枯。痛絕，掐其梗，埋盆中，攜入閨中，日灌溉之。馬悔恨欲絕，甚怨曾。越數日，聞曾已醉死矣。盆中花漸萌：九月既開，短幹粉朵，嗅之有酒香。名之「醉陶」。澆以酒則茂。後女長成，嫁於世家。黃英終老，亦無他異。

異史氏曰：「青山白雲人，遂以醉死㉕，世盡惜之，而未必不自以為快也。植此種於庭中，如見良友，如對麗人，——不可不物色之也。」

①芽——這裏是棵、株的意思，專對草木幼苗而言。

②油碧車——華貴有帷幕的車子。一般是貴族婦女乘坐的。

③河朔——指黃河以北地區。

④椽——原是屋頂上載瓦的圓木，習慣稱一間屋作「一椽」。

⑤治——這裏指種植、栽培。

⑥以東籬為市井，有辱黃花——東籬，指菊圃、菊花園；晉詩人陶潛愛好菊花，有「採菊東籬下」的詩句，後人因而用東籬作為種菊花的地方的代詞。市井，做買賣的地方。黃花，就是菊花。這裏的意思是說，菊花本是高尚的欣賞品，如果拿它作貨物出賣，把菊花園變作市場，那是對菊花的侮辱。

⑦道相屬——路上接連不斷。

⑧佳本——好種、良種的意思。

⑨劚——同「斸」，砍斫。

⑩蓓蕾——花蕊、含苞欲放的花。

⑪墉——土牆。

⑫課——督率、考核。

⑬浹旬——浹，一個循環。浹旬，指從甲到癸的十干的一個循環，就是十天。後文《連瑣》篇「浹辰」，指從子到亥的十二辰的一個循環，是十二天。

⑭陳仲子——戰國時齊人，當時著名的廉士。故事傳說：陳仲子不願吃「不義之食」，吃了人家送給他哥哥的鵝肉，又吐了出來；因為餓得厲害，他爬到井上吃被蟲蛀過的李子。孟軻認為陳仲子這種行為是矯揉造作，曾給予批評。這裏引用這一故事作比喻，含有譏諷的意味。

⑮鳩工庀料——鳩，聚集；庀，備具。鳩工庀料，指準備建築。

⑯視息——眼睛看，鼻子呼吸，指生存。這裏「視息人間」，含有白白地、無意義地活着的意思。

⑰依裙帶而食——裙帶，指女人。這裏「依裙帶而食」，是靠女人吃飯的意思。

⑱淵明——晉陶潛的號。陶潛做過彭澤令，下文「彭澤」，也指的陶潛。

⑲捐——這裏是用去、破費的意思。

⑳東食西宿——古代寓言：齊國有兩個男子，同時向一個女子求婚。東家男子富而醜，西家男子美而

貧。女子的父母問女兒願嫁哪一家，女兒說：「嫁兩家：在東家吃飯，在西家住宿。」這裏藉這個寓言，嘲笑自以為廉潔的人。

㉑菊秋——菊花開放的秋天季節。

㉒煩——這裏同「繁」，多的意思。

㉓莫逆——指朋友間的要好、談得來。

㉔花朝——古代風俗，以農曆二月十二日（一說十五日）為百花生日，叫作花朝。

㉕青山白雲人，遂以醉死——唐傅奕自立遺囑說：「傅奕，青山白雲人也，以醉死。……」這裏引用這兩句，是讚歎陶弟的曠達。

書癡

彭城郎玉柱，其先世官至太守。居官廉，得俸不治生產，積書盈屋。至玉柱，尤癡：家苦貧，無物不鬻，惟父藏書，一卷不忍置。父在時，曾書《勸學篇》①黏其座右。郎日諷誦，又幛以素紗，惟恐磨滅。非為干祿②，實信書中真有金粟。晝夜研讀，無間寒暑。年二十餘，不求昏配，冀卷中麗人自至。見賓親不知溫涼③，三數語後，則誦聲大作，客逡巡自去。每文宗④臨試，輒首拔⑤之，——而苦不得售。一日，方讀，忽大風飄捲去；急逐之，踏地陷足；探之，穴有腐草；掘之，乃古人窖粟，朽敗已成糞土。雖不可食，而益信「千鍾⑥」之說不妄，讀益力。一日，梯登高架，於亂卷中得金輦徑尺。大喜，以為「金屋」之驗。出以示人，則鍍金而非真金。心竊怨古人之誑⑦己也。居無何，有父同年，觀察⑧是道，性好佛。或勸郎獻輦為佛龕。觀察大悅，贈金三百、馬二匹。郎喜，以為金屋、車馬皆有驗，因益刻苦。然行年已三十矣。或勸其娶。曰：「『書中自有顏如玉』，我何憂無美妻乎？」又讀二三年，迄無效；人咸揶揄之。時民間訛言：天上織女私逃。或戲郎：「天孫⑨竊奔，蓋為君也。」郎知其戲，置不辨。一夕，讀《漢書》⑩至八卷，卷將半，見紗剪美人夾藏其中。駭曰：「書中顏如玉，其以此應之耶？」心悵然自失。而細視美人，眉目如生；背隱隱有細字云：「織女」。大異之。日置卷上，反覆瞻玩，至忘食寢。一日，方注目間，美人忽折腰起，坐卷上微笑。郎驚絕，伏拜案下。既起，已盈尺矣。益駭，又叩之。下几亭亭[11]，宛然絕代之姝。拜問：「何神？」美人笑曰：「妾顏氏，字如玉，君固相知已久。日垂青盼[12]，脫不一至，恐千載下無復有篤信古人者。」郎喜，遂與寢處。然枕蓆間親愛倍至，而不知為人。每讀，必使女坐其側。女戒勿讀，不聽。女曰：「君所以不能騰達者，徒以讀耳。試觀春秋榜[13]上，讀如君者幾人？若不聽，妾行去矣。」郎暫從之。少頃，忘其教，吟誦復起。踰刻，索女，不知所在。神志喪失。跪而禱之，殊無影跡。忽憶所隱處，取《漢書》細檢之，直至舊所，果得之。呼之不動，伏以哀祝，女乃下，曰：「君再不聽，當相永絕！」因使治棋枰[14]、樗蒲[15]之具，日與遨戲。而郎意殊不屬。覷女不在，則竊卷流覽。恐為女覺，陰取《漢書》第八卷，雜溷他所以迷之。一日，讀酣，女至，竟不之覺。忽睹之，急掩卷，而女已亡矣。大懼，冥搜諸卷，渺不可得；既，仍於《漢書》八卷中得之，葉數不爽。因再拜祝，矢不復讀。女乃下，與之弈，曰：「三日不工，當復去。」至三日，忽一局贏女二子，女乃喜，授以絃索，限五日工一曲。郎手營目注，無暇他及，久之，隨指應節，不覺鼓舞。女乃日與飲博，郎遂樂而忘讀。女又縱之出門，使結客，由此倜儻之名暴著。女曰：「子可以出而試矣。」郎一夜謂女曰：「凡人男女同居則生子，今與卿居久，何不然也？」女笑曰：「君日讀書，妾固謂無益。今即夫婦一章，尚未了悟，枕蓆二字有工夫。」郎驚問：「何工夫？」女笑不言。少間，潛迎就之。郎樂極，曰：「我不意夫婦之樂有不可言傳者。」於是逢人輒道，無有不掩口者。女知而責之。郎曰：「鑽穴踰牆者，始不可以告人；天倫之樂，人所皆有，何諱焉？」過八九月，女果舉一男，買媼撫字⑯之。一日，謂郎曰：「妾從君二年，業生子，可以別矣。久恐為君禍，悔之已晚。」郎聞言泣下，伏不起，曰：「卿不念呱呱者耶？」女亦悽然。良久，曰：「必欲妾留，當舉架上書盡散之。」郎曰：「此卿故鄉，乃僕性命，何出此言！」女不之強，曰：「妾亦知其有數，不得不預告耳。」先是，親族或窺見女，無不駭絕，而又未聞其締姻何家。共詰之。郎不能作偽語，但嘿不言。人益疑，郵傳幾遍，聞於邑宰史公。史，閩人，少年進士。聞聲傾動，竊欲一睹麗容，因而拘郎及女。女聞之，遁匿無跡。宰怒，收郎，斥革衣襟，梏械備加，務得女所自往。郎垂死，無一言。械其婢，略能道其仿佛。宰以為妖，命駕親臨其家。見書卷盈屋，多不勝搜，乃焚之庭中；煙結不散，瞑若陰霾。郎既釋，遠求父門人書，得從辨復⑰。是年秋捷，次年舉進士。而銜恨切於骨髓。為顏如玉之位，朝夕而祝曰：「卿如有靈，當佑我官於閩。」後果以直指巡閩。居三月，訪史惡款，籍其家。時有中表為司理，逼納愛妾，託言買婢寄署中。案既結，郎即日自劾，取妾而歸。

異史氏曰：「天下之物，積則招妒，好則生魔：女之妖，書之魔也。事近怪誕，治之未為不可；而祖龍⑱之虐，不已慘乎！其存心之私，更宜得怨毒之報也。嗚呼！何怪哉！」

①《勸學篇》——宋真宗（趙恆）作的詩歌，其中有這樣幾句：「富家不用買良田，書中自有千鍾粟；安居不可架高堂，書中自有黃金屋；娶妻莫恨無良媒，書中自有顏如玉。」

②干祿——祿，官的薪俸。干祿，是求官、想辦法做官的意思。

③溫涼——寒暄。

④文宗——對學使的尊稱，猶如說宗師。

⑤首拔——選為第一名。

⑥鍾——古量器，可以盛六斛四斗（古時斗斛的容量和現在不同）。古時官吏薪俸是給糧食的，最初以鍾為計算單位。這裏「千鍾」，指千鍾粟，形容多、優厚的意思。

⑦託——同「誑」。

⑧觀察——官名。唐宋本設有觀察使；明清稱道員為觀察，也就是道台，比知府高一級。這裏作動詞用，是做道台的意思。

⑨天孫——星名，織女的別稱。

⑩《漢書》——記載漢代從高祖劉邦到平帝劉衎兩百多年間的事情的歷史書。東漢班固著。

⑪亭亭——形容聳立的美貌。

⑫青盼——故事傳說：晉阮籍能對人做「青白眼」。正着眼睛看人，眼球全露，叫作「青眼」，是瞧得起人的表示；反之，就叫作「白眼」。用青眼時，叫作青盼或垂青之類。

⑬春秋榜——科舉時代，考進士在春天舉行，考舉人在秋天舉行，所以習慣把錄取進士和舉人的榜示叫作春秋榜。

⑭棋枰——枰，棋盤。棋枰，指棋具。

⑮樗蒲——古時博戲的一種：博具是木製的「馬」，分作梟、盧、雉、犢、塞五種花色。擲骰子看得采多少，以定輸贏。一般用樗蒲二字作為賭博的代詞。

⑯字——這裏作撫養解釋。

⑰辨復——被褫革功名的秀才，在證明無罪後請求恢復功名，叫作辨復。參看前文《紅玉》篇「巾服」註。

⑱祖龍——祖，始的意思；龍，象徵皇帝。祖龍，象徵始皇。秦始皇統治時期，人民恨他暴虐，詛詈他，又不敢提他名字，因而用祖龍作影射的代詞。這裏的「祖龍之虐」，是藉歷史上所記載的秦始皇焚書坑儒的故事，比喻縣官的捕人、燒書。

金和尚

金和尚，諸城人。父無賴，以數百錢鬻於五連山寺。少頑鈍，不能肄清業[1]，牧豬赴市，若為傭。後本師死，稍有所遺，金卷懷[2]離寺，作雜負販。飲羊、登壟[3]，計最工。數年暴富，買田宅於水坡里。弟子繁有徒，食指日千計。繞里千百畝，悉良沃[4]，皆金撫有之。里中甲第數十，皆僧，無人[5]；即有人，亦其貧無業，攜妻子僦屋佃田者也。類凡數百家。每一門內，四繚[6]連屋，皆此輩列而居。僧舍其中：前有廳事，樑楹節棁[7]，繪金碧射人眼；堂上几屏，其光可鑑；又其後為內寢[8]，朱簾繡幕，蘭麝香充溢噴人，螺鈿雕檀為牀，牀上錦裀褥，褶疊厚尺有咫[9]；壁上美人山水諸名跡，懸黏幾無隙處。一聲長呼，門外數十人轟應如雷。細纓[10]革靴者，烏而集，鵠而立；當事掩口語，側耳以聽。客倉猝至，十餘筵咄嗟可辦[11]，肥濃蒸薰，紛紛狼藉如霧霈。但不敢公然蓄歌妓；而狡[12]童十數輩，皆慧黠能媚人，皂紗纏頭[13]，唱豔曲，聽睹亦頗不惡。金一出，前後數十騎，腰[14]弓矢相摩戛。奴輩呼之皆以「爺」；即邑之人若民，或「祖」之，「伯、叔」之[15]，不以「師」，不以「上人」[16]，不以禪號[17]也。其徒出，稍稍殺[18]於金，而風鬟雲轡[19]，亦略與貴公子等。

金又廣結納⑳，即千里外呼吸㉑可通，以此挾方面短長㉒，偶氣觸之，輒惕自懼。而其為人：鄙不文，頂趾㉓無雅骨，生平不奉一經、持一咒，跡不履寺院，室中亦未嘗蓄鐃鼓，——此等物門人輩弗及見，並弗及聞。凡僦屋者，婦女浮麗如京都，脂澤金粉，皆取給於僧，僧亦不之靳。以故里中不田㉔而農者以百數。時而佃戶決㉕僧瘞牀下，亦不甚窮詰，但逐去之，其積習然也。金又買異姓兒，子之。延儒師教帖括業㉖。兒慧能文，因令入邑庠；旋援例㉗作太學生㉘；未幾，赴北闈，領鄉薦。由是金之名以「太公」譟。向之「爺」之者「太」之㉙，膝㉚席者皆垂手執耳孫㉛禮。無何，太公僧薨㉜，孝廉縗麻臥苫塊㉝，北面稱孤；諸門人釋杖滿牀榻；而靈幃後嚶嚶細泣，惟孝廉夫人一而已。士大夫婦咸華妝來搴幃弔唁，冠蓋㉞輿馬塞道路。殯日，棚閣雲連，旛幢㉟翳天日。殉葬㊱，束草黏五色金紙作冥物：輿蓋數十事；馬千蹄；美人百袂；方相、方弼㊲着皀帛，首摩雲㊳；冥宅樓閣房廊亙數畝，萬戶千門，入者迷不可出。祭品象物，多不能指以名。會葬者蓋相摩㊴：上自方面，皆傴僂㊵入，起拜凡八；邑貢、監㊶及簿史㊷，以手據地，叩即行，不敢勞公子、勞諸師叔也。傾國來瞻仰：男攜婦，母襁㊸兒，流汗相屬於道。人聲沸，百戲鞺鞳㊹，都不可聞；立者自肩以下皆隱，惟見萬頭攢動而已。孕婦痛急欲產，諸女伴張裙為幄，羅守之，但聞啼，不暇問雌雄，斷幅繃懷中，或扶之，或曳之，蹩躠㊺以去。奇觀哉！葬後，以金所遺貲產，瓜分而二之㊻：子一，門人一也。孝廉得半，而居第之南、之北、之西東，盡緇黨[47]，然皆兄弟行，痛癢猶相關云。

異史氏曰：「此一派也：兩宗[48]未有，六祖[49]無傳，可謂獨闢法門[50]者矣。抑聞之：五蘊[51]皆空，六塵[52]不染，是為『和尚』；口中說法，座上參禪[53]，是為『和樣』；鞋香楚地，笠重吳天[54]，是為『和撞』，鼓鉦鍠聒[55]，笙管敖曹，是為『和唱』；狗苟[56]鑽緣，蠅營淫賭，是為『和障』。金也者，『尚』耶？『樣』耶？『撞』耶？『唱』耶？抑地獄之『障』耶？」

①清業——指和尚唸經、打坐等事。

②卷懷——卷，同「捲」；懷，收匿。卷懷，席捲、捲逃之類的意思。

③飲羊、登壟——指商人偷工減料、投機取巧、詐欺暴利等等行為。故事傳說：春秋時，魯國沈猶氏販羊，早上把羊餵得極飽，增加體重，欺騙買羊的人。這個故事就叫作飲羊。登壟，是壟斷市場獨取暴利的意思。

④沃——本是灌溉的意思，這裏指肥田。

⑤人——這裏指和尚以外的普通人。

⑥繚——本是圍繞的意思，這裏指圍牆。

⑦樑楹節棁——樑，屋樑；楹，柱；節，柱上的斗栱；棁，樑上的短柱：總指房屋的建築結構。
⑧內寢——臥室。
⑨尺有咫——古來以八寸為咫；尺有咫，尺把長的意思。
⑩纓——古人冠旁有兩根繩子，拉到頷下打成結，使冠不致搖動；多餘的繩子，讓它下垂。這種下垂的東西叫作纓。
⑪咄嗟可辦——咄嗟，意思是一呼吸之間，形容迅速。咄嗟可辦，猶如說，嘴動一動就辦好了。
⑫狡——美好。
⑬纏頭——古代伎者歌舞時，用錦帛纏頭，是當時時髦的打扮。後來卻把給妓女的財物叫作纏頭，如後文《馬介甫》篇的「買笑纏頭」。
⑭腰——這裏作動詞用，掛在腰裏、腰間的意思。
⑮「祖」之，「伯、叔」之——叫他祖父，叫他伯、叔。後文「子之」，就是把他當作兒子。
⑯上人——對和尚的尊稱，意思是道德智慧在一般人之上。
⑰禪號——和尚的稱號。
⑱殺——這裏是減、差的意思。
⑲風鬃雲轡——鬃，馬鬣毛；轡，馬勒。風鬃雲轡，形容馬匹的華貴漂亮。
⑳結納——交際往來、互相勾結。

㉑呼吸——這裏形容消息、呼應的靈通、迅速。
㉒挾方面短長——方面，指獨當一面的大官，如總督、巡撫之類；短長是好壞、是非。挾方面短長，就是說，知道了大官們短長的地方，因而抓住了他們的把柄。
㉓頂趾——從頭到腳。
㉔不田——這裏是不耕田的意思。
㉕決——這裏是殺死的意思。
㉖帖括業——唐代舉子把經書裏難記的句子編成歌訣，以便誦讀，叫作帖括；後來便用以通指科舉應試的文字。帖括業，就是舉業。
㉗例——例指捐例。明清兩代，秀才或平民都可以捐錢從而獲得到國子監（當時的國立學校）做監生的資格，叫「例監」，也稱「捐監」。
㉘太學生——就是國子監監生。
㉙向之「爺」之者「太」之——太，太爺的省詞。向之爺之者太之，意思是向來喊他爺的，現在喊他太爺了。
㉚膝——這裏指跪。
㉛耳孫——第八代的孫子。這裏意指最小的晚輩。
㉜薨——古時諸侯或二品以上的大官死了才能稱薨，這裏因為金和尚聲勢煊赫，所以用「薨」字，另

一方面也含有譏笑非分的意味。

㉝縗麻卧苫塊——縗麻，披在胸前的麻布；苫，草薦；塊，土塊。封建喪禮中，孝子要穿孝服，把麻布披在胸前，睡在草薦上面，用土塊當枕頭。

㉞冠蓋——冠冕和車蓋，指官紳。

㉟旛幢——通常是佛家所用的，一種狹長而旗竿上面垂有鬚絡的旌旗。

㊱殉葬——古人的一種迷信舉動：把土木做成的小型房屋、車馬、人物放在墓裏，認為可以供應死者使用。闊氣的還放珠寶。

㊲方相、方弼——方相，古代迷信傳說中驅疫的像神，後來《封神演義》又加上一個方弼，作為兄弟二人；喪家把它們當作出喪時的開路神。

㊳首摩雲——頭碰到天上的雲，誇大的說法，形容高。

㊴蓋相摩——車蓋互相摩擦，形容貴賓的眾多。

㊵傴僂——彎着腰，表示恭敬。

㊶貢、監——貢生和監生的省詞。明清制度：年資較深和品學優良的生員、官吏的子弟，以及鄉試副榜（猶如備取生），在一定的條件之下，可以選送到國子監讀書，叫作貢生，也稱監貢，有歲貢、恩貢、拔貢、優貢、副貢、例貢的分別。附學生員、武生，和因祖廕、捐納入監的人，叫作監生，有恩監、廕監、優監、例監的分別。廩、增、附生、監生可以援例入貢，廩、增、附生和「俊秀」（平

民）也可以援例入監。

㊷簿史——管理文書簿冊的小官。

㊸襁——這裏指把包裹的嬰孩背在身上。

㊹鞺鞳——形容鑼鼓的響聲。

㊺躄躠——疑是「蹩躠」之誤。形容行走不便的樣子。

㊻二之——分作兩份。

㊼緇黨——緇，黑色。和尚穿黑色衣裳，所以習慣稱和尚為「緇流」。緇黨，指一羣和尚。

㊽兩宗——佛教禪宗東土的始祖是達摩，傳到第五世，分為南北兩宗：北宗的祖師是神秀，南宗的祖師是慧能。

㊾六祖——佛教禪宗東土的始祖達摩傳到六祖慧能為止，以後就不再傳衣鉢了。六祖是：達摩、慧可、僧璨、道信、宏忍、慧能。

㊿法門——佛教的說法，指修行的大道。

(51)五蘊——蘊，聚集。佛教以色、愛、想、行、識為五蘊，就是說，眾生都是由這五者積聚而成身的，因而發生種種作用。

(52)六塵——佛教以色、聲、香、味、觸、法為六境；認為這六境和眼、耳、鼻、舌、身、意接觸，就把清淨的心染污了，所以叫六塵。

㊸參禪——佛教的說法：靜坐默思，不生他想，就可體會到佛教的真理。用這種方式去思維，叫作參禪。

㊹鞋香楚地，笠重吳天——指遊方行腳僧，從這一處跑到那一處。鞋、笠是和尚穿戴的；楚地、吳天是忽然到西、忽然到東的意思。

㊺鍠聒——形容金屬樂器吵人的響聲。下文「敖曹」是形容弦管樂器的響聲。

㊻狗苟——如同狗的苟且，一般都和下文「蠅營」連用。蠅營，指蒼蠅飛來飛去的樣子。「狗苟蠅營」，比喻卑鄙無恥的齷齪行為。

狐諧

萬福，字子祥，博興人也。幼業儒。家少有而運殊蹇，行年二十有奇①，尚不能掇一芹②。鄉中澆俗，多報富戶役③，長厚者至碎破其家。萬適報充役，懼而逃，如濟南，稅居逆旅。夜有奔女，顏色頗麗，萬悅而私之。請其姓氏。女自言：「實狐，但不為君祟耳。」萬喜而不疑。女囑勿與客共，遂日至，與共臥處。凡日用所需，無不仰給於狐。居無何，二三相識，輒來造訪，恆信宿不去。萬厭之，而不忍拒，不得已，以實告客。客願一覿仙容。萬白於狐。狐謂客曰：「見我何為哉？我亦猶人耳。」聞其聲，歷歷在目前；四顧，即又不見。客有孫得言者，善俳謔④，固請見。且謂：「得聽嬌音，魂魄飛越。何吝容華，徒使人聞聲相思？」狐笑曰：「賢孫子欲為高曾母作行樂圖⑤耶！」諸客俱笑。狐曰：「我為狐，請與客言狐典，頗願聞之否？」眾唯唯。狐曰：「昔某村旅舍，故多狐，輒出祟行客。客知之，相戒不宿其舍。半年，門戶蕭索。主人大憂，甚諱言狐。忽有一遠方客，自言異國人，望門休止。主人大悅。甫邀入門，即有途人陰告曰：『是家有狐。』客懼，白主人，欲他徙。主人力白其妄，客乃止。入室，方臥，見羣鼠出於牀下。客大駭，騾奔，急呼：『有狐！』主人驚問。客怨曰：『狐巢於此，何誑我言無！』主人又問：『所見何狀？』客曰：『我今所見，細細么麼[6]，不是狐兒，必當是狐孫子！』」言罷，座客為之粲然。孫曰：「既不賜見，我輩留宿，宜勿去，阻其陽台[7]。」狐笑曰：「寄宿無妨。倘小有迕犯，幸勿滯懷。」客恐其惡作劇，乃共散去。然數日必一來，索狐笑罵。狐諧甚，每一語即顛倒賓客，滑稽者不能屈也。羣戲呼為「狐娘子」。一日，置酒高會，萬居主人位，孫與二客分左右座，上設一榻屈狐。狐辭不善酒。咸請坐談，許之。酒數行，眾擲骰為瓜蔓之令[8]。客值瓜色，會當飲，戲以觥移上座曰：「狐娘子大清醒，暫借一觴[9]。」狐笑曰：「我故不飲，願陳一典，以佐諸公飲。」孫掩耳不樂聞。客皆言曰：「罵人者當罰。」狐笑曰：「我罵狐何如？」眾曰：「可！」於是傾耳共聽。狐曰：「昔一大臣，出使紅毛國[10]，着狐腋冠，見國王。王見而異之，問：『何皮毛，溫厚乃爾？』大臣以『狐』對。王言：『此物生平未嘗得聞，狐字字畫何等？』使臣書空[11]而奏曰：『右邊是一大瓜，左邊是一小犬。』」主客又復鬨堂[12]。二客，陳氏兄弟：一名所見，一名所聞。見孫大窘，乃曰：「雄狐何在，而縱雌流毒若此？」狐曰：「適一典談猶未終，遂為羣吠所亂，請終之。國王見使臣乘一騾，甚異之。使臣告曰：『此馬之所生。』又大異之。使臣曰：『中國馬生騾，騾生駒。』王細問其狀。使臣曰：『馬生騾，是『臣所見』；騾生駒，乃『臣所聞』。』」舉座又大笑。眾知不敵，乃相約：後有開謔端者，罰作東道主。頃之，酒酣，孫戲謂萬曰：「一聯，請君屬⑬之。」萬曰：「何如？」孫曰：「妓者出門訪情人，來時『萬福⑭』，去時『萬福』。」合座屬思，不能對。狐笑曰：「我有之矣。」眾共聽之。曰：「龍王下詔求直諫，鱉也『得言』，龜也『得言』。」四座無不絕倒⑮。孫大恚，曰：「適與爾盟，何復犯戒？」狐笑曰：「罪誠在我，但非此不成確對耳。明旦設席，以贖吾過。」相笑而罷。狐之詼諧，不可殫述。居數月，與萬偕歸。及博興界，告萬曰：「我此處有葭莩親，往來久梗，不可不一訊。日且暮，與君同寄宿，待旦而行可也。」萬詢其處，指言「不遠」。萬疑前此故無村落，姑從之。二里許，果見一莊，生平所未歷。狐往叩關，一蒼頭⑯出應門。入，則重門疊閣，宛然世家。俄見主人，有翁與媼。揖萬而坐，列筵豐盛，待萬以姻婭⑰。遂宿焉。狐早謂曰：「我遽偕君歸，恐駭聞聽。君宜先往，我將繼至。」萬從其言，先至，預白於家人。未幾，狐至，與萬言笑，人盡聞之，而不見其人。逾年，萬復事於濟，狐又與俱，忽有數人來，狐從與語，備極寒暄。乃語萬曰：「我本陝中人，與君有夙因，遂從爾許時。今我兄弟至矣，將從以歸，不能周事⑱。」留之，不可，竟去。

①奇——多餘的意思。這裏「行年二十有奇」，就是二十多歲。

②掇一芹——中秀才的意思。《詩經》有「思樂泮水，薄採其芹」的句子，因而習慣就把採芹引申為入泮。參看前文《葉生》篇「遊泮」註。

③富戶役——古來有里正的制度，明代叫作里長，猶如後來的保甲長，負有代官府徵收捐稅、攤派徭役，以及驛遞、供應的責任。官府規定選派富戶來承擔這一職務，以便盡情剝削；富戶卻賄賂官府，力求避免承當。後來一般都派的是中人之家。其中也有個別的可以藉此機會發財，但絕大多數的人是沒有辦法向地方上豪紳地主攤派勒索的，就只好自己掏腰包賠墊，每每因此而傾家蕩產。儘管很少有富戶來承擔這種職務，民間卻習慣地稱它為「富戶役」。

④俳諧——開玩笑、詼諧、說笑話。

⑤行樂圖——人物畫像，從畫像中畫出愉快的動作和表情。

⑥么麼——細小。

⑦陽台——和後文《馬介甫》篇「巫山」，都指男女歡會的地方。故事出宋玉《高唐賦序》，序裏說：楚襄王遊高唐，夢見神女和他歡好，自稱在巫山之陽，陽台之下。後文《細侯》篇「無復行雲夢楚王」，也就是引用這一故事。

⑧令——酒令的省詞。酒令是宴會進行時的遊戲，讓輪到的或輸了的人喝酒。這裏的「瓜蔓之令」，是酒令中之一種。

⑨借一觴——借，在這裏是替代的意思；借一觴，猶如說代喝一杯。
⑩紅毛國——指荷蘭或英國。英荷同種，鬚髮都是赭赤色，因此明代人稱之為紅毛國人，也叫紅毛番。
⑪書空——用手指在空中畫字。
⑫鬨堂——全體大笑。
⑬屬——本是連綴為文的意思，這裏指對對子。
⑭萬福——古代婦女敬禮時，雙手在襟前合拜，口裏說着萬福；後來就用萬福作為這種敬禮的代用語。
⑮絕倒——狂笑，笑得打跌。
⑯蒼頭——指奴僕。蒼，深青的顏色。漢代社會制度，奴僕要用蒼色的頭巾包頭，因此後來稱奴僕作蒼頭。
⑰姻婭——古時以女婿的父親為姻，兩婿彼此互稱為婭；後來卻以姻婭二字泛指親戚。
⑱周事——終身侍奉。

辛十四娘

廣平馮生，正德[1]間人。少輕脫[2]縱酒[3]。昧爽偶行，遇一少女，着紅帔，容色娟好；從小奚奴[4]，躡露奔波，履襪沾濡。心竊好之。薄暮醉歸，道側故有蘭若，久蕪廢，有女子自內出，則向麗人也。忽見生來，即轉身入。陰念：麗者何得在禪院中？縶驢於門，往覘其異。入，則斷垣零落，階上細草如毯。彷徨間，一斑白叟出，衣帽整潔，問：「客何來？」生曰：「偶過古剎，欲一瞻仰。翁何至此？」叟曰：「老夫流寓無所，暫借此安頓細小[5]。既承寵降，有山茶可以當酒。」乃肅賓入。見殿後一院，石路光明，無復蓁莽[6]。入其室，則簾幌[7]牀幙，香霧噴人。坐展姓字。云：「蒙叟姓辛。」生乘醉問曰：「聞有女公子，未遭良匹，竊不自揣，願以鏡台自獻[8]。」辛笑曰：「容謀之荊人。」生即索筆為詩曰：「千金覓玉杵，殷勤手自將；雲英如有意，親為擣玄霜。」主人笑付左右。少間，有婢與辛耳語。辛起，慰客耐坐，牽幕入，隱約三數語，即趨出。生意必有佳報，而辛乃坐與嗢噱[9]，不復有他言。生不能忍，問曰：「未審意旨，幸釋疑抱[10]。」辛曰：「君卓犖[11]士，傾風已久。但有私衷，所不敢言耳。」生固請之。辛曰：「弱息十九人，嫁者十有二。醮命任之荊人，老夫不與焉。」生曰：「小生只要得今朝領小奚奴帶露行者。」辛不應，相對嘿然。聞房內嚶嚶膩語，生乘醉搴簾曰：「伉儷既不可得，當一見顏色，以消吾憾。」內聞鈎動，羣立愕顧。果有紅衣人，振袖傾鬟，亭亭拈帶。望見生入，遍室張皇。辛怒，命數人捽[12]生出。酒愈湧上，倒蓁蕪中，瓦石亂落如雨，幸不着體。卧移時，聽驢子猶齕[13]草路側，乃起，跨驢，踉蹡[14]而行。夜色迷悶，誤入澗谷。狼奔鴟叫，豎毛寒心，踟躕[15]四顧，並不知其何所，遙望蒼林中燈火明滅，疑必村落，竟馳投之。仰見高閎，以策撾[16]門。內有問者曰：「何處郎君，半夜來此？」生以失路告。問者曰：「待達主人。」生累足鵠竢[17]。忽聞振管[18]闢扉，一健僕出，代客捉驢。生入，見室甚華好，堂上張燈火。少坐，有婦人出，問客姓氏，生以告。踰刻，青衣數人，扶一老嫗出，曰：「郡君[19]至。」生起立，肅身欲拜。嫗止之坐，謂生曰：「爾非馮雲子之孫耶？」曰：「然。」嫗曰：「子當是我彌甥[20]。老身鐘漏並歇[21]，殘年向盡，骨肉之間，殊所乖闊。」生曰：「兒少失怙，與我祖父處者，十不識一焉。素未拜省，乞便指示。」嫗曰：「子自知之。」生不敢復問，坐對懸想。嫗曰：「甥深夜何得來此？」生以膽力自矜詡，遂一一歷陳所遇。嫗笑曰：「此大好事。況甥名士，殊不玷於姻婭，野狐精何得強自高，甥勿慮，我能為若致之。」生稱謝唯唯。嫗顧左右曰：「我不知辛家女兒，遂如此端好。」青衣人曰：「渠有十九女，都翩翩有風格，不知官人所聘行幾？」生曰：「年約十五餘矣。」青衣曰：「此是十四娘。三月間，曾從阿母壽[22]郡君，何忘卻？」嫗笑曰：「是非刻蓮瓣為高履、實[23]以香屑、蒙紗而步者乎？」青衣曰：「是也。」嫗曰：「此婢大會作意[24]弄媚巧，然果窈窕[25]，阿甥賞鑒不謬。」即謂青衣曰：「可遣小貍奴[26]喚之來。」青衣應諾。去移時，入白：「呼得辛家十四娘至矣。」旋見紅衣女子，望嫗俯拜。嫗曳之曰：「後為我家甥婦，勿得修婢子禮。」女子起，娉娉而立，紅袖低垂。嫗理其鬟髮，撚其耳環，曰：「十四娘，近在閨中作麼生[27]？」女低應曰：「閒來只挑繡。」回首見生，羞縮不安。嫗曰：「此吾甥也。盛意與兒作姻好，何便教迷途，終夜竄谿谷？」女俛首無語。嫗曰：「我喚汝非他，欲為阿甥作伐耳。」女嘿嘿而已。嫗命掃榻展裀褥，即為合巹。女靦然曰：「還以告之父母。」嫗曰：「我為汝作冰[28]，有何舛謬？」女曰：「郡君之命，父母當不敢違；然如此草草，婢子即死不敢奉命！」嫗笑曰：「小女子志不可奪，真吾甥婦也！」乃拔女頭上金花一朵，付生收之。命歸家涓吉，以良辰為定。乃使青衣送女去。聽遠雞已唱，遣人持驢送生出。數步外，欻一回顧，則村舍已失，但見松楸濃黑，蓬顆[29]蔽塚而已。定想移時，乃悟其處為薛尚書墓。薛故生祖母弟，故相呼以甥。心知遇鬼，然亦不知十四娘何人。諮嗟而歸。漫檢歷以待之，而心恐鬼約難恃。再往蘭若，則殿宇荒涼。問之居人，則寺中往往見狐狸云。陰念：若得麗人，狐亦自佳。至日，除舍掃途，更僕眺望，夜半猶寂，生已無望。頃之，門外譁然。踃屣[30]出窺，則繡幰[31]已駐於庭，雙鬟扶女坐青廬中。妝奩亦無長物[32]，惟兩長鬣奴扛一撲滿[33]，大如甕，息肩置堂隅。生喜得麗偶，並不疑其異類。問女曰：「一死鬼，卿家何帖服之甚？」女曰：「薛尚書今作五都巡環使，數百里鬼狐皆備扈從，故歸墓時常少。」生不忘蹇修[34]，翼日往祭其墓。歸，見二青衣持貝錦[35]為賀，竟委几上而去。生以告女，女視之，曰：「此郡君物也。」邑有楚銀台[36]之公子，少與生共筆硯[37]，頗相狎。聞生得狐婦，餽遺為餪[38]，即登堂稱觴[39]。越數日，又折簡來招飲。女聞，謂生曰：「曩公子來，我穴壁窺之，其人猿睛而鷹準，不可與久居也。宜勿往。」生諾之。翼日，公子造門，問負約之罪，且獻新什。生評涉嘲笑；公子大慚，不歡而散。生歸，笑述於房。女慘然曰：「公子豺狼，不可狎也。子不聽吾言，將及於難！」生笑謝之。後與公子輒相諛噱，前郤[40]漸釋。會提學試，公子第一，生第二。公子沾沾自喜，走[41]伻來邀生飲。生辭。頻招乃往。至，則知為公子初度，客從滿堂，列筵甚盛。公子出試卷示生，親友疊肩歎賞。酒數行，樂奏作於堂，鼓吹傖儜[42]，賓主甚樂。公子忽謂生曰：「諺云：『場中莫論文。』此言，今知其謬。小生所以忝出君上者，以起處數語，略高一籌耳。」公子言已，一座盡讚。生醉不能忍，大笑曰：「君到於今，尚以為文章至是耶！」生言已，一座失色。公子慚忿氣結。客漸去，生亦遁。醒而悔之，因以告女。女不樂曰：「君誠鄉曲[43]之儇子也！輕薄之態，施之君子則喪吾德；施之小人則殺吾身。君禍不遠矣！我不忍見君流落，請從此辭。」生懼而涕，且告之悔。女曰：「如欲我留，與君約：從今閉戶絕交遊，勿浪飲。」生謹受教。十四娘為人勤儉灑脫，日以袵織為事。時自歸寧，未嘗踰夜。又時出金帛作生計，日有贏餘，輒投撲滿。日杜門戶，有造訪者輒囑蒼頭謝去。一日，楚公子馳函來，女焚爇，不以聞。翼日，出弔於城，遇公子於喪者之家，捉臂苦邀。生辭以故。公子使圉人[44]挽轡，擁之以行。至家，立命洗腆[45]。繼辭夙退。公子要遮無已，出家姬彈箏為樂。生素不羈，向閉置庭中，頗覺悶損；忽逢劇飲，興頓豪，無復縈念。因而酣醉，頹臥席間。公子妻阮氏，最悍妒，婢妾不敢施脂澤。日前，婢入齋中，為阮掩執，以杖擊首，腦裂立斃。公子以生嘲慢故，銜生，日思所報，遂謀醉以酒而誣之。乘生醉寐，扛屍牀間，合扉徑去。生五更酲[46]解，始覺身臥几上。起尋枕榻，則有物膩然，紲絆[47]步履。摸之，人也。意主人遣僮伴睡。又蹴之，不動而殭。大駭，出門怪呼。廝役盡起，爇之，見屍，執生怒鬧。公子出，驗之，誣生逼姦殺婢，執送廣平。隔日，十四娘始知，潸然曰：「早知今日矣。」因按日以金錢遺生。生見府尹[48]，無理可伸，朝夕搒掠[49]，皮肉盡脫。女自詣問。生見之，悲氣塞心，不能言說。女知陷阱已深，勸令誣服，以免刑憲。生泣聽命。女還往之間，人咫尺不相窺。歸家諮惋[50]，遽遣婢子去。獨居數日，又託媒媼購良家女，名祿兒，年已及笄，容華頗麗，與同寢食，撫愛異於羣小。生認誤殺，擬絞。蒼頭得信歸，慟述不成聲。女聞，坦然若不介意。既而秋決⑤¹有日，女始皇皇躁動，晝去夕來無停履，每於寂所於邑悲哀，至損眠食。一日，日晡⑤²，狐婢忽來，女頓起，相引屏⑤³語。出則笑色滿容，料理門戶如平時。翼日，蒼頭至獄，生寄語娘子，一往永訣。蒼頭復命，女漫應之，亦不愴惻，殊落落置之。家人竊議其忍。忽道路沸傳：楚銀台革爵，平陽觀察奉特旨治馮生案。蒼頭聞之喜，告主母。女亦喜，即遣入府探視。則生已出獄，相見悲喜。俄捕公子至，一鞫盡得其情。生立釋寧家⑤⁴。歸，見閨中人，泫然流涕；女亦相對愴楚。悲已而喜，然終不知何以得達上聽。女笑指婢曰：「此君之功臣也。」生愕問故。先是，女遣婢赴燕都，欲達宮闈，為生陳冤。婢至，則宮中有神守護，徘徊御溝⑤⁵間，數月不得入。婢懼誤事，方欲歸謀，忽聞天子將幸⑤⁶大同。婢乃預往，偽作流妓⑤⁷。上至勾欄，極蒙寵眷，疑婢不似風塵人。婢乃垂泣。上問：「有何冤苦？」婢對：「妾原籍隸廣平，生員馮某之女。父以冤獄將死，遂鬻妾勾欄中。」上慘然，賜金百兩。臨行，細問顛末，以紙筆記姓名。且言：「欲與共富貴。」婢言：「但得父子團聚。不願華膴⑤⁸也。」上頷之，乃去。婢以此情告生。生急拜，淚眥雙熒。居無幾何，女忽謂生曰：「妾不為情緣，何處得煩惱！君被逮時，妾奔走戚眷間，並無一人代一謀者。爾時酸衷，誠不可以告愬。今視塵俗益厭苦。我已為君蓄良偶，可從此別。」生聞，泣伏不起；女乃止。夜遣祿兒侍生寢，生拒不納。朝視十四娘，容光頓減；又月餘，漸以衰老；半載，黯黑如村嫗；生敬之，終不替[59]。女忽復言別，且曰：「君自有佳侶，安用此鳩盤[60]為！」生哀泣如前日。又踰月，女暴疾，絕食飲，羸卧閨闥。生侍湯藥，如奉父母。巫醫無靈，竟以溘逝[61]。生悲怛欲絕。即以婢賜金為營齋葬[62]。數日，婢亦去。遂以祿兒為室。逾年，舉一子。然比歲不登[63]，家益落，夫妻無計，對影長愁。忽憶堂陬[64]撲滿，常見十四娘投錢於中，不知尚在否。近臨之，則豉具鹽盎，羅列殆滿。頭頭置去，箸探其中，堅不可入。撲而碎之，金錢溢出。由此頓大充裕。後蒼頭至太華，遇十四娘，乘青騾；婢子跨蹇以從。問：「馮郎安否？」且言：「致意主人，我已名列仙籍矣。」言訖不見。

異史氏曰：「輕薄之詞，多出於士類，此君子所悼惜也。余嘗冒不韙之名，言冤則已迂，然未嘗不刻苦自勵，以勉附於君子之林，而禍福之說不與焉。若馮生者，一言之微，幾至殺身。苟非室有仙人，亦何能解脫囹圄[65]以再生於當世耶？可懼哉！」

①正德——明武宗（朱厚照）的年號。

②輕脫——不莊重。
③縱酒——無節制地喝酒。
④奚奴——奚，奴隸。奚奴，指奴僕，這裏專指婢女。
⑤細小——家小、眷屬。
⑥蓁莽——叢生的草木。
⑦幌——帷幔之類。
⑧鏡台自獻——替自己作媒的意思。故事傳說：晉溫嶠的堂姑母託他為女兒作媒。有一天，溫告訴她說，已經找到了對象，並送玉鏡台（鏡奩）一具做聘禮；等到結婚時，堂姑母才知道新郎原來是溫嶠自己。
⑨嘔噱——興高采烈地談笑。
⑩疑抱——懷疑。
⑪卓犖——特出、不比尋常。
⑫捽——揪、扭、抓。
⑬齕——咬、嚼。
⑭踉蹡——形容行走時跌跌撞撞的樣子。
⑮踟躕——形容徘徊考慮的樣子。

⑯撾——敲、叩。
⑰累足鵠竢——累足，側立的樣子。鵠是長頸的游禽。竢同「俟」。鵠竢，伸長着頸子等候的意思。這句話是形容站在那裏呆等。
⑱振管——管，鎖匙。振管就是開鎖。
⑲郡君——代指郡王的孫女，清代指貝勒和親王側福晉所生的女兒。
⑳彌甥——外甥的兒子。
㉑鐘漏並歇——鐘和漏都是古代報時的工具。古語有「鐘鳴漏盡」，意思說晨鐘已動，夜漏將殘，用以比喻衰年。這裏改作「並歇」，含有已經死亡的暗示。
㉒壽——這裏是拜壽、祝福的意思。
㉓實——這裏是填塞、充滿的意思。
㉔作意——想主意、出花樣。後文《寄生》篇「作意不食」，作意是賭氣的意思。
㉕窈窕——和下文「娉娉」，都是形容美好。
㉖貍奴——本是貓的別名，這裏指丫鬟，仍然暗指是貓狐之類。
㉗作麼生——幹什麼。
㉘冰——冰人的省詞。冰人是古時媒人的代稱。
㉙蓬顆——顆，土塊。蓬顆，上面長了草的土塊，一般都指墳上長草的土。

㉚躧屣——踏着鞋子。
㉛幰——是車上的帷幕，這裏作為車的代詞。
㉜長物——多餘的東西。
㉝撲滿——從前作儲蓄存款之用的陶器。一般是扁圓形，上有小孔。可以丟錢進去，卻拿不出來；必須等錢存滿，把它打破，一齊取出；因之叫作撲滿。
㉞蹇修——古代傳說中伏羲的臣子。《離騷》有「吾令蹇修以為理」這一句，意思是叫蹇修為媒，後來便用蹇修作媒人的代稱。
㉟貝錦——一種像貝類花紋的織錦。
㊱銀台——官名，通政使的別稱。明清都置有通政司，代皇帝收受內外奏章和臣民密封申訴的文件，通政司的主官叫作通政使。
㊲共筆硯——同學的意思。
㊳餪——古時風俗，結婚第三天，親友要餽送新婦食物，叫作餪。
㊴稱觴——舉杯敬酒，表示祝賀。
㊵郤——在這裏同「隙」，嫌隙的意思。
㊶走——這裏是派遣的意思。
㊷傖儜——形容奏樂時粗俗雜亂的聲音。

㊸鄉曲——窮鄉僻壤。
㊹圉人——馬夫。
㊺洗腆——豐厚的意思。洗腆，指潔淨而豐盛的酒食。
㊻酲——醉酒的樣子。
㊼絏絆——擋腿絆腳。
㊽府尹——官名，明代在應天、奉天（今瀋陽）兩地置有府尹。這裏指知府。
㊾搒掠——拷打。
㊿諮惋——唉聲歎氣。
51秋決——清代制度：地方判處死刑的囚犯，通常需經過中央政府審核，由皇帝「勾決」後，才能執行。行刑多在秋季，所以叫秋決。
52晡——申刻，下午三點鐘到五點鐘的時候，一般泛指下午。
53屏——避去別人。
54寧家——回家。
55御溝——封建時代，把皇帝所有的事物都叫作「御」。御溝，指流經皇家內苑或環繞宮牆的河水。
56幸——皇帝走到某一地方叫作幸。
57流妓——走江湖、跑碼頭的妓女。

㊺華膴——豐衣足食的意思，指美好的生活。
㊾替——衰落、減低。
⑥⓪鳩盤——傳說惡鬼的名字。同「鳩槃」，印度語「鳩盤茶」的省詞，據說形如冬瓜，十分難看，所以用來比喻老醜的女人。
⑥①溘逝——死亡。
⑥②齋葬——齋戒營葬。參看前文《陳雲棲》篇「齋宿」註。
⑥③比歲不登——連年收成不好。
⑥④阪——牆角。
⑥⑤囹圄——監獄。

連瑣

楊于畏，移居泗水之濱。齋臨曠野，牆外多古墓。夜聞白楊蕭蕭，聲如濤湧。夜闌秉燭，方復悽斷，忽牆外有人吟曰：「元夜悽風卻倒吹，流螢惹草復沾幃。」反覆吟誦，其聲哀楚。聽之，細婉似女子。疑之。明日，視牆外，並無人跡，惟有紫帶一條遺荊棘中，拾歸置諸窗上。向夜二更許，又吟如昨。楊移杌登望，吟頓輟。悟其為鬼，然心向慕之。次夜，伏伺牆頭。一更向盡，有女子姍姍自草中出，手扶小樹，低首哀吟。楊微嗽，女急入荒草而沒。楊由是伺諸牆下，聽其吟畢，乃隔牆而續之曰：「幽情苦緒何人見，翠袖單寒月上時。」久之寂然，楊乃入室。方坐，忽見麗者自外來，斂衽曰：「君子固風雅士，妾乃多所畏避。」楊喜，拉坐。瘦怯凝寒，若不勝衣[1]。問：「何居里，久寄[2]此間？」答曰：「妾，隴西人，隨父流寓。十七暴疾殂謝，今二十餘年矣。九泉荒野，孤寂如鶩。所吟，乃妾自作以寄幽恨者。思久不屬，蒙君代續，歡生泉壤。」楊欲與歡。蹙然曰：「夜台[3]朽骨，不比生人，如有幽歡，促人壽數。妾不忍禍君子也。」楊乃止。戲以手探胸懷，則雞頭之肉[4]，依然處子。又欲視其裙下雙鉤。女俯首笑曰：「狂生太囉唣矣！」楊把玩之，則見月色⑤錦襪，約⑥綵綜一綹；更視其一，則紫帶繫之。問：「何不俱帶？」曰：「昨宵畏君而避，不知遺落何所。」楊曰：「為卿易之。」遂即窗上取以授女。女驚問：「何來？」因以實告。乃去綫束帶。既翻案上書，忽見《連昌宮詞》⑦，慨然曰：「妾生時最愛讀此，今視之殆如夢寐。」與談詩文，慧黠可愛，剪燭西窗，如得良友。自此，每夜但聞微吟，少頃即至。輒囑曰：「君祕勿宣。妾少膽怯，恐有惡客見侵。」楊諾之。兩人歡同魚水，雖不至亂，而閨閣之中，誠有甚於畫眉者⑧。女每於燈下為楊寫書，字態端媚。又自選宮詞百首，錄誦之。使楊治棋枰，購琵琶。每夜教楊手談⑨。不則挑弄絃索，作「蕉窗零雨」之曲，酸人胸臆；楊不忍卒聽，則為「曉苑鶯聲」之調，頓覺心懷暢適。挑燈作劇，樂輒忘曉。視窗上有曙色，則張皇遁去。一日，薛生造訪，值楊晝寢。視其室，琵琶、棋局俱在，知非所善；又翻書得宮辭，見字跡端好，益疑之。楊醒，薛問：「戲具何來？」答：「欲學之。」又問詩卷，託以「假諸友人」。薛反覆檢玩，見最後一葉，細字一行云：「某月日連瑣書。」笑曰：「此是女郎小字，何相欺之甚！」楊大窘，不知置詞；薛詰之益苦。楊不以告，薛執卷挾之；楊益窘，遂告之。薛求一見，楊因述所囑。薛仰慕殷切，楊不得已諾之。夜分，女至，為致意焉。女怒曰：「所言伊何⑩，乃已喋喋⑪向人？」楊以實情自白。女曰：「與君緣盡矣。」楊百辭慰解，終不歡，起而別去，曰：「妾暫避之。」明日，薛來，楊代致其不可。薛疑支託，暮，與窗友二人來，淹留不去，故撓之，恆終夜譁。大為楊生白眼，而無如何。眾見數夜杳然，寖有去志，喧囂漸息。忽聞吟聲，共聽之，悽婉欲絕。薛方傾耳神注，內一武友王生，掇巨石投去，大呼曰：「作態不見客，甚得好句，嗚嗚惻惻，使人悶損！」吟頓止。眾甚怒之。楊恚憤，見於詞色。次日，始共去。楊獨宿空齋，冀女復來，而殊無影跡。踰二日，女忽至，泣曰：「君致惡賓，幾嚇煞妾！」楊謝過不遑。女遽出曰：「妾固謂緣分盡也，從此別矣。」挽之已渺。由是月餘更不復至。楊思之，形銷骨立，莫可追挽。一夕，方獨酌，忽女子搴幃入。楊喜極，曰：「卿見宥耶？」女涕垂膺，默不一言。亟問之，欲言復忍，曰：「負氣去，又急而求人，難免愧恧。」楊再三研詰。乃曰：「不知何處來一齷齪隸，逼充媵妾。顧念清白裔，豈屈身輿台[12]之鬼。然一綫弱質，烏能抗拒。君如齒妾在琴瑟之數，必不聽自為生活。」楊大怒，憤將致死[13]，但慮人鬼殊途，不能為力。女曰：「來夜早眠，妾邀君夢中耳。」於是復共傾談，坐以待曙。女臨去，囑令晝眠，留待夜約。楊諾之，因於午後薄飲。乘醺登榻，蒙衣偃臥。忽見女來，授以佩刀，引手去。至一院宇，方闔門語，聞有人搭石撾門。女驚曰：「讎人至矣！」楊啓戶驟出，見一人，赤帽青衣，蝟毛繞喙。怒咄之。隸橫目相讎，言詞兇謾。楊大怒，奔之。隸捉石以投，驟如急雨，中楊腕下，不能握刃。方危急間，遙見一人，腰矢野射，審視之，王生也。大號乞救。

王生張弓急至，射之，中股，再射之，殪⑭。楊喜感謝。王問故，具告之。王自喜前罪可贖，遂與共入女室。女戰惕羞縮，遙立不作一語。案上有小刀，長僅尺餘，而裝以金玉，出諸匣，光鑑毫芒。王讚歎不釋手。與楊略話，見女慙懼可憐，乃出，分手去。楊亦自歸，赴牆而仆，於是驚寤，聽村雞已亂唱矣。覺腕中痛甚，曉而視之，則皮肉赤腫。亭午，王生來，便言夜夢之奇。楊曰：「未夢射否？」王怪其先知。楊出手示之，且告以故。王憶夢中顏色，恨不真見。自幸有功於女，復請先容。夜間，女來稱謝。楊歸功王生，遂達誠懇。女曰：「將伯之助⑮，義不敢忘；然彼赳赳⑯，妾實畏之。」既而曰：「彼愛妾佩刀。刀實妾父出粵中，百金購之。妾愛而有之，纏以金絲，瓣⑰以明珠。大人憐妾夭亡，用以殉葬。今願割愛相贈，見刀如見妾也。」次日，楊申致此意，王大悅。至夜，女果攜刀來，曰：「囑伊珍重，此非中華物也。」由是往來如初。積數月，忽於燈下笑而向楊，似有所語，面紅而止者三。生抱問之。答曰：「久蒙眷愛，妾受生人氣，日食煙火，白骨頓有生意。但須生人精血，可以復活。」楊笑曰：「卿自不肯，豈我故惜之。」女曰：「妾接後，君必有廿餘日大病，然藥之可癒。」遂與為歡。既而着衣起，又曰：「尚須生血一點，能拚痛以相愛乎？」楊取利刃，刺臂出血；女卧榻上，使滴臍中。乃起曰：「妾不來矣！君記取百日之期，視妾墳前有青鳥鳴於樹巔，即速發塚。」楊謹受教。出門，又囑曰：「慎記勿忘，遲速皆不可！」乃去。越十餘日，楊果病，腹脹欲死。醫師投藥，下惡物如泥，浹辰而癒。計至百日，使家人荷鍤以待。日既西，果見青鳥雙鳴。楊喜曰：「可矣！」乃斬荊發壙，見棺木已朽，而女貌如生。摩之微溫。蒙衣舁歸置暖處，氣咻咻然，細於屬絲。漸進湯酏，半夜而蘇。每謂楊曰：「十餘年如一夢耳！」

①若不勝衣——好像禁不起衣服的重壓，是對身體柔弱的人的誇張形容。
②寄——這裏是客居的意思。下文「以寄幽恨」，寄是寄託的意思。
③夜台——指墳墓；在墳墓裏是永遠看不見光明的，所以叫夜台。
④雞頭之肉——雞頭，芡實的別名；雞頭之肉比喻女人的乳頭。
⑤月色——月白色，就是淡青色。
⑥約——纏束。
⑦《連昌宮詞》——唐元稹所作專記皇宮內生活瑣事的詩。
⑧有甚於畫眉者——故事傳說：漢張敞做京兆尹，有人告發他在家裏給老婆畫眉毛，認為這是不端重的行為。皇帝問張敞為何如此。張敞說：閨房裏的事，有比畫眉還厲害得多的哩。後人因之用這一

故事，比喻夫妻感情好。

⑨手談——指下圍棋，意思是用手在談天。

⑩伊何——什麼的意思。伊是語助詞。這裏「所言伊何」，意思是怎麼同你說來着。

⑪喋喋——形容話多。

⑫輿台——封建社會前期，不僅奴隸社會的殘餘意識還很顯著，而且許多地方仍保留着奴隸社會的形態。那時把人的階級分十等，前幾等是貴族、奴隸主；輿是第六等，台是第十等，都是奴隸的身份。後來因以輿台並舉，代表賤役。

⑬致死——拚命。

⑭殪——殺死。

⑮將伯之助——將，請求；伯，長者；將伯之助，意思是請長者幫助。語出《詩經》「將伯助予」。後來一般用作請人幫忙的客氣話。

⑯赳赳——形容勇武的樣子。

⑰瓣——瓜子。這裏作動詞用，指把珠子一顆顆連綴在刀柄上面，如同瓜子一樣。

夜叉國

交州徐姓，泛海為賈。忽被大風吹去。開眼，至一處，深山蒼莽[1]。冀有居人，遂纜[2]船而登，負糗腊[3]焉。方入，見兩岸皆洞口，密如蜂房，內隱有人聲。至洞外，佇足一窺，中有夜叉二，牙森列戟，目閃雙燈[4]，爪劈生鹿而食。驚喪魂魄，急欲奔下，則夜叉已顧見之，輟食執入。二物相語，類鳥獸鳴。爭裂徐衣，似欲啗噉。徐大懼，取橐中糗糒並牛脯進之。分啗甚美。復翻徐橐，徐搖手以示其無。夜叉怒，又執之。徐哀之曰：「釋我，我舟中有釜甑，可烹飪。」夜叉不解其語，仍怒。徐再與手語[5]，夜叉似微解，從至舟。取具入洞，束薪燃火，煮其殘鹿，熟而獻之。二物噉之喜，夜以巨石杜門，似恐徐遁。徐曲體遙卧，深懼不免[6]。天明，二物出，又杜之。少頃，攜一鹿來付徐。徐剝革，於洞深處取流水，汲煮數釜。俄，有數夜叉羣至，吞噉訖，共指釜，似嫌其小。過三四日，一夜叉負一大釜來，似人所常用者。於是羣夜叉各致[7]狼麋，既熟，呼徐同噉。居數日，夜叉漸與徐熟，出亦不施禁錮，聚處如家人。徐漸能察聲知意，輒效其音，為夜叉語。夜叉益悅，攜一雌來妻徐。徐初畏懼，莫敢近。雌就徐與交，大喜。每留肉餌徐，若琴瑟之好。一日，諸物早起，項下各掛明珠一串，更番[8]出門，若伺貴客。命徐多煮肉。徐以問雌，雌云：「此天壽節。」雌出謂眾夜叉曰：「徐郎無『骨突子』。」眾各摘其五，並付雌；雌又自解十枚，共得五十之數，以野苧為繩，穿掛徐項。徐視之，一珠可值百十金。俄頃俱出。徐煮肉畢，雌來邀去，云：「接天王。」至一大洞，廣闊盈畝，中有石滑平如几，四圍俱有石座，上一座蒙以豹革，餘皆以鹿[9]。夜叉二三十輩，列坐洞中。少頃，大風揚塵，張皇都出。見一巨物來，亦類夜叉狀，竟奔入洞，踞坐[10]鶚顧。羣隨入，東西列立，悉仰其首，以雙臂作十字交。物按頭點視，問：「臥眉山眾，盡於此乎？」羣鬨應之。顧徐曰：「此何來？」雌以「婿」對。眾又讚其烹調。即有二三夜叉，奔取熟肉陳几上。物掬啗盡飽，極讚嘉美，且責常供。又顧徐云：「『骨突子』何短？」眾曰：「初來未備。」物於項上摘取珠串，脫十枚付之，俱大如指，頂圓如彈丸。雌急接，代徐穿掛。徐亦交臂作夜叉語謝之。物乃去。躡風而行，其疾如飛。眾始享其餘食而散。居四年餘，雌忽產，一胎而生二雄一雌，皆人形，不類其母。眾夜叉皆喜其子，輒共拊[11]弄。一日，皆出攫食，惟徐獨在。忽別洞來一雌，欲與徐私。徐不肯。夜叉怒，撲徐踣地上。徐妻自外至，暴怒，相搏，齕斷其耳。少頃，其雄亦歸，解釋令去。自此雌每守徐，動息不相離。又三年，子女俱能行步。徐輒教以人言，漸能語，啁啾[12]之中，有人氣焉。雖童也，而奔山如履坦途，與徐依依有父子意。一日，雌與一子一女出，半日不歸，而北風大作。徐惻然念故鄉。攜子至海岸，見故舟猶存，謀與歸。子欲告母，徐止之。父子登舟，一晝夜達交。至家，妻已醮。出珠二枚，售金盈兆，家頗豐。子取名彪。十四五歲，能舉百鈞[13]，粗莽好鬬；交帥見而奇之，以為千總[14]。值邊亂，所向有功；十八，為副將[15]。時一商泛海，亦風飄至臥眉。方登岸，見一少年，視之而驚。知為中國人，便問居里。商以告。少年乃曳入幽谷一小石洞，洞外皆叢棘，且囑勿出。去移時，挾鹿肉來啖商，自言父亦交人。商聞之而知為徐，——商在客中嘗識之，——因曰：「我故人也。今其子為副總。」少年不解何名。商曰：「此中國之官名。」又問：「何以為官？」曰：「出則輿馬，入則高坐堂上，一呼而下百諾。見者側目視，側足立[16]。此名為官。」少年甚歆動[17]。商曰：「既尊君[18]在交，何久淹此？」少年以情告。商勸南旋。曰：「余亦常作是念。但母非中國人，言貌殊異；且同類覺之，必見殘害：用是[19]輾轉。」乃出曰：「待北風起，我來送汝行。煩於父兄處寄一耗問。」商伏洞中幾半年。時自棘中外窺，見山中輒有夜叉往還，大懼，不敢少動。一日，北風策策[20]，少年忽至，引與急竄。囑曰：「所言勿忘卻！」商應之，乃歸。徑抵交，達副總府，備述所見。彪聞而悲，欲往尋之。父慮海濤妖藪，險惡難犯，力阻之。彪撫膺痛哭，父不能止。乃告交帥，攜兩兵入海。逆風阻舟，擺簸海中者半月，四望無涯，咫尺迷悶，無從辨其南北。忽而湧波接漢[21]，乘舟傾覆。彪落海中，逐浪浮流。久之，被一物曳去。至一處，竟有舍宇。彪視之，一物如夜叉狀。彪乃作夜叉語。夜叉驚訊之，彪乃告以所往。夜叉喜曰：「臥眉，我故里也。唐突[22]可罪[23]！君離故道已八千里，此去為毒龍國，向臥眉非路。」乃覓舟來送彪。夜叉在水中推行如矢，瞬息千里。過一宵，已達北岸。見一少年，臨流瞻望。彪知山無人類，疑是弟；近之，果弟。因執手哭。既而問母及妹，並云「安健」。彪欲偕往；弟止之，倉忙便去。回謝夜叉，則已杳矣。未幾，母妹俱至，見彪俱哭。彪告其意。曰：「恐去為人所凌。」彪曰：「兒在中國甚榮貴，人不敢欺。」歸計已決，苦風逆難渡。母子方徊徨間，忽見布帆南動，其聲瑟瑟。彪喜曰：「天助吾也。」相繼登舟。波如箭激，三日抵岸。見者皆奔。彪向三人脫分袍袴。抵家，母夜叉見翁怒罵，恨其不謀。徐謝過不遑。家人拜見主母，無不戰慄。彪勸母學作華言。衣錦厭[24]粱肉，乃大欣慰。母女皆男兒裝。數月，稍辨語言。弟妹亦漸白皙。弟曰豹，妹曰夜兒，俱強有力。彪恥不知書，教弟讀。豹最慧，經史一過輒了[25]。又不欲操儒業，仍使挽強弩[26]，馳怒馬，登武進士[27]第。聘阿遊擊女。夜兒以異種，無與為婚。會標下[28]袁守備失偶，強妻之。夜兒能開百石弓，百餘步射小鳥，無虛落。袁每征，輒與妻俱。歷任同知將軍，奇勳半出於閨門。豹三十四歲掛印[29]。母嘗從之南征，每臨巨敵，輒擐甲執銳[30]，為之接應。見者莫不辟易[31]。詔封男爵[32]。豹代母疏[33]辭，封夫人。

異史氏曰：「夜叉夫人，亦所罕聞。——然細思之而不罕也：家家牀頭，有個夜叉在[34]。」

①蒼莽——樹木青翠濃茂的樣子。

②纜——拴船的繩索。這裏作動詞用，拴繫的意思。

③糗腊——糗，乾糧；腊，乾肉。下文「糗糒」，也是乾糧的意思。

④牙森列戟，目閃雙燈——森，排列得很多的樣子；閃，火光的閃動，這裏形容目光。這兩句的意思是：牙齒排列得像戟（古代一種有枝叉的武器），眼睛發出的光芒像兩盞燈。形容可怕的樣子。

⑤手語——打手勢代替說話。

⑥不免——不免被害、不免一死的意思。

⑦致——送來。

⑧更番——輪班。

⑨鹿——這裏指鹿皮。

⑩踞坐——踞，箕踞；伸開兩隻腳的樣子。踞坐，伸開兩隻腳坐着，形容一種惟我獨尊的傲慢姿態。

⑪拊——這裏同「撫」。

⑫啁啾——本是形容鳥聲，這裏藉以形容孩子學話的聲音。
⑬百鈞——古時以三十斤為鈞。百鈞，形容很重。
⑭千總——明清時的低級武官，有營千總、衞千總等分別。下文「遊擊」、「守備」，都是當時中、下級的武官。
⑮副將——就是副總兵，下文簡稱「副總」。明清時管轄一協的武官，位在總兵之下，也稱協鎮、協台。
⑯側目視，側足立——眼睛不敢正看，腳不敢正站着，形容恭敬而且害怕的樣子。
⑰歆動——羨慕。
⑱尊君——稱人父親。
⑲用是——因此、所以。
⑳策策——和下文「瑟瑟」，都是形容風聲。
㉑漢——天河。後文《羅刹海市》篇「銀漢」，義同。
㉒唐突——冒犯。
㉓可罪——得罪、對不起。
㉔厭——在這裏同「饜」，吃飽的意思。
㉕了——清楚、明白、通曉。

㉖強弩——有勁度，挽力強的弓。下文「百石弓」，就是說挽力達到一百石重，形容勁度的最強。

㉗武進士——明清時武學的制度，武舉經過會試、殿試錄取的，稱為武進士，可以派充侍衛或中級武官。

㉘標下——清代把綠營兵（漢軍）叫作標，例如提督的軍隊叫提標，總兵的軍隊叫鎮標。這裏標下，指副將的部屬。

㉙掛印——掛將軍印的意思。明代制度，總兵或副總兵，在主持規模較大的戰事時，可以掛印稱「將軍」。將軍的稱號，有大將軍、前將軍、副將軍的分別。

㉚擐甲執銳——擐，貫穿的意思；銳，武器。擐甲執銳，指穿着鎧甲，拿着武器。

㉛辟易——驚退。

㉜男爵——封建時代，貴族的封爵一般分為公、侯、伯、子、男五等，男是最低一等。

㉝疏——奏疏，封建時代臣子寫給皇帝的文書。

㉞家家牀頭，有個夜叉在——這裏的夜叉指妻，是封建社會中輕視女性的玩笑話。

羅剎海市

馬駿，字龍媒，賈人子。美丰姿。少倜儻，善歌舞，輒從梨園子弟[1]以錦帕纏頭，美如好女，因復有「俊人」之號。十四歲，入郡庠，即知名。父衰老，罷賈而居，謂生曰：「數卷書，飢不可煮，寒不可衣。吾兒可仍繼父賈。」馬由是稍稍權子母[2]。從人浮海，為颶風引去。數晝夜，至一都會。其人皆奇醜，見馬至，以為妖，羣譁而走。馬初見其狀，大懼；迨知國人之駭己也，遂反以此欺國人：遇飲食者，則奔而往，人驚遁，則啜其餘。久之，入山村。其間形貌，亦有似人者，然襤褸如丐。馬息樹下，村人不敢前，但遙望之。久之，覺馬非噬人者，始稍稍近就之。馬笑與語。其言雖異，亦半可解。馬遂自陳所自。村人喜，遍告鄰里：「客非能搏噬者。」然奇醜者望望即去，終不敢前；其來者，口鼻位置尚皆與中國同，共羅漿酒奉焉。馬問其相駭之故。答曰：「嘗聞祖父言：西去二萬六千里，有中國，其人民形象率詭異。但耳食[3]之，今始信。」問：「何貧？」曰：「我國所重，不在文章而在形貌：其美之極者，為上卿[4]；次，任民社[5]；下焉者，亦邀貴人寵，故得鼎烹[6]以養妻子。若我輩，初生時父母皆以為不祥，往往置棄之；其不忍遽棄者，皆為宗嗣耳。」問：「此名何國？」曰：「大羅剎國。都城在北去三十里。」馬請導往一觀。於是雞鳴而興[7]，引與俱去。天明，始達都。都以黑為牆，色如墨；樓閣近百尺，然少瓦，覆以紅石，拾其殘塊磨甲上，無異丹砂。時值朝退，朝中有冠蓋出，村人指曰：「此相國[8]也。」視之，雙耳皆背生，鼻三孔，睫毛覆目如簾。又數騎出，曰：「此大夫[9]也。」以次各指其官職，率猙獰[10]怪異。然位漸卑，醜亦漸殺。無何，馬歸，街衢人望見之，譟奔跌蹶，如逢怪物。村人百口解說，市人始敢遙立。既歸，國中無大小，咸知村有異人，於是搢紳大夫，爭欲一廣見聞，遂令村人要馬。然每至一家，閽人輒闔戶，丈夫女子竊自門隙中窺語，終一日，無敢延見者。村人曰：「此間一執戟郎[11]，曾為先王出使異國，所閱人多，或不以子為懼。」造郎門。郎果喜，揖為上賓。視其貌，如八九十歲人，目睛突出，鬚捲如蝟。曰：「僕少奉王命，出使最多，獨未嘗至中華。今一百二十餘歲，又得睹上國人物，此不可不上聞於天子。然伏臥林下，十餘年不踐朝階，早旦為君一行。」乃具飲饌，修主客禮。酒數行，出女樂十餘人，更番歌舞，貌類如夜叉，皆以白錦纏頭，拖朱衣及地；扮唱不知何詞，腔拍恢詭[12]。主人顧而樂之，問：「中國亦有此樂乎？」曰：「有。」主人請擬其聲。遂擊桌為度一曲。主人喜曰：「異哉！聲如鳳鳴龍嘯，得未曾聞。」翼日，趨朝，薦諸國王。王忻然下詔。有二三大臣，言其怪狀，恐驚聖體。王乃止。即出告馬，深為扼腕。居久之，與主人飲而醉，把劍起舞，以煤塗面作張飛。主人以為美，曰：「請客以張飛見宰相，宰相必樂用之，厚祿不難致。」馬曰：「嘻！遊戲猶可，何能易面目圖榮顯！」主人固強之，馬乃諾。主人設筵，邀當路者飲，令馬繪面以待。未幾，客至，呼馬出見客。客訝曰：「異哉！何前媸而今妍也？」遂與共飲，甚歡。馬婆娑[13]歌弋陽曲[14]，一座無不傾倒。明日，交章[15]薦馬。王喜，召以旌節[16]。既見，問中國治安之道。馬委曲上陳，大蒙嘉歎。賜宴離宮[17]。酒酣，王曰：「聞卿善雅樂，可使寡人得而聞之乎？」馬即起舞，亦效白錦纏頭，作靡靡之音。王大悅，即日拜[18]下大夫。時與私宴，恩寵殊異。久而官僚百執事，頗覺其面目之假。所至，輒見人耳語，不甚與款洽。馬至是孤立，憪然[19]不自安。遂上疏乞休致[20]，不許；又告休沐[21]，乃給三月假。於是乘傳[22]載金寶，復歸山村。村人膝行以迎。馬以金資分給舊所與交好者，歡聲雷動，村人曰：「吾儕小人，受大夫賜，明日赴海市，當求珍玩，用報大夫。」問：「海市何地？」曰：「海中市：四海鮫人[23]，集貨珠寶。四方十二國，均來貿易。中多神人遊戲。雲霞障天，波濤間作。貴人自重，不敢犯險阻，皆以金帛付我輩代購異珍。今其期不遠矣。」問所自知。曰：「每見海上朱鳥來往，七日即市。」馬問行期，欲同遊矚。村人勸使自重。馬曰：「我顧滄海客，何畏風濤？」未幾，果有踵門寄資者。遂與裝資入船。船容數十人，平底高欄，十人搖櫓，激水如箭。凡三日，遙見水雲晃漾之中，樓閣層疊，貿遷[24]之舟，紛集如蟻。少時，抵城下，視牆上磚皆長與人等，敵樓[25]高接雲漢。維舟而入，見市上所陳，奇珍異寶，光明射眼，多人世所無。一少年乘駿馬來，市人盡奔避，云是東洋三世子[26]。世子過，目生曰：「此非異域人。」即有前馬者[27]來詰鄉籍。生揖道左，具展邦族。世子喜曰：「既蒙辱臨，緣分不淺。」於是授生騎，請與連轡。乃出西城。方至島岸，所騎嘶躍入水。生大駭失聲。則見海水中分，屹如壁立。俄睹宮殿，玳瑁為梁，魴鱗作瓦，四壁晶明，鑑影炫目。下馬，揖入。仰見龍君在上。世子啓奏：「臣遊市廛，得中華賢士，引見大王。」生前拜舞。龍君乃言：「先生文學士，必能衙官屈、宋[28]。欲煩椽筆[29]賦『海市』，幸無吝珠玉[30]。」生稽首受命。授以水精之研，龍鬣之毫，紙光似雪，墨氣如蘭。生立成千餘言，獻殿上，龍君擊節曰：「先生雄才，有光水國多矣！」遂集諸龍族，讌集采霞宮。酒炙數行，龍君執爵而向客曰：「寡人所憐女，未有良匹，願累[31]先生。先生倘有意乎？」生離席愧荷，唯唯而已。龍君顧左右語。無何，宮人數輩，扶女郎出。珮環聲動，鼓吹暴作。拜竟，睨之，實仙人也。女拜已而去。少時，酒罷，雙鬟挑畫燭，導生入副宮。女濃妝坐伺。珊瑚之牀，飾以八寶[32]；帳外流蘇[33]，綴明珠如斗大；衾褥皆香耎。天方曙，則雛女妖鬟，奔入滿側。生起，趨出朝謝。拜為駙馬都尉[34]。以其賦馳傳諸海。諸海龍君，皆專員來賀，爭折簡招駙馬飲。生衣繡裳，駕青虬，呵殿[35]

而出。武士數十騎，皆雕弧[36]，荷白棓[37]，晃耀填擁。馬上彈箏，車中奏玉[38]。三日間，遍歷諸海。由是龍媒之名，譟於四海。宮中有玉樹一株，圍可合抱；本瑩澈如白琉璃，中有心，淡黃色；梢細於臂；葉類碧玉，厚一錢許，細碎有濃陰。常與女嘯咏其下。花開滿樹，狀類薝蔔[39]。每一瓣落，鏘然作響，拾視之，如赤瑙雕鏤，光明可愛。時有異鳥來鳴，——毛金碧色，尾長於身，聲等哀玉，惻人肺腑。——生每聞，輒念鄉土。因謂女曰：「亡出三年，恩慈間阻，每一念及，涕膺汗背。卿能從我歸乎？」女曰：「仙塵路隔，不能相依。妾亦不忍以魚水之愛，奪膝下之歡。容徐謀之。」生聞之，泣不自禁。女亦歎曰：「此勢之不能兩全者也。」明日，生自外歸。龍君曰：「聞都尉有故土之思，詰旦趣裝，可乎？」生謝曰：「逆旅孤臣，過蒙優寵，銜報[40]之誠，結於肺腑。容暫歸省，當圖復聚耳。」入暮，女置酒話別。生訂後會。女曰：「情緣盡矣。」生大悲。女曰：「歸養雙親，見君之孝。人生聚散，百年猶旦暮耳，何用作兒女哀泣。此後妾為君貞，君為妾義，兩地同心，即伉儷也。何必旦夕相守，乃謂之偕老乎？若渝此盟，婚姻不吉。倘慮中饋[41]乏人，納婢可耳。更有一事相囑：自奉裳衣，似有佳朕[42]，煩君命名。」生曰：「其女也耶，可名龍宮；男耶，可名福海。」女乞一物為信。生在羅剎國所得赤玉蓮花一對，出以授女。女曰：「三年後，四月八日，君當泛舟南島，還君體胤。」女以魚革為囊，實以珠寶，授生曰：「珍藏之，數世喫着不盡也。」天微明，王設祖帳，餽遺甚豐。生拜別出宮。女乘白羊車，送諸海涘。生上岸下馬，女致聲「珍重」，回車便去，少頃便遠，海水復合，不可復見。生乃歸。自浮海去，咸謂其已死；及至家，家人無不詫異。幸翁媼無恙，獨妻已他適。乃悟龍女守「義」之言，蓋已先知也。父欲為生再婚；生不可，納婢焉。謹志三年之期，泛舟島中，見兩兒坐浮水面，拍流嬉笑，不動，亦不沉。近引之，兒啞然[43]捉生臂，躍入懷中；其一大啼，似嗔生之不援己者。亦引上之。細審之，一男一女，貌皆婉秀。額上花冠綴玉，則赤蓮在焉。背有錦囊，拆視得書，云：「翁姑計各無恙。忽忽三年，紅塵永隔；盈盈一水，青鳥[44]難通。結想為夢，引領成勞。茫茫藍蔚，有恨何如也！顧念奔月姮娥[45]，且虛桂府[46]；投梭織女，猶悵銀河：我何人斯，而能永好？興思及此，輒復破涕為笑。別後兩月，竟得孿生。今已啁啾懷抱，頗解笑言；覓棗抓梨，不母可活。敬以還君。所貽赤玉蓮花，飾冠作信。膝頭抱兒時，猶妾在左右也。聞君克踐舊盟，意願斯慰。妾此生不二，之死靡他：奩中珍物，不蓄蘭膏；鏡裏新妝，久辭粉黛。君似征人，妾作蕩婦[47]，即置而不御，亦何得謂非琴瑟哉。獨計翁姑亦既抱孫，曾未一覿新婦，揆之情理，亦屬缺然。歲後阿姑窀穸，當往臨穴，一盡婦職。過此以往，則『龍宮』無恙，不少把握之期；『福海』長生，或有往還之路。伏惟珍重，不盡欲言。」生反覆省書攬涕。兩兒抱頸曰：「歸休乎！」生益慟。撫之曰：「兒知家在何許？」兒泣啼，嘔啞言：「歸。」生望海水茫茫，極天無際，霧鬟人渺，煙波路窮，抱兒返棹，悵然遂歸。生知母壽不永，周身物悉為預具，墓中植松檟[48]百餘。逾歲，媼果亡。靈轝[49]至殯宮[50]，有女子衰絰[51]臨穴。眾方驚顧，忽而風激雷轟，繼以急雨，轉瞬間已失所在。松柏新植多枯，至是皆活。福海稍長，輒思其母，忽自投入海，數日始還。龍宮以女子不得往，時掩戶泣。一日，晝暝，龍女忽入，止之曰：「兒自成家，哭泣何為！」乃賜八尺珊瑚一樹、龍腦香[52]一帖、明珠百顆、八寶嵌金合一雙，為作嫁資。生聞之，突入，執手啜泣。俄頃，疾雷破屋，女已無矣。

異史氏曰：「花面逢迎，世情如鬼，嗜痂之癖[53]，舉世一轍[54]。『小慚小好，大慚大好。』[55]若公然帶鬚眉以遊都市，其不駭而走者蓋幾希矣！彼陵陽癡子[56]，將抱連城玉向何處哭也？嗚呼，顯榮富貴，當於蜃樓海市[57]中求之耳！」

①梨園子弟——指伶人。唐玄宗（李隆基）訓練伶人的地方叫梨園，後來就以梨園泛稱演戲的場所和戲班。梨園子弟猶如說劇團演員、劇團學生，但在封建社會中是含有輕蔑的意味的。

②權子母——將本求利，做買賣的意思。

③耳食——聽說。

④上卿——古代官階有卿、大夫、士的分別，卿裏又分上卿、中卿、下卿；上卿是最高級的官。
⑤任民社——民社，人民和社稷的省詞；任民社，指做地方官。
⑥鼎烹——指飲食。
⑦興——起來。
⑧相國——秦漢時官名，位在丞相之上，後來成為宰相的通稱。
⑨大夫——古代官名，歷朝職位不同；下文「下大夫」，就是古代大夫裏最低的一級。
⑩鬇鬡——頭髮散亂的樣子。
⑪執戟郎——古時負責警衛宮門的官。這一職務，是由郎官（包括中郎、侍郎、郎中）擔任的。
⑫恢詭——非常奇怪。
⑬婆娑——形容進退盤旋的樣子，一般指跳舞。
⑭弋陽曲——屬於南曲範疇中腔調的一種，出江西弋陽縣，故名弋陽曲。其音高亢，又名高腔。
⑮交章——紛紛上奏疏。
⑯旌節——旌和節，唐宋時皇帝賜給臣下的儀仗一類的東西，也可作為授予某種特權的信物。這裏「召以旌節」，是表示隆重的禮遇。
⑰離宮——皇帝出巡休息的地方，猶如行宮。
⑱拜——這裏作封官、任命解釋。

⑲憫然——心裏不安的樣子。
⑳休致——官吏因年老請求退休叫休致。這裏是辭職的意思。
㉑休沐——漢唐時的官員，工作若干日之後，可以獲得休息沐浴的機會，叫休沐，猶如現在的星期休假。這裏休沐是短期請假的意思。
㉒乘傳——古代官員出行，由沿途驛站供應馬匹（通常是四匹馬）代步，叫作乘傳。
㉓鮫人——神話傳說：南海有一種鮫人，同魚一樣住在水裏，哭出的眼淚能變成珠子，善於紡織，織出的東西名叫鮫綃。
㉔貿遷——來往交易、流動買賣。
㉕敵樓——城牆上瞭望守禦的城樓，也叫望樓、譙樓。
㉖世子——王、侯的嫡子、繼承人。
㉗前馬者——古代貴官出行時，在馬前開路的人。後文《夢狼》篇的「前驅者」，義同。
㉘衙官屈、宋——衙官是唐代刺史、領史的屬官；屈，指屈原；宋，指宋玉。唐杜審言自以為有才學，曾誇口說，以做文章而論，屈原和宋玉只配做他的衙官。因之後人就用「衙官屈、宋」這句話來恭維會做文章的人。
㉙椽筆——筆大如屋椽一般，恭維人大手筆的意思。本是晉王珣的故事。
㉚珠玉——這裏比喻文才的高妙。

㉛累——封建社會中，由於經濟權在丈夫手裏，妻子被認作是受豢養者，是丈夫的一種負擔，所以有「室家之累」這種說法。這裏的累，指嫁與，也就是相累的意思。
㉜八寶——指各色珠寶，如金、銀、珍珠、瑪瑙、琥珀、琉璃之類。
㉝流蘇——用五彩綫結成球形，下面垂着鬚子的一種裝飾品。
㉞駙馬都尉——官名。古代皇帝的女婿照例被封這個官。簡稱駙馬。
㉟呵殿——前呼後擁。呵，指前面喝道的；殿，指後面跟隨的。
㊱雕弧——臂把上雕刻有花紋的弓。
㊲棓——在這裏同「棒」。
㊳玉——這裏指玉製的樂器，通常是指玉笛而言。下文「哀玉」，指玉製樂器奏出悲哀的調子。
㊴薝蔔——梔子花。
㊵銜報——傳說漢楊寶幼年時候，救過一隻被螞蟻所困的黃雀，夜裏夢見黃雀變作一個黃衣童子，銜着四隻白環來拜謝，祝福他的子孫將如白環一樣的潔白，而且世世發達。「銜報」，就是表示像黃雀銜環一樣地報恩。
㊶中饋——料理飲食，一般作廣義的解釋，就是主持家務。
㊷佳朕——好兆頭，這裏指懷孕，猶如說「有喜」。
㊸啞然——這裏同下文「嘔啞」，都是形容小孩初學說話的聲音。

㊹青鳥——神話傳說：漢武帝（劉徹）看見青鳥飛集殿前，知道這是西王母的信使，果然一會兒西王母就來了。後來就把通信的使者叫青鳥。

㊺奔月姮娥——姮娥就是嫦娥。神話傳說：姮娥本是后羿的妻子，偷吃了后羿從西王母那裏得到的不死藥，奔至月宮，成為仙人。

㊻桂府——神話傳說：月中有桂樹，高五百丈。因之後來稱月為桂府。

㊼君似征人，妾作蕩婦——征人，是行人、在外作客的人。蕩婦，本指淫蕩的婦女。這裏「妾作蕩婦」，「作」字和「非」字的字形很相似，可能是「非」字的筆誤。如果是這樣，這一句的意思就應該是說：你儘管像一個在外流浪不歸的人，但我並不是蕩婦，一定會為你守貞的。

㊽櫝——就是楸樹，一兩丈高的落葉喬木，古人多把它種在墳墓上面。

㊾靈轝——轝，同「輿」。靈轝，就是裝靈柩的車子。

㊿殯宮——停柩的地方，指墓穴。

51衰絰——衰，同「縗」，參看前文《金和尚》篇「縗麻臥苫塊」註釋。絰，麻帽和麻帶。衰絰是封建喪禮規定子女為父母所服的一種最重的孝服。

52龍腦香——從龍腦樹科植物裏提煉出來的一種香料，就是冰片。

53嗜痂之癖——指特殊的、和人不同的嗜好。故事傳說：南北朝宋劉邕喜歡吃人的瘡疤，以為味道和鰒魚差不多。

㊹一轍——轍是車輪的痕跡；一轍，同一的道路，引申為「相同」解釋。

㊺「小慚小好，大慚大好」——唐文學家韓愈，對於為人作應酬文字，要不顧事實地去恭維人，心裏感到很慚愧。他說：他自己認為「小慚」的文字，別人卻以為「小好」；自己以為「大慚」的文字，別人卻以為「大好」。

㊻陵陽癡子——指卞和，因為卞和曾被封為陵陽侯。參看前文《葉生》篇「卞和」註。

㊼蜃樓海市——在海上常常可以看到因光綫曲折反射作用而發生的城市、樓台、人物等幻象。古人認為是蜃吐氣所致，所以稱為海市蜃樓。習慣用以比喻虛無縹緲、有形象而不具體、事實上並不存在的東西。

公孫九娘

于七一案[1]，連坐[2]被誅者，棲霞、萊陽兩縣最多：一日俘數百人，盡戮於演武場中，碧血滿地，白骨撐天。上官慈悲，捐給棺木，濟城工肆，材木一空。以故伏刑東鬼，多葬南郊。甲寅間，有萊陽生至稷下[3]。有親友二三人，亦在誅數，因市楮帛[4]，酹奠榛墟，就稅舍於下院[5]之僧。明日，入城營幹，日暮未歸。忽一少年造室來訪。見生不在，脫帽登牀，着履仰卧。僕人問其誰何，合眸不對。既而，生歸，則暮色朦朧，不甚可辨。自詣牀下問之。瞠目[6]曰：「我候汝主人。絮絮逼問，我豈暴客耶！」生笑曰：「主人在此。」少年急起着冠，揖而坐，極道寒暄。聽其音，似曾相識。急呼燈至，則同邑朱生，亦死於于七之難者。大駭，卻走。朱曳之云：「僕與君文字交，何寡於情？我雖鬼，故人之念，耿耿不去心。今有所瀆，願無以異物遂猜薄[7]之。」生乃坐請所命。曰：「令女甥寡居無偶，僕欲得主中饋，屢通媒妁，輒以無尊長之命為辭。幸無惜齒牙餘惠[8]。」先是，生有甥女，早失恃，遺生鞠養，十五，始歸其家。俘至濟南，聞父被刑，驚慟而絕。生曰：「渠自有父，何我之求？」朱曰：「其父為猶子啓櫬去，今不在此。」問：「女甥向依阿誰？」曰：「與鄰媪同居。」生慮生人不能作鬼媒。朱曰：「如蒙金諾，還屈玉趾。」遂起，握生手。生固辭，問：「何之？」曰：「第行。」勉從與去。北行里許，有大村落，約數百家。至一第宅，朱叩扉。即有媪出，豁開二扉，問朱：「何為？」曰：「煩達娘子：阿舅至。」媪旋反，須臾復出，邀生入；顧朱曰：「兩椽茅舍子，大隘，勞公子門外少坐候。」生從之入，見半畝荒庭，列小室二。甥女迎門啜泣，室中燈火熒然。女貌秀潔如生時，凝眸含涕，遍問妗姑。生曰：「具各無恙。但荊人物故矣。」女又嗚咽曰：「兒少受舅妗撫育，尚無寸報，不圖先葬溝瀆，殊為恨恨。舊年，伯伯家大哥遷父去，置兒不一念。數百里外，伶仃如秋燕。舅不以沈魂可棄，又蒙賜金帛，兒已得之矣。」生乃以朱言告，女俯首無語。媪曰：「公子曩託楊姥三五返，老身謂是大好，小娘子不肯自草草。得舅為政[9]，方此意慊[10]得。」言次，一十七八女郎，從一青衣，遽掩入。瞥見生，轉身欲遁。女牽其裾曰：「勿須爾[11]！是阿舅，非他人。」生揖之，女郎亦斂衽。甥曰：「九娘，棲霞公孫氏。阿爹故家子，今亦窮『波斯[12]』，落落不稱意。旦晚與兒還往。」生睨之，笑彎秋月，羞暈朝霞，實天人也。曰：「可知是大家，蝸廬人那如此娟好！」甥笑曰：「且是女學士，詩詞俱大高。昨兒稍得指教。」九娘微哂曰：「小婢無端[13]敗壞[14]人，教阿舅齒冷[15]也。」甥又笑曰：「舅斷絃未續[16]；若個小娘子，頗能快意否？」九娘笑奔出，曰：「婢子顛瘋作也！」遂去。言雖近戲，而生殊愛好之。甥似微察，乃曰：「九娘才貌無雙。舅倘不以糞壤[17]致猜，兒當請諸其母。」生大悅，然慮人鬼難匹。女曰：「無傷，彼與舅有夙分。」生乃出。女送之，曰：「五日後，月明人靜，當遣人往相迓。」生至戶外，不見朱；翹首西望，月銜半規[18]，昏黃中猶認舊徑，見南向一第，朱坐門石上，起逆曰：「相待已久，寒舍即勞垂顧。」遂攜手入，殷殷展謝。出金爵[19]一、晉珠百枚，曰：「他無長物，聊代禽儀。」既而曰：「家有濁醪，但幽室之物，不足款嘉賓，奈何？」生撝[20]謝而退。朱送至中途，始別。生歸，僧僕集問，生隱之，曰：「言鬼者，妄也；適赴友人飲耳。」後五日，果見朱來。整履搖箑[21]，意甚忻適。才至戶庭，望塵即拜。少間，笑曰：「君嘉禮既成，慶在今夕。便煩枉步。」生曰：「以無回音，尚未致聘，何遽成禮？」朱曰：「僕已代致之矣。」生深感荷。從與俱去，直達臥所，則甥女華妝迎笑。生問：「何時于歸[22]？」朱云：「三日矣。」生乃出所贈珠，為甥助妝[23]。女三辭乃受。謂生曰：「兒以舅意，白公孫老夫人，夫人作大歡喜。但言：老耄[24]，無他骨肉，不欲九娘遠嫁。期今夜舅往贅諸其家。伊家無男子，便可同郎拜也。」朱乃導去。村將盡，一第門開，二人登其堂。俄白「老夫人至」，有二青衣扶嫗升階。生欲展拜，夫人云：「老朽龍鍾，不能為禮，當即脫邊幅[25]。」乃指畫青衣，置酒高會。朱乃喚家人，另出餚俎，列置生前，亦別設一壺，為客行觴。筵中進饌，無異人世。然主人自舉，殊不勸進。既而，席罷，朱歸。青衣導生去，入室，則九娘華燭凝待。邂逅含情，極盡歡暱。初，九娘母子原解赴都，至郡，母不堪困苦死，九娘亦自剄。枕上追述往事，哽咽不成眠，乃口占兩絕云：「昔日羅裳化作塵，空將業果[26]恨前身。十年露冷楓林月，此夜初逢畫閣春。白楊風雨遶孤墳，誰想陽台更作雲。忽啓縷金箱裏看，血腥猶染舊羅裙。」天將明，即促曰：「君宜且去，勿驚廝僕。」自此晝來宵往，嬖惑殊甚。一夕，問九娘：「此村何名？」曰：「萊霞里。里中多兩處新鬼，因以為名。」生聞之欷歔。女悲曰：「千里柔魂，蓬遊無底[27]，母子零孤，言之愴惻。幸念一夕恩義，收兒骨歸葬墓側，使百世得所依棲，死且不朽。」生諾之。女曰：「人鬼路殊，君亦不宜久滯。」乃以羅襪贈生，揮淚促別。生悽然而出，忉怛若喪，心悵悵不忍歸。因過扣朱氏之門。朱白足[28]出逆；甥亦起，雲鬟蓬鬆，驚來省問。生怊悵移時，始述九娘語。女曰：「妗氏不言，兒亦夙夜圖之。此非人世，久居誠非所宜。」於是相對汍瀾，生亦含涕而別。叩寓歸寢，輾轉申旦[29]。欲覓九娘之墓，則忘問誌表[30]。及夜復往，則千墳纍纍，竟迷村路，歎恨而返。展視羅襪，着風寸斷，腐如灰燼。遂治裝東旋。半載，不能自釋，復如稷門，冀有所遇。及抵南郊，日勢已晚，息駕庭樹，趨詣叢葬所。但見墳兆[31]萬宅[32]，迷目榛荒，鬼火狐鳴，駭人心目。驚悼歸舍。失意遨遊，返轡遂東。行里許，遙見女郎，獨行丘墓間，神情意致，怪[33]似九娘。揮鞭就視，果九娘。下騎欲語；女竟走，若不相識。再逼近之；色作怒，舉袖自障。頓呼「九娘」，則湮然滅矣。

異史氏曰：「香草沉羅㉞，血滿胸臆；東山佩玦㉟，淚漬泥沙：古有孝子忠臣，至死不諒於君父者。公孫九娘豈以負骸骨之託，而怨懟不釋於中㊱耶？脾鬲間物不能掬以相示，冤乎哉！」

①于七一案——清順治年間，棲霞人于七，名樂吾，曾以岠嵎、鉅齒兩山為根據地，反抗清朝，佔據了好幾個縣，歷時十五年，才被清朝撲滅，當時被殺的人很多。

②連坐——因受牽連而獲罪叫連坐。

③稷下——山東臨淄城北，古來齊城的西面，叫稷下。後文稷門，也指稷下。

④楮帛——紙錢。

⑤下院——分設在外的寺觀。

⑥瞠目——眼睛發直。

⑦猜薄——猜疑鄙視。

⑧齒牙餘惠——齒牙，指言語，因為言語是通過齒牙而發出的。齒牙餘惠，順便說好話的意思。

⑨為政——做主。

⑩慊——滿意。

⑪勿須爾——不要這樣。

⑫窮「波斯」——波斯就是現在的伊朗，和中國交通很早。波斯出產珊瑚、珍珠、瑪瑙等珍物，所以當時認為波斯是很富有的國家，並用「波斯」二字作為富人的代稱。窮「波斯」，是指以前富有而現在貧窮，比喻家道衰落。一說波斯指長髯人，窮波斯，就是窮老頭兒的意思。

⑬無端——無緣無故。

⑭敗壞——毀損、糟蹋。

⑮齒冷——譏笑的意思。

⑯斷絃未續——喪妻沒有再娶。古代用琴瑟象徵夫婦，所以死了妻子叫斷絃，再娶叫續絃。故事傳說：漢武帝曾用西海進獻的鸞膠，把斷了的弓弦重加黏合，因此後來也稱再娶為膠續，如後文《小翠》篇的「急為膠續」，《馬介甫》篇的「鸞膠再覓」。

⑰糞壤——猶如說糞土，比喻賤惡，這裏意指已死的人。

⑱月銜半規——規，圓形；月銜半規，指農曆初八、九或二十二、三，月亮上、下弦的日子。

⑲爵——古時燙酒的器具，三足，有耳，有舌可以倒酒。通常以爵指酒杯。

⑳撝——謙抑的意思。後文《司文郎》篇的「撝挹」，義同。

㉑箑——扇。

㉒于歸——于，往的意思；于歸，指女子出嫁。語出《詩經》：「之子于歸，宜其室家。」

㉓助妝——女子出嫁，親友們要贈予首飾衣物之類的禮品，這種禮品叫助妝，也叫添箱。

㉔老耄——八、九十歲的年紀叫耄。老耄，一般指年紀很老。

㉕脫邊幅——邊幅，本指布帛的整齊，後來用以比喻人的舉動容止，把不打扮、不修飾、隨隨便便的樣子叫「不修邊幅」。這裏「脫邊幅」是不拘禮節的意思。

㉖業果——猶如說報應。佛教說法：業有善業，有惡業，因而分出人、天、鬼、畜等等不同的果報。是宿命論的說法。這裏指的是由於前生的惡業而招致的今生的惡果。

㉗蓬遊無底——像蓬草隨風飛轉一樣的沒有歸宿。

㉘白足——赤腳。

㉙申旦——從夜晚到天亮。

㉚誌表——指墓前的標識物，墓碑和華表之類的東西。

㉛兆——墳地。

㉜宅——這裏指墓穴。

㉝怪——甚、很。

㉞香草沉羅——指詩人屈原被楚懷王放逐，懷石自沉於汨羅江的故事。屈原在他的著作裏，用香草比喻忠貞之士；這裏就用以比喻屈原自己。

㉟東山佩玦——春秋時，晉獻公命太子申生討伐東山皋落氏，臨行時，給他金玦佩帶。金玦是鑲金的

玉玦，像環而有缺。古來用玦象徵決絕，給他玦，就是表示不要他回來。

㊱中——這裏和下文「脾鬲間物」，都是指心。

翩翩

羅子浮，邠人。父母俱蚤世①。八九歲，依叔大業。業為國子左廂②，富有金繒而無子，愛子浮若己出。十四歲，為匪人誘去作狹邪遊③。會有金陵娼，僑寓郡中，生悅而惑之。娼返金陵，生竊從遁去。居娼家半年，牀頭金盡，大為姊妹行齒冷，然猶未遽絕之。無何，廣創④潰臭，沾染牀蓆，逐而出，丐⑤於市。市人見輒遙避。自恐死異域，乞食西行。日三四十里，漸至邠界。又念敗絮膿穢，無顏入里門，尚趦趄近邑間。日既暮，欲趨山寺宿。遇一女子，容貌若仙，近問：「何適？」生以實告。女曰：「我出家人，居有山洞，可以下榻，頗不畏虎狼。」生喜，從去。入深山中，見一洞府。入則門橫溪水，石樑駕之；又數武，有石室二，光明徹照，無須燈燭。命生解懸鶉⑥，浴於溪流，曰：「濯之，創當瘉。」又開幛拂褥促寢曰：「請即眠，當為郎作袴。」乃取大葉，類芭蕉，剪綴作衣。生卧視之。製無幾時，摺疊牀頭，曰：「曉取着之。」乃與對榻寢。生浴後，覺創瘍無苦。既醒，摸之，則痂厚結矣。詰旦，將興，心疑蕉葉不可着。取而審視，綠錦滑絕。少間，具餐，女取山葉呼作「餅」，食之果餅；又剪作雞、魚烹之，皆如真者。室隅一罌⑦，貯佳醞，輒復取飲。少減，則以溪水灌益之。數日，創痂盡脫，就女求宿。女曰：「輕薄兒！甫能安身，便生妄想。」生云：「聊以報德。」遂同臥處，大相歡愛。一日，有少婦笑入，曰：「翩翩小鬼頭快活死！薛姑子好夢幾時做得？」女迎笑曰：「花城娘子，貴趾久弗涉；今日西南風緊，吹送來也。小哥子抱[8]得未？」曰：「又一小婢子。」女笑曰：「花娘子瓦窰[9]哉！那弗將來？」曰：「方嗚[10]之睡卻矣。」於是坐以款飲。又顧生曰：「小郎君焚好香也。」生視之，年廿有三四，綽有餘妍[11]，心好之。剝果誤落案下，俯假拾果，陰捻翹鳳[12]。花城他顧而笑，若不知者。生方怳然神奪，頓覺袍袴無溫，自顧所服，悉成秋葉。幾駭絕。危坐移時，漸變如故，竊幸二女之弗見也。少頃，酬酢間，又以指搔纖掌。城坦然笑謔，殊不覺知。突突怔忡間，衣已化葉，移時始復變。由是慚顏息慮，不敢妄想。城笑曰：「而家小郎子，大不端好。若弗是醋葫蘆娘子，恐跳跡入雲霄去。」女亦哂曰：「薄倖兒便直得[13]寒凍殺！」相與鼓掌。花城離席曰：「小婢醒，恐啼腸斷矣。」女亦起曰：「貪引他家男兒，不憶得小江城啼絕矣。」花城既去，懼貽誚責；女卒晤對如平時。居無何，秋老風寒，霜零木脫，女乃收拾落葉，蓄旨禦冬[14]。顧生肅縮，乃持襆掇拾洞口白雲，為絮複衣[15]，着之溫煗[16]如襦，且輕鬆常如新綿。逾年，生一子，極惠美。日在洞中，弄兒為樂。然每念故里，乞與同歸。女曰：「妾不能從；不然，君自去。」因循二三年，兒漸長，遂與江城訂為姻好。生每以叔老為念。女曰：「阿叔臘[17]故大高，幸復強健，無勞懸耿。待保兒昏後，去住由君。」女在洞中，輒以葉寫書教兒讀。兒過目即了。女曰：「此兒福相，放教入塵寰，無憂不至台閣[18]。」未幾，兒年十四，花城親詣送女。女華妝至，容光照人。夫妻大悅。舉家讌集。翩翩扣釵而歌曰：「我有佳兒，不羨貴官；我有佳婦，不羨綺紈[19]。今夕聚首，皆當喜歡。為君行酒，勸君加餐。」既而，花城去，與兒夫婦對室居。新婦孝，依依膝下，宛如所生。生又言歸。女曰：「子有俗骨，終非仙品；兒亦富貴中人，可攜去，我不誤兒生平。」新婦思別其母，花城已至。兒女戀戀，涕各滿眶。兩母慰之曰：「暫去，可復來。」翩翩乃剪葉為驢，令三人跨之以歸。大業已老歸林下，意姪已死；忽攜佳孫美婦歸，喜如獲寶。入門，各視所衣，悉蕉葉；破之，絮蒸蒸騰去。乃並易之。後生思翩翩，偕兒往探之，則黃葉滿徑，洞口雲迷，零涕而返。

異史氏曰：「翩翩、花城，殆仙者耶？餐葉衣雲，何其怪也！然幃幄誹謔，狎寢生雛，亦復何殊於人世。山中十五載，雖無『人民城郭』之異[20]；而雲迷洞中，無跡可尋，睹其景況，真劉、阮返棹[21]時矣。」

①蚤世——蚤，在這裏同「早」。早世就是早死。

②國子左廂——國子，國子監的省詞；國子監的司業有左師和右師的分別，左廂指左師，是僅次於主官祭酒的國子監高級官吏。

③狹邪遊——狹邪，原意指小路、曲巷。由於妓院總是設在隱蔽的小路、曲巷之內，因此後來以「狹邪遊」作為嫖妓的代詞。

④廣創——創，同「瘡」；廣創，就是大瘡，指梅毒。

⑤丐——這裏作動詞用，乞討的意思。

⑥懸鶉——鶉鳥的尾部是秃的。把鶉懸掛起來，看來好似破爛的衣服。因之懸鶉就成為破爛衣服的代詞。

⑦罌——裝酒的瓦器。

⑧抱——孵小雞叫作抱，這裏引申為生育的意思，開玩笑的話。

⑨瓦窰——瓦，紡塼，古時紡織用的工具。古時女子是要從事紡織的，小時候，給她紡塼作玩具，讓她熟悉「本分」應做的事。《詩經》有「乃生女子，載弄之瓦」的句子，就是描寫此事。因之後來稱生女為弄瓦。稱生女較多的婦人為瓦窰，是一種重男輕女、含有輕蔑意思的玩笑話。

⑩嗚——呵哄小孩睡覺的聲音。

⑪綽有餘妍——够漂亮的。後文《雲蘿公主》篇「綽有餘力」，意思是很輕鬆、不吃力。

⑫翹鳳——女人穿的鳳頭鞋。參看前文《嬌娜》篇「蓮鈎蹴鳳」註。

⑬直得——應該、合該。

⑭蓄旨禦冬——儲蓄食物，準備過冬。語出《詩經》：「我有旨蓄，亦以禦冬。」

⑮絮複衣——複衣是棉衣。絮複衣，是用棉絮做成棉衣。絮字在這裏作動詞用。後文《小翠》篇「加複被焉」，複被指夾被或棉被，也可作幾牀被解釋。

⑯煗——暖。

⑰臘——年齡。

⑱台閣——古代以三公（太尉、司徒、司空）為三台；明代宰輔入內閣辦事，稱閣老。所以台閣是指宰相、大學士、尚書一類的頂大的大官。

⑲綺紈——綾綢一類的絲織品，這裏指服裝，作為貴族的代詞。

⑳「人民城郭」之異——指丁令威化鶴歸來的故事，參看前文《葉生》篇「令威」註。

㉑劉、阮返棹——古代神話：東漢劉晨、阮肇到天台山採藥，遇見兩個仙女，被留住半年，後來回家，子孫已經傳了十世了。見《神仙傳》。

促織①

宣德②間，宮中尚促織之戲，歲徵民間。此物故非西③產；有華陰令，欲媚上官，以一頭進，試使鬬而才④，因責常供。令以責之里正⑤。市中遊俠兒⑥，得佳者籠養之，昂其值，居⑦為奇貨。里胥⑧猾黠，假此科斂丁口⑨，每責一頭，輒傾數家之產。邑有成名者，操童子業⑩，久不售。為人迂訥，遂為猾胥報充里正役。百計營謀，不能脫。不終歲，薄產累盡。會徵促織，成不敢斂戶口，而又無所賠償，憂悶欲死。妻曰：「死何裨益？不如自行搜覓，冀有萬一之得。」成然之。早出暮歸，提竹筒、銅絲籠，於敗堵叢草處，探石發穴，靡計不施，迄無濟。即捕得三兩頭，又劣弱，不中於款⑪。宰嚴限追比⑫，旬餘，杖至百，兩股間膿血流離，並蟲亦不能行捉矣。轉側牀頭，惟思自盡。時村中來一駝背巫，能以神卜。成妻具貲詣問。見紅女白婆，填塞門戶。入其舍，則密室垂簾，簾外設香几。問者爇香於鼎，再拜。巫從旁望空代祝，唇吻翕闢⑬，不知何詞，各各竦立以聽。少間，簾內擲一紙出，即道人意中事，無毫髮爽⑭。成妻納錢案上，焚拜如前人。食頃⑮，簾動，片紙拋落。視之，非字而畫，中繪殿閣類蘭若，後小山下怪石亂臥，針針叢棘，青麻頭[16]伏焉；旁一蟆，若將跳舞。展玩不可曉。然睹促織，隱中胸懷，摺藏之，歸以示成。成反覆自念：「得無教我獵蟲所耶？」細瞻景狀，與村東大佛閣真逼似。乃強起扶杖，執圖詣寺後，有古陵蔚起[17]。循陵而走，見蹲石鱗鱗[18]，儼然類畫。遂於蒿萊中側聽徐行，似尋針芥，而心目耳力俱窮，絕無蹤響。冥搜未已，一癩頭蟇，猝然躍去。成益愕，急逐趁之。蟇入草間。躡跡披求，見有蟲伏棘根。遽撲之，入石穴中。掭以尖草，不出；以筒水灌之，始出。狀極俊健。逐而得之。審視：巨身修尾，青項金翅。大喜，籠歸，舉家慶賀，雖連城拱璧[19]不啻也。上於盆而養之，蟹白栗黃[20]，備極護愛。留待限期，以塞官責。成有子九歲，窺父不在，竊發盆，蟲躍擲逕出，迅不可捉。及撲入手，已股落腹裂，斯須[21]就斃。兒懼啼，告母；母聞之，面色灰死，大罵曰：「業根[22]！死期至矣！而翁[23]歸，自與汝覆筭[24]耳！」兒涕而出。未幾，成歸。聞妻言，如被冰雪。怒索兒，兒渺然不知所往。既，得其屍於井。因而化怒為悲，搶呼[25]欲絕。夫妻向隅[26]，茅舍無煙，相對嘿然，不復聊賴。日將暮，取兒藁葬[27]，近撫之，氣息惙然[28]，喜寘榻上，半夜復甦。夫妻心稍慰，但兒神氣癡木，奄奄[29]思睡。成顧蟋蟀籠虛，則氣斷聲吞，[30]亦不敢復究兒。自昏達曙，目不交睫。東曦既駕[31]，僵卧長愁。忽聞門外蟲鳴，驚起覘視，蟲宛然尚在，喜而捕之。一鳴，輒躍去，行且速。覆之以掌，虛若無物；手裁舉，則又超忽[32]而躍。急趁之，折過牆隅，迷其所往。徘徊四顧，見蟲伏壁上。審諦之，短小，黑赤色，頓非前物。成以其小，劣之；惟彷徨瞻顧，尋所逐者。壁上小蟲，忽躍落衿袖間。視之，形若土狗，梅花翅，方首長脛，意似良。喜而收之。將獻公堂，惴惴㉝恐不當意，思試之鬬以覘之。村中少年好事者㉞，馴養一蟲，自名「蟹殼青」。日與子弟角，無不勝。欲居之以為利，而高其值，亦無售㉟者。逕造廬訪成。視成所蓄，掩口胡盧㊱而笑。因出己蟲，納比籠中。成視之，龐然修偉。自增慚怍，不敢與較。少年固強之。顧念：蓄劣物，終無所用，不如拚博一笑。因合納鬬盆。小蟲伏不動，蠢若木雞㊲。少年又大笑。試以豬鬣毛撩撥蟲鬚，仍不動。少年又笑。屢撩之，蟲暴怒，直奔，遂相騰擊，振奮作聲。俄見小蟲躍起，張尾伸鬚，直齕敵領。少年大駭，急解令休止。蟲翹然矜鳴，似報主知。成大喜。方共瞻玩，一雞瞥來，逕進以啄。成駭立愕呼。幸啄不中，蟲躍去尺有咫。雞健進，逐逼之；蟲已在爪下矣。成倉猝莫知所救，頓足失色。旋見雞伸頸擺撲，臨視，則蟲集冠上，力叮不釋。成益驚喜，掇置籠中。翼日，進宰。宰見其小，怒訶成；成述其異，宰不信。試與他蟲鬬，蟲盡靡㊳；又試之雞，果如成言。乃賞成。獻諸撫軍；撫軍大悅，以金籠進上，細疏其能。既入宮中，舉天下所貢蝴蝶、螳螂、油利撻、青絲額……一切異狀，遍試之，無出其右㊴者。每聞琴瑟之聲，則應節而舞，益奇之。上大嘉悅，詔賜撫臣名馬衣緞。撫軍不忘所自，無何，宰以「卓異」㊵聞。宰悅，免成役；又囑學使，俾入邑庠。後歲餘，成子精神復舊，自言：「身化促織，輕捷善鬭，今始甦耳。」撫軍亦厚賚成。㊶不數歲，田百頃，樓閣萬椽，牛羊蹄躈㊷各千計；一出門，裘馬過世家焉。

異史氏曰：「天子偶用一物，未必不過此已忘；而奉行者即為定例。加以官貪吏虐，民販婦賣兒，更無休止。故天子一跬步皆關民命，不可忽也。獨是成氏子以蠹㊸貧，以促織富，裘馬揚揚，當其為里正受扑責時，豈意其至此哉！天將以酬長厚者，遂使撫臣、令尹，並受促織恩蔭。聞之：一人飛昇，仙及雞犬㊹。信夫！」

①促織——蟋蟀的別名。

②宣德——明宣宗（朱瞻基）的年號。

③西——指陝西。

④才——有本領的意思，指促織的勇敢善鬥。

⑤里正——參看前文《狐諧》篇「富戶役」註。

⑥遊俠兒——古時指一種輕視身家性命，能夠救困扶危、為人報仇雪恨的人。後來卻作為那些愛交遊、好動武、遊手好閒、不務正業的人的泛稱。

⑦居——留着、當作。

⑧里胥——古代的鄉職，猶如舊時的保甲長。

⑨科斂丁口——科斂，是攤派、湊集的意思；科斂丁口，是向每人攤派費用，敲詐勒索。

⑩操童子業——童子，指童生。科舉時代，應考的讀書人在考取秀才之前，不論年紀大小，都稱童生。操童子業，指童生為了應考而讀書，沒有考取秀才而長期在應考之中。

⑪不中於款——不合格。

⑫嚴限追比——封建時期，官廳限令役吏或值差的人民，在一定的期間完成某種工作或勞役，到期查驗，如果不能够完成，就打板子以示警戒。查驗是有週期性的，每過一限期，就傳來打一頓，叫「追比」。

⑬翕闢——忽開忽張的樣子。

⑭無毫髮爽——一絲一毫也不錯。

⑮食頃——吃一頓飯的功夫。

⑯青麻頭——這裏和後文的蝴蝶、螳螂、油利撻、青絲額，都是對蟋蟀形象的分類，這些全被認作是上品蟋蟀。

⑰蔚起——蔚是草木茂盛的樣子；蔚起，形容隆起的土地（這裏指古墓）上長有很多草木。

⑱蹲石鱗鱗——石頭一塊塊在地上排列着，好像魚鱗一樣。

⑲拱璧——兩手合抱的大璧玉。一般用這兩個字形容珍貴。

⑳蟹白栗黃——蟋蟀一經到了深秋，就進入衰老時期，容易死亡。養蟋蟀的人，為了增加牠的營養，延長牠的壽命，這時就用煮酥的栗子和熟蟹腿肉餵牠。蟹白栗黃，就是指這一類的飼料。

㉑斯須——片刻時間、一會兒功夫。

㉒業根——猶如罵禍種。參看前文《公孫九娘》篇的「業果」註釋。

㉓而翁——你老子。

㉔筭——在這裏同「算」。

㉕搶呼——頭撞地、口喊天地，悲痛的樣子。

㉖向隅——臉對着牆角。古時有「滿堂飲酒，一人向隅」的話，本指哭泣，通常引申作被拋開、遺忘解釋。

㉗藁葬——用草薦裹着屍首埋葬。

㉘惙然——氣息微弱的樣子。

㉙奄奄——只剩了一絲半絲氣的樣子。

㉚這裏「但兒神氣癡木，奄奄思睡。成顧蟋蟀籠虛，則氣斷聲呑」數句，是根據青柯亭本。手稿本作：「但蟋蟀籠虛，顧之則氣斷聲呑」。參看「前言」。

㉛東曦既駕——曦，日色；東曦既駕，指太陽從東方出來。古代神話中把太陽當作神，認為它每天早

晨乘着六龍駕馭的車子出來，所以說是「駕」。
㉜超忽——突然而迅速的樣子。
㉝惴惴——害怕不安的樣子。
㉞好事者——喜歡幹閒事的人。
㉟售——這裏作購買解釋。
㊱胡盧——笑的樣子。
㊲木雞——形容外型呆蠢。《莊子》的寓言：養鬥雞的，要把鬥雞養得具有呆蠢的形象，彷彿是木頭雕的，這才能够不動聲色，不恃意氣，戰勝別的鬥雞。
㊳靡——披靡，就是打敗了。
㊴右——上。古時是以右為上的。
㊵「卓異」——才能優越的意思。明清時地方官吏考績最優的評語。
㊶這裏「後歲餘，成子精神復舊，自言：『身化促織，輕捷善鬭，今始甦耳。』撫軍亦厚賚成」數句，是根據青柯亭本。手稿本作：「由此以善養蟲名，屢得撫軍殊寵。」
㊷蹄躈——躈，同「噭」，口的意思。獸類一口四蹄，這裏「牛羊蹄躈各千計」，指牛羊各有兩百頭。和上文「百頃」、「萬椽」，都是一種誇張的寫法。
㊸蠹——蛀蟲；這裏指敲詐勒索的里胥像為害的蛀蟲。後文《王十》篇「下蠹民生」，蠹作動詞用，

禍害的意思。

㊹一人飛昇，仙及雞犬——神話傳說：漢淮南王劉安修煉得道昇天，家裏雞犬吃了剩下來的藥，也都成了仙。

向杲

向杲，字初旦，太原人。與庶兄晟，友于[①]最敦。晟狎一妓，名波斯，有割臂之盟[②]；以其母取直奢[③]，所約不遂。適其母欲出籍[④]為良，願先遣波斯。有莊公子者，素善波斯，請贖為妾。波斯謂母曰：「既願同離水火[⑤]，是欲出地獄而登天堂也。若妾媵之，相去幾何矣！肯從奴志，向生其可。」母諾之，以意達晟。時晟喪偶未婚，喜，竭貲聘波斯以歸。莊聞，怒晟之奪所好也，途中偶逢，便大詬罵。晟不服。遂嗾從人折箠笞之，垂斃乃去。杲聞奔視，則兄已死。不勝哀憤。具造[⑥]赴郡。莊廣行賄賂，使其理不得伸。杲隱忿中結，莫可控訴，惟思要路刺殺莊。日懷利刃，伏於山徑之莽。久之，機漸洩。莊知其謀，出則戒備甚嚴；聞汾州有焦桐者，勇而善射，以多金聘為衞。杲無所施其計，然猶日伺之。一日，方伏，雨暴作，上下沾濡，寒戰頗苦。既而烈風四起，冰雹繼至，身忽忽然痛癢不能復覺。嶺上舊有山神祠，強奔赴。既入廟，則所識道士在焉。先是，道士嘗行乞村中，杲輒飯之[⑦]，道士以故識杲。見杲衣服濡溼，乃以布袍授之，曰：「姑易此。」杲易衣，忍凍蹲若犬，自視，則毛革頓生，身化為虎。道士已失所在。心中驚恨。轉念：

得仇人而食其肉，計亦良得。下至舊伏處，見己屍卧叢莽中，始悟前身已死；猶恐葬於烏鳶，時時邏守之。越日，莊適經此，虎暴出，於馬上撲莊落，齕其首，咽之。焦桐返而射中虎腹，蹶然遂斃。杲在錯楚⑧中恍若夢醒；又經宵，始能行步：厭厭⑨以歸。家人以其連夕不返，方共駭疑，見之，喜相慰問。杲但卧，蹇澀⑩不能語。少間，聞莊信，爭即牀頭慶告之。——杲乃自言：「虎即我也。」遂述其異。由此播傳。莊子痛父之死也慘，聞而惡之，因訟杲。官以其事誕⑪而無據，置不理焉。

異史氏曰：「壯士志酬，必不生返。此千古所悼恨也。借人之殺以為生，仙人之術何神哉！然天下事之指人髮者多矣，使怨者常為人，恨不令暫作虎！」

①友于——古人稱善父母為孝，善兄弟為友。《書經》：「惟孝友于兄弟。」于，同「於」，原是介詞，後來卻將「友于」二字連稱，用指兄弟之間的情誼。

②割臂之盟——指男女相戀訂嫁娶之約，歃血為盟，表示永久不變。歷史記載：春秋時，魯莊公向黨氏之女孟任求愛，孟任拒不接受，魯莊公就以娶她做正妻為條件，和她割臂為盟。

③奢——這裏是過高、過多的意思。

④出籍——指從官廳的妓女登記簿上把名字註銷。
⑤水火——比喻痛苦的環境，好像身陷在水裏和火裏。
⑥具造——告狀。
⑦飯之——給他飯吃。飯在這裏作動詞用。
⑧錯楚——草木叢。
⑨厭厭——懶洋洋地、沒有精神的樣子。
⑩蹇澀——遲鈍的樣子。
⑪誕——荒唐、虛妄。

鴿異

鴿類甚繁，晉有坤星，魯有鶴秀，黔有腋蝶，梁有翻跳，越有諸尖：皆異種也。又有靴頭、點子、大白、黑石、夫婦雀、花狗眼之類，名不可屈以指，惟好事者能辨之也。鄒平張公子功量癖好之，按經①而求，務盡其種。其養之也，如保嬰兒：冷則療以粉草，熱則投以鹽顆。鴿善睡，睡太甚，有病麻痹而死者；張在廣陵，以十金購一鴿，體最小，善走，——置地上，盤旋無已時，不至於死不休也，故常須人把握之，——夜置羣中，使驚諸鴿，可以免痹敗之病：是名「夜遊」。齊魯養鴿家，無如公子最；公子亦以鴿自詡。一夜，坐齋中，忽一白衣少年，叩扉入，殊不相識。問之。答曰：「漂泊之人，姓名何足道？遙聞畜鴿最盛，此生平之所好也，願得寓目。」張乃盡出所有，五色俱備，燦若雲錦。少年笑曰：「人言果不虛，公子可謂盡養鴿之能事矣。僕亦攜有一兩頭，頗願觀之否？」張喜，從少年去。月色冥漠②，野況蕭條，心竊疑懼。少年指曰：「請勉行，寓屋不遠矣。」又數武，見一道院，僅兩楹。少年握手入，昧無燈火。少年立庭中，口中作鴿鳴，忽有兩鴿出：狀類常鴿而毛純白；飛與簷齊，且鳴且鬭，每一撲必作觔斗。少年揮之以肱，連翼而去。復撮口作異聲，又有兩鴿出：大者如鶩，小者裁如拳；集階上，學鶴舞。大者延頸立，張翼作屏，宛轉鳴跳，若引之；小者上下飛鳴，時集其頂，翼翩翩如燕子落蒲葉上，聲細碎，類鼗鼓③；大者伸頸不敢動。鳴愈急，聲變如磬，兩兩相和，間雜中節。既而小者飛起，大者又顛倒引呼之。張嘉歎不已，自覺望洋④可愧。遂揖少年，乞求分愛；少年不許。又固求之。少年乃叱鴿去，仍作前聲，招二白鴿來，以手把之，曰：「如不嫌憎，以此塞責。」接而玩之：睛映月作琥珀色，兩目通透，若無隔閡，中黑珠圓於椒粒；啓其翼，脅肉晶瑩，臟腑可數。張甚奇之，而意猶未足，詭求不已。少年曰：「尚有兩種未獻，今不敢復請觀矣。」方競論間，家人燎麻炬⑤入尋主人。回視少年，化白鴿，大如雞，沖霄而去。又目前院宇都渺，蓋一小墓，樹兩柏焉。與家人抱鴿駭歎而歸。試使飛，馴異如初。雖非其尤，人世亦絕少矣。於是愛惜臻至。積二年，育雌雄各三。雖戚好求之，不得也。有父執⑥某公，為貴官，一日，見公子，問：「畜鴿幾許？」公子唯唯以退。疑某意愛好之也，思所以報而割愛良難。又念：長者⑦之求，不可重拂。且不敢以常鴿應，選二白鴿，籠送之，自以千金之贈不啻也。他日，見某公，頗有德色⑧；而某殊無一申謝語。心不能忍，問：「前禽佳否？」答云：「亦肥美。」張驚曰：「烹之乎？」曰：「然。」張大驚曰：「此非常鴿，乃俗所言『鞋韃』者也。」某回思曰：「味亦殊無異處。」張悼恨而返。至夜，夢白衣少年至，責之曰：「我以君能愛之，故遂託以子孫。何乃以明珠暗投，致殘鼎鑊⑨！今率兒輩去矣。」言已，化為鴿，所養白鴿皆從之，飛鳴逕去。天明視之，果俱亡矣。心甚恨之，遂以所畜，分贈知交，數日而盡。

異史氏曰：「物莫不聚於所好，誠然也。葉公之好龍，則真龍入室⑩；而況學士之於良友，賢君之於良臣乎！而獨阿堵之物⑪，好者更多，而聚者特少。亦以見鬼神之怒貪而不怒癡也。」

①經——指《鴿子經》，古代專談養鴿的一部書。
②冥漠——不清楚、不分明的樣子。
③鼗鼓——長柄的小搖鼓。
④望洋——比喻開了眼之後認識到自己的渺小。古代寓言：河伯從山間下來，一路之上，都覺得自己偉大，及至流到海洋，不覺望着海洋而歎氣，這時候才認識到自己的渺小。
⑤麻炬——火把。
⑥父執——父親的好友。
⑦長者——老輩子的人。

⑧德色——自以為對人有恩惠臉上現出來的那一副得意的樣子。

⑨殘鼎鑊——殘，傷害的意思。鼎鑊，本是古代烹飪的器具，這裏指鍋。殘鼎鑊，就是被放在鍋裏燒煮而死。古時暴虐的統治者也用鼎鑊燒煮活人，因之它就成為慘酷的刑具，如後文《伍秋月》篇「刀鋸鼎鑊」。

⑩葉公之好龍，則真龍入室——這裏比喻有真誠愛好的人，就能得到別人得不到的東西。古代寓言：葉公好龍，在一切器具上，都刻畫龍形；天龍知道了，就降臨到他家裏。

⑪阿堵之物——指錢。故事傳說：晉王衍自命清高，口不言錢。他的老婆要試試他，有一天早晨，故意把錢圍住他的牀，讓他走不出來。王衍起身之後，就叫人：「把阿堵物拿開。」到底不說錢字。阿堵，在當時口語中原是「那個」的意思。由於這一故事，後來有時就用阿堵物作為錢的代詞。

狐夢

余友畢怡庵，倜儻不羣①，豪縱自喜。貌豐肥，多髭。士林知名。嘗以故至叔刺史②公之別業，休憩樓上。傳言樓中故多狐，——畢每讀《青鳳傳》，心輒嚮往，恨不一遇，——因於樓上攝思凝想③。既而歸齋，日已寖暮。時暑月燠熱，當戶而寢。睡中有人搖之，醒而卻視，則一婦人，年逾不惑④，而風韻猶存。畢驚起，問其「誰何？」笑曰：「我狐也。蒙君注念，心竊感納。」畢聞而喜，投以嘲謔。婦笑曰：「妾齒加長矣：縱人不見惡，先自慚沮。有小女及笄，可侍巾櫛。明宵，無寓人於室，當即來。」言已而去。至夜，焚香坐伺。婦果攜女至。態度嫺婉，曠世無匹。婦謂女曰：「畢郎與有宿分，即須留止。明旦早歸，勿貪睡也。」畢與握手入幃，款曲備至。事已，笑曰：「肥郎癡重，使人不堪。」未明即去。既夕，自來，曰：「姊妹輩將為我賀新郎，明日即屈同去。」問：「何所？」曰：「大姊作筵主，去此不遠也。」畢果候之。良久不至，身漸倦惰。才伏案頭，女忽入，曰：「勞君久伺矣。」乃握手而行。奄⑤至一處，有大院落，直上中堂，則見燈燭熒熒，燦若星點。俄而主人出，年近二旬，淡妝絕美。斂袵稱賀已，將踐席，婢入曰：「二娘子至。」見一女子入，年可十八九，笑向女曰：「妹子已破瓜矣！新郎頗如意否？」女扇擊背，白眼視之。二娘曰：「記兒時與妹相撲為戲，妹畏人數脇骨，遙呵手指，即笑不可耐，便怒我，謂我『當嫁僬僥國⑥小王子』；我謂『婢子他日嫁多髭郎，刺破小吻』。今果然矣！」大娘笑曰：「無怪三娘子怒詛也：新郎在側，直爾憨跳。」頃之，合尊促坐，宴笑甚歡。忽一少女抱一貓至，年可十一二，雛髮未燥⑦，而豔媚入骨。大娘曰：「四妹妹亦要見姊丈耶？此無坐處。」因提抱膝頭，取餚果餌之。移時，轉置二娘懷中，曰：「壓我脛股痠痛。」二姊曰：「婢子許大，身如百鈞重，我脆弱不堪，既欲見姊夫，姊夫故壯偉，肥膝耐坐。」乃捉置畢懷。入懷香輭，輕若無人。畢抱與同杯飲。大娘曰：「小婢勿過飲，醉失儀容，恐為姊夫所笑。」少女孜孜展笑，以手弄貓，貓戛然鳴。大娘曰：「尚不拋卻，抱走蚤蝨矣！」二娘曰：「請以貍奴為令，執箸交傳，鳴處則飲。」眾如其教。至畢，輒鳴。畢故豪飲，連舉數觥，乃知小女故捉令鳴也。因大喧笑。二姊曰：「小妹子歸休！壓煞郎君，恐三姊怨人。」小女郎乃抱貓去。大姊見畢善飲，乃摘髻子⑧貯酒以勸。視髻僅容升許，然飲之覺有數斗之多。比乾視之，則荷蓋也。二娘亦欲相酬，畢辭不勝酒。二娘出一口脂合子，大如彈丸，酌曰：「既不勝酒，聊以示意。」畢視之，一吸可盡；接吸百口，更無乾時。女在旁，以小蓮杯易合子去，曰：「勿為奸人所弄！」置合案上，則一巨鉢。二娘曰：「何預汝事！三日郎君，便如許親愛耶？」畢持杯，向口立盡。把之，膩輭；審之，非杯，乃羅襪一鈎，襯飾工絕。二娘奪罵曰：「猾婢！何時盜人履子去，怪道足冰冷也！」遂起，入室易舄。女約畢離席告別，女送出村，使畢自歸。瞥然醒寤，竟是夢景，而鼻口醺醺，酒氣猶濃。異之。至暮，女來，曰：「昨宵未醉死耶？」畢言：「方疑是夢。」女曰：「姊妹怖君狂譟，故託之夢，實非夢也。」女每與畢弈，畢輒負。女笑曰：「君日嗜此，我謂必大高着，今視之只平平耳。」畢求指誨。女曰：「弈之為術，在人自悟，我何能益君。朝夕漸染，或當有異。」居數月，畢覺稍進。女試之，笑曰：「尚未，尚未！」畢出與所嘗共弈者遊，則人覺其異，咸奇之。畢為人坦直，胸無宿物⑨，微洩之。女已知，責曰：「無惑乎同道者不交狂生也！屢囑慎密，何尚爾爾？」怫然欲去。畢謝過不遑，女乃稍解；然由此來寖疎矣。積年餘，一夕，來，兀坐相向。與之弈，不弈；與之寢，不寢。悵然良久，曰：「君視我孰如青鳳？」曰：「殆過之。」曰：「我自慚弗如。然聊齋與君文字交，請煩作小傳，未必千載下無愛憶如君者。」畢曰：「夙有此志。曩遵舊囑，故祕之。」女曰：「向為是囑。今已將別，復何諱。」問：「何往？」曰：「妾與四妹妹為西王母徵作花鳥使，不復得來。曩有姊行，與君家叔兄，臨別已產二女，今尚未醮；妾與君幸無所累。」畢求贈言。曰：「盛氣平，過自寡。」遂起，捉手曰：「君送我行。」至里許，灑涕分手，曰：「彼此有志，未必無會期也。」乃去。康熙⑩二十一年臘月十九日，畢子與余抵足綽然堂，細述其異。余曰：「有狐若此，則聊齋之筆墨有光榮矣。」遂志之。

①不羣——與眾不同、高過一般人的意思。

②刺史——古代官名，職掌時有變動。唐代是州郡的主官，這裏是清代知州的別稱。

③攝思凝想——冷靜而集中地想問題。

④不惑——四十歲的代詞。語出《論語》：「四十而不惑。」

⑤奄——忽然之間。後文《西湖主》篇「奄存氣息」，奄是剩餘、僅存的意思。

⑥僬僥國——古代神話中的矮人國，或說僬僥人民長三尺，或說僬僥人民長一尺五寸。

⑦雛髮未燥——嬰兒剛剛出世，頭髮還是濕的。形容年紀幼小，猶如說「乳臭未乾」。

⑧髻子——從前婦女戴的假髮髻，有木製的，鐵絲編成的，裏面塗漆，外面蒙上假髮。它是一個碗形，所以能夠盛酒。

⑨胸無宿物——指直爽、心裏擱不住話。

⑩康熙——清聖祖（愛新覺羅·玄燁）的年號。

西湖主

陳生弼教，字明允，燕人也。家貧，從副將軍[1]賈綰作記室[2]。泊舟洞庭。適豬婆龍[3]浮水面，賈射之中背。有魚銜龍尾不去，並獲之。鎖置桅間，奄存氣息。而龍吻張翕，似求援拯。生惻然心動，請於賈而釋之。攜有金創藥，戲敷患處，縱之水中，浮沈踰刻而沒。後年餘，生北歸，復經洞庭。大風覆舟，幸扳一竹簏，漂泊終夜，絓[4]木而止。援岸方升，有浮屍繼至，則其僮僕。力引出之，已就斃矣。慘怛無聊，坐對憩息。但見小山聳翠，細柳搖青，行人絕少，無可問途。自遲明[5]以及辰後，悵悵靡之[6]。忽僮僕肢體微動，喜而捫之。無何，嘔水數斗，醒然頓甦。相與曝衣石上，近午始燥可着。而枵腹轆轆[7]，飢不可堪。於是越山疾行，冀有村落。才至半山，聞鳴鏑[8]聲。方疑聽所，有二女郎乘駿馬來，騁如撒菽[9]。各以紅綃抹額[10]，髻插雉尾，着小袖紫衣，腰束綠錦。一挾彈，一臂[11]青鞲[12]。度過嶺頭，則數十騎獵於榛莽，並皆姝麗，裝束若一。生不敢前。有男子步馳，似是馭卒，因就問之。答曰：「此西湖主獵首山也。」生述所來，且告之餒。馭卒解裹糧授之，囑曰：「宜即遠避，犯駕當死。」生懼，疾趨下山。茂林中隱有殿閣，謂是蘭若。近臨之，粉垣圍沓，溪水橫流，朱門半啓，石橋通焉。攀扉一望，則台榭環雲，擬於上苑[13]，又疑是貴家園亭。逡巡而入。橫藤礙路，香花撲人。過數折曲欄，又是別一院宇：垂楊數十株，高拂朱簷；山鳥一鳴，則花片齊飛，深苑微風，則榆錢自落。怡目快心，殆非人世。穿過小亭，有鞦韆一架，上與雲齊，而罥索[14]沉沉[15]，杳無人跡。因疑地近閨閣，恇怯[16]未敢深入。俄聞馬騰於門，似有女子笑語。生與僮潛伏叢花中。未幾，笑聲漸近。聞一女子曰：「今日獵興不佳，獲禽絕少。」又一女曰：「非是公主射得鴈落，幾空勞僕馬也。」無何，紅裝數輩，擁一女郎至亭上坐。禿袖[17]戎裝，年可十四五。鬟多斂霧，腰細驚風[18]，玉蕊瓊英，未足方喻。諸女子獻茗熏香，燦如堆錦。移時，女起，歷階而下。一女曰：「公主鞍馬勞頓，尚能鞦韆否？」公主笑諾。遂有駕肩者，捉臂者，褰[19]裙者，持履者，挽扶而上。公主舒皓腕，躡利屣[20]，輕如飛燕，蹴入雲霄。已而，扶下。羣曰：「公主真仙人也！」嘻笑而去。生睨良久，神志飛揚。迨人聲既寂，出詣鞦韆架下，徘徊凝想。見籬下有紅巾，知為羣美所遺，喜內袖中。登其亭，見案上設有文具，遂題巾曰：「雅戲何人擬半仙[21]？分明瓊女散金蓮。廣寒隊裏應相妒，莫信凌波[22]上九天[23]。」題已，吟誦而出。復尋故徑，則重門扃錮矣。踟躕罔計。反而樓閣亭台，涉歷幾盡。一女掩入，驚問：「何得來此？」生揖之曰：「失路之人，幸能垂救！」女問：「拾得紅巾否？」生曰：「有之。然已玷染，如何？」因出之。女大驚曰：「汝死無所㉔矣！此公主所常御㉕，塗鴉若此，何能為地㉖！」生失色，哀求脫免。女曰：「竊窺宮儀，罪已不赦；念汝儒冠蘊藉，欲以私意相全。今孽乃自作，將何為計！」遂皇皇持巾去。生心悸肌慄，恨無翅翎，惟延頸俟死。良久，女復來，潛賀曰：「子有生望矣！公主看巾三四遍，囅然無怒容。或當放君去。宜姑耐守，勿得攀樹鑽垣，發覺，不宥矣！」日已投暮㉗，凶祥不能自必㉘；而餓焰中燒，憂煎欲死。無何，女子挑燈至，一婢提壺榼，出酒食餉生。生急問消息。女云：「適我乘間言：『園中秀才，可恕，則放之；不然，餓且死。』公主沉思云：『深夜教渠何之？』遂命餽君食。此非惡耗也。」生徊徨終夜，危不自安。辰刻向盡，女子又餉之。生哀求緩頰㉙。女曰：「公主不言殺，亦不言放。我輩下人，何敢屑屑㉚瀆告。」既而，斜日西轉，眺望方殷，女子坌息㉛急奔而入曰：「殆矣！多言者洩其事於王妃。妃展巾抵㉜地，大罵『狂傖』。禍不遠矣！」生大驚，面如灰土，長跽請教。忽聞人語紛拏㉝，女搖手避去。數人持索，洶洶入戶。內一婢熟視曰：「將謂㉞何人，陳郎耶！」遂止持索者曰：「且勿，且勿！待白王妃來。」返身急去。少間，來，曰：「王妃請陳郎入。」生戰惕從之。經數十門戶，至一宮殿，碧箔㉟銀鉤。即有美姬揭簾，唱：「陳郎至！」上一麗者，袍服炫冶。生伏地稽首，曰：「萬里孤臣，幸恕生命！」妃急起，自曳之，曰：「我非君子，無以有今日。婢輩無知，致迕佳客，罪何可贖！」

即設華筵，酌以鏤杯[36]。生茫然不解其故。妃曰：「再造之恩，恨無所報。息女蒙題巾之愛，當是天緣，今夕即遣奉侍。」生意出非望，神惝恍而無着。日方暮，一婢前白：「公主已嚴妝訖。」遂引生就帳。忽而笙管敖曹，階上悉踐花罽，門堂藩溷，處處皆籠燭。數十妖姬，扶公主交拜。麝蘭之氣，充溢殿庭。既而相將入幃，兩相傾愛。生曰：「羈旅之臣，生平不省拜侍。點污芳巾，得免斧鑕，幸矣；反賜姻好，實非所望。」公主曰：「妾母，湖君妃子，乃揚江王女。舊歲歸寧，偶遊湖上，為流矢所中；蒙君脫免，又賜刀圭之藥。一門戴佩，常不去心。郎勿以非類見疑，妾從龍君得長生訣，願與郎共之。」生乃悟為神人。因問：「婢子何以相識？」曰：「爾日洞庭舟上，曾有小魚銜尾，即此婢也。」又問：「既不見誅，何遲遲不賜縱脫？」笑曰：「實憐君才，但不自主，顛倒終夜，他人不及知也。」生歎曰：「卿，我鮑叔[37]也。餽食者誰？」曰：「阿念，亦妾腹心。」生曰：「何以報德？」笑曰：「侍君有日，徐圖塞責，未晚耳。」問：「大王何在？」曰：「從關聖征蚩尤[38]未歸。」居數日，生慮家中無耗，懸念綦切；乃先以平安書遣僕歸。家中聞洞庭舟覆，妻子縗絰，已年餘矣。僕歸，始知不死；而音問梗塞，終恐漂泊難返。又半載，生忽至，裘馬甚都。囊中寶玉充盈，由此富有巨萬，聲色豪奢，世家所不能及。七八年間，生子五人。日日宴集賓客，宮室飲饌之奉，窮極豐盛。或問所遇。言之無少諱。有童稚之交梁子俊者，宦遊南服[39]

十餘年，歸過洞庭，見一畫舫，雕檻朱窗，笙歌幽細，緩蕩煙波，時有美人推窗憑眺。梁目注舫中，見一少年丈夫，科頭[40]疊股其上，旁有二八姝麗，挼莎[41]交摩。念必楚襄貴官，而騶從[42]殊少。凝眸審諦，則陳明允也。不覺憑欄酣叫。生聞呼，罷棹，出臨鷁首[43]，邀梁過舟。見殘餚滿案，酒霧猶濃。生立命撤去。頃之，美婢三五，進酒烹茗，山海珍錯，目所未睹。梁驚曰：「十年不見，何富貴一至於此！」笑曰：「君小覷窮措大[44]不能發跡耶！」問：「適共飲何人？」曰：「山荊耳。」梁又異之。問：「攜家何往？」答：「將西渡。」梁欲再詰，生遽命歌以侑酒。一言甫畢，旱雷[45]聒耳，肉竹[46]嘈雜，不復可聞言笑。梁見佳麗滿前，乘醉大言曰：「明允公！能令我真個銷魂否？」生笑云：「足下醉矣！然有一美妾之資，可贈故人。」遂命侍兒進明珠一顆，曰：「綠珠[47]不難購，明我非吝惜。」乃趣[48]別曰：「小事忙迫，不及與故人久聚。」送梁歸舟，開纜逕去。梁歸，探諸其家，則生方與客飲。益疑。因問：「昨在洞庭，何歸之速？」答曰：「無之！」梁乃追述所見，一座盡駭。生笑曰：「君誤矣，僕豈有分身術耶！」眾異之，而究莫解其故。後八十一歲而終。迨殯，訝其棺輕，開之，則空棺耳。

異史氏曰：「竹簏不沈，紅巾題句，此其中具有鬼神，而要皆惻隱之一念所通也。迨宮室妻妾，一身而兩享其奉，即又不可解矣。昔有願嬌妻美妾，貴子賢孫，而兼長生不死者，僅得其半耳。豈仙人中亦有汾陽㊾、季倫㊿耶？」

①副將軍——明清時武官參將的別稱，位在副將之下。

②記室——掌管文書的幕僚，有如祕書一類的職位。

③豬婆龍——鼉的別名。像鱷魚一類的爬蟲，有鱗甲，長一兩丈。

④絓——阻礙的意思。絓木而止，意思是遇到木頭的阻止，不再漂流了。

⑤遲明——天將亮的時候。

⑥靡之——無處可去。

⑦枵腹轆轆——枵腹，餓着肚子。轆轆，本是形容車聲，這裏藉以形容腹中作響。

⑧鳴鏑——響箭。

⑨騁如撒菽——馬蹄翻動，像灑豆子一般，形容馬跑得快。

⑩抹額——抹，紮縛的意思。抹額，是把巾帕紮在額頭上，武士的一種裝束。這種裝束用的巾帕也就叫作「抹額」。

⑪臂——這裏是臂上穿着、套着的意思。

⑫韝——像袖套一樣的皮質臂衣，把手臂束緊，以便於騎射，也叫「窄袖」。

⑬上苑——上林苑的省詞，本是秦漢時皇帝的園林，後來便作為皇帝園囿的代詞。
⑭罥索——繫結的繩子。
⑮沉沉——幽寂的樣子。
⑯恇怯——畏縮害怕。
⑰禿袖——短袖。
⑱鬟多斂霧，腰細驚風——頭髮盤結，如同雲霧的堆聚；腰肢細軟，好像弱不禁風：形容嬌美。
⑲褰——揭起衣服的前裳。
⑳利屣——尖頭的鞋子。
㉑半仙——指打鞦韆。唐玄宗把打鞦韆叫作「半仙之戲」，意思是飄蕩空中，和神仙差不多。
㉒凌波——形容女子走路輕快的樣子，也作「女足」的代詞。
㉓九天——九重天的意思。傳說神仙住在九重天上。
㉔死無所——死無葬身之地的意思。
㉕御——用的意思。
㉖為地——設法的意思。
㉗投暮——天快黑的時候。
㉘必——決定的意思。

㉙綏頰——說人情。

㉚屑屑——瑣碎、嚕囌。後文《荷花三娘子》篇的「何至屑屑如此」，屑屑，是隨便、馬虎的意思。「遂教風狂兒屑碎死」，屑碎，是麻煩、糾纏的意思。

㉛坌息——氣急敗壞的樣子。

㉜抵——投擲。

㉝紛拏——紛擾的樣子。

㉞將謂——以為、說是。

㉟箔——簾子。

㊱鏤杯——上面有精緻雕刻的酒杯。

㊲鮑叔——指春秋時齊大夫鮑叔牙，歷史記載中最篤於友誼而又能知人的人。他和管仲一同經商，因為知道管仲家貧，任憑他多取財利；無論在什麼環境下，他都能夠諒解管仲，不把他當作愚怯無恥的人。後來他薦舉管仲輔佐齊桓公成就了霸業。管仲曾說：「生我者父母，知我者鮑子也。」

㊳蚩尤——人名。歷史傳說中古代的酋長，曾和黃帝相爭，在「涿鹿之野」打仗，兵敗被殺。

㊴南服——南方。

㊵科頭——不戴帽子、隨隨便便的樣子。

㊶挼莎——按摩。

㊷騶從——前後侍奉的人。
㊸鷁首——船的代詞。鷁是一種水鳥，古人把鷁形畫在船頭上，認為能鎮壓水患，因而後來就稱船為鷁首。這裏是指艙面。
㊹窮措大——措大，指讀書的人；窮措大，猶如罵人「窮酸」。
㊺旱雷——對金鼓等樂器響聲的形容詞。這種聲音像雷，但和雷雨時的雷聲又不同，所以稱為旱雷。
㊻肉竹——歌唱和吹奏樂器。
㊼綠珠——晉石崇愛妾，歷史上有名的美女。據說，當時石崇是用三斛珠子把她買得的。
㊽趣——催促。
㊾汾陽——指唐郭子儀。郭是唐肅宗（李亨）時的大功臣，被封為汾陽郡王。歷史記載中稱他富貴壽考，子孫滿堂，是最有福氣的人。
㊿季倫——晉石崇的號。石崇是當時最有名的富豪。

伍秋月

秦郵①王鼎，字仙湖。為人慷慨有力，廣交遊。年十八，未娶，妻殞。每遠遊，恆經歲不返。兄鼐，江北名士，友于甚篤。勸弟勿遊，將為擇偶。生不聽。命舟抵鎮江訪友。友他出，因稅居於逆旅閣上。江水澄波，金山在目，心甚快之。次日，友人來請生移居，辭不去。居半月餘，夜夢女郎，年可十四五，容華端妙，上牀與合，既寤而遺。頗怪之，亦以為偶。入夜，又夢之。如是三四夜。心大異，不敢息燭，身雖偃卧，惕然自驚。才交睫，夢女復來。方狎，忽自驚寤。急開目，則少女如仙，儼然猶在抱也。見生醒，頓自愧怯。生雖知非人，意亦甚得，無暇問訊，直與馳驟。女若不堪，曰：「狂暴如此，無怪人不敢明告也。」生始詰之。答云：「妾，伍氏秋月。先父名儒，邃於《易》數②。常珍愛妾，但言不永壽，故不許字人。後十五歲果夭殁。即攢瘞閣東，令與地平。亦無塚誌，惟立片石於棺側曰：『女秋月，葬無塚；三十年，嫁王鼎。』今已三十年，君適至。心喜，亟欲自薦，寸心羞怯，故假之夢寐耳。」王亦喜，復求訖事。曰：「妾少須陽氣，欲求復生；實不禁此風雨。後日好合無限，何必今宵？」遂起而去。次夕，復至。坐對笑謔，歡若生平。滅燭登牀，無異生人。但女既起，則遺洩流漓，沾染茵褥。一夕，明月瑩澈，小步庭中，問女：「冥中亦有城郭否？」答曰：「等耳。冥間城府，不在此處，去此可三四里，但以夜為晝。」問：「生人能見之否？」答云：「亦可。」生請往觀，女諾之。乘月去。女飄忽若風，王極力追隨。欻至一處，女言：「不遠矣。」王瞻望殊罔所見。女以唾塗其兩眥，啓之，明倍於常，視夜色不殊白晝。頓見雉堞[3]在杳靄[4]中，路上行人如趨墟市[5]。俄，二皂縶三四人過，末一人怪類其兄。趨近之，果兄。駭問：「兄那得來？」兄見生，潸然零涕，言：「自不知何事，強被拘囚。」王怒曰：「我兄秉禮君子，何至縲絏[6]如此？」便請二皂，幸且寬釋。皂不肯，殊大傲睨[7]。生恚欲與爭。兄止之曰：「此是官命，亦合奉法。但余乏用度，索賄良苦；弟歸，宜措置。」生把兄臂，哭失聲。皂怒，猛掣項索，兄頓顛蹶。生見之，忿火填胸，不能制止，即解佩刀，立決皂首。一皂喊嘶，生又決之。女大驚曰：「殺官使，罪不宥！遲則禍及。請即覓舟北發。歸家，勿摘提旛[8]，杜門絕出入，七日，保無慮也。」王乃挽兄，夜買[9]小舟，火急北渡。歸見弔客在門，知兄果死。閉門下鑰，始入。視兄，已渺；入室，則亡者已甦，便呼：「餓死矣！可急備湯餅。」時死已二日，家人盡駭。生乃備言其故。七日，啓關，去喪旛，人始知其復甦。親友集問，但偽對之。轉思秋月，想念頗煩。遂復南下，至舊閣，秉燭久待，女竟不至。矇矓欲寢，見一婦人來，曰：「秋月小娘子致意郎君：前以公役被殺，兇犯逃亡，捉得娘子去。見⑩在監押，押役遇之虐。日日盼郎君，當謀作經紀。」王悲憤，便從婦去。至一城都，入西郭，指一門，曰：「小娘子暫寄此間。」王入，見房舍頗繁，寄頓囚犯甚多，並無秋月。又進一小扉，斗室中有燈火。王近窗以窺，則秋月坐榻上，掩袖嗚泣；二役在側，撮頤捉履，引以嘲戲。女啼益急。一役挽頸曰：「既為罪犯，尚守貞耶？」王怒，不暇語，持刀直入，一役一刀，摧斬如麻。篡取女郎而出。幸無覺者。裁至旅舍，驀然即醒。方怪幻夢之兇，見秋月含睇而立。生驚起曳坐，告之以夢。女曰：「真也，非夢也。」生驚曰：「且為奈何？」女歎曰：「此有定數。妾待月盡，始是生期；今已如此，急何能待。當速發瘞處，載妾同歸，日頻喚妾名，三日可活。但未滿時日，骨耎足弱，不能為君任井臼耳。」言已，草草欲出，又返身曰：「妾幾忘之，冥追若何？生時，父傳我符書，言三十年後，可佩夫婦。」乃索筆疾書兩符，曰：「一君自佩，一黏妾背。」送之出。志其沒處，掘尺許，即見棺木，亦已敗腐。側有小碑，果如女言。發棺視之，女顏色如生。抱入房中，衣裳隨風盡化。黏符已，以被褥嚴裹，負至江濱，呼攏泊舟，偽言妹急病，將送歸其家。幸南風大競⑪，甫曉，已達里門。抱女安置，始告兄嫂。一家驚顧，亦莫敢直言其惑。生啓衾，長呼秋月，夜輒擁屍而寢。日漸溫暖，三日竟甦，七日能步。更衣拜嫂，盈盈然神仙不殊。但十步之外，須人而行，不則隨風搖曳，屢欲傾側。見者以為身有此病，轉更增媚。每勸生曰：「君罪孽太深，宜積德誦經以懺之。不然，壽恐不永也。」生素不信佛，至此皈依⑫甚虔。後亦無恙。

異史氏曰：「余欲上言定律：『凡殺公役者，罪減平人三等。』蓋此輩無有不可殺者也。故能誅鋤蠹役者，即為循良。即稍苛之，不可謂虐。況冥中原無定法，倘有惡人，刀鋸鼎鑊，不以為酷。若人心之所快，即冥王之所善也。豈罪致冥追，遂可倖而逃哉！」

①秦郵——就是高郵。秦代在高郵這個地方築台置郵亭，名之為高郵亭。由於高郵亭是秦代所置，所以後來也稱它為秦郵。

②《易》數——《易》，指《易經》；數，命運。《易經》是一部可以作占卜之用的書。古時有一些研究《易經》學會了占卜方法的人，都自認或被認為能夠預知命運。

③雉堞——城上的小牆，就是有箭孔的城牆垛。

④杳靄——霧氣沉沉的樣子。

⑤墟市——場集、廟會。

⑥縲絏——同「纍紲」：本是束縛犯人的繩索，這裏作動詞用，綑綁的意思。

⑦傲睨——驕傲地用眼睛斜着看。
⑧提旛——喪家掛在門首的白色狹長形的旗幟，下文「喪旛」，義同。
⑨買——這裏是租、僱的意思。
⑩見——這裏同「現」。
⑪競——發動、起來。
⑫皈依——皈同「歸」。佛教說法，信仰佛法，身心都歸向於佛的，就叫作皈依。

荷花三娘子

湖州宗湘若，士人也。秋日，巡視田壠，見禾稼茂密處，振搖甚動，疑之。越陌往覘，則有男女野合。一笑將返。即見男子靦然結帶，草草逕去。女子亦起。細審之，雅甚娟好。心悅之，欲就綢繆，實慚鄙惡。乃略近拂拭曰：「桑中之遊樂乎？」女笑不語。宗近身啓衣，膚膩如脂，於是挼莎上下幾遍。女笑曰：「腐秀才！要如何便如何耳，狂探何為？」詰其姓氏。曰：「春風①一度，即別東西，何勞審究。豈將留名字作貞坊耶？」宗曰：「野田草露中，乃山村牧豬奴所為，我不習慣。以卿麗質，即私約亦當自重，何至屑屑如此！」女聞言，極意嘉納。宗言：「荒齋不遠，請過留連。」女曰：「我出已久，恐人所疑，夜分可耳。」問宗門戶物誌甚悉；乃趨斜徑，疾行而去。更初，果至宗齋，殢雨尤雲②，備極親愛。積有月日，密無知者。會一番僧，卓錫③村寺，見宗，驚曰：「君身有邪氣。曾何所遇？」答言：「無之。」過數日，悄然忽病。女每夕攜佳果餌之，殷勤撫問，如夫妻之好。然臥後必強宗與合。宗抱病，頗不耐之。心疑其非人，而亦無術暫絕使去。因曰：「曩和尚謂我惑妖，今果病，其言驗矣。明日，屈之來，便求符咒。」女慘然色變。宗益疑之。次日，遣人以情告僧。僧曰：「此狐也。其技尚淺，易就束縛。」乃書符二道，付囑曰：「歸以淨壜一事，置榻前，即以一符貼壜口。待狐竄入，急覆以盆，再以一符黏盆上，投釜湯，烈火烹煮，少頃斃矣。」家人歸，如僧教。夜深，女始至，探袖中金橘，方將就榻問訊，忽壜口颼飀一聲，女已吸入。家人暴起，覆口貼符。方欲就煮，宗見金橘散滿地上，追念情好，愴然感動，遽命釋之。揭符去覆，女子自壜中出，狼狽頗殆。稽首曰：「大道將成，一旦幾為灰土！君，仁人也，誓必相報！」遂去。數日，宗益沉綿，若將隕墜。家人趨市，為購材木。途中遇一女子，問曰：「汝是宗湘若紀綱否？」答云：「是。」女曰：「宗郎是我表兄，聞病沉篤，將往省視，適有故不得去。靈藥一裹，勞寄致之。」家人受歸。宗念中表迄無姊妹，知是狐報。服其藥，果大瘳，旬日平復。心德之，禱諸虛空，願一再覯。一夜，閉戶獨酌，忽聞彈指敲窗，拔關出視，則狐女也。大悅，把手稱謝，延止共飲。女曰：「別來耿耿，思無以報高厚。今為君覓一良匹，聊足塞責否？」宗問：「何人？」曰：「非君所知。明日辰刻，早越南湖，如見有採菱女着冰縠④帔者，當急舟趁之。苟迷所往，即視堤邊有短幹蓮花隱葉底，便採歸，以蠟火爇其蒂，當得美婦，兼致修齡⑤。」宗謹受教。既而告別，宗固挽之。曰：「自遭危劫，頓悟大道。即奈何以衾裯之愛，取人讎怨。」厲色辭去。宗如言，至南湖，見荷蕩佳麗頗多，中一垂髫人，衣冰縠，絕代也。促舟蹰逼⑥，忽迷所往。即撥荷叢，果有紅蓮一枝，幹不盈尺。折之而歸。入門，置几上，削蠟於旁，將以爇火；一回頭，化為姝麗。宗驚喜伏拜。女曰：「癡生！我是妖狐，將為君祟矣！」宗不聽。女曰：「誰教子者？」答曰：「小生自能識卿，何待教？」捉臂牽之，隨手而下，化為怪石，高尺許，面面玲瓏。乃攜供案上，焚香再拜而祝之。入夜，杜門塞竇，惟恐其亡。平旦，視之，即又非石，紗帔一襲，遙聞薌澤，展視領襟，猶存餘膩。宗覆衾擁之而卧。暮起挑燈，既返，則垂髫人在枕上。喜極，恐其復化，哀祝而後就之。女笑曰：「孽障哉！不知何人饒舌⑦，遂教風狂兒屑碎死！」乃不復拒。而款洽間若不勝任，屢乞休止。宗不聽。女曰：「如此，我便化去。」宗懼而罷。由是兩情甚諧。而金帛常盈箱篋，亦不知所自來。女見人，喏喏似口不能道辭，生亦諱言其異。懷孕十餘月，計日當產，入室，囑宗杜門禁款者，自乃以刀剖臍下，取子出，令宗裂帛束之，過宿而癒。又六七年，謂宗曰：「夙業償滿，請告別也。」宗聞泣下，曰：「卿歸我時，貧苦不自立；賴卿小阜。何忍遽言離逷⑧？且卿又無邦族，他日兒不知母，亦一恨事。」女亦悵悒曰：「聚必有散，固是常也。兒福相，君亦期頤⑨，更何求？妾本何氏。倘蒙恩眷，抱妾舊物而呼曰『荷花三娘子』，當有見耳。」言已，解脫曰：「我去矣！」驚顧間，飛去已高於頂。宗躍起急曳之，捉得履。履脫及地，化為石燕，色紅於丹朱，內外瑩澈，若水精然。拾而藏之。檢視箱中，初來時所着冰縠帔尚在。每一憶念，抱呼「荷花三娘子」，則宛然女郎，歡容笑黛，並肖生平，但不語耳。

①春風——性行為的隱語。
②殢雨尤雲——形容男女的戀暱。殢和尤，都是糾纏暱愛的意思。
③卓錫——卓，拄立的意思；錫，錫杖的省詞，就是禪杖。從前和尚隨身拿着錫杖，所以和尚住的地方就叫卓錫。
④冰縠——白縐紗，也指所謂仙家的冰蠶絲。
⑤修齡——高壽。
⑥劘逼——追逼。
⑦饒舌——多話。
⑧逷——同「逖」，遠的意思。
⑨期頤——百歲。

雲蘿公主

安大業，盧龍人。生而能言，母飲以犬血始止。既長，韶秀，顧影無儔，又慧能讀。世家爭婚之。母夢曰：「兒當尚主①。」信之。至十五六，迄無驗，亦漸自悔。一日，安獨坐，忽聞異香。俄一美婢奔入，曰：「公主至！」即以長氍貼地，自門外直至榻前。方駭疑間，一女郎扶婢肩入；服色容光，映照四堵。婢即以繡墊設榻上，扶女郎坐。安倉皇不知所為，鞠躬便問：「何處神仙，勞降玉趾？」女郎微笑，以袍袖掩口。婢曰：「此聖后府中雲蘿公主也。聖后屬意郎君，欲以公主下嫁，故使自來相宅②。」安驚喜，不知置詞；女亦俯首，相對寂然。安故好棋，楸枰嘗置坐側。一婢以紅巾拂塵，移諸案上，曰：「主日耽此，不知與粉侯③孰勝？」安移坐近案，主笑從之。甫三十餘着，婢竟亂之，曰：「駙馬負矣！」斂子入匳，曰：「駙馬當是俗間高手，主僅能讓六子。」乃以六黑子實局中，主亦從之。主坐次，輒使婢伏坐下，以背受足；左足踏地，則更一婢右伏，又兩小鬟夾侍之。每值安凝思時，輒曲一肘伏肩上。局闌未結，小鬟笑云：「駙馬負一子。」婢進曰：「主惰，宜且退。」女乃傾身與婢耳語。婢出，少頃而還，以千金置榻上，告生曰：「適主言居宅湫鄙[4]，煩以此少致修飾，落成相會也。」一婢曰：「此月犯天刑，不宜建造[5]；月後吉。」女起；生遮止，閉門。婢出一物，狀類皮排[6]，就地鼓之，雲氣突出，俄頃四合，冥不見物，索之已杳。母知，疑以為妖。而生神馳夢想，不能復捨。急於落成，無暇禁忌。刻日敦迫，廊舍一新。先是，有灤州生袁大用，僑寓鄰坊，投刺於門；生素寡交，託他出，又窺其亡而報之[7]。後月餘，門外適相值，二十許少年也。宮絹單衣，絲帶烏履，意甚都雅。略與傾談，頗甚溫謹。悅之，揖而入。請與對弈，互有贏虧。已而設酒留連，談笑大歡。明日，邀生至其寓所，珍饈雜進，相待殷渥。有小童十二三許，拍板清歌，又跳擲作劇。生大醉，不能行，便令負之。生以其纖弱，恐不勝。袁強之。僮綽有餘力，荷送而歸。生奇之。次日，犒以金，再辭乃受。由此交情款密，三數日輒一過從。袁為人簡嘿，而忼慨好施。市有負責[8]鬻女者，解囊代贖，無吝色。生以此益重之。過數日，詣生作別，贈象箸、楠珠等十餘事，白金五百，用助興作。生反金受物，報以束帛。後月餘，樂亭有仕宦而歸者，橐貲充牣。盜夜入，執主人，燒鐵鉗灼，劫掠一空。家人識袁，行牒追捕。鄰院屠氏，與生家積不相能，因其土木大興，陰懷疑忌。適有小僕竊象箸賣諸其家，知袁所贈，因報大尹。尹以兵繞舍，值生主僕他出，執母而去。母衰邁受驚，僅存氣息，二三日不復飲食。尹釋之。生聞母耗，急奔而歸，則母病已篤，越宿遂卒。收斂甫畢，為捕役執去。尹見其年少溫文，竊疑誣枉，故恐喝之。生實述其交往之由。尹問：「何以暴富？」生曰：「母有藏鏹，因欲親迎，故治昏室耳。」尹信之，具牒解郡。鄰人知其無事，以重金賂監者，使殺諸途。路經深山，被曳近削壁，將推墮之。計逼情危，時方急難，忽一虎自叢莽中出，齧二役皆死，銜生去。至一處，重樓疊閣，虎入，置之。見雲蘿扶婢出，悽然慰弔曰：「妾欲留君，但母喪未卜窀穸。可懷牒去，到郡自投，保無恙也。」因取生胸前帶，連結十餘扣，囑云：「見官時，拈此結而解之，可以弭禍。」生如其教，詣郡自投。太守喜其誠信，又稽牒知其冤，銷名令歸。至中途，遇袁，下騎執手，備言情況。袁憤然作色，不嘿一語。生曰：「以君風采，何自污也？」袁曰：「某所殺皆不義之人，所取皆非義之財。不然，即遺於路者，不拾也。君教我固自佳，然如君家鄰，豈可留在人間耶？」言已，超乘⑨而去。生歸殯母已，柴門謝客⑩。忽一夜，盜入鄰家；父子十餘口，盡行殺戮，止留一婢。席捲貲物，與僮分攜之。臨去，執燈謂婢：「汝認之：殺人者，我也。與人無涉。」並不啓關，飛簷越壁而去。明日，告官。疑生知情，又捉生去。邑宰詞色甚厲。生上堂握帶，且辨且解，宰不能詰，又釋之。既歸，益自韜晦⑪，讀書不出，一跛嫗執炊而已。服既闋，日掃階庭，以待好音。一日，異香滿院。登閣視之，內外陳設煥然矣。悄揭畫簾，則公主凝妝坐。急拜之。女挽手曰：「君不信數，遂使土木為災；又以苫塊之戚，遲我三年琴瑟：

是急之而反以得緩，天下事大抵然也。」生將出貲治具。女曰：「勿復須。」婢探櫝，餚羹熱如新出於鼎，酒亦芳洌。酌移時，日已投暮，足下踏婢，漸都亡去。女四肢嬌惰，足股屈伸，似無所着。生狎抱之。女曰：「君暫釋手。今有兩道，請君擇之。」生攬項問故。曰：「若為棋酒之交，可得三十年聚首；若作牀笫之歡，可六年諧合耳。君焉取？」生曰：「六年後再商之。」女乃嘿然，遂相燕好。女曰：「妾固知君不免俗道，此亦數也。」因使生蓄婢媼，別居南院，炊爨紡織，以作生計。北院中並無煙火，惟棋枰、酒具而已。戶常闔，生推之則自開，他人不得入也。然南院人作事勤惰，女輒知之，每使生往譴責，無不具服。女無繁言，無響笑，與有所談，但俯首微哂。每並肩坐，喜斜倚人。生舉而加諸膝，輕如抱嬰。生曰：「卿輕若此，可作掌上舞[12]。」曰：「此何難？但婢子之所為，不屑耳。飛燕原九姊侍兒，屢以輕佻獲罪，怒謫塵間，又不守女子之貞，今已幽之。」閣上以錦襪[13]佈滿，冬未嘗寒，夏未嘗熱。女嚴冬皆着輕縠；生為製鮮衣，強使着之。踰時解去，曰：「塵濁之物，幾於壓骨成勞[14]！」一日，抱諸膝上，忽覺沉倍曩昔，異之。笑指腹曰：「此中有俗種矣。」過數日，顰黛不食，曰：「近病惡阻，頗思煙火之味。」生乃為具甘旨。從此飲食，遂不異於常人。一日曰：「妾質單弱，不任生產。婢子樊英頗健，可使代之。」乃脫衷服[15]衣英，閉諸室。少頃，聞兒啼。啓扉視之，男也。喜曰：「此兒福相，大器也！」因名大器。

綳納生懷，俾付乳媼，養諸南院。女自免身[16]，腰細如初，不食煙火矣。忽辭生，欲暫歸寧。問返期，答以「三日。」鼓皮排如前狀，遂不見。至期不來。積年餘，音信全渺，亦已絕望。生鍵[17]戶下幃，遂領鄉薦。終不肯娶。每獨宿北院，沐其餘芳。一夜，輾轉在榻，忽見燈火射窗，門亦自闢，羣婢擁公主入。生喜起，問爽約之罪。女曰：「妾未愆期，天上二日半耳。」生得意自詡，告以秋捷，意主必喜。女愀然曰：「烏用是儻來者[18]為！無足榮辱，止折人壽數耳。三日不見，入俗幛[19]又深一層矣。」生由是不復進取。過數月，又欲歸寧。生殊悽戀。女曰：「此去定早還，無煩穿望。且人生離合，皆有定數，撙節之則長，恣縱之則短也。」既去，月餘即返。從此一年半歲輒一行，往往數月始還。生習為常，亦不之怪。又生一子。女舉之曰：「豺狼也！」立命棄之。生不忍而止，名曰可棄。甫周歲，急為卜婚。諸媒接踵[20]，問其甲子[21]，皆謂不合。曰：「吾欲為狼子治一深圈，竟不可得，當令傾敗六七年，亦數也。」囑生曰：「記取四年後，侯氏生女，左脇有小贅疣，乃此兒婦。當婚之，勿較其門地也。」即令書而誌之。後又歸寧，竟不復返。生每以所囑告親友。果有侯氏女，生有疣贅，——侯賤而行惡，眾咸不齒。——生竟媒定焉。大器十七歲及第[22]，娶雲氏，夫妻皆孝友。父鍾愛之。可棄漸長，不喜讀，輒偷與無賴博賭，恆盜物償戲債。父怒，撻之，卒不改。相戒隄防，不使有所得。遂夜出，小為穿窬[23]。為主所覺，縛送邑宰。宰審其姓氏，以名刺送之歸。父兄共縶之，楚掠慘棘，幾於絕氣。兄代哀免，始釋之。父忿恚得疾，食銳減。乃為二子立析產書，樓閣沃田，悉歸大器。可棄怨怒，夜持刀入室，將殺兄，誤中嫂。先是，主有遺袴，絕輕耎，雲拾作寢衣。可棄斫之，火星四射，大懼，奔去。父知，病益劇，數月尋卒。可棄聞父死，始歸。兄善視之，而可棄益肆。年餘，所分田產略盡，赴郡訟兄。官審知其人，斥逐之。兄弟之好遂絕。又踰年，可棄二十有三，侯女十五矣。兄憶母言，欲急為完婚。召至家，除佳宅與居；迎婦入門，以父遺良田，悉登籍交之，曰：「數頃薄產，為若蒙死守之，今悉相付。吾弟無行，寸草與之皆棄也。此後成敗，在於新婦：若能令改行，無憂凍餓；不然，兄亦不能填無底壑也。」侯雖小家女，然固慧麗，可棄雅畏愛之，所言無敢違。每出，限以晷刻，過期則詬厲，不與飲食。可棄以此少斂。年餘，生一子。婦曰：「我以後無求於人矣。膏腴數頃，母子何患不溫飽，無夫焉，亦可也。」會可棄盜粟出賭，婦知之，彎弓於門以拒之。大懼，避去。窺婦入，逡巡亦入。婦操刀起。可棄反奔，婦逐斫之，斷幅傷臀，血沾襪履。忿極，往訴兄，兄不禮[24]焉。冤慚而去。過宿復至，跪嫂哀泣，求先容於婦。婦決絕不納。可棄怒，將往殺婦。兄不語。可棄忿起，操戈直出。嫂愕然，欲止之。兄目禁[25]之。俟其去，乃曰：「彼故作此態，實不敢歸也。」使人覘之，已入家門。兄始色動，將奔赴之；而可棄已坌息入。——蓋可棄入家，婦方弄兒，望見之，擲兒牀上，覓得廚刀，可棄懼，曳戈反走，婦逐出門外始返。兄已得其情，故詰之。可棄不言，惟向隅泣，目盡腫。兄憐之，親率之去。婦乃內之。俟兄出，罰使長跪，要以重誓，而後以瓦盆賜之食。自此改行為善。婦持籌握算，日致豐盈，可棄仰成㉖而已。後年七旬，子孫滿前，婦猶時捋白鬚，使膝行焉。

異史氏曰：「悍妻妒婦，遭之者如疽附於骨，死而後已，豈不毒哉！然砒、附㉗，天下之至毒也，苟得其用，瞑眩大瘳㉘，非參、苓所能及矣。而非仙人洞見臟腑㉙，又烏敢以毒藥貽子孫哉！」

①尚主——尚，攀仰的婚配；主，公主。尚主，娶皇帝的女兒為妻。因為和皇帝的女兒結婚是攀仰的，不能叫作娶，只能說是和皇帝女兒去做配。

②相宅——找人家，選擇女婿的意思。

③粉侯——宋代稱駙馬都尉為粉侯，參看《羅剎海市》篇「駙馬都尉」註。

④湫鄙——狹隘、簡陋。

⑤此月犯天刑，不宜建造——星相家迷信的說法：神煞是隨月轉換的，可以根據一定的方法，逐月逐日推排吉神和凶神的降臨期而有所趨避。在某一月裏，如果衝犯了天刑（凶神之一），便不能動土建

築；不然，就要遭到災殃。
⑥皮排——一種有風箱作用的皮囊。
⑦窺其亡而報之——趁他不在家的時候去回拜。
⑧責——在這裏同「債」。
⑨超乘——跳上車馬，形容勇敢活潑、手腳輕捷的樣子。
⑩柴門謝客——柴，杜塞的意思，在這裏作動詞用；謝，謝絕。柴門謝客，就是關起門來不見賓客。
⑪韜晦——收斂光芒，隱藏蹤跡。
⑫掌上舞——趙飛燕，漢成帝（劉驁）的皇后。傳說她身輕如燕，可以作「掌上舞」。又傳說她和宮奴燕赤鳳私通，所以下文有飛燕「不守女子之貞」的話。
⑬韉——舊註謂此字可能是韉字之誤。韉是馬鞍具，用在這裏也不切合。這裏是卧蓆之意，疑或係薦字之誤。
⑭勞——病。
⑮衷服——小衣、貼身的衣服。
⑯免身——分娩、生產。
⑰鍵——這裏作動詞用，鎖閉的意思。
⑱儻來者——無意得來，不足輕重的東西。

⑲俗幛——幛，同「障」。佛教認為，人世間求取功名富貴和聲色犬馬之好，都是一種「貪慾」，足以妨礙修道的信念，因而稱之作俗幛。

⑳接踵——踵，腳後跟。接踵，前腳接後腳的意思，形容連續不斷有人來。

㉑甲子——指人的八字。星相家算八字要以人出生年、月、日、時所值的干支來推算；干支相配為甲子，所以也把八字叫作甲子。

㉒及第——科舉考試，考取了叫及第。後來習慣上多專指考取進士。

㉓穿窬——穿，穿洞；窬，這裏同「踰」，指跳牆。穿窬，偷竊。

㉔禮——這裏指禮貌接待。

㉕目禁——用眼睛示意加以阻止。

㉖仰成——靠人吃飯，享受現成的意思。

㉗砒、附——砒，砒霜，礦物；附，附子，植物：都是毒藥。

㉘瞑眩大瘳——瞑眩，昏亂的樣子。瞑眩大瘳，意思是用厲害的藥，才能治好重病，猶如說「以毒攻毒」。語出《書經》：「若藥弗瞑眩，厥疾帶瘳。」這裏是比喻悍婦管束浪子。

㉙洞見臟腑——形容看得透徹，猶如說看穿了心肝五臟。

小翠

王太常，越人。總角①時，晝臥榻上，忽陰晦，巨霆暴作，一物大於貓，來伏身下，展轉不離。移時晴霽，物即逕去。視之，非貓，始怖，隔房呼兄。兄聞，喜曰：「弟必大貴。此狐來避雷霆刼也。」後果少年登進士，以縣令入為侍御。生一子元豐，絕癡，十六歲不能知牝牡，因而鄉黨無與為婚。王憂之。適有婦人率少女登門，自請為婦。視其女，嫣然展笑，真仙品也。喜問姓名。自言：「虞氏。女小翠，年二八矣。」與議聘金。曰：「是從我糠覈②不得飽，一旦置身廣廈，役婢僕，厭膏粱，彼意適，我願慰矣，豈賣菜也而索直乎！」夫人悅，優厚③之。婦即命女拜王及夫人，囑曰：「此爾翁姑，奉事宜謹。我大忙，且去，三數日當復來。」王命僕馬送之。婦言：「鄉里不遠，無煩多事④。」遂出門去。小翠殊不悲戀，便即奩中翻取花樣。夫人亦愛樂之。數日，婦不至。以居里問女，女亦憨然不能言其道路。遂治⑤別院，使夫婦成禮。諸戚聞拾得貧賤家兒作新婦，共姍笑之；見女皆驚，羣議始息。女又甚慧，能窺翁姑喜怒。王公夫婦，寵惜過於常情，然惕惕⑥焉惟恐其憎子癡，而女殊歡笑不為嫌。第善謔，刺⑦布作圓⑧，蹋蹴為笑。着小皮靴，蹴去數十步，紿公子奔拾之。公子及婢，恆流汗相屬。一日，王偶過，圓䃔然⑨來，直中面目。女與婢俱斂跡⑩去，公子猶踊躍⑪奔逐之。王怒，投之以石，始伏而啼。王以狀告夫人；夫人往責女，女惟俛首微笑，以手刓⑫牀。既退，憨跳如故，以脂粉塗公子作花面如鬼。夫人見之，怒甚，呼女詬罵。女倚几弄帶，不懼，亦不言。夫人無奈之，因杖其子。元豐大號。女始色變，屈膝乞宥。夫人怒頓解，釋杖去。女笑拉公子。公子入室，代撲衣上塵，拭眼淚，摩挲⑬杖痕，餌以棗栗，公子乃收涕以忻。女闔戶，復裝公子作霸王⑭，作沙漠人。己乃豔服束細腰扮虞美人⑮，婆娑作帳下舞；或髻插雉尾，撥琵琶，丁丁縷縷然⑯。喧笑一室，日以為常。王公以子癡，不忍過責婦；即微聞焉，亦若置之。同巷有王給諫⑰者，相隔十餘戶，然素不相能；時值三年大計吏⑱，忌公握河南道⑲篆，思中傷之。公知其謀，憂慮無為計。一夕，早寢，女冠帶飾塚宰⑳狀，剪素絲作濃髭，又以青衣飾兩婢為虞候㉑，竊跨廄馬而出，戲云：「將謁王先生。」馳至給諫之門，即又以鞭撻從人，言曰：「我謁侍御王，寧謁給諫王耶！」回轡而歸。比至家門，門者誤以為真，奔白王公。公急起承迎，方知為子婦之戲。怒甚，謂夫人曰：「人方蹈我之瑕，反以閨閣之醜登門而告之，余禍不遠矣！」夫人怒，奔女室，詬讓之。女惟憨笑，並不置詞。撻之，不忍；出之，則無家：夫妻懊怨，終夜不寢。時塚宰某公赫甚，其儀采服從㉒，與女偽裝無少殊別，王給諫亦誤為真。屢偵公門，中夜而客未出，疑塚宰與公有陰謀。次日早朝，見而問曰：「昨夜相公㉓至君家耶？」公疑其相譏，慙顏唯唯，不甚響答。給諫愈疑，謀遂寢㉔，由此益交驩㉕公。公探知其情，竊喜，而陰囑夫人勸女改行；女笑應之。逾歲，首相免，適有以私函致公者，誤投給諫。給諫大喜，先託善公者往假萬金。公拒之。給諫自詣公所。公覓巾袍，並不可得；給諫伺候久，怒公慢，憤將行。忽見公子衮衣旒冕㉖，有女子自門內推之以出。大駭，已，笑撫之，脫其服冕，襆之而去。公急出，則客去已遠。聞其故，驚顏如土，大哭曰：「此禍水㉗也！指日㉘赤吾族㉙矣！」與夫人操杖往。女已知之，闔扉任其詬厲。公怒，斧㉚其門。女在內，含笑而告：「翁勿怒！有新婦在，刀鋸斧鉞，婦自受之，必不令貽害雙親。翁若此，是欲殺婦以滅口㉛耶？」公乃止。給諫歸，果抗疏㉜揭㉝王不軌㉞，衮冕作據。上驚驗之，其旒冕乃粱藍心㉟所製，袍則敗布黃袱㊱也。上怒其誣。又召元豐至，見其憨狀可掬，笑曰：「此可以作天子耶？」乃下之法司㊲。給諫又訟公家有妖人。法司嚴詰臧獲㊳，並言無他，惟顛婦癡兒，日事戲笑；鄰里亦無異詞：案乃定，以給諫充雲南軍。王由是奇女。又以母久不至，意其非人。使夫人探詰之，女但笑不言。再復窮問，則掩口曰：「兒玉皇女，母不知耶？」無何，公擢京卿㊴。五十餘，每患無孫。女居三年，夜夜與公子異寢㊵，似未嘗有所私。夫人舁榻去，囑公子與婦同寢。過數日，公子告母曰：「借榻去，悍不還！小翠夜夜以足股加腹上，喘氣不得；又慣掐人股裏。」婢嫗無不粲然，夫人訶拍令去。一日，女浴於室，公子見之，欲與偕[41]；笑止之，諭使姑待。既出，乃更瀉熱湯於甕，解其袍袴，與婢扶入之。公子覺蒸悶，大呼欲出，女不聽，以衾蒙之；少時，無聲，啓視，已死。女坦笑不驚，曳置牀上，拭體乾潔，加複被焉。夫人聞之，哭而入，罵曰：「狂婢何殺吾兒！」女囅然曰：「如此癡兒，不如無有。」夫人益恚，以首觸女；婢輩爭曳勸之。方紛譟間，一婢告曰：「公子呻矣！」夫人輟涕撫之，則氣息休休，而大汗浸淫[42]，沾浹[43]裀褥。食頃，汗已，忽開目四顧，遍視家人，似不相識，曰：「我今回憶往昔，都如夢寐，何也？」夫人以其言不癡，大異之。攜參其父，屢試之，果不癡。大喜，如獲異寶。乃還榻故處，更設衾枕以覘之。公子入室，盡遣婢去。早窺之，則榻虛設。自此癡顛皆不復作，而琴瑟靜好如形影[44]焉。年餘，公為給諫之黨奏劾免官，小有罣誤。舊有廣西中丞[45]所贈玉瓶，價累[46]千金，將出以賄當路。女愛而把玩之，失手墮碎，慙而自投。公夫婦方以免官不快，聞之，怒，交口呵罵。女忿而出，謂公子曰：「我在汝家，所保全者不止一瓶，何遂不少存面目[47]？實與君言，我非人也。以母遭雷霆之刼，深受而翁庇翼；又以我兩人有五年夙分，故以我來報曩恩，了宿願耳。身受唾罵，擢髮不足以數[48]，所以不即行者，五年之愛未盈，今何可以暫止乎！」盛氣[49]而出，追之已杳。公爽然自失，而悔無及矣。公子入室，睹其賸粉遺鈫，慟哭欲死；

寢食不甘，日就羸悴。公大憂，急為膠續以解，而公子不樂。惟求良工畫小翠像，日夜澆[50]禱其下。幾二年。偶以故自他里歸，明月已皎，村外有公家亭園，騎馬經牆外過，聞笑聲，停轡，使廄卒[51]捉鞚，登鞍以望，則二女郎遊戲其中。雲月昏濛[52]，不甚可辨。但聞一翠衣者曰：「婢子當逐出門！」一紅衣者曰：「汝在吾家園亭，反逐阿誰？」翠衣人曰：「婢子不羞！不能作婦，被人驅遣，猶冒認物產耶？」紅衣者曰：「索勝[53]老大婢無主顧者！」聽其音，酷類小翠，疾呼[54]之。翠衣人去曰：「姑不與若爭，汝漢子來。」既而，紅衣人來，果翠也。喜極。女令登垣，承接而下之，曰：「二年不見，瘦骨一把矣！」公子握手泣下，具道相思。女言：「妾亦知之，但無顏復見家門。今與大姊遊戲，又相邂逅，足知前因不可逃也。」請與同歸，不可；請止園中，許之。遣僕奔白夫人。夫人驚起，駕肩輿而往，啓鑰入亭。女趨下迎拜，夫人捉臂流涕，力白前過，幾不自容，曰：「若不少記榛梗[55]，請偕歸，慰我遲暮[56]。」女峻辭不可。夫人慮野亭荒寂，謀以多人服役。女曰：「我諸人悉不願見，惟前兩婢朝夕相從，不能無眷注耳。外惟一老僕應門，餘都無所復須[57]。」夫人悉如其言。託[58]公子養痾園中，日供食用而已。女每勸公子別婚，公子不從。後年餘，女眉目音聲，漸與曩異，出像質[59]之，迥若兩人。大怪之。女曰：「視妾今日何如疇昔[60]矣？」公子曰：「今日美則美，然較昔則似不如。」女曰：「意妾老矣！」公子曰：「二十餘歲人，何得速老？」女笑而焚圖，救之已燼[61]。一日，謂公子曰：「昔在家時，阿姑謂妾抵死不作繭[62]。今親老君孤，妾實不能產育，恐誤君宗嗣。請娶婦於家，旦晚奉翁姑，君往來於兩間，亦無所不便。」公子然之，納幣[63]於鍾太史[64]之家。吉期將至，女為新人製衣履，賚送母所。及新人入門，則言貌舉止，與小翠無毫髮之異，大奇之。往至園亭，則女已不知所在。問婢，婢出紅巾曰：「娘子暫歸寧，留此貽公子。」展巾，則結玉玦一枚，心已知其不返，遂攜婢俱歸；雖頃刻不忘小翠，幸而對新人如覿故好焉。始悟鍾氏之姻，女預知之，故先化其貌，以慰他日之思云。

異史氏曰：「一狐也，以無心之德，而猶思所報；而身受再造之福者，顧失聲於破甑[65]，何其鄙哉！月缺重圓，從容而去，始知仙人之情亦更深於流俗也！」

①總角——古代男女未成年時，把頭髮束起，紮兩個角，叫作總角。後來就以總角為幼年的代詞。
②糠覈——覈，沒有磨碎的麥子。糠覈，粗糧的意思。
③優厚——這裏指殷勤地招待。
④無煩多事——不要客氣、不用麻煩。
⑤治——收拾、整理。

⑥惕惕——擔心、害怕的樣子。
⑦刺——縫製的意思。
⑧圓——指球。
⑨碻然——這裏是形容踢球的聲音。
⑩斂跡——躲開。
⑪踊躍——跳躍。
⑫刓——挖刻。
⑬摩挲——用手撫摩。
⑭霸王——指西楚霸王項羽。
⑮虞美人——指項羽的寵姬虞姬。
⑯丁丁縷縷然——丁丁，彈琵琶的聲音。縷縷，形容聲音的連續不斷。
⑰給諫——官名，就是給事中。明、清時，先隸通政司，後屬都察院。職掌評諫和糾彈。
⑱三年大計吏——明清時，每三年舉行一次官吏考績：京官的考績叫京察，外官的考績叫大計。大計，是由各省督撫把所屬官吏的政績造冊呈報中央政府，以憑黜陟。
⑲河南道——指河南道監察御史。
⑳冢宰——本是周代百官之首，後來作為對吏部尚書尊重的代稱。

㉑虞候——本是古代官名，職守各代不同；五代、宋時是禁衛官，貴官的侍衛有時也稱為虞候。
㉒儀采服從——面貌、態度、服裝和侍從。
㉓相公——對宰相親切的稱呼，這裏指吏部尚書。
㉔寢——中止、罷休。
㉕驩——在這裏同「歡」。
㉖袞衣旒冕——袞衣，龍袍；旒冕，一種前後垂有玉飾的帽子：都是皇帝的服裝。
㉗禍水——《飛燕外傳》：淖方成認為，漢成帝的皇后趙飛燕，將為漢家的禍水。迷信的說法：漢代是「以火德王」的，水能尅火，所以說是禍水。後來就把禍水當作禍患解釋，在重男輕女的情況之下，一般是指女人。
㉘指日——即日、不日。
㉙赤吾族——一族的人全要被殺害的意思。殺人要流血的，血是紅色，所以叫作赤。後文《天宮》篇「洩之族矣」，族作動詞用，滅族的意思。
㉚斧——這裏作動詞用，砍、斫的意思。
㉛滅口——把知道內情的人殺死，以防止洩漏祕密，叫作滅口。
㉜抗疏——直言上奏。
㉝揭——揭發、檢舉。

㉞不軌——軌，秩序、正道的意思。不軌，不遵守秩序，就是造反的意思。封建統治者對凡是反抗自己的人，都認為是反叛，因而稱之為不軌。

㉟粱藷心——藷，同「稭」。粱藷心，就是高粱梗的心子。

㊱祙——包祙。

㊲法司——明清時，以刑部、都察院、大理寺為三法司，凡是重大案件，就交由三法司會審。這裏的法司，指這一類的審訊機關。

㊳臧獲——奴婢。

㊴京卿——卿，指九卿，歷代名義不同。這裏京卿指清時的九卿：都察院、通政司、大理寺、太常寺、光祿寺、鴻臚寺、太僕寺、宗人府、鑾儀衞的正副主官。其中有些機構的副主官，是御史應陞的官職。

㊵異寢——不同睡。

㊶偕——偕同，這裏指同浴。

㊷浸淫——滲漬。

㊸沾浹——濕遍。

㊹形影——如影隨形，不離開的意思。

㊺中丞——對巡撫的稱呼，參看前文《紅玉》篇「督、撫」註。

㊻累——這裏指價值很高。
㊼少存面目——稍為留一點面子。後文《考弊司》篇「少施面目」，是稍微給一點面子。
㊽擢髮不足以數——把頭髮拔下來，一根根數都數不完，形容多。
㊾盛氣——因衝動而十分氣惱、不可侵犯的樣子。
㊿澆——指用酒供奉。
(51)廝卒——馬夫。
(52)昏濛——模糊。
(53)索勝——到底強似、究竟好過。
(54)疾呼——大聲喊叫。
(55)榛梗——有刺的草木，比喻懷恨在心，猶如說「芥蒂」。
(56)遲暮——衰老的意思。
(57)須——需要、要求。
(58)託——託言、假說。
(59)質——對照。
(60)疇昔——從前、往日。
(61)燼——燒成灰。

㉒抵死不作繭——抵死，到死的意思。這裏以蠶的作繭比喻女人養孩子；抵死不作繭，就是到老不養孩子的意思。

㉓納幣——古時婚禮的儀節之一，也稱納徵，就是過禮。

㉔太史——本是古代史官，明清時，翰林院也管修史之事，因而一般尊稱翰林為太史。

㉕失聲於破甑——故事傳說：東漢孟敏，背上挑的甑，摔在地上碎了，可他頭也不回就走了。別人問他：你的甑摔破了，你怎麼看也不看一下呢？他說：已經破了，看它又有什麼用？這個故事稱為「破甑不顧」，一般用以比喻有見識和有決斷。這裏引用這個故事，是用破甑來比喻玉瓶。「失聲於破甑」，指因為打破玉瓶而產生的歎息、怒罵。

夢狼

白翁，直隸人。長子甲，筮仕[1]南服三年。道遠苦無耗。適有瓜葛丁姓造謁，翁以其久不至，款之。丁素走無常[2]。談次，翁輒問以冥事，丁對語涉幻；翁不深信，但微哂之。既別後數日，翁方臥，見丁復來，邀與同遊。從之去，入一城闕。移時，丁指一門曰：「此間君家甥也。」——時翁有姊子為晉令——訝曰：「烏在此？」丁曰：「倘不為信，入便知之。」翁入，果見甥，蟬冠豸繡[3]坐堂上，戟幢[4]行列，無人可通。丁曳之出曰：「公子衙署去此不遠，得無亦願見之否？」翁諾。少間至一第，丁曰：「入之。」窺其門，見一巨狼當道，大懼不敢進。丁又曰：「入之。」又入一門，見堂上、堂下，坐者、臥者，皆狼也。又視墀中，白骨如山，益懼。丁乃以身翼[5]翁而進。公子甲方自內出，見父及丁良喜。少坐，喚侍者治餚蔌。忽一巨狼銜死人入，翁戰惕而起曰：「此胡為者！」甲曰：「聊充庖廚。」翁急止之。心怔忡不寧，辭欲出，而羣狼阻道。進退方無所主，忽見諸狼紛然嗥避，或竄牀下，或伏几底。錯愕不解其故。俄有兩金甲猛士努目[6]入，出黑索索甲[7]。甲撲地化為虎，牙齒巉巉。一人出利劍，欲梟其首。一人曰：「且勿，且勿，此明年四月間事，不如姑敲齒去。」乃出巨錘錘齒⑧，齒零落墮地。虎大吼，聲震山嶽，翁大懼，忽醒，乃知其夢。心異之，遣人招丁，丁辭不至。翁乃誌其夢，使次子詣甲，函戒哀切。既至，見兄門齒盡豁⑨；駭而問之，則醉中墜馬所折。考其時，則父夢之日也。益駭。出父書。甲讀之變色，為間⑩曰：「此幻夢之適符耳，何足怪？」時方賄當路者，得首薦⑪，故不以妖夢為意。弟居數日，見其蠹役滿堂，納賄關說者中夜不絕，流涕諫止之。甲曰：「弟日居衡茅⑫，故不知仕途之關竅⑬耳。黜陟之權，在上台不在百姓。上台喜，便是好官；愛百姓，何術復令上台喜也？」弟知不可勸止，遂歸，悉以告翁。翁聞之大哭。無可如何，惟捐家⑭濟貧，日禱於神，但求逆子之報，不累妻孥。

次年，報甲以薦舉作吏部⑮。賀者盈門；翁惟欷歔，伏枕託疾，不見一客。未幾，聞子歸途遇寇，主僕殞命。翁乃起，謂人曰：「鬼神之怒，止及其身，祐我家者不可謂不厚也。」因焚香而報謝之。慰藉翁者，咸以為道路之訛⑯，而翁殊深信不疑，刻日為之營兆。而甲固未死。先是，四月間，甲解任，甫離境，即遇寇，甲傾裝以獻之。諸寇曰：「我等之來，為一邑之民洩冤憤耳，寧專為此哉！」遂抉⑰其首。又問：「家人有司大成者誰是？」——司故甲腹心，助紂為虐者。——家人共指之。賊亦抉之。更有蠹役四人，甲聚斂臣⑱也，將攜入都，並搜抉訖，始分貲入囊，騖馳而去。甲魂伏身旁，見一宰官過，問：「殺者何人？」前驅者報曰：「某縣白知縣也。」宰官曰：「此白某之子，不宜使老後見此凶慘，宜續其頭。」即有一人掇頭置腔上，曰：「邪人不宜使正，以肩承領可也。」遂去。移時復甦。妻子往收其屍，見有餘息，載之以行；從容灌之，亦受飲。但寄旅邸，貧不能歸。半年許，翁始得確耗，遣次子致之而歸。甲雖復生，而目能自顧其背，不復齒人數矣。翁姊子有政聲，是年行取⑲為御史，悉符所夢。

異史氏曰：「竊歎天下之官虎而吏狼者，比比⑳也。即官不為虎，而吏且將為狼，況有猛於虎㉑者耶！夫人患不能自顧其後耳；甦而使之自顧，鬼神之教微㉒矣哉！」

①筮仕——古人將做官時，要先卜一卜吉凶，叫作筮仕。後來一般便稱做官為筮仕。
②走無常——迷信說法中當陰差的活人。這人在當陰差時就死去，陰差完畢又活轉來。
③蟬冠豸繡——蟬冠，是貂蟬冠，上面附有蟬文，插上貂尾，是貴官戴的帽子。豸繡，繡有獬豸的衣服，古人認為獬豸是觸邪的獸，所以用它象徵公正無私，是御史的官服。
④戟幢——戟，棨戟的省詞，也叫門戟，象徵武器形式的一種木製無刃的戟；幢，旌旗。戟幢是高級官員的儀仗，平時排列在官署門內，出行時作為前導。後文《席方平》篇「旛戟」，義同。
⑤翼——這裏作動詞用，遮蔽、掩護的意思。

⑥努目——張大着眼睛，憤怒的表示。
⑦出黑索索甲——前一索字是名詞，繩索；後一索字是動詞，綑綁的意思。
⑧出巨錘錘齒——前一錘字是名詞，鐵錘；後一錘字是動詞，鎚擊的意思。
⑨豁——殘缺。
⑩為間——過了一會，有思索遲疑的含義。
⑪首薦——以第一名被保舉。
⑫日居衡茅——衡，橫木；茅，茅屋。衡茅，是用橫木做門的茅屋，形容住處的簡陋。日居衡茅，意思是指住在窮鄉僻壤，不知天下大事的貧窮老百姓。
⑬關竅——訣竅、竅門。
⑭家——家財。
⑮吏部——吏部主事、員外郎一類的官，是州縣官內調的適當位置。
⑯道路之訛——外間的誤傳。
⑰抉——取走、取下。
⑱聚斂臣——經手代長官剝削人民，並管理長官私人財產的部屬。
⑲行取——明清官吏銓轉制度：經過一定的年限，由於地方高級官員的保舉，中央行文調取外任的州縣官到京考選，補授科道（御史、給事中一類的諫官）或部屬，叫作行取。

⑳比比——每每、到處皆是。

㉑猛於虎——故事傳說：孔丘在泰山下見一婦人啼哭墳頭，問她何故。她說她的公公、丈夫、兒子，三代都被老虎咬死了，問她為什麼不離開這個地方。她說：因為這裏沒有「苛政」的緣故。孔丘告訴弟子們說：你們要知道，「苛政猛於虎」哩！

㉒微——高深、微妙。

天宮

郭生，京都人。年二十餘，儀容修美。一日，薄暮，有老嫗貽尊①酒。怪其無因。嫗笑曰：「無須問，但飲之，自有佳境。」遂逕去。揭尊微嗅，洌香四射，遂飲之。忽大醉，冥然②罔覺。及醒，則與一人並枕卧。撫之，膚膩如脂，麝蘭噴溢，蓋女子也。問之，不答。遂與交。交已，以手捫壁，壁皆石，陰陰有土氣，酷類墳塚。大驚，疑為鬼迷。因問女子：「卿何神也？」女曰：「我非神，乃仙耳。此是洞府。與有夙緣，勿相訝，但耐居之。再入一重門，有漏光處，可以溲便。」既而女起，閉戶而去。久之，腹餒，遂有女僮來，餉以麵餅鴨臛③，使捫索而啖之。黑漆不知昏曉。無何，女子來寢，始知夜矣。郭曰：「晝無天日，夜無燈火，食炙不知口處。常常如此，則姮娥何殊於羅刹，天堂何別於地獄哉！」女笑曰：「為爾俗中人，多言喜泄，故不欲以形色相見。且暗摸索，妍媸亦當有別，何必燈燭？」居數日，幽悶異常，屢請暫歸。女曰：「來夕與君一遊天宮，便即為別。」次日，忽有小鬟籠燈入，曰：「娘子伺郎久矣。」從之出。星斗光中，但見樓閣無數。經幾曲畫廊，始至一處，堂上垂珠簾，燒巨燭如晝。入，則美人華妝南向坐，年約二十許；錦袍眩目；頭上明珠，翹顫四垂；地下皆設短燭，裙底皆照：誠天人也。郭迷亂失次④，不覺屈膝。女令婢扶曳入坐。俄頃，八珍⑤羅列。女行酒曰：「飲此以送君行。」郭鞠躬曰：「向覿面不識仙人，實所惶愧；如容自贖，願收為沒齒不二之臣⑥。」女顧婢微笑，便命移席卧室。室中流蘇繡帳，衾褥香輭。使郭就榻坐。飲次，女屢言：「君離家久，暫歸亦無所妨。」更盡一籌⑦，郭不言別，女喚婢籠燭送之。郭不言，偽醉眠榻上，推之不動。女使諸婢扶裸之。一婢排私處曰：「個男子容貌溫雅，此物何不文也！」舉置牀上，大笑而去。女亦寢。郭乃轉側。女問：「醉乎？」曰：「小生何醉！甫見仙人，神志顛倒耳。」女曰：「此是天宮。未明，宜早去。如嫌洞中快悶，不如早別。」郭曰：「今有人夜得名花，聞香捫幹，而苦無燈燭，此情何以能堪？」女笑，允給燈火。漏下四點，呼婢籠燭抱衣而送之。入洞，見丹堊⑧精工，寢處褥革棕氈尺許厚。郭解屨擁衾，婢徘徊不去。郭凝視之，風致娟好。戲曰：「謂我不文者，卿耶？」婢笑，以足蹴枕曰：「子宜僵矣！勿復多言。」視履端嵌珠如巨菽，捉而曳之，婢仆於懷，遂相狎，而呻楚不勝。郭問：「年幾何矣？」答云：「十七。」問：「處子亦知情乎？」曰：「妾非處子，然荒疏已三年矣。」郭研詰仙人姓氏，及其清貫尊行⑨。婢曰：「勿問！即非天上，亦異人間。若必知其確耗，恐覓死無地矣。」郭遂不敢復問。次夕，女果以燭來，相就寢食，以此為常。一夜，女入曰：「期以永好，不意⑩人情乖沮⑪，今將糞除⑫天宮，不能復相容矣。請以巵酒為別。」郭泣下，請得脂澤為愛。女不許。贈黃金一斤、珠百顆。三琖既盡，忽已昏醉。既醒，覺四體如縛，糾纏甚密，股不得伸，首不得出。極力轉側，暈墮牀下。出手摸之，則錦被囊裹，細繩束焉。起坐凝思，略見牀櫺，始知為己齋中。時離家已三月，家人謂其已死。郭初不敢明言，懼被仙譴，然心疑怪之。竊間⑬以告知交，莫有測其故者。被置牀頭，香盈一室；拆視，則湖綿⑭雜香屑為之，因珍藏焉。後某達官⑮聞而詰之，笑曰：「此賈后之故智也⑯。仙人烏得如此！雖然，此事亦宜慎祕，洩之，族矣！」有巫嘗出入貴家，言其樓閣形狀，絕似嚴東樓⑰家。郭聞之，大懼，攜家亡去；未幾，嚴伏誅⑱，始歸。

異史氏曰：「高閣迷離⑲，香盈繡帳；雛奴踝躚，履綴明珠：非權奸之淫縱，豪勢之驕奢，烏有此哉！顧淫籌一擲，金屋變而長門⑳；唾壺㉑未乾，情田鞫㉒為茂草。空牀傷意，暗燭銷魂。含顰玉台之前，凝眸寶幄之內。遂使糟丘台㉓上，路入天宮；溫柔鄉㉔中，人疑仙子。傖楚之帷薄㉕固不足羞，而廣田自荒者亦足戒已！」

①尊——在這裏同「樽」。

②冥然——糊裏糊塗的樣子。

③臛——肉羹。

④失次——舉止失措的樣子。

⑤八珍——有好幾種說法，通常以龍肝、鳳髓、猩唇、熊掌等八樣東西為八珍；所謂龍肝、鳳髓，是以其他食品代替的象徵名詞。通常以八珍指珍異的食品。

⑥沒齒不二之臣——終身追隨、沒有二心的人。

⑦更盡一籌——從前以更表示夜裏的時間，把一夜分為五更。籌，是更籌，古時夜間計時的工具。更盡一籌，是一更已過的意思。後文《馬介甫》篇「更籌再唱」，指二更天。

⑧丹堊——紅色的塗飾。

⑨清貫尊行——貫，籍貫；行，身世。清貫尊行，是請問別人身世的客氣話。

⑩不意——想不到。

⑪乖沮——阻礙的意思。

⑫糞除——打掃。

⑬竊間——找空子、找機會。

⑭湖綿——湖州的絲綿，當地有名的出產。

⑮達官——貴官。

⑯此賈后之故智也——賈后，晉惠帝（司馬衷）的皇后。故智，舊計策、老方法的意思。歷史記載：賈后性情淫暴，常常叫老嫗在外面尋找美男子，暗地引到宮裏歡會。所以這裏說是「賈后之故智」。

⑰嚴東樓——明嚴嵩的兒子嚴世蕃的號。由於嚴嵩當國，他也做了大官，專權納賄，很有威勢。家裏居室華美，姬妾眾多，窮奢極慾，荒淫無度。

⑱伏誅——有罪被殺。

⑲迷離——模糊不清的樣子。

⑳金屋變而長門——金屋和長門，都是漢武帝和陳皇后的故事。武帝幼時，姑母抱着他指着自己的女兒阿嬌說：把她給你做老婆好不好？武帝說：如果得到阿嬌，一定要給她住在金屋裏。等到武帝做了皇帝，果然封阿嬌為皇后，就是陳皇后。後來因為武帝另愛別人，把她廢置在長門宮。這裏引用這一故事，指女人的先被寵幸，後遭拋棄。

㉑唾壺——古人置放几薦上盛痰唾的用具，扁圓形，闊邊，大如飯碗，用銅、鐵或瓷製成。故事傳說：嚴世蕃吐痰時不用唾壺，卻叫婢女張口去接，他稱接痰的婢女為香唾壺。這裏引用的就是這一暴虐的故事。

㉒鞠——養的意思。

㉓糟丘台——糟，釀酒糧食的渣滓。故事傳說：夏朝的皇帝桀，荒淫無道，曾造作酒池，把酒糟堆積得和山丘一般。這裏指喝醉酒。

㉔溫柔鄉——故事傳說：漢成帝喜愛趙飛燕的妹妹趙合德，說自己願意終老在溫柔鄉裏。後來因以溫柔鄉為沉溺男女關係上的代詞。

㉕帷薄——帳簾之類，是用以隔絕內外的東西。這裏是帷薄不修的省詞。修，是整治。帷薄不修，比喻家中婦女和外間男子有不正當的行為。

席方平

席方平，東安人。其父名廉，性戇拙。因與里中富室羊姓有郤，羊先死；數年，廉病垂危[1]，謂人曰：「羊某今賄囑冥使搒我矣。」俄而身赤腫，號呼遂死。席慘怛不食，曰：「我父樸訥，今見陵於強鬼；我將赴地下，代伸冤氣耳。」自此，不復言，時坐時立，狀類癡，蓋魂已離舍矣。

席覺：初出門，莫知所往，但見路有行人，便問城邑。少選，入城。其父已收獄中。至獄門，遙見父臥簷下，似甚狼狽；舉目見子，潸然涕流。便謂：「獄吏悉受賕囑，日夜搒掠，脛股摧殘甚矣。」席怒，大罵獄吏：「父如有罪，自有王章，豈汝等死魅所能操耶！」遂出，抽筆為詞。值城隍早衙[2]，喊冤以投。羊懼，內外賄通，始出質理[3]。城隍以所告無據，頗不直席。席忿氣無所復伸，冥行[4]百餘里，至郡，以官役私狀，告之郡司。遲之半月，始得質理。郡司扑[5]席，仍批城隍覆案[6]。席至邑，備受械梏，慘冤不能自舒。城隍恐其再訟，遣役押送歸家。役至門辭去。席不肯入，遁赴冥府，訴郡邑之酷貪。冥王立拘質對。二官密遣腹心，與席關說，許以千金。席不聽。過數日，逆旅主人告曰：「君負氣已甚。官府求和而執不從，今聞於王前各有函進，恐事殆矣。」

席以道路之口，猶未深信。俄有皂衣人喚入。升堂，見冥王有怒色，不容置詞，命笞二十。席厲聲問：「小人何罪？」冥王漠若不聞。席受笞，喊曰：「受笞允當⑦，誰教我無錢耶！」冥王益怒，命置火牀。兩鬼捽席下，見東墀有鐵牀，熾火其下，牀面通赤。鬼脫席衣，掬置其上，反覆揉捺之。痛極，骨肉焦黑，苦不得死。約一時許，鬼曰：「可矣。」遂扶起，促使下牀着衣，猶幸跛而能行。復至堂上。冥王問：「敢再訟乎？」席曰：「大怨未伸，寸心不死，若言不訟，是欺王也。必訟！」又問：「訟何詞？」席曰：「身所受者，皆言之耳。」冥王又怒，命以鋸解其體。二鬼拉去，見立木，高八九尺許，有木板二，仰置其下，上下凝血模糊。方將就縛，忽堂上大呼「席某」，二鬼即復押回。冥王又問：「尚敢訟否？」答云：「必訟！」冥王命捉去速解。既下，鬼乃以二板夾席，縛木上。鋸方下，覺頂腦漸闢，痛不可禁，顧亦忍而不號。聞鬼曰：「壯哉此漢！」鋸隆隆然⑧，尋至胸下。又聞一鬼云：「此人大孝無辜，鋸令稍偏，勿損其心。」遂覺鋸鋒曲折而下，其痛倍苦。俄頃，半身闢矣。板解，兩身俱仆。鬼上堂大聲以報。堂上傳呼，令合身來見。二鬼即推令復合，曳使行。席覺鋸鋒一道，痛欲復裂，半步而踣。一鬼於腰間出絲帶一條授之曰：「贈此以報汝孝。」受而束之，一身頓健，殊無少苦。遂升堂而伏。冥王復問如前；席恐再罹酷毒，便答：「不訟矣。」冥王立命送還陽界。隸率出北門，指示歸途，反身遂去。席念陰曹之暗昧尤甚於陽間，奈無路可達帝聽，世傳灌口二郎⑨為帝勳戚，其神聰明正直，訴之當有靈異。竊喜兩隸已去，遂轉身南向。奔馳間，有二人追至，曰：「王疑汝不歸，今果然矣。」捽回復見冥王。竊意冥王益怒，禍必更慘。而王殊無厲容，謂席曰：「汝志誠孝。但汝父冤，我已為若雪之矣。今已往生富貴家，何用汝嗚呼為。今送汝歸，予以千金之產、期頤之壽，於願足乎？」乃註籍中，嵌以巨印，使親視之，席謝而下。鬼與俱出，至途，驅而罵曰：「奸猾賊！頻頻翻覆，使人奔波欲死。再犯，當捉入大磨中細細研之。」席張目叱曰：「鬼子胡為者！我性耐刀鋸，不耐撻楚。請反見王。王如令我自歸，亦復何勞相送。」乃返奔。二鬼懼，溫語勸回。席故蹇緩⑩，行數步，輒憩路側。鬼含怒不敢復言。約半日，至一村，一門半闢，鬼引與共坐；席使據門閾⑪。二鬼乘其不備，推入門中。驚定自視，身已生為嬰兒。憤啼不乳，三日遂殤。魂搖搖⑫不忘灌口。約奔數十里忽見羽葆來，旛戟橫路。越道避之，因犯鹵簿，為前馬所執，縶送車前。仰見車中一少年，丰儀瑰瑋⑬。問席：「何人？」席冤憤正無所出，且意是必巨官，或當能作威福，因緬訴⑭毒痛。車中人命釋其縛，使隨車行。俄至一處，官府十餘員，迎謁道左，車中人各有問訊。已而，指席謂一官曰：「此下方人，正欲往愬，宜即為之剖決。」席詢之從者，始知車中即上帝殿下⑮九王，所囑即二郎也。席視二郎，修軀多髯，不類世間所傳。九王既去，席從二郎至一官廨，則其父與羊姓並衙隸俱在。少頃，檻車[16]中有囚人出，則冥王及郡司、城隍也。當堂對勘，席所言皆不妄；三官戰慄，狀若伏鼠。二郎援筆立判；頃之，傳下判語，令案中人共視之。判云：「勘得冥王者：職膺王爵，身受帝恩。自應貞潔，以率臣僚；不當貪墨[17]，以速[18]官謗[19]。而乃繁纓棨戟[20]，徒誇品秩之尊；羊狠狼貪[21]，竟玷人臣之節。斧敲斲，斲入木，婦子之皮骨皆空；鯨吞魚，魚食蝦，螻蟻之微生可憫。當掬西江之水，為爾湔腸；即燒東壁之牀，請君入甕[22]。城隍、郡司：為小民父母之官[23]，司上帝牛羊之牧[24]。雖則職居下列，而盡瘁者不辭折腰[25]；即或勢逼大僚，而有志者亦應強項[26]。乃上下其鷹鷙之手，既罔念夫民貧；且飛揚其狙獪[27]之奸，更不嫌乎鬼瘦。惟受贓而枉法，真人面而獸心。是宜剔髓伐毛，暫罰冥死；所當脫皮換革，仍令胎生。隸役者：既在鬼曹，便非人類。只宜公門修行[28]，庶還落蓐之身[29]；何得苦海生波，益造彌天[30]之孽？飛揚跋扈[31]，狗臉生六月之霜[32]；隳突叫號[33]，虎威斷九衢[34]之路。肆淫威於冥界，咸知獄吏為尊；助酷虐於昏官，共以屠伯[35]是懼。當於法場之內，剁其四肢；更向湯鑊之中，撈其筋骨。羊某：富而不仁，狡而多詐。金光蓋地，因使閻摩殿上，盡是陰霾；銅臭熏天，遂教枉死城中，全無日月。餘腥猶能役鬼，大力直可通神。宜籍羊氏之家，以賞席生之孝。」即押赴東嶽施行。又謂席廉：「念汝子孝義，汝性良懦，可再賜陽壽三紀[36]。」因使兩人送之歸里。席乃抄其判詞，途中父子共讀之。既至家，席先甦；令家人啓棺視父，僵屍猶冰，俟之終日，漸溫而活，及索抄詞，則已無矣。自此，家日益豐；三年間，良沃遍野。而羊氏子孫微㊲矣，樓閣田產，盡為席有。里人或有買其田者，夜夢神人叱之曰：「此席家物，汝烏得有之！」初未深信；既而種作，則終年升斗無所獲，於是復鬻歸席。席父九十餘歲而卒。

異史氏曰：「人人言淨土㊳，而不知生死隔世，意念都迷。且不知其所以來，又烏知其所以去；而況死而又死，生而復生者乎？忠孝志定，萬劫不移，異哉席生，何其偉也！」

①垂危——臨死的時候。
②早衙——從前官署裏的主官，每天早晚要坐堂兩回，處理政務，審訊案件，叫作坐衙。早上坐堂問事就叫作坐早衙。
③質理——審問。
④冥行——摸黑走路。
⑤扑——打、擊。
⑥覆案——重審。

⑦允當——猶如說「活該」，這裏是憤激不平的反話。
⑧隆隆然——形容鋸聲像雷鳴一樣。
⑨灌口二郎——神話裏的灌口二郎，有好幾個不同的人，這裏指的是楊戩。傳說楊戩是玉帝外甥，所以下文說「為帝勳戚」。
⑩蹇緩——慢慢走。
⑪閾——門檻。
⑫搖搖——心緒不寧、不安定、無所寄託的樣子。
⑬瑰瑋——奇偉的意思。
⑭緬訴——細述、從頭告訴。
⑮殿下——封建時代對王、侯、皇子的尊稱。
⑯檻車——一種四面圍有欄杆或木板、防止犯人逃逸的囚車。
⑰貪墨——墨，在這裏通「冒」，也就是貪的意思。貪墨，意近貪污。
⑱速——招來。
⑲官謗——做官不稱職，被人攻擊，叫作官謗。
⑳繁纓棨戟——繁纓，馬腹下的帶飾。棨戟，參看《夢狼》篇「戟幢」註。
㉑羊狠狼貪——古人認為：羊性狠，狼性貪。所以用羊狠狼貪來比喻官吏對人民的壓迫和剝削。語出

《史記》：「狠如羊，貪如狼。」

㉒請君入甕——作法自斃的意思。唐代故事：周興和來俊臣都是武則天時的酷吏。有一次，周興犯了罪，武則天密令來俊臣審問。來就問周：審問囚犯，囚犯不肯認罪，有什麼好方法？周說：拿一個大甕，四圍用炭火燒熱，把犯人放在裏面，還怕他有什麼不肯招承的？來聽說後，就如法泡製，然後告訴周：上面有命令叫我審問你，請你到甕裏去罷！周驚駭之下，只好叩頭伏罪。

㉓為小民父母之官——封建時代，尊稱州縣官為父母官，意思是說他像老百姓的家長一樣。這裏把陰間的城隍、郡司比作人間的州縣官，所以也稱為父母官。

㉔司上帝牛羊之牧——司，主管；牛羊，比喻人民；牧，本是飼養牛羊一類牲畜的意思，引申為治理。司上帝牛羊之牧，意思是奉了君主的命令，來做管理人民的工作。封建統治者認為自己是高高在上的特殊階級，把人民當作牛羊一樣地統治着，所以古來把州長叫作州牧，治民叫作牧民。

㉕折腰——鞠躬行禮的意思，指做小官受委屈。這是晉陶潛的故事：陶潛不願為五斗米（意指縣令微薄的薪俸）向上司派來的考察人員——督郵折腰，就辭去了彭澤令。

㉖強項——直梗着脖子，形容倔強、不屈服的樣子。

㉗狙獪——狙，一種性情狡猾的獼猴；狙獪，指像猴子一樣的狡詐。

㉘公門修行——公門，指官署。從前認為，官署審理案件，操人民生死大權，所以在官署裏做事的人，是可以隨時隨地行善救人的，因而有「公門裏好修行」這一句俗話。

㉙落蓐之身——蓐，產褥；落蓐，指生產。落蓐之身，指人身。

㉚彌天——遍天，滿天。

㉛跋扈——不服從皇帝和長官，恃強橫暴的樣子。

㉜狗臉生六月之霜——形容隸役臉上慘白色，一種陰險狠惡的樣子。神話故事：戰國時，鄒衍忠於燕惠王，反而遭讒下獄。於是鄒衍仰天而哭。那時正是夏天，但天也為之感動而下霜。這裏「生六月之霜」，除形容狠毒外，也含有因隸役的枉法而使人民遭受冤屈的雙重意義。

㉝隳突叫號——暴跳如雷的樣子。

㉞九衢——九條大路，一般指皇帝京城的道路。

㉟屠伯——指殺人的酷吏。漢代故事：嚴延年性情殘暴，做太守的時候，在冬天殺死很多囚犯，以致血流數里；當時人叫他「屠伯」，猶如說劊子手。

㊱紀——中國古代以十二年為一紀。

㊲微——衰落的意思。

㊳淨土——佛教說法中的佛土、佛國。意思是西方的佛國，清淨自然，沒有任何雜穢，所以叫淨土。

喬女

平原喬生，有女黑醜：壑[①]一鼻，跛一足。年二十五六，無問名者。邑有穆生，年四十餘，妻死，貧不能續[②]，因聘焉。三年，生一子。未幾，穆生卒，家益索[③]，大困，則乞憐其母。母頗不耐之。女亦憤不復返，惟以紡織自給。有孟生喪偶，遺一子烏頭，裁周歲，以乳哺乏人，急於求配；然媒數言，輒不當意。忽見女，大悅之，陰使人風示女。女辭焉，曰：「飢凍若此，從官人[④]得溫飽，夫寧不願？然殘醜不如人，所可自信者，德耳；又事二夫，官人何取焉！」孟益賢之，向慕尤殷。使媒者函[⑤]金加幣而說其母。母悅，自詣女所，固要之；女志終不奪。母慚，願以少女字孟；家人皆喜，而孟殊不願。居無何，孟暴疾卒，女往臨哭盡哀。孟故無戚黨，死後，村中無賴，悉憑陵[⑥]之，傢具攜取一空，方謀瓜分其田產。家人亦各草竊[⑦]以去，惟一嫗抱兒哭帷中。女問得故，大不平。聞林生與孟善，乃踵門而告曰：「夫婦、朋友，人之大倫[⑧]也。妾以奇醜為世不齒，獨孟生能知我，前雖固拒之，然固已心許之矣。今身死子幼，自當有以報知己。然存孤易，禦侮難；若無兄弟父母，遂坐視其子死家滅而不一救，則五倫中可以無朋友矣。妾無所多須於君，但以片紙告邑宰；撫孤，則妾不敢辭。」林曰：「諾！」女別而歸。林將如其所教；無賴輩怒，咸欲以白刃相仇，林大懼，閉戶不敢復行。女聽之數日寂無音，及問之，則孟氏田產已盡矣。女忿甚，銳身自詣官。官詰女屬孟何人。女曰：「公宰一邑，所憑者理耳。如其言妄，即至戚無所逃罪；如非妄，即道路之人可聽也。」官怒其言戇，訶逐而出。女冤憤無以自伸，哭訴於搢紳之門。某先生聞而義之，代剖[9]於宰。宰按[10]之果真，窮治[11]諸無賴，盡反[12]所取。或議留女居孟第，撫其孤；女不肯。扃其戶，使嫗抱烏頭從與俱歸，另舍之。凡烏頭日用所需，輒同嫗啓戶出粟，為之營辦；己錙銖[13]無所沾染，抱子食貧[14]，一如曩日。積數年，烏頭漸長，為延師教讀；己子則使學操作。嫗勸使並讀。女曰：「烏頭之費，其所自有；我耗人之財以教己子，此心何以自明？」又數年，為烏頭積粟數百石，乃聘於名族，治其第宅，析令歸。烏頭泣要同居；女乃從之，然紡績如故。烏頭夫婦奪其具。女曰：「我母子坐食，心何安矣？」遂早暮為之紀理，使其子巡行阡陌[15]，若為傭然。烏頭夫婦有小過，輒斥譴不少貸[16]；稍不悛[17]，則怫然欲去：夫婦跪道悔詞，始止。未幾，烏頭入泮，又辭欲歸。烏頭不可，捐聘幣，為穆子完昏。女乃析子令歸。烏頭留之不得，陰使人於近村為市恆產百畝而後遣之。後女疾求歸，烏頭不聽。病益篤，囑曰：「必以我歸葬！」烏頭諾。既卒，陰以金啗穆子，俾合葬於孟。及期，棺重，三十人不能舉。穆子忽仆，七竅血出，自言曰：「不肖兒，何得遂賣汝母！」烏頭懼，拜祝之，始癒。乃復停數日，修治穆墓已，始合巹之。

異史氏曰：「知己之感，許之以身，此烈男子之所為也。彼女何知，而奇偉如是？若遇九方皋[18]，直牡視之矣。」

①齾——這裏作動詞用，是缺、凹的意思，指塌鼻子。

②續——這裏指續娶。

③索——盡的意思，引申作「貧困」解釋。

④官人——從前對男子的尊稱。

⑤函——這裏作動詞用，用盒子裝着的意思。

⑥憑陵——欺負。

⑦草竊——乘機奪取。

⑧倫——指倫常。舊禮教把父子、君臣、夫婦、長幼、朋友間的關係，稱為五倫，認為這是人和人之間天經地義的道理。封建統治者便利用這一「倫常」的說法來鞏固自己的地位。

⑨剖——分辯、解釋。

⑩按——審理、查究。

⑪窮治——嚴辦、苦追。

⑫反——拿回、歸還。

⑬錙銖——錙和銖，都是古衡名，極小數目的單位，後來一般用以形容微末的價值。

⑭食貧——過苦日子。

⑮阡陌——田塍。南北叫作阡，東西叫作陌。

⑯貸——饒恕的意思。

⑰悛——改過。

⑱九方皋——春秋時秦國鑒別馬的專家。他為秦穆公找到了一匹好馬，說是黃色的母馬，但派去取馬的人報告說是黑色的公馬。秦穆公以為九方皋看錯了。等到馬運回來，雖是黑色，卻果然是一匹最好的馬。因為九方皋看馬的好壞，着重馬的內在精神，而並不注意外表形跡。寓言出《列子》。

馬介甫

楊萬石，大名諸生也。生平有季常[1]之懼。妻尹氏奇悍，少迕之，輒以鞭撻從事。楊父年六十餘而鰥，尹以齒奴隸數。楊與弟萬鍾常竊餌翁，不敢令婦知；然衣敗絮，恐貽訕笑，不令見客。萬石四十無子，納妾王氏，旦夕不敢通一語。兄弟候試郡中，見一少年，容服都雅；與語，悅之。詢其姓字，自云：「介甫姓馬。」由此交日密，焚香為昆季之盟。既別，約半載，馬忽攜僮僕過楊。值楊翁在門外，曝陽捫蝨。疑為傭僕，通姓氏使達主人。翁披絮去。或告馬：「此即其翁也。」馬方驚訝，楊兄弟岸幘[2]出迎，登堂一揖，便請朝父，萬石辭以偶恙。促坐[3]笑語，不覺向夕。萬石屢言具食，而終不見至。兄弟迭互出入，始有瘦奴持壺酒來。俄頃引盡。坐伺良久，萬石頻起催呼，額頰間熱汗蒸騰。俄瘦奴以饌具出，脫粟失飪[4]，殊不甘旨。食已，萬石草草便去。萬鍾襆被來伴客寢。馬責之曰：「曩以伯仲高義，遂同盟好；今老父實不溫飽，行道者[5]羞之。」萬鍾泫然曰：「在心之情，卒難申致。家門不吉，蹇遭悍嫂，尊長細弱，橫被摧殘，非瀝血之好[6]，此醜不敢揚也。」馬駭歎移時，曰：「我初欲早旦而行，今得此異聞，不可不一目見之。

請假閒舍，就便自炊。」萬鍾從其教，即除室為馬安頓。夜深竊餽蔬稻，惟恐婦知。馬會其意，力卻之。且請楊翁與同食寢。自詣城肆，市布帛，為易袍袴。父子兄弟皆感泣。萬鍾有子喜兒，方七歲，夜從翁眠。馬撫之曰：「此兒福壽過於其父，但少年孤苦耳。」婦聞老翁安飽，大怒，輒罵，謂馬強預人家事。初惡聲尚在閨闥，漸近馬居，以示「瑟歌」[7]之意。楊兄弟汗體徘徊，不能制止，而馬若弗聞也者。妾王，體妊[8]五月，婦始知之，褫衣慘掠。已，乃喚萬石跪受巾幗，操鞭逐出。值馬在外，慚懅不前；又追逼之，始出。婦亦隨出，叉手頓足。觀者填溢。馬指婦叱曰：「去去！」婦即反奔，若被鬼逐，袴履俱脫，足纏[9]縈繞於道上，徒跣[10]而歸，面色灰死。少定，婢進襪履，着已，噭啕大哭。家人無敢問者。馬曳萬石為解巾幗。萬石聳身定息，如恐脫落。馬強脫之；而坐立不寧，猶懼以私脫加罪。探婦哭已，乃敢入，次且而前。婦殊不發一語，遽起，入房自寢。萬石意始舒，與弟竊奇焉。家人皆以為異，相聚偶語。婦微有聞，益羞怒，遍撻奴婢。呼妾，妾創劇不能起；婦以為偽，就榻搒之，崩注[11]墮胎。萬石於無人處，對馬哀啼，馬慰解之。呼僮具牢饌[12]，更籌再唱，不放萬石歸。婦在閨房，恨夫不歸，方大恚忿。聞撬[13]扉聲，急呼婢，則室門已闢。有巨人入，影蔽一室，猙獰如鬼；俄又有數人入，各執利刃。婦駭絕欲號。巨人以刃刺頸，曰：「號，便殺卻！」婦急以金帛贖命。巨人曰：「我冥曹使者，不要錢，但取悍婦心耳！」婦益懼，自投敗顙⑭。巨人乃以利刃畫婦心，而數之曰：「如某事，謂可殺否？」即一畫。凡一切凶悍之事，責數殆盡，刀畫膚革，不啻數十。末乃曰：「妾生子，亦爾宗緒，何忍打墮？此事必不可宥！」乃令數人反接⑮其手，剖視悍婦心腸。婦叩頭乞命，但言知悔。俄聞中門啓閉，曰：「楊萬石來矣。既已悔過，姑留餘生。」紛然盡散。無何，萬石入，見婦赤身綳繫，心頭刀痕，縱橫不可數。解而問之，得其故，大駭，竊疑焉。明日，向馬述之。馬亦駭。由是婦威漸斂，經數月不敢出一惡語。馬大喜，告萬石曰：「實告君，幸勿宣洩：前以小術懼之。既得好合，請暫別也。」遂去。婦每日暮，挽留萬石作侶，歡笑而承迎之。萬石生平不解此樂，遽遭之，覺坐立皆無所可。婦一夜憶巨人狀，瑟縮搖戰。萬石思媚婦意，微露其假。婦遽起，苦致窮詰。萬石自覺失言，而不可悔，遂實告之。婦勃然大罵。萬石懼，長跽牀下。婦不顧。哀至漏三下，婦曰：「欲得我恕，須以刀畫汝心頭如干數，此恨始消。」乃起捉廚刀。萬石大懼而奔，婦逐之。犬吠雞騰，家人盡起。萬鍾不知何故，但以身左右翼兄。婦方詬詈，忽見翁來，睹袍服，倍益烈怒，即就翁身，條條割裂，批頰而摘翁髭。萬鍾見之怒，以石擊婦，中顱，顛蹷而斃。萬鍾曰：「我死而父兄得生，何憾？」遂投井中，救之已死。移時婦甦，聞萬鍾死，怒亦遂解。既殯，弟婦戀兒，矢不嫁。婦唾罵不與食，醮去之。遺孤兒，朝夕受鞭楚；候家人食訖，始啗以冷塊。積半歲，兒尫羸[16]，僅存氣息。一日，馬忽至。萬石囑家人勿以告婦。馬見翁襤褸如故，大駭；又聞萬鍾殞謝，頓足悲哀。兒聞馬至，便來依戀，前呼「馬叔」。馬不能識，審顧始辨。驚曰：「兒何憔悴至此？」翁乃囁嚅具道情事。馬忿然謂萬石曰：「我曩道兄非人，果不謬！兩人止此一綫，殺之，將奈何？」萬石不言，惟伏首帖耳而泣。坐語數刻，婦已知之，不敢自出逐客，但呼萬石入，批使絕馬。含涕而出，批痕儼然。馬怒之曰：「兄不能威[17]，獨[18]不能斷『出』[19]耶？毆父殺弟，安然忍受，何以為人？」萬石欠伸，似有動容。馬又激之曰：「如渠不去，理須威劫，便殺卻勿懼。僕有二三知交，都居要地，必合極力[20]，保無虧也。」萬石諾，負氣疾行，奔而入。適與婦遇，叱問何為。萬石皇遽失色，以手據地[21]，曰：「馬生教余出婦。」婦益恚，顧尋刀杖，萬石懼而卻走。馬唾之曰：「兄真不可教也已！」遂開篋，出刀圭藥，合水授萬石飲。曰：「此『丈夫再造散』，所以不輕用者，以能病人故耳；今不得已，暫試之。」飲下，少頃，萬石覺忿氣填胸，如烈焰中燒，刻不容忍，直抵閨闥，叫喊雷動。婦未及詰，萬石以足騰起，婦顛去數尺有咫，即復握石成拳，擂擊無算。婦體幾無完膚，嘲哳[22]猶罵。萬石於腰中出佩刀。婦罵曰：「出刀子敢殺我耶！」萬石不語，割股上肉大如掌，擲地上。方欲再割，婦哀鳴乞恕；萬石不聽，又割之。家人見萬石兇狂，相集，死力掖出。馬迎去，捉臂相用慰勞。萬石餘怒未息，屢欲奔尋。馬止之。少間，藥力漸消，嗒焉若喪。馬囑曰：「兄勿餒，乾綱[23]之振，在此一舉。夫人之所以懼者，非朝夕之故，其所由來者漸矣。譬昨死而今生，須從此滌故更新；再一餒，則不可為矣。」遣萬石入探之。婦股慄心懾，倩婢扶起，將以膝行，止之乃已。出語馬生，父子交賀。馬欲去，父子共挽之。馬曰：「我適有東海之行，故便道相過，還時可復會耳。」月餘，婦起，賓事[24]良人。久覺黔驢無技[25]，漸狎、漸嘲、漸罵，居無何，舊態全作矣。翁不能堪，宵遁，至河南，隸道士籍。萬石亦不敢尋。年餘，馬至，知其狀，怫然責數。已，立呼兒至，置驢子上，驅策逕去。由此鄉人皆不齒萬石。學使案臨，以劣行黜名。又四五年，遭回祿[26]，居室財物，悉為煨燼。延燒鄰舍，村人執以告郡，罰鍰[27]煩苛。於是家產漸盡，至無居廬。近村相戒無以舍舍萬石；尹氏兄弟怒婦所為，亦絕拒之。萬石既窮，質妾於貴家，偕妻南渡。至河南界，資斧已絕。婦不肯從，聒夫再嫁。適有屠而鰥者，以錢三百貨去。萬石一身，丐食於遠村近郭間。至一朱門，閽人訶拒不聽前。少間，一官人出，萬石伏地啜泣。官人熟視久之，略詰姓名，驚曰：「是伯父也！何一貧至此？」萬石細審，知為喜兒，不覺大哭。從之入，見堂中金碧煥映。俄頃，父扶童子出，相對悲哽。萬石始述所遭。初，馬攜喜兒至此，數日，即出尋楊翁來，使祖孫同居。又延師教讀。十五歲入邑庠，次年領鄉薦，始為完婚。乃別欲去。祖孫泣留之。馬曰：「我非人，實狐仙耳。道侶相候已久。」遂去。

孝廉言之，不覺惻楚。因念昔與庶伯母同受酷虐，倍益感傷，遂以輿馬，賫金贖王氏歸。年餘，生一子，因以為嫡。尹從屠半載，狂悖猶昔。夫怒，以屠刀扎其股，穿以毛綆，懸樑上，荷肉竟出。號極聲嘶，鄰人始知；解縛抽綆，一抽則呼痛之聲，震動四鄰。以是見屠來，則骨毛皆豎。後脛創雖癒，而斷芒遺肉內，終不良於行；猶夙夜服役，無敢少懈。屠既橫暴，每醉歸，則撻詈不情。至此，始悟昔之施於人者，亦猶是也。一日，楊夫人及伯母燒香普陀寺，近村農婦，並來參謁；尹在中悵立不前。王氏故問此伊誰。家人進白張屠之妻，便訶使前，與太夫人稽首。王笑曰：「此婦從屠，當不乏肉食，何羸瘠乃爾？」尹愧恨，歸欲自經，綆弱，不得死。屠益惡之。歲餘，屠死，途遇萬石，遙望之，以膝行，淚下如縻[28]。萬石礙僕，未通一言。歸告姪，欲謀珠還[29]。姪固不肯。婦為里人所唾棄，久無所歸，依羣乞以食。萬石猶時就尹廢寺中。姪以為玷，陰教羣乞窘辱之，乃絕。此事余不知其究竟，後數行，乃畢公權[30]撰成之。

異史氏曰：「內懼，天下之通病也；然不意天壤之間，乃有楊郎！寧非變異？余嘗作《妙音經》[31]之續言，謹附錄以博一噱：『竊以天道化生萬物，重賴坤成；男兒志在四方，尤須內助。同甘獨苦，勞爾十月呻吟[32]；就溼移乾，苦矣三年嚬笑。此顧宗祧而動念，君子所以有伉儷之求；瞻井臼而懷思，古人所以有魚水之愛也。始而不遜之聲，或大施而小報；繼則如賓之敬[33]，竟有往而無來。只緣兒女深情，遂使英雄短氣。牀上夜叉坐，任金剛亦須低眉；釜底毒煙生，即鐵漢無能[34]強項。秋砧之杵可掬，不擣月夜之衣[35]。麻姑之爪能搔，輕試蓮花之面[36]。小受大走，直將代孟母投梭[37]；婦唱夫隨，翻欲起周婆制禮[38]。婆娑跳擲，停觀滿道行人；嘲哳鳴嘶，撲落一羣嬌鳥。惡乎哉！呼天籲地，忽爾披髮向銀牀[39]；醜矣夫！轉目搖頭，猥[40]欲投繯[41]延玉頸。當是時也：地下已多碎膽，天外更有驚魂。北宮黝[42]未必不逃，孟施舍焉能無懼？將軍氣同雷電，一入中庭，頓歸「無何有之鄉」[43]；大人面若冰霜，比到寢門，遂有不可問之處。豈果脂粉之氣，不勢而威？胡乃骯髒之身，不寒而慄？猶可解者：魔女[44]翹鬟來月下，何妨俯伏皈依？最冤枉者：鳩盤蓬首到人間，也要香花供養。聞怒獅之吼，則雙孔撩天[45]；聽牝雞之鳴，則五體投地[46]。登徒子淫而忘醜[48]；《迴波詞》憐而成嘲[49]。設為汾陽之婿[50]，立致尊榮，媚卿卿[51]良有故；若贅外黃之家[52]，不免奴役，拜僕僕[53]將何求？彼窮鬼自覺無顏，任其斫樹摧花[54]，止求包荒[55]於怨婦；如錢神可云有勢，乃亦嬰鱗犯制[56]，不能借助於方兄[57]。豈縛遊子之心，惟茲鳥道？抑消霸王之氣，恃此鴻溝？然死同穴，生同衾，何嘗教吟「白首」[58]？而朝行雲，暮行雨，輒欲獨佔巫山。恨煞「池水清」[59]，空按紅牙玉板；憐爾「妾命薄」[60]，獨支永夜寒更。蟬殼、鷺灘，喜驪龍之方睡[61]；犢車、麈尾，恨駑馬之不奔[62]。榻上共臥之人，撻去方知為舅[63]；牀前久繫之客，牽來已化為羊[64]。需之殷者僅俄頃，毒之流者無盡藏。買笑纏頭，而成自作之孽，《太甲》必曰難違[65]；俯首帖耳，而受無妄之刑，李陽亦謂不可[66]。酸風凜冽，吹殘綺閣之春；醋海汪洋，淹斷藍橋[67]之月。又或盛會忽逢，良朋即坐，斗酒藏而不設，且由房出逐客之書；故人疏而不來，遂自我廣絕交之論[68]。甚而雁影分飛，涕空沾於荊樹[69]；鸞膠再覓，變遂起於蘆花[70]。故飲酒陽城，一堂中惟有兄弟[71]；吹竽商子，七旬餘並無室家[72]。古人為此，有隱痛矣。嗚呼！百年鴛偶，竟成附骨之疽；五兩鹿皮，或買剝牀之痛[73]。髯如戟者如是[74]，膽似斗者何人？固不敢於馬棧下斷絕禍胎[75]，又誰能向蠶室中斬除孽本[76]？娘子軍肆其橫暴，苦療妒之無方；胭脂虎噉盡生靈，幸渡迷之有楫[77]。天香夜爇，全澄湯鑊之波；花雨晨飛，盡滅劍輪之火[78]。極樂之境，彩翼雙棲；長舌之端，青蓮並蒂[79]。拔苦惱於優婆之國[80]，立道場於愛河之濱。咦！願此幾章貝葉文[81]，灑為一滴楊枝水[82]。』」

①季常——宋陳慥的號。陳慥宴客，席上有妓女，他老婆加以干涉。蘇軾和陳慥是朋友，就作詩說：「忽聞河東獅子吼，拄杖落手心茫然。」嘲笑陳慥怕老婆。後世因把「季常」二字象徵怕老婆的典型人物。

②岸幘——戴着頭巾，卻露出頭額來。原是形容隨便，這裏意指整肅。

③促坐——催着拉着請坐。

④失飪——烹調食物，有的火候不到，有的燒過了火。

⑤行道者——路人。這裏「行道者羞之」，意思是說，就是不相識、不相干的人，也認為你這種行為是可恥的。

⑥瀝血之好——古人為了表示交好，在盟誓的時候，殺死牛羊雞犬，把血滴在盤中，取含口裏，叫作瀝血或歃血。這裏指結拜盟兄弟。

⑦「瑟歌」——「取瑟而歌」的省詞，貌似背着人而發出動作或語言，其實卻故意讓人聽見的意思。故事出《論語》：孺悲去看孔丘，孔丘推託有病不見；一面叫人回絕，一面又在屋裏鼓瑟唱歌，故意讓孺悲聽見。

⑧妊——懷孕。

⑨足纏——裹腳布。

⑩徒跣——赤腳走路。

⑪崩注——血下不止。

⑫牢饌——牢，指豬、牛、羊三牲。牢饌，指肉食。

⑬撬——撥、挑。

⑭敗顙——磕破了頭。

⑮反接——把兩手反縛在背後。
⑯尪羸——尪，短小；羸，瘦弱。
⑰威——這裏作動詞用，發威的意思。
⑱獨——難道、豈。
⑲「出」——封建社會中男子單方面離婚叫作出，意思是把配偶趕出去。按照禮教制度，婦女如果無子、淫佚、不事舅姑、口舌、盜竊、妬忌、惡疾，都是重大過失，構成被出的條件，這就是所謂「七出之條」。犯了七出的任何一條，丈夫就可以把老婆送回娘家，永遠斷絕關係。
⑳極力——這裏是設法、幫忙的意思。
㉑以手據地——形容匍匐跪倒的樣子。
㉒嘲哳——形容話說不清楚而又嘰嘰喳喳地多說的聲音。哳應作「啠」。
㉓乾綱——乾，男性的象徵；綱，網的大繩，引申為提起，事的要領的意思：乾綱，指丈夫的權威。封建禮教中有「三綱五常」的說法，其中一條叫「夫為妻綱」。
㉔賓事——服侍、伺候。
㉕黔驢無技——比喻無用而又不知藏拙。古代寓言：貴州從來沒有驢子，有人運了一隻去，放在山下。山裏的老虎最初看見驢子很害怕，聽見驢叫就跑。後來仔細觀察，覺得驢子不像有什麼狠處，於是漸漸走近。驢子發怒，用蹄子亂踢，老虎這才知道驢子的本領不過如此，於是就把驢子吃了。

寓言出自唐柳宗元《三戒》。

㉖回祿——古代火神名，後來用作火災的代詞。

㉗罰鍰——鍰是古衡名。古代罰款以鍰為計算單位，所以叫作罰鍰；後來便以罰鍰為罰款的通稱。

㉘縻——牛繮繩。這裏形容淚水流得長。

㉙珠還——比喻失而復得。古代神話：東漢時，合浦海裏產珠子，因為當地官吏貪污，拚命採取，於是珠子都走了，後來孟嘗來做合浦太守，革除舊弊，珠子又跑了回來。

㉚畢公權——舊註：名世持，淄川人，康熙戊午解元。

㉛《妙音經》——佛經名，指《妙音菩薩品》，是《法華經》二十八品裏的第二十四品，讚頌妙音菩薩的因行果德。「妙音」，是說有美妙的聲音而且把這美妙的聲音傳播四方。因此，妙音菩薩又稱獅子吼菩薩。這裏就借用佛家的「獅子吼」來作怕老婆的「獅子吼」。

㉜十月呻吟——指十月懷胎的辛苦。下文「三年嚬笑」，嚬，形容小孩的哭鬧。這兩句是說女人生產和撫養孩子的辛勞。

㉝如賓之敬——春秋時，晉冀缺耕田，妻子送飯給他吃，彼此恭恭敬敬，如同對待客人一樣。後來就把夫婦間的互有禮貌，叫作相敬如賓。

㉞無能——這裏是不能的意思。

㉟秋砧之杵可掬，不擣月夜之衣——砧，擣衣石；杵，擣衣棒槌。這裏的意思是，婦女不用擣衣的工

具去擣衣，暗示是用以打丈夫。

㊱麻姑之爪能搔，輕試蓮花之面——麻姑，神話傳說中的仙女，手像鳥爪一樣。蓮花，指美貌男子。唐張昌宗貌美，得幸於武則天，宮中稱為「蓮花六郎」，後人因用蓮花作美男子的形容詞。這裏的意思是老婆用長指甲抓丈夫的臉。

㊲小受大走，直將代孟母投梭——古代故事：舜捱了父親瞽叟的打，輕就受着，重就逃走，——恐怕因重傷反而引起父母的不安。孟母，指孟軻的母親；梭，織布的杼。孟軻小時候讀書不用功，他母親將梭丟在地上，用刀把織的布割斷，藉以警戒他。這裏引用這兩個故事，比喻老婆毆打、教訓丈夫，和毆打、教訓兒子一樣。

㊳婦唱夫隨，翻欲起周婆制禮——封建禮教不承認婦女有獨立的人格的，所以有「夫唱婦隨」的說法；這裏提到怕老婆，故意說成「婦唱夫隨」。傳說古禮是周公制定的，以致有種種壓迫婦女的禮教；既然怕老婆，由婦女當家了，就該反過來把周婆從地下喚起來，重新制禮。這句話是套用下面這一故事：晉謝安想娶妾，謝妻不許。大家勸她答應，並引證《詩經》裏一些詩篇表明婦女有不妬的美德。謝妻說：因為那是周公作的詩，如果周姥作詩，就不會那樣說了。這雖然是幽默的諷話，但實際上卻反映了當時婦女對於男女不平等的反抗心理。

㊴向銀牀——銀牀，井欄；向銀牀，意思是投井自殺。

㊵猥——突然、忽然。

㊶投繯——上吊、自縊。

㊷北宮黝——和下文孟施舍，都是古代不動心的勇士。見《孟子》。

㊸「無何有之鄉」——靈幻境界、非真實存在的地方。語出《莊子》。

㊹魔女——佛教認為，不斷淫就一定會墮魔道；下品為魔女。這裏比喻漂亮的女人。

㊺雙孔撩天——雙孔，指兩個鼻孔；撩天，仰着朝天。雙孔撩天，形容下跪仰着頭乞憐的樣子。有時也用以形容倨傲醜態，如後文《考弊司》篇「鼻孔撩天」。

㊻牝雞之鳴——指母雞司晨啼明，比喻婦女當家做主。封建禮教規定婦女應該遵守「三從」的訓誡，所以認為婦女當權有如母雞啼明，同樣是反常的現象。語出《書經》：「牝雞無晨；牝雞之晨，惟家之索。」

㊼五體投地——五體，指兩手、兩膝和頭。五體伏在地上，是佛教最恭敬的禮節。這裏是形容害怕。

㊽登徒子淫而忘醜——戰國時楚宋玉作《登徒子好色賦》，說登徒子的妻子奇醜，但是登徒子很喜歡她，和她生養了五個孩子。這是一篇假託的諷刺文。

㊾《迴波詞》憐而成嘲——唐大夫裴談出了名的怕老婆，那時唐中宗（李哲，又名李顯）也懼怕韋后。有一次內廷宴會，伶人唱《迴波詞》嘲笑道：「迴波爾時栲栳，怕婦也是大好；外邊只有裴談，內裏無過李老。」李老，指唐中宗。

㊿汾陽之婿——唐郭子儀有七個女婿，都因為他的關係而做了貴官。參看《西湖主》篇「汾陽」註。

㊶卿卿——古時，夫婦之間，夫可稱妻為卿，但妻不能以之稱夫。晉王戎妻常稱王為卿，王說：你稱我為卿，是不敬的，下回不要這樣。妻說：親卿愛卿，是以卿卿；我不卿卿，誰當卿卿。後來因用卿卿兩字作為夫婦、男女之間狎暱的互稱。

㊷外黃之家——戰國時，魏外黃地方一個富家的女子，嫁了丈夫是一個庸奴，後來她跑掉了，改嫁張耳為妻。

㊸僕僕——煩勞猥鄙的樣子。

㊹斫樹摧花——故事傳說：晉阮宣有一次歎賞一棵桃樹花開得鮮艷可愛，阮妻大為妬忌，就用刀把樹砍掉。

㊺包荒——寬宏大量的意思。

㊻嬰鱗犯制——觸犯的意思。傳說龍的喉下有逆鱗，如果碰了它，龍就要殺人。見《韓非子》。梁張纘《妬婦賦》：「忽有逆其妬鱗，犯其忌制，赴湯蹈火，瞋目攘袂，或棄產而焚家，或投兒而害婿。」

㊼方兄——「孔方兄」的省詞，因為古代錢是圓的，中間有方孔。晉魯褒作《錢神論》，中有「親之如兄，字曰孔方」的句子，就指的是錢，後來因叫錢為孔方兄。

㊽吟「白首」——白首，指古樂府《白頭吟》。漢卓文君嫁司馬相如後，司馬相如中途變心，卓文君吟詩表示決裂，詩中有「願得一心人，白頭不相離」的句子。司馬相如讀詩後極為感動，打消了娶妾的念頭。故事出《西京雜記》。

59「池水清」——韓仲夜裏狎妓，飲酒高歌，剛唱到「池水清」這一句，他老婆忽然從暗中跑了出來，一棒把他戴的帽子打落，燈燭也熄滅了。韓仲嚇得躲在牀下。後來大家嘲笑他，「池水清」便成了他的綽號。

60「妾命薄」——樂府古題有《妾薄命》。這裏顛倒文字為「妾命薄」，大約是為了與上句「池水清」對仗，「薄」對「清」字。

61蟬殼、鷺灘，喜驪龍之方睡——指趁着老婆熟睡而出房去和別的女子偷情。舊有劇曲名《青衣曲》，一本十二齣，第三齣題「金蟬脫殼」，寫悄悄地從被窩中爬出；第四齣題「鷺鷀踏灘」，寫輕輕地舉步溜出房去。這裏的蟬殼、鷺灘，就是「金蟬脫殼」和「鷺鷥踏灘」的省詞。《莊子》寓言：驪龍頷下有珠，必須等牠熟睡，然後才能偷取。

62犢車麈尾，恨駑馬之不奔——晉王導在外娶妾，被妻子知道了，要去爭鬧；王導急忙駕車先往通知準備，他拿着麈尾的柄，幫助車夫趕車快走。這裏是嘲笑一般怕老婆的人沒有王導那種本領。

63榻上共臥之人，撻去方知為舅——晉車胤的老婆對車胤十分緊張，唯恐他亂搞男女關係。某日，他故意招妻兄同宿，卻把女人穿的衣裙掛在屏風上。他老婆見到，以為他和別的女人同宿，就拿刀前去；及至揭被一看，見是自己的哥哥，才難為情地退去。

64牀前久繫之客，牽來已化為羊——有一個女人，在自己出門時，常用繩子把丈夫繫在牀頭。丈夫和女巫串通，改繫了一頭羊。女巫和這個女人說，因為祖宗怪她兇惡，所以把她丈夫罰變作羊；如果能够改過，當代為禱告，還可以回復人身。這女人抱着羊痛哭，表示悔過。女巫便假裝作法，叫大家躲開，把羊趕走，又把人繫上。後來這女人又發脾氣，他丈夫就爬在地上裝作羊叫，好像又要變羊的樣子。女人大驚，從此再也不去干涉丈夫了。這是一篇假託的諷刺文。

㊺《太甲》必曰難違——指《書經．太甲篇》，其中有「天作孽，猶可違；自作孽，不可活」這兩句。

㊻李陽亦謂不可——李陽，晉代有名的豪俠。王衍的老婆貪財搜括，不聽王的勸告。王就和老婆說：你這樣，不但我反對，李陽也說不可。他老婆聽了，才略加約束。

㊼藍橋——故事傳說：古有尾生，最守信約，他曾和一女子相約，在橋下會面，到了時候，女子沒有來，河中發了大水，尾生不肯離開，就在橋下被淹死了。後人改編戲曲，指這座橋就是藍橋。這裏「醋海汪洋，淹斷藍橋之月」，意在用醋來象徵水。這句話的意思是說，由於老婆的吃醋，阻止了丈夫和別的女人偷情。

㊽廣絕交之論——漢朱穆作《絕交論》，晉劉孝標作《廣絕交論》，都是因為朋友不可靠而發感慨。這裏卻是說因為妻子不願招待客人，所以自己就和朋友疏遠了。

㊾雁影分飛，涕空沾於荊樹——指老婆不好，兄弟因之而分開。雁的飛行排列有序，古人以之比喻兄弟的行列。雁影分飛，是兄弟離散的意思。神話故事：漢時田氏三兄弟同居，後因妯娌不和，商議分家，堂前一棵紫荊樹，忽然自己枯死。兄弟看了感動，取消了分家計劃，那棵紫荊樹也就活了轉來。這裏說兄弟已經分了家，所以只有望着荊樹流淚了。

⑦⓪鸞膠再覓，變遂起於蘆花——指後妻不好，前妻所生的兒子因此而受苦。鸞膠，見前文《公孫九娘》篇「斷絃未續」註。蘆花，故事傳說：春秋時，閔子騫被後母虐待，她自己的兩個兒子穿棉衣，卻給閔子騫穿蘆花衣。

⑦①飲酒陽城，一堂中惟有兄弟——唐隱士陽城，喜歡喝酒，和兩個兄弟隱居在中條山裏。大家終身都不娶妻，認為有了外姓，便會使兄弟疏遠。

⑦②吹竽商子，七旬餘並無室家——竽，古代口吹的樂器，有三十六簧。商子，指商邱子胥，他喜歡吹竽，七十多歲了，始終不肯娶妻。

⑦③五兩鹿皮，或買剝牀之痛——五兩，是五對、五雙。古來定婚，送鹿皮到女家為禮物。五兩鹿皮，代指婚姻。剝牀，語出《易經．剝卦》：「剝牀以膚，凶。」意思是供安寢的牀既然剝盡，便要損害到人身。就是說，結婚有時會引來切身之害的。

⑦④髯如戟者如是——南北朝宋山陰公主愛上了褚彥回，褚卻不願意和她要好。公主說：你的鬚髯像戟一樣，但為什麼沒有一點男子氣概呢？

⑦⑤於馬棧下斷絕禍胎——馬棧，本是馬房的意思，這裏指牀。匡章的母親啓，得罪了丈夫，被殺死埋在馬棧下面。見《戰國策》。

⑦⑥向蠶室中斬除孽本——蠶室，是古代為執行宮刑而設的一種特種監獄。因為被處宮刑的人忌風，拘禁的地方一定要設火，有如養蠶之需要溫暖一樣，所以叫蠶室。這句話是割除性器的意思。

⑺楫——船槳，這裏作船的代詞。

⑻天香夜爇，全澄湯鑊之波；花雨晨飛，盡滅劍輪之火——佛教說法：天香是天上諸天的香。花雨，佛講《法華經》後，上天雨花。後來也有高僧說法，天降花雨的神話傳說。劍輪，迷信說法中的地獄名；劍輪之火，指壞人在地獄中受刀殺、火燒諸般痛苦。湯鑊，古代用油鍋烹人的酷刑。這裏用「湯鑊」、「劍輪」比喻怕老婆的人所受的慘痛，而認為佛力可以解除一切苦惱。

⑼極樂之境，彩翼雙棲；長舌之端，青蓮並蒂——佛教以西方阿彌陀佛所住的國土為「極樂世界」，認為那裏的眾生有樂無苦。長舌，象徵婦女的多言吵鬧。青蓮，印度語指優鉢羅花，據說這種花清潔香淨，不染纖塵。彩翼雙棲、青蓮並蒂，都比喻和美的夫婦關係。這裏的意思是，佛法可以感化愛吵鬧的婦人，使得夫妻和美。

⑽優婆之國——印度語稱信佛的善男子為優婆夷，善女人為優婆塞；優婆之國，意指佛國、佛境。

⑾貝葉文——貝葉，貝多羅樹葉的省詞。葉如棕櫚，可以寫字。印度人多用以寫佛經。所以貝葉文指經文，也叫「貝葉經」。

⑿楊枝水——就是楊枝淨水。楊枝本名齒木，是用來刷牙的。印度習慣，用楊枝、香水祝人健康；佛家請佛菩薩時，也用楊枝淨水。後來便誇張地說成佛菩薩運用楊枝水，能夠救苦救難，起死回生。

鳳仙

劉赤水，平樂人。少穎秀，十五入縣庠。父母早亡，遂以遊蕩自廢。家不中貲，而性好修飾，衾榻皆精美。一夕，被人招飲，忘滅燭而去。酒數行，始憶之，急返。聞室中小語，伏窺之，見少年擁麗者眠榻上。宅臨貴家廢第，恆多怪異，心知其狐，即亦不恐。入而叱曰：「卧榻豈容鼾睡！」二人惶遽，抱衣赤身遁去。遺紫紈袴一，帶上繫針囊。大悅，恐竊去，藏衾中而抱之。俄一蓬頭婢自門罅入，向劉索取。劉笑要償。婢請遺以酒，不應；贈以金，又不應。婢笑而去。旋反曰：「大姑言：如賜還，當以佳偶為報。」劉問：「伊誰？」曰：「吾家皮姓，大姑小字八仙，共卧者胡郎也；二姑水仙，適富川丁官人；三姑鳳仙較兩姑尤美，自無不當意者。」劉恐失信，請坐待好音。婢去久之，復返曰：「大姑寄語官人：好事豈能猝合。適與之言，方遭詬厲；但緩時日以待之，吾家非輕諾寡信者。」劉付之。過數日，渺無信息。薄暮，自外歸。閉門甫坐，忽雙扉自啓，兩人以被承女郎，手捉四角而入，曰：「送新人至矣！」笑置榻上而去。近視之，酣睡未醒，酒氣猶芳，赬顏醉態，傾絕人寰。喜極，為之捉足解襪，抱體緩裳。而女已微醒。開目見劉，四肢不能自主，但恨曰：「八仙淫婢賣我矣！」劉狎抱之。女嫌膚冰，微笑曰：「今夕何夕，見此涼人！」[1]劉曰：「子兮子兮，如此涼人何！」遂相歡愛。既而曰：「婢子無恥，玷人牀寢，而以妾換袴耶！必小報之！」從此，靡夕不至，綢繆甚殷。袖中出金釧一枚，曰：「此八仙物也。」又數日，懷繡履一雙來，珠嵌金繡，工巧殊絕，且囑劉暴揚之。劉出誇示親賓。來觀者皆以貲酒為贄，由此奇貨居之。女夜來，忽作別語。怪問之，答云：「姊以履故恨妾，欲攜家遠去，隔絕我好。」劉懼，願還之。女云：「不必，彼方以此挾[2]妾，如還之，中其機矣。」劉問：「何不獨留？」曰：「父母遠去，一家十餘口，俱託胡郎經紀，若不從去，恐長舌婦造黑白也。」從此不復至。踰二年，思念綦切。偶在途，遇女郎騎款段馬，老僕鞚[3]之，摩肩過；反啓障紗相窺，丰姿豔絕。頃，一少年後至，曰：「女子何人？似頗佳麗。」劉極讚之。少年拱手笑曰：「太過獎矣！此即山荊也。」劉惶愧謝過。少年曰：「此何妨？但南陽三葛，君得其龍[4]，區區者又何足道！」劉疑其言。少年曰：「君不認竊眠卧榻者耶？」劉始悟為胡。敘僚婿[5]之誼，嘲謔甚歡。少年曰：「岳新歸，將一省覲，可同行否？」劉喜，從入縈山。山上故有邑人避難之宅。女下馬入。少間，數人出望，曰：「劉官人亦來矣。」入門謁見翁媼。又一少年先在，靴袍炫美。翁曰：「此富川丁婿。」並揖即坐。少時，酒炙紛綸[6]，談笑頗洽。翁曰：「今日三婿並臨，可稱佳集。又無他人，可喚兒輩來，作一團圞之會。」俄，姊妹俱出。翁命設坐，各傍其婿。八仙見劉，惟掩口而笑；鳳仙輒與嘲弄；水仙貌少亞，而沈重溫克[7]，滿座傾談，惟把酒含笑而已。於是履舄交錯，蘭麝熏人，飲酒樂甚。劉視牀頭樂具畢備，遂取玉笛，請為翁壽。翁喜，命善者各執一藝，因而合座爭取；惟丁與鳳仙不取。八仙曰：「丁郎不諳可也，汝寧屈指不伸者？」因以拍板擲鳳仙懷中。便串繁響。翁悅曰：「家人之樂極矣！兒輩俱能歌舞，何不各進所長？」八仙起，捉水仙曰：「鳳仙從來金玉其音，不敢相勞；我兩人可歌《洛妃》[8]一曲。」二人歌舞方已，適婢以金盤進果，都不知其何名。翁曰：「此自真臘[9]攜來，所謂『田婆羅』[10]也。」因掬數枚送丁前。鳳仙不悅曰：「婿豈以貧富為愛憎耶？」翁微哂未言。八仙曰：「阿爹以丁郎異縣，故是客耳。若論長幼，豈獨鳳妹妹有拳大酸婿也？」鳳仙終不快，解華妝，以鼓拍授婢，唱《破窰》[11]一折[12]，聲淚俱下；既闋，拂袖逕出。一座為之不歡。八仙曰：「婢子喬性[13]猶昔。」乃追之，不知所往。劉無顏，亦辭而歸。至半路，見鳳仙坐路旁，呼與並坐。曰：「君一丈夫，不能為牀頭人吐氣耶？黃金屋自在書中，願好為之！」舉足云：「出門匆遽，棘刺破複履矣。所贈物，在身邊否？」劉出之。女取而易之。劉乞其敝者。囅然曰：「君亦無賴矣！幾見自己衾枕之物，亦要護藏者。如相見愛，一物可以相贈。」出一鏡付之，曰：「欲見妾，當於書卷中覓之；不然，相見無期矣。」言已不見。怊悵自歸。視鏡，則鳳仙背立其中，如望去人於百步之外者。因念所囑，謝客下帷。一日，見鏡中人忽現正面，盈盈欲笑，益愛重之。無人時，輒以共對。月餘，銳志漸衰，遊恆忘返。歸見鏡影，慘然若涕；隔日再視，則背立如初矣：始悟為己之廢學也。乃閉戶研讀，晝夜不輟；月餘，則影復向外。自此驗之：每有事荒廢，則其容戚；數日攻苦[14]，則其容笑。如是，朝夕懸之，如對師保[15]。如此二年，一舉而捷。喜曰：「今可以對我鳳仙矣！」攬鏡視之，見畫黛彎長，瓠犀微露，喜容可掬，宛然在目前。愛極，停睇不已。忽鏡中人笑曰：「『影裏情郎，畫中愛寵』，今之謂矣。」驚喜四顧，則鳳仙已在座後。握手問翁媼起居。曰：「妾別後，不曾歸家，伏處巖穴，聊典君分苦耳。」劉赴宴郡中，女請與俱；共乘而往，人對面不相窺。既而將歸，陰與劉謀，偽為娶於郡也者。女既歸，始出見客，經理家政。人皆驚其美，而不知其狐也。劉屬富川令門人，往謁之。遇丁，殷殷邀至其家，款禮優渥。言：「岳父母近又他徙。內人歸寧，將復。當寄信往，並詣申賀。」劉初疑丁亦狐，及細審邦族，始知富川大賈子也。初，丁自別業暮歸，遇水仙獨步，見其美，微睨之。女請附驥以行。丁喜，載至齋，與同寢處。櫺隙可入，始知為狐。言：「郎無見疑。妾以君誠篤，故願託之。」丁嬖之，竟不復娶。劉歸，假貴家廣宅，備客燕寢[16]，汜掃[17]光潔，而苦無供帳；隔夜視之，則陳設煥然矣。過數日，果有三十餘人，賫旗采酒禮而至，輿馬繽紛[18]，填溢街巷。劉揖翁及丁、胡入客舍；鳳仙逆嫗及兩姨入內寢。八仙曰：「婢子今貴，不怨冰人矣。——釧履猶存否？」女搜付之，曰：「履則猶是也，而被千人看破矣。」八仙以履擊背，曰：「撻汝寄[19]於劉郎。」乃投諸火，祝曰：「新時如花開，舊時如花謝；珍重不曾着，姮娥來相借。」水仙亦代祝曰：「曾經籠玉笋[20]，着出萬人稱；若使姮娥見，應憐太瘦生。」鳳仙撥灰曰：「夜夜上青天，一朝去所歡；留得纖纖影，遍與世人看。」遂以灰捻柈[21]中，堆作十餘分，望見劉來，托以贈之：但見繡履滿柈，悉如故款。八仙急出，推柈墮地上；猶有一二隻存者，又伏吹之，其蹤始滅。次日，丁以道遠，夫婦先歸。八仙貪與妹戲，翁及胡屢督促之，亭午始出，與眾俱去。初來，儀從過盛，觀者如市。有兩寇窺見麗人，魂魄喪失，因謀刼諸途。偵其離村，尾之而去。相隔不盈一矢，馬極奔，不能及。至一處，兩崖夾道，輿行稍緩；追及之，持刀吼咤，人眾都奔。下馬啓簾，則老嫗坐焉。方疑悞掠其母；才他顧，而兵[22]傷右臂，頃已被縛。——凝視之，崖並非崖，乃平樂城門也；輿中人，則李進士母，自鄉中歸耳。一寇後至，亦斷馬足而縶之門。李執送太守，一訊而伏。時有大盜未獲，詰之，即其人也。明春，劉及第。鳳仙亦恐招禍，故悉辭內戚之賀。劉亦更不他娶。及為郎官，納妾，生二子。

異史氏曰：「嗟乎！冷暖之態，仙凡固無殊哉！『少不努力，老大徒傷』，惜無好勝佳人，作鏡影悲笑耳。吾願恆河沙數㉓仙人，並遣嬌女婚嫁人間，則貧窮海中，少苦眾生矣。」

①「今夕何夕，見此涼人」——這裏和下文「子兮子兮，如此涼人何」兩句，都引自《詩經》：「今夕何夕，見此良人？子兮子兮，如此良人何！」而把「良」字換成同音的「涼」字，意含雙關。

②挾——要挾。

③鞚——這裏作動詞用，控馭的意思。

④南陽三葛，君得其龍——三國時，南陽諸葛瑾、諸葛亮、諸葛誕兄弟三人，分別在吳、蜀、魏做官。因為諸葛亮最有才能，所以當時人說：蜀得其龍，吳得其虎，魏得其狗。這裏以龍比喻三姊妹中最美麗的一人。

⑤僚婿——連襟。

⑥紛綸——繁亂的樣子。

⑦溫克——酒後能够節制自己，保持溫恭的態度，沒有喝醉的樣子。語出《詩經》：「飲酒溫克。」

⑧《洛妃》——洛妃，洛水的女神。

⑨真臘——外國名，就是現在的柬埔寨。

⑩「田婆羅」——婆羅，印度語的音譯，泛指一切果類。田婆羅，不知指何種果子。舊註說：真臘出產

一種和棗子差不多的果子，叫婆田羅。這裏田婆羅，疑是婆田羅之誤。
⑪「破窰」——指元王實甫所作《呂蒙正風雪破窰記》。呂蒙正，宋人，少時被父親驅遂，住在破窰，後來官做到宰相。元曲寫他和老婆同住窰內，十分貧苦。
⑫一折——一段、一齣。
⑬喬性——任性、鬧脾氣。
⑭攻苦——用功讀書。
⑮師保——師、保都是古來負教導責任的官員，統稱師保，猶如稱師傅。
⑯燕寢——宴飲休息的處所。
⑰氾掃——大掃除。
⑱繽紛——繁盛的樣子。
⑲寄——等於、寓託的意思。「撻汝寄於劉郎」，是說打了鳳仙猶如打了劉赤水。
⑳籠玉笋——籠，罩，這裏是穿的意思。玉笋，指女足。
㉑柈——同「槃」，就是盤。
㉒兵——這裏指刀劍一類的武器。後文《臙脂》篇「奪兵遺繡履」，兵，義同。
㉓恆河沙數——恆河，印度有名的大河。恆河沙數是佛教語言，以恆河裏的沙量比喻事物的多。

司文郎

平陽王平子，赴試北闈，賃居報國寺。寺中有餘杭生先在，王以比屋①，投刺焉。生不之答。朝夕遇之，多無狀②。王怒其狂悖，交往遂絕。一日，有少年遊寺中，白服裙帽，望之傀然③。近與接談，言語諧妙。心愛敬之。展問邦族，云：「登州宋姓。」因命蒼頭設座，相對噱談。餘杭生適過，共起遜坐。生居然上坐，更不撝挹。卒然問宋：「爾亦入闈者耶？」答云：「非也，駑駘之才，無志騰驤④久矣。」又問：「何省？」宋告之。生曰：「竟不進取，足知高明。山左、右⑤並無一字通者。」宋曰：「北人固少通者，然不通者未必是小生；南人固多通者，然通者亦未必是足下。」言已，鼓掌；王和之，因而鬨堂。生慚忿，軒眉攘腕⑥而大言曰：「敢當前命題，一校⑦文藝乎？」宋他顧而哂曰：「有何不敢！」便趨⑧寓所，出經授王。王隨手一翻，指曰：「『闕黨童子將命。』⑨」生起，求筆札⑩。宋曳之曰：「口占可也。我破已成：『於賓客往來之地，而見一無所知之人焉。』」王捧腹大笑。生怒曰：「全不能文，徒事謾罵，何以為人！」王力為排難，請另命佳題。又翻曰：「『殷有三仁焉⑪。』」宋立應曰：「三子者不同道，其趨⑫一也。夫一者何也？曰：仁也。君子亦仁而已矣，何必同？」生遂不作，起曰：「其為人也小有才。」遂去。王以此益重宋。邀入寓室，款言移晷[13]，盡出所作質宋。宋流覽絕疾，踰刻已盡百首。曰：「君亦沉深[14]於此道者；然命筆時無求必得之念，而尚有冀倖得之心，即此，已落下乘[15]。」遂取閱過者一一詮說[16]。王大悅，師事之。使庖人以蔗糖作水角[17]。宋啗而甘之，曰：「生平未解此味，煩異日更一作也。」由此相得甚歡。宋三五日輒一至，王必為之設水角焉。餘杭生時一遇之，雖不甚傾談，而傲睨之氣頓減。一日，以窗藝示宋。宋見諸友圈讚已濃，目一過，推置案頭，不作一語。生疑其未閱，復請之。答已覽竟。生又疑其不解。宋曰：「有何難解？但不佳耳！」生曰：「一覽丹黃[18]，何知不佳？」宋便誦其文，如夙讀者，且誦且訾。生跼蹐汗流，不言而去。移時，宋去，生入，堅請王作。王拒之。生強搜得，見文多圈點，笑云：「此大似水角子！」王故樸訥，靦然而已。次日，宋至，王具以告。宋怒曰：「我謂『南人不復反矣』[19]，傖楚何敢乃爾！必當有以報之！」王力陳輕薄之戒以規之，宋深感佩。既而場後以文示宋，宋頗相許。偶與涉歷殿閣，見一瞽僧坐廊下，設藥賣醫。宋訝曰：「此奇人也！最能知文，不可不一請教。」因命歸寓取文。遇餘杭生，遂與俱來。王呼師而參之。僧疑其問醫者，便詰症候。王具白請教之意。僧笑曰：「是誰多口？無目何以論文？」王請以耳代目。僧曰：「三作兩千餘言，誰耐久聽！不如焚之，我視以鼻可也。」王從之。每焚一作，僧嗅而領之曰：「君初法⑳大家，雖未逼真，亦近似矣。我適受之以脾，問：『可中否？』曰：『亦中得。』」餘杭生未深信，先以古大家文燒試之。僧再嗅曰：「妙哉！此文我心受之矣，非歸、胡㉑何解辨此！」生大駭，始焚己作。僧曰：「適領一藝，未窺全豹㉒，何忽另易一人來也？」生託言：「朋友之作，止彼一首；此乃小生作也。」僧嗅其餘灰，咳逆數聲，曰：「勿再投矣！格格而不能下，強受之以鬲；再焚，則作惡矣。」生慚而退。數日榜放，生竟領薦；王下第。宋與王走告僧。僧歎曰：「僕雖盲於目，而不盲於鼻；簾中人㉓，並鼻盲矣。」俄，餘杭生至，意氣發舒，曰：「盲和尚，汝亦啖人水角耶？今竟何如？」僧笑曰：「我所論者文耳，不謀與君論命。君試尋諸試官之文，各取一首焚之，我便知孰為爾師。」生與王並搜之，止得八九人。生曰：「如有舛錯，以何為罰？」僧憤曰：「剜我盲瞳去！」生焚之，每一首，都言非是；至六篇，忽向壁大嘔，下氣如雷。眾皆粲然。僧拭目向生曰：「此真汝師也！初不知而驟嗅之，刺於鼻，棘於腹，膀胱所不能容，直自下部出矣。」生大怒，去，曰：「明日自見，勿悔！勿悔！」越二三日，竟不至；視之，已移去矣。乃知即某門生也。宋慰王曰：「凡吾輩讀書人，不當尤人，但當克己：不尤人則德益宏，能克己則學益進。當前蹭落㉔，固是數之不偶；平心而論，文亦未便登岸㉕。其由此砥礪，天下自有不盲之人。」王肅然起敬。又聞次年再行鄉試，遂不歸，止而受教。宋曰：「都中薪桂米珠，勿憂資斧。舍後有窖鏹，可以發用。」即示之處。王謝曰：「昔竇、范貧而能廉[26]，今某幸能自給，敢自污乎？」王一日醉眠，僕及庖人竊發之。王忽覺，聞舍後有聲；竊出，則金堆地上。情見事露，並相慴伏。方訶責間，見有金爵，類多鐫款，審視，皆大父[27]字諱。蓋王祖曾為南部郎[28]，入都寓此，暴病而卒，金其所遺。王乃喜，稱得金八百餘兩。明日告宋，且示之爵，欲與瓜分。固辭乃已。以百金往贈瞽僧，僧已去。積數月，敦習益苦。及試，宋曰：「此戰不捷，始真是命矣！」俄以犯規被黜。王尚無言；宋大哭，不能自止。王反慰解之。宋曰：「僕為造物所忌，困頓至於終身，今又累及良友。其命也夫！其命也夫！」王曰：「萬事固有數在。如先生乃無志進取，非命也。」宋拭淚曰：「久欲有言，恐相驚怪：某非生人，乃飄泊之遊魂也。少負才名，不得志於場屋。佯狂[29]至都，冀得知我者，傳諸著作。甲申之年[30]，竟罹於難，歲歲飄蓬。幸相知愛，故極力為『他山』之攻[31]，生平未酬之願，實欲借良朋一快[32]之耳。今文字之厄若此，誰復能漠然哉？」王亦感泣。問：「何淹滯？」曰：「去年上帝有命，委宣聖[33]及閻羅王核查刼鬼，上者備諸曹任用，餘者即俾轉輪[34]。賤名已錄，所未投到者，欲一見飛黃[35]之快耳。今請別矣。」王問：「所考[36]何職？」曰：「梓潼府[37]中缺一司文郎，暫令聾僮[38]署篆，文運所以顛倒。萬一倖得此秩[39]，當使聖教昌明。」明日，忻忻而至，曰：「願遂矣！宣聖命作『性道論』，視之色喜，謂可司文。

閻羅稽簿，欲以『口孽』見棄；宣聖爭之，乃得就。某伏謝已。又呼近案下，囑云：『今以憐才，拔充清要；宜洗心供職，勿蹈前愆。』此可知冥中重德行更甚於文學也。君必修行未至，但積善勿懈可耳。」王曰：「果爾，餘杭其德行何在？」曰：「此即不知。要冥司賞罰，皆無少爽。即前日瞽僧，亦一鬼也，是前朝名家。生前拋棄字紙過多，罰作瞽。彼自欲醫人疾苦，以贖前愆，故託遊廛肆耳。」王命置酒。宋曰：「無須；終歲之擾，盡此一刻，再為我設水角足矣。」王悲愴不食。坐令自啖，頃刻已過三盛[40]。捧腹曰：「此餐可飽三日，吾以志君德耳。向所食，都在舍後，已生菌矣。藏作藥餌，可益兒慧。」王問後會，曰：「既有官責，當引嫌也。」又問：「梓潼祠中一相酹祝，可能達否？」曰：「此都無益。九天[41]甚遠，但潔身力行，自有地司牒報，則某必與知之。」言已，作別而沒。王視舍後，果生紫菌，採而藏之。旁有新土墳起，則水角宛然在焉。王歸，彌自刻厲。一夜，夢宋輿蓋而至，曰：「君向以小忿，誤殺一婢，削去祿籍。今篤行已折除矣；然命薄不足任仕進也。」是年，捷於鄉；明年，春闈[42]又勝。遂不復仕。生二子，其一絕鈍，啖以菌，遂大慧。後以故詣金陵，遇餘杭生於旅次，極道契闊，深自降抑，然鬢毛斑矣。

異史氏曰：「餘杭生公然自詡，意其為文，未必盡無可觀；而驕詐之意態顏色，遂使人頃刻不可復忍。天人之厭棄已久，故鬼神皆玩弄之。脫能增修厥德，則簾內之『刺鼻棘心』者，遇之正易，何所遭之僅也。」

①比屋——鄰居。

②無狀——沒有禮貌。

③傀然——偉大的樣子。

④騰驤——原指馬的跳躍奔馳，比喻人的求取功名富貴。

⑤山左、右——山左，山東的別稱；山右，山西的別稱；因為兩省在太行山的東面和西面。登州（今蓬萊縣）屬山東，所以這裏這樣說。

⑥軒眉攘腕——豎眉毛，擄袖子。形容和人爭論的樣子。

⑦校——比試、較量。

⑧趣——赴、去到。

⑨「闕黨童子將命」——《論語》裏的一句。闕黨，就是闕里，孔丘住的地方；將命，奉命奔走傳達。據說孔丘因為童子不明禮節，讓他來往傳命，好歷練歷練，懂得一些道理。所以下文的「破題」說：「於賓客往來之地，而見一無所知之人焉。」一方面解釋本題，一方面藉以罵餘杭生，是有雙關意義的。

⑩筆札——古來沒有紙，有事便寫在薄木簡上，叫作札；筆札，就是紙筆的意思。

⑪「殷有三仁焉」——《論語》裏的一句。三仁，指微子、箕子、比干。殷時紂王暴虐無道，微子知道進諫收不到效果，為了保存宗祀，便離去以求免禍；箕子見進諫不從，就披髮佯狂為奴；比干力爭，死諫三日，被剖心而死。孔丘認為，三人的行為雖然不同，然而都是仁人。

⑫趨——所走的道路。

⑬移晷——指日影移動，經過了相當長的時間的意思。

⑭沉深——深入研究的意思。

⑮下乘——下等。

⑯詮說——解說。

⑰水角——水餃。

⑱丹黃——從前校勘書籍，評點文章，習慣用筆蘸紅或黃色書寫，以便識別，叫做丹黃。

⑲「南人不復反矣」——歷史記載：諸葛亮征南夷，對南夷的酋長孟獲，捉住了又放走，先後達七次之多，最後孟獲自動地說：「南人不復反矣。」習慣引用這句話表示「心悅誠服」。

⑳法——模仿、學習。

㉑歸、胡——指明代文學家歸有光、胡友信，當時歸、胡是並稱的。

㉒全豹——整體、全部的意思。

㉓簾中人——指考官。科舉考試，為了嚴密關防，鄉、會試的考官，必須住在闈裏，不許到堂簾以外的地方去，因此也叫簾官。

㉔踧落——不得意、倒霉。

㉕登岸——成熟、達到高峯的意思。

㉖竇、范貧而能廉——戲曲故事：宋竇儀貧困時，有金精戲弄他，但竇不為所動。又故事傳說：宋范仲淹貧寒時在廟裏讀書。有一天，他發現地下有窖藏的銀子，但認為這是「不義之財」，不應取用，依然把它掩藏起來。

㉗大父——祖父。

㉘南部郎——明成祖（朱棣）遷都北京後，南京還保留着六部等官制，管轄以南京為中心的附近的一個區域。南部郎，指在南京部裏的郎中、員外郎一類的官。

㉙佯狂——裝瘋。

㉚甲申之年——指明崇禎十七年，也就是清順治元年。這一年李自成領導的農民起事軍，打下了北京。

㉛「他山」之攻——比喻朋友的規勸勉勵。語出《詩經》：「他山之石，可以攻錯」；「他山之石，可以攻玉」。

㉜快——快意、稱心。

㉝宣聖——指孔丘。封建社會歷代統治者多尊崇儒教，送給孔丘以文聖、宣聖、至聖文宣王、至聖先

師等尊號，意在把孔丘在維持封建制度這一方面的地位提高，以便於統治。

㉞轉輪——輪迴的意思。佛家說法：陰陽世界裏有三善道、三惡道，衆生像車輪一樣，在這六道裏轉來轉去，所以叫轉輪。在陰間管理鬼魂投胎的冥王，就叫轉輪王。

㉟飛黃——飛黃騰達的省詞。飛黃，龍馬名。韓愈詩：「飛黃騰踏去，不能顧蟾蜍。」後來因以人的發跡為飛黃騰達。這裏指考試的錄取。

㊱考——考選的意思。

㊲梓潼府——神話傳說：梓潼帝君姓張名亞子，主持文昌府，並管理人間祿籍。

㊳聾僮——神話傳說：梓潼帝君手下有天聾和地啞兩神，所以這裏說「聾僮」。

㊴秩——官職。

㊵盛——杯盂之類，古來盛羹的器皿。

㊶九天——九重天的意思。傳說神仙住在九重天上。

㊷春闈——明清時會試規定在春天舉行，所以叫春闈，也稱春試。

王桂菴

王樨，字桂菴，大名世家子。適南遊，泊舟江岸。鄰舟有榜人①女，繡履其中，風姿韻絕。王窺瞻既久，女若不覺。王朗吟「洛陽女兒對門居」②，故使女聞，女似解其為己者，略舉首以斜瞬之，俛首繡如故。王神志益馳，以金錠一枚遙投之，墮襟上；女拾棄之，若不知為金也者。金落岸邊，王拾歸；已又以金釧擲之，墮足下；女操業不顧。無何，榜人自他③歸。王恐其見釧研詰，心急甚；女從容以雙鈎覆蔽之。榜人解纜，順流逕去。王心情喪惘，癡坐凝思。時，王方娶而喪其偶，悔不即媒定之。乃詢諸舟人，並不識其何姓。乃返舟，急追之，目力既窮，杳不知其何往。不得已，返舟而南。務畢④，北旋，又沿江細訪，並無音耗。至家，寢食皆縈念之。踰年，復南，買舟江際，若家焉。日日細數行舟，往來者帆楫皆熟，而囊舟殊渺。居半年，資罄而歸。行思坐想，不能少置。一夜，夢至江村，過數門，見一家柴扉南向，門內疏竹為籬，意是亭園，逕入之。有夜合⑤一株，紅絲滿樹。隱念詩中「門前一樹馬纓花」，此其是矣。過數武，葦笆光潔。又入，見北舍三楹，雙扉闔焉。南有小舍，紅蕉蔽窗。探身一窺，則椸架⑥當門，罥⑦畫裙其上，知為女子閨闥，愕然卻退；而內已覺之，有奔出瞰客者，粉黛微呈，則舟中人也。喜出非望，曰：「亦有相逢之期乎！」方將狎就，女父適歸，倏然驚覺，始知為夢。景物歷歷⑧，如在目前。祕之，恐與人言，破此佳夢。後年餘，再適鎮江，郡南有徐太僕⑨，與有世誼，招之飲。信馬而去，誤入小村，道途景色，髣髴平生所歷。一門內，馬纓一樹，景象宛然。駭極，投鞭逕入。種種物色，與夢無別。再入，則房舍一如其數。夢既驗，不復疑慮，直趨南舍，舟中人果在其中。遙見王，驚起，以扉自障，叱問：「何處男子？」王逡巡間猶疑是夢。女見步履漸近，閛然扃戶。王曰：「卿不憶擲釧者耶？」備述相思之苦，且言夢徵。女隔扉審其家世，王具道之。女曰：「既屬宦裔，中饋必有佳人，焉用妾？」王曰：「非以卿故，婚娶固已久矣。」女曰：「果如所云，足知君心。妾此情難告父母，然亦方命⑩而絕數家。金釧猶在，料鍾情者必有耗問耳。父母偶適外戚，行且⑪至，君姑退，倩冰委禽，計無不遂。若望以非禮成偶，則用心左⑫矣。」王倉卒欲出。女遙呼：「王郎！妾，芸娘，姓孟氏；父字江蘺。」王諾記而出。罷筵早返，謁江蘺翁，逆入，設坐籬下。王自道家閥，即致來意，兼納百金為聘。翁曰：「息女已字矣。」王曰：「訊之甚確，固待聘耳，何見絕之深？」翁曰：「適間所諾，不敢為誑。」王神情俱失，拱別而返。不知其信否。當夜輾轉，無人可以媒之。向欲以情告太僕，恐娶榜人女為先生笑；今情急無可為媒，質明⑬，詣太僕，實告之。太僕曰：「此翁與有瓜葛，是祖母嫡孫，何不早言？」王始吐隱情。太僕疑曰：「江蘺固貧，素不以操舟為業，得毋誤乎？」乃遣子大郎詣孟。孟曰：「僕雖空匱[14]，非賣婚者。曩公子以金自媒，諒僕必為利動，故不敢附為婚姻。既承先生命，必無錯謬。但頑女頗恃嬌愛，好門戶輒便拗卻，不得不與商榷，免他日怨遠婚也。」遂起，少入而返，拱手一如尊命，約期乃別。大郎復命，王乃盛備禽妝納采於孟，假館太僕之家，親迎成禮。居三日，辭岳北歸。夜宿舟中問芸娘曰：「向於此處過卿，固疑不類舟人子，當日泛舟何之？」答云：「妾叔家江北，偶借扁舟一省視耳。妾家僅可自給，然儻來物頗不貴視之，笑君雙瞳如豆，屢以金資動人。初開音聲，知為風雅士，又疑為儇薄子作蕩婦挑之也。使父見金釧，君死無地矣。妾憐才心切否？」王笑曰：「卿固黠甚，然亦墮吾術矣！」問：「何事？」王止而不言。又固詰之。乃曰：「家門日近，此亦不能終祕。實告卿：我家中固有妻在，吳尚書女也。」芸娘不信，王故莊其詞[15]以實之。芸娘色變，默移時，遽起，奔出；王躧履追之，則已投江中矣。王大呼，諸船驚鬧，夜色昏濛，惟有滿江星點而已。王悼痛終夜，沿江而下，以重價覓其骸骨，亦無見者。邑邑而歸，憂慟交集。又恐翁來視女，無詞可以相對。有姊婿宦河南，遂命駕造之，年餘始歸。途中遇雨，休裝[16]民舍，見房廊清潔，有老嫗弄兒廈間。兒睹王入，即求援抱，王怪之。又視兒，秀婉可愛，攬置膝頭。嫗喚之，不去。少頃，雨霽，王舉兒付媼，下堂趣裝。兒涕曰：「阿爹去矣！」媼恥之，呵之不止，強抱而去。王坐待治任，忽有麗者自屏後抱兒出，則芸娘也。方詫異間，芸娘罵曰：「負心郎！遺此一塊肉，焉置之？」王乃知為己子。酸來刺心，不暇問其往跡，先以前言之戲，矢日⑰自白。芸娘始反怒為悲，相向涕零。先是，第主莫翁，六旬無子，攜媼往朝南海⑱；歸途泊江際，芸娘隨波下，適觸翁舟。翁命從人拯出之，療救終夜，始漸甦，翁媼視之，是好女子，甚喜，以為己女，攜之而歸。居數月，欲為擇婿，女不可。踰十月，舉一子，名之寄生。王避雨其家，寄生方周歲也。王於是解裝，入拜翁媼，遂為岳婿。居數日，始舉家歸。至，則孟翁坐待，已兩月矣。翁初至，見僕輩情詞恍惚，心頗疑怪；既見，始共歡慰。歷述所遭，乃知其枝梧⑲者有由也。

①榜人——船戶、舟子。
②「洛陽女兒對門居」——唐詩人王維所作《洛陽女兒行》詩篇裏的第一句，下句是「才可容顏十五餘」。這裏是故意唸這首詩來挑動對方的。
③他——這裏是指他道、別路。
④務畢——事情辦完。

⑤夜合——參看《嬰甯》篇「合歡、忘憂」註。下文「馬纓花」，就是夜合的別名。
⑥椸架——衣架。
⑦罥——結繫、懸掛。
⑧歷歷——清清楚楚，明明白白。
⑨太僕——官名，指明、清時太僕寺的寺卿，掌管牧馬的政令。
⑩方命——違命。
⑪行且——就要、不久將。
⑫左——差、錯。
⑬質明——天亮的時候。
⑭空匱——窮乏。
⑮莊其詞——話說得一本正經。
⑯休裝——卸下行李來休息。
⑰矢日——矢，在這裏同「誓」。矢日，指着太陽發誓。
⑱朝南海——南海，指浙江定海縣海中的普陀山，傳說那裏是觀音菩薩修道的地方，所以信佛的人多前往朝禮。
⑲枝梧——也作「支吾」，敷衍搪塞的意思。

寄生 附

寄生，字王孫，郡中名士。父母以其襁褓①認父，謂有夙慧②，鍾愛之。長益秀美，八九歲能文，十四入郡庠。每自擇偶。父桂菴，有妹二娘，適鄭秀才子僑，生女閨秀，慧豔絕倫③。王孫見之，心竊愛好，思慕良切。積久，寢食俱廢。父母大憂。苦研詰之，遂以實告。父遣冰於鄭；鄭性方謹，以中表為嫌，卻之。而王孫益病。母計無所出，陰婉致二娘，但求閨秀一臨存之。鄭聞，益怒，出惡聲焉。父母既絕望，聽之而已。郡有大姓張氏，五女皆美，幼者小名五可，尤冠諸姊，擇婿未字。一日，上墓，途遇王孫，自輿中窺見之，歸以白母。母探知其意，見媒媼于氏，微示之。媼遂詣王所。時王孫方病，訊知之，笑曰：「此病，老身能醫之。」芸娘問故；媼述張氏意，並道五可之美。芸娘喜，即使往候王孫。媼入，撫王孫而告之。王孫搖首曰：「醫不對症，奈何？」媼笑曰：「但問醫良否耳：其良也，召和而緩④至，可矣；執其人以求之，守死而待之，不已癡乎？」王孫欷歔曰：「但天下之醫無癒和者。」媼曰：「何見之不廣也？」遂以五可之容顏髮膚，神情態度，口寫⑤而手狀⑥之。王孫又搖首曰：「媼休矣！此余願所不及也。」返身向壁，不復聽矣。嫗見其志不移，遂去。一日，王孫沉痼中，忽一婢入曰：「所思之人至矣！」喜極，躍然能起。急出舍，則麗人已在庭中。細認之，卻非閨秀。着松黃袍，細褶⑦繡裙，雙鈎微露，神仙不啻也。拜問姓名，答曰：「妾，五可也。君深於情者，而獨鍾⑧閨秀，使人不平。」王孫謝曰：「生平未見顏色，故目中止一閨秀。今知罪矣！」遂與要誓。方握手殷殷，適母來撫摩，蘧然⑨而覺，則一夢也。回首聲容笑貌，宛在目中。陰念：五可果如所夢，何必求所難遘。因而以夢告母。母喜其念少奪，急欲媒之。王孫恐夢見不得真，託鄰嫗素識張氏者，偽以他故詣之，而囑潛相五可。嫗至其家，五可方病，靠枕支頤，婀娜之態，傾絕一世。近問：「何恙？」女默然弄帶，不作一語。母代答曰：「非病也。連朝與爺娘負氣耳！」嫗問故。曰：「諸家問名皆不願，必如王家寄生者方嫁。是為母者勸之急，遂作意不食數日矣。」嫗笑曰：「娘子若配王郎，真是玉人成雙也。渠若見五娘者，恐又憔悴死矣！我歸，即令倩冰如何？」五可止之曰：「姥勿爾！恐其不諧，益增笑耳！」嫗銳然以必成自任，五可方微笑。嫗歸復命，一如媒嫗言。王孫詳問衣履，無不與夢適合。大悅，意稍舒，然終不敢以人言為信。過數日，漸瘳，祕招于嫗來，謀一親見五可。嫗難之，姑應而去。久之，不至。方欲覓之，嫗忽忻然而入曰：「機幸可圖。五可向有小恙，日令婢輩相扶一過對院。公子往伏伺之。五娘行緩澀，委曲⑩可盡睹。」王孫喜，如其教，明日命駕早往，媼先在焉。即令縶馬村樹，導入臨路舍，設坐掩扉，乃去。少間，五可果扶婢出。王孫自門隙目注之；女經門外過，媼故指揮雲樹⑪以遲⑫纖步，王孫窺覘盡悉，髣髴又入夢中，喜顫不能自持。未幾，媼至，曰：「可以代閨秀否？」王孫申謝而返，始告父母，遣妁要盟。乃媒往則五可已別字矣。王孫失意，悔悶欲死，即刻復病。父母憂甚，責其自誤。王孫無詞，惟日飲米汁一合。積數月，雞骨支牀⑬，較前尤甚。媼忽至，驚曰：「何憊之甚？」王孫涕下，以情告。媼笑曰：「癡公子！前日人趁汝來，而故卻之；今日汝求人，而能必遂耶？雖然，尚可為力。早與老身謀者，即許京都皇子，我能奪之使還。」王孫大悅，求策。媼命函啓，遣伻，約次日候於張所。桂菴恐以唐突見拒。媼曰：「前日張公業有成言，延數日而遽悔之；且彼字他家，尚無函信。諺云：『先炊者先餐。』何疑也！」桂菴從之。次日，二僕往，並無異詞，厚犒而歸。王孫悅，病復起⑭。由此閨秀之想始絕。初，鄭子僑卻聘，閨秀頗不懌；既聞張氏姻成，心益抑鬱，恍惚若病，日就支離⑮。父母詰之，不敢言。婢窺其意，隱以告母。鄭聞之，怒，不醫以聽其死。二娘懟曰：「吾姪亦殊不惡；何守頭巾誠⑯，殺吾嬌女！」鄭恚曰：「若所生女，不如早亡，免貽笑柄！」以此夫妻反目。二娘故與女言，將使仍歸王孫，若為媵。女俛首不言，若甚願之。二娘商鄭，鄭益怒，一付⑰二娘，置女若已死，不復預聞。二娘愛女切，欲實其言。女乃喜，病始漸瘥。竊探王孫親迎有日矣：屆期，以姪完婚，偽欲歸寧，昧旦，使人求僕輿於兄。兄最友愛，又以居村鄰邇，即以所備親迎輿馬，先迎二娘。既至，則妝女入車，使兩僕兩媼，護送而去。到門，以氈貼地而入。時鼓樂已集，從僕叱令吹擂，一時人聲沸聒。王孫奔視，則女子以紅帕蒙首，駭極欲奔；鄭僕夾扶，便令交拜。王孫不知何由，即亦拜訖。二媼扶女，逕坐青廬，始知其閨秀也。舉家皇亂[18]，莫知所為。時漸濱暮，王孫不復敢行親迎之禮。桂菴遣僕以情告張；張怒，欲遂斷絕。五可不肯，曰：「彼雖先至，未受雁采；不如仍使親迎。」父納其言，以對來使。使歸，桂菴終不敢從。相對籌思，喜怒俱無所施。張待之既久，知其不行，遂亦以輿馬送五可至，因另設青帳於別室。而王孫周旋中間，蹀躞無以自處。母乃調停於中，使序行以齒[19]。二女皆諾。及五可聞閨秀差[20]長，稱「姊」有難色。母甚慮之。比三朝，同會於母所，見閨秀風致宜人[21]，右之[22]。自是始定。然父母皆恐其積久不相能，而二女更無閒言[23]，衣履易着，相愛如姊妹焉。王孫始問五可卻媒之故。笑曰：「無他，聊報君之卻于媼耳。向未見妾，意中止一閨秀；既見妾，亦略靳之，以覘君之視妾較閨秀何如也。使君為人病而不能為妾病，則亦不必強求容矣。」王孫笑曰：「報亦慘矣！然非于媼，何得一覯芳容。」五可曰：「是妾自欲見君，媼何能為。過舍門時，豈不知眈眈[24]者在內也。夢中業相要，何尚未之信也？」王孫驚問：「何知？」曰：「妾病中夢至君家，以為妄；後聞君亦夢妾，乃知魂魄直到此也。」王孫異之，遂述所夢，時日悉符。父子之良緣皆以夢成，亦奇情也，故並存之。

異史氏曰：「父癡於情，子遂幾為情死。所謂情種，其王孫之謂與？不有善夢之父，何生離魂之子哉！」

①襁褓——本是包裹嬰孩的衣被，這裏作嬰幼兒的代詞。
②夙慧——生來聰明。
③絕倫——無比的意思。
④和、緩——都是人名，春秋時秦國的良醫。
⑤寫——模仿。
⑥狀——形容。
⑦褶——裙子摺疊的地方。
⑧鍾——鍾情。
⑨蘧然——自得的樣子。

⑩委曲——細微的地方。
⑪指揮雲樹——指點風景的意思。
⑫遲——這裏作動詞用，緩慢、稽延的意思。
⑬雞骨支牀——雞骨，形容瘦。雞骨支牀，意思是瘦得只剩一把骨頭，支撐在牀上。
⑭起——有起色，痊癒的意思。
⑮支離——萎靡不振，沒有精神的樣子。
⑯頭巾誡——頭巾，指秀才戴的儒巾。頭巾誡，秀才們遵守的戒條，也就是迂腐的書呆子們才真的信奉的封建禮教制度。
⑰一付——完全交給。
⑱皇亂——張皇失措、惶惑紛亂。
⑲序行以齒——按年齡大小來分長幼。意思是，兩人都算正式配偶，照姊妹來排列，誰也不是妾。
⑳差——較、略。
㉑宜人——得人喜愛的意思。
㉒右之——右，這裏作動詞用。右之，尊她為長的意思。參看《促織》篇「右」註。
㉓閒言——不滿意的話。
㉔眈眈——眼睛直看的樣子。

粉蝶

陽曰旦，瓊州士人也。偶自他郡歸，泛舟於海。遭颶風，舟將覆。忽飄一虛舟來，急躍登之。回視則同舟盡沒。風愈狂，暝然任其所吹。亡何，風定。開眸，忽見島嶼，舍宇連亙。把棹近岸，直抵村門。村中寂然，行坐良久，雞犬無聲。見一門北向，松竹掩靄①。時已初冬，牆內不知何花，蓓蕾滿樹。心愛悅之，逡巡遂入。遙聞琴聲，步少停。有婢自內出，年十四五，飄灑豔麗。睹陽，返身遽入。俄聞琴聲歇，一少年出，訝問客所自來。陽具告之。轉詰邦族，陽又告之。少年喜曰：「我姻親也。」遂揖請入院。院中精舍華好，又聞琴聲。既入舍，則一少婦危坐，朱絃方調，年可十八九，風采煥映。見客入，推琴欲逝。少年止之曰：「勿遁，此即卿家眷屬。」因代溯②所由。少婦曰：「是吾姪也。」因問其：「祖母尚健否？父母年幾何矣？」陽曰：「父母四十餘，都各無恙；惟祖母六旬，得疾沉痼，一步履須人耳。姪實不知姑係何房，望祈明告，以便歸述。」少婦曰：「道途遼闊，音問梗塞久矣。歸時但告而父，『十姑問訊矣』，渠自知之。」陽問：「姑丈何族？」少年曰：「海嶼姓晏。此名神仙島，離瓊三千里，僕流寓亦不久也。」

十娘趨入，使婢以酒食餉客，鮮蔬香美，亦不知其何名。飯已，因與瞻眺，見園中桃李含苞，頗以為怪。晏曰：「此處夏無大暑，冬無大寒，花無斷時。」陽喜曰：「此乃仙鄉。歸告父母，可以移家作鄰。」晏但微笑。還齋炳燭③，見琴橫案上，請一聆其雅操。晏乃撫絃捻柱。十娘自內出，晏曰：「來，來！卿為若姪鼓之。」十娘即坐，問姪：「願何聞？」陽曰：「姪素未讀《琴操》④，實無所願。」十娘曰：「但隨意命題，皆可成調。」陽笑曰：「海風引舟，亦可作一調否？」十娘曰：「可。」即按絃挑動，若有舊譜⑤，意調崩騰；靜會之，身似在舟中，為颶風之所擺簸。陽驚歎欲絕，問：「可學否？」十娘授琴，試使勾撥⑥，曰：「可教也。欲何學？」曰：「適所奏《颶風操》，不知可得幾日學？請先錄其曲吟誦之。」十娘曰：「此無文字，我以意譜之耳。」乃別取一琴，作勾剔之勢，使陽傚之。陽習至更餘，音節粗合，夫妻始別去。陽目注心凝，對燭自鼓；久之，頓然妙悟，不覺起舞。舉首，忽見婢立燈下，驚曰：「卿固猶未去耶？」婢笑曰：「十姑命侍安寢，掩戶移檠⑦耳。」審顧之，秋水澄澄⑧，意態媚絕。陽心動，微挑；婢俯首含笑。陽益惑之，遽起挽頸。婢曰：「勿爾！夜已四漏，主人將起。彼此有心，來宵未晚。」方狎抱間，聞晏喚「粉蝶」。婢作色曰：「殆矣！」急奔而去。陽潛往聽之。但聞晏曰：「我固謂婢子塵緣未滅，汝必欲收錄之？今如何矣？宜鞭三百！」十娘曰：「此心一萌，不可給使⑨，不如為吾姪遣之。」陽甚慚懼，反齋滅燭自寢。天明，有童子來侍盥沐，不復見粉蝶矣。心惴惴恐見譴逐。俄，晏與十姑並出，似無所介於懷，便考所業。陽為一奏。十娘曰：「雖未入神，已得什九，肄熟可以臻妙。」陽復求別傳。晏教以《天女謫降》之曲，指法⑩拗折，習之三日，始能成聲。晏曰：「梗概已盡，此後但須熟耳。嫺此兩曲，琴中無梗調矣。」陽頗憶家，告十娘曰：「姪居此，蒙姑撫養甚樂；顧家中懸念。離家三千里，何日可能還也！」十娘曰：「此即不難。故舟尚在，當助爾一帆風。子無家室，我已遣粉蝶矣。」乃贈以琴。又授以藥，曰：「歸醫祖母，不惟卻病，亦可延年。」遂送至海岸，俾登舟。陽覓檝，十娘曰：「無須此物。」因解裙作帆，為之縈繫。陽慮迷途，十娘曰：「勿憂，但聽帆漾耳。」繫已，下舟。陽悽然，方欲拜別，而南風競起，離岸已遠矣。視舟中糗糒已具，然止足供一日之餐。心怨其吝。腹餒不敢多食，唯恐遽盡，但啗胡餅⑪一枚，覺表裏甘芳。餘六七枚，珍而藏之，即亦不復飢矣。俄見夕陽欲下，方悔來時未索膏燭。瞬息，遙見人煙，細審，則瓊州也。喜極。旋已近岸，解裙裹餅而歸。入門，舉家驚喜，蓋離家已十六年，始知其遇仙。視祖母老病益憊，出藥投之，沉痾立除。共怪問之，因述所見。祖母泫然曰：「是汝姑也。」初，老夫人有少女，名十娘，生有仙姿。許字晏氏。婿十歲入山不返。十娘待至二十餘，忽無疾自殂，葬已三十餘年。聞旦言，共疑未死。出其裙，則猶在家所素着也。餅分啖之，一枚終日不飢，而精神倍生。老夫人命發塚驗視，則空棺存焉。旦初聘吳氏女未娶，旦數年不返，遂他適。共信十娘言，以俟粉蝶之至；既而年餘無音，始議他圖。臨邑錢秀才有女名荷生，豔名遠播。年十六，未嫁而三喪其婿。遂媒定之。涓吉成禮。既入門，光豔絕代。旦視之，則粉蝶也。驚問曩事，女茫乎不知。——蓋被逐時，即降生之辰也。每為之鼓《天女謫降》之操，輒支頤凝想，若有所會。

①掩靄——掩映在霧氣裏。
②溯——從頭告訴的意思。
③炳燭——點亮了燭。
④《琴操》——東漢蔡邕所著關於琴曲的一部書；也泛指琴曲。下文「操」同曲，《颶風操》，猶如說《颶風曲》。
⑤譜——指彈琴的曲譜。古來的琴譜，都用特造的字來表明音調、指法。後文「我以意譜之」，譜作動詞用。
⑥勾撥——勾撥和下文的「勾剔」，都是彈琴的手法：中指入絃叫勾，出絃叫剔，食、中兩指輕撫雙絃而入得一聲叫撥，這裏泛指彈琴。

⑦檠——燈架。
⑧澄澄——明亮的樣子。
⑨給使——差遣。
⑩指法——指彈琴時運用手指的技巧。
⑪胡餅——芝蔴原稱胡蔴；胡餅，就是上有芝蔴的燒餅。

錦瑟

沂水王生，少孤，家清貧；然風標[1]修潔，灑然裙屐少年[2]也。富翁蘭氏，見而悅之，妻以女，許為起屋治產。娶未幾而翁死。妻兄弟鄙不齒數；婦尤驕倨，常庸奴[3]其夫：自享饈饌[4]；生至，則脫粟瓢飲，折稊[5]為匕置其前。王悉隱忍之。年十九，往應童子科，被黜。自郡中歸，婦適不在室，釜中烹羊胛[6]熟，就啖之。婦入，不語，移釜去。生大慚，抵箸地上曰：「所遭如此，不如死！」婦恚，問死期，即授索為自經之具。生忿投羹椀，敗婦顙。生含憤出，自念良不如死，遂懷帶入深壑。至叢樹下，方擇枝繫帶，忽見土崖間，微露裙幅，瞬息，一婢出，睹生，急返，如影就滅，土壁亦無綻痕。固知妖異；然欲覓死，故無畏怖，釋帶坐覘之。少間，復露半面，一窺即縮去。念此鬼物，從之必有死樂。因抓石叩壁曰：「地如可入，幸示一途！我非求歡，乃求死者。」久之，無聲。生又言之。內云：「求死請姑退，可以夜來。」音聲清銳，細如遊蜂。生曰：「諾。」遂坐以待夕。居亡何，星宿已繁，崖間忽成高第，靜敞[7]雙扉。生拾級[8]而入。才數武，有橫流湧注，氣類溫泉，以手探之，熱如沸湯，亦不知其深幾許。疑即鬼神示以死所，遂踴身入，熱透重衣，膚痛欲糜，幸浮不沉。泅沒良久，熱漸可忍，極力爬抓，始登南岸，一身幸不泡傷。行次，遙見夏屋中有燈火，趨之。有猛犬暴出，齕衣敗襪。摸石以投，犬稍卻。又有羣犬要吠，皆大如犢。危急間，婢出叱退，曰：「求死郎來耶？吾家娘子憫君厄窮，使妾送君入安樂窩，從此無災矣。」挑燈導之。啓後門，黯然行去，入一家，明燭射窗，曰：「君自入，妾去矣。」生入室四瞻，蓋已歸己家也。返奔而出。遇婦所役老媼，曰：「終日相覓，又焉往？」反曳入。婦帕裹傷處，下牀笑逆曰：「夫妻年餘，狎謔顧不識耶？我知罪矣。君受虛誚，我被實傷，怒亦可以少解。」乃於牀頭取巨金二錠，置生懷，曰：「以後衣食，一惟君命，可乎？」生不語，拋金奪門而奔[9]，仍將入壑以叩高第之門。既至野，則婢行緩弱，挑燈猶遙望之。生急奔且呼，燈乃止。既至，婢曰：「君又來，負娘子苦心矣。」生曰：「我求死，不謀與卿復求活。娘子巨家，地下亦應須人，我願服役，實不以有生為樂。」婢曰：「樂死不如苦生，君設想何左也？吾家無他務，惟淘河、糞除、飼犬、負屍，作不如程[10]，則副耳、劓鼻、敲刖[11]脛趾，君能之乎？」答云：「能之。」又入後門，生問：「諸役何也？適言負屍，何處得如許死人？」婢曰：「娘子慈悲，設『給孤園』[12]，收養九幽[13]橫死無歸之鬼。鬼以千計，日有死亡，須負瘞之耳。請一過觀之。」移時，見一門，署「給孤園」。入，見屋宇錯雜，穢臭熏人。園中鬼，見燈羣集，皆斷頭缺足，不堪入目。回首欲行，見屍橫牆下；近視之，血肉狼籍。曰：「半日未負，已被狗咋。」即使生移去之。生有難色。婢曰：「君如不能，請仍歸享安樂。」生不得已，負置祕處。乃求婢緩頰，幸免屍污。婢諾。行近一舍，曰：「姑坐此，妾入言之。飼狗之役較輕，當代圖之，庶幾得當以報。」去少頃，奔出曰：「來，來！娘子出矣。」生從入。見堂上籠燭四懸，有女近後坐，乃二十許天人也。生伏階下，女即命曳起之，曰：「此一儒生，烏能飼犬；可使居西堂主簿籍。」生喜，伏謝。女曰：「汝似樸誠，可敬[14]乃[15]事。如有舛錯，罪責不輕也。」生唯唯。婢導至西堂，見棟壁清潔，喜甚。謝婢，始問娘子官閥。婢曰：「小字錦瑟，東海薛侯女也。妾名春燕。旦夕所需，幸相聞。」婢去，旋以衣履衾褥來，置牀上。生喜得所。黎旦[16]，早起視事，錄鬼籍。一門僕役，盡來參謁；餽酒送脯甚多，生引嫌悉卻之。日兩餐，皆自內出。娘子察其廉謹，特賜儒巾鮮衣。凡有賚賚，皆遣春燕。婢頗風格，既熟，頻以眉目送情。生斤斤自守[17]，不敢少致差跌[18]，但偽作騃鈍[19]。積二年餘，賞給倍於常廩，而生謹抑如故。一夜，方寢，聞內第喊譟。急起，捉刀出，見炬火光[20]天。入窺之，則羣盜充庭，廝僕駭竄。一僕促與偕遁，生不肯；塗面束腰，雜盜中呼曰：「勿驚薛娘子！但當分括財物，勿使遺漏。」時諸舍羣盜方搜錦瑟不得，生知未為所獲，潛入第後獨覓之。遇一伏嫗，始知女與春燕皆越牆矣。生亦過牆，見主婢伏於暗陬，曰：「此處烏可自匿。」女曰：「吾不能復行矣。」生棄刀負之。奔二三里許，汗流竟體，始入深谷，釋肩令坐。欻，一虎來。生大駭，欲迎當之，虎已銜女。生急捉虎耳，極力伸臂入虎口以代錦瑟。虎怒，釋女，嚼生臂，脆然㉑有聲。臂斷落地，虎亦逕去。女泣曰：「苦汝矣！苦汝矣！」生忙遽未知痛楚，但覺血溢如水，使婢裂衿裹斷處。女止之，俯覓斷臂，自為續之；乃裹之。東方漸白，始緩步歸。登堂如墟㉒。天既明，僕媼始漸集。女親詣西堂，問生所苦。解裹，則臂骨已續；又出藥糝其創，始去。由此益重生，使一切享用，悉與己等。臂癒，女置酒內室以勞㉓之。賜之坐，三讓而後隅坐㉔。女舉爵如讓賓客。久之，曰：「妾身已附君體，意欲效楚王女之於臣建㉕。但無媒，羞自薦耳。」生惶恐曰：「某受恩重，殺身不足酬。所為非分，懼遭雷殛，不敢從命。苟憐無室，賜婢已過。」一日，女長姊瑤台至，——四十許佳人也。至夕，招生入，瑤台命坐，曰：「我千里來，為妹主婚，今夕可配君子。」生又起辭。瑤台遽命酒，使兩人易琖。生固辭，瑤台奪易之。生乃伏地謝罪，受飲之。瑤台出，女曰：「實告君：妾乃仙姬，以罪被謫。自願居地下收養冤魂，以贖帝譴。適遭天魔之劫，遂與君有附體之緣。遠邀大姊來，固主婚嫁，亦使代攝家政，以便從君歸耳。」生起敬曰：「地下最樂！某家有悍婦；且屋宇隘陋，勢不能圓成委曲㉖，以謀其生。」女笑，但言：「不妨！」既醉，歸寢，歡戀臻至。過數日，謂生曰：「冥會不可長，請即歸。君幹理家事畢，妾當自至。」以馬授生，啓扉令出，壁復合矣。生騎馬入村，村人盡駭。至家門，則高廬煥映矣。先是，生去，妻召兩兄至，將箠楚報之；至暮，不歸，始去。或於溝中得生履，疑其已死。既而年餘無耗，有陝中賈某，媒通蘭氏，遂就生第與婦合。半年中，修建連亙。賈出經商，又買妾歸，自此不安其室。賈亦恆數月不歸。生訊得其故，怒，繫馬而入。見舊媼，媼驚伏地。生叱罵久，使導詣婦所，尋之，已遁；既於舍簷得之，已自經死。遂使人舁歸蘭氏。呼妾出，年十八九，風致亦佳，遂與寢處。賈託村人求返其妾，妾哀號不肯去。生乃具狀，將訟其霸產佔妻之罪。賈不敢復言，收肆西去，方疑錦瑟負約。一夕，正與妾飲，則車馬叩門而女至矣。女但留春燕，餘即遣歸。入室，妾朝拜之。女曰：「此有宜男相㉗，可以代妾苦矣。」即賜以錦裳珠飾；妾拜受，立侍之；女挽坐，言笑甚歡。久之，曰：「我醉欲眠！」生亦解履登牀，妾始出；入房，則生卧榻上；異而反窺之，燭已滅矣。生無夜不宿妾室。一夜，妾起，潛窺女所，則生及女方共笑語。大怪之。急返告生，則牀上無人矣。天明，陰告生，生亦不自知，但覺時留女所、時寄妾宿耳。生囑隱其異。久之，婢亦私生，女若不知之。婢忽臨蓐難產，但呼「娘子」。女入，胎即下；舉之，男也。為斷臍置婢懷，笑曰：「婢子無復爾㉘！業多，則割愛難也。」自此，婢不復產。妾出五男二女。居三十年，女時返其家，往來皆以夜。一日，攜婢去，不復來。生年八十，忽攜老僕夜去，亦不返。

①風標——風姿、儀容。
②裙屐少年——指衣履整潔、外表漂亮的青年人。
③庸奴——參看《馬介甫》篇「外黃之家」註。
④饈饌——指好菜餚。
⑤稊——一種野草。
⑥髀——腿、蹄膀。
⑦廠——敞開的意思。
⑧拾級——一層層地上去。
⑨奪門而奔——闖出門去。
⑩程——規矩、格式。
⑪刖——斷足。
⑫給孤園——佛教傳說：印度有一長者，歡喜施捨孤獨貧窮的人，大家就叫他給孤獨。他曾收買祇陀太子的園林，作為釋迦佛說法的地方，叫作給孤獨園，省稱給孤園。這裏也是救濟孤獨的處所，所以借用這個名稱。
⑬九幽——迷信的說法，指地下深邃幽冥之處，猶如說九泉。
⑭敬——這裏是謹慎工作的意思。

⑮乃——你的。

⑯黎旦——黎明、天亮時。

⑰斤斤自守——斤斤，在這裏是形容拘謹。斤斤自守，意思是守着本分，凡事不敢超出一定的範圍。

⑱差跌——差，在這裏同「蹉」。差跌，指意外的失誤或失敗。

⑲騃鈍——呆笨、愚蠢。

⑳光——在這裏作動詞用，照耀的意思。

㉑脃然——脃同「脆」。脃然，嚼骨頭的清脆聲音。

㉒墟——指遭過破壞的地方，荒涼得像墟墓一般。

㉓勞——慰勞。

㉔隅坐——坐在旁邊拐角，不敢以平等地位自居的客氣表示。

㉕楚王女之於臣建——歷史故事：春秋時，吳楚兩國打仗，楚國打敗了。楚王離開都城，叫鍾建馱着王妹季芊，跟着逃走。後來楚王要把季芊出嫁。季芊說：女人是不應該接近男人的，而現在鍾建已經馱過我了。於是楚王就把她嫁給鍾建。出《左傳》。

㉖圓成委曲——圓成，把困難的事情弄妥帖的意思；委曲是湊合、將就。圓成委曲，就是說，對於困難的事情，因為湊合將就而把它弄妥帖了。

㉗宜男相——封建社會中，認為娶老婆是專為生兒子的。因此，在挑選的時候，把體格健壯的女子，

說成是好的生兒子的工具，稱她有「宜男之相」。

㉘無復爾——不要再這樣。

偷桃

童時赴郡試，值春節。舊例，先一日，各行商賈，彩樓鼓吹，赴藩司①，名曰「演春」。余從友人戲矚。是日遊人如堵。堂上四官皆赤衣，東西相向坐。時方稚，亦不解其何官。但聞人語嚌嘈②，鼓吹聒耳。忽有一人率披髮童，荷擔而上，似有所白；萬聲洶動，亦不聞為何語，但視堂上作笑聲。即有青衣人大聲命作劇。其人應命方興，問作何劇。堂上相顧數語，吏下宣問所長。答言：「能顛倒生物。」吏以白官。少頃復下，命取桃子。術人聲諾。解衣覆笥上，故作怨狀，曰：「官長殊不了了③！堅冰未解，安所得桃？不取，又恐為南面者所怒，奈何！」其子曰：「父已諾之，又焉辭？」術人惆悵良久，乃云：「我籌之爛熟，春初雪積，人間何處可覓？惟王母④園中，四時常不凋謝，或有之。必竊之天上，乃可。」子曰：「嘻！天可階⑤而升乎？」曰：「有術在。」乃啓笥，出繩一團，約數十丈，理其端，望空中擲去；繩即懸立空際，若有物以掛之。未幾，愈擲愈高，渺入雲中，手中繩亦盡，乃呼子曰：「兒來！余老憊體重，拙不能行，得汝一往。」遂以繩授子，曰：「持此可登。」子受繩有難色，怨曰：「阿翁亦大憒憒！如此一綫之繩，欲我附之以登萬仞[6]之高天，倘中道斷絕，骸骨何存矣？」父又強迫之，曰：「我已失口，悔無及。煩兒一行。兒勿苦，倘竊得來，必有百金賞，當為兒娶一美婦。」子乃持索，盤旋而上；手移足隨，如蛛趁絲，漸入雲霄，不可復見。久之，墜一桃，如盌大。術人喜，持獻公堂。堂上傳視良久，亦不知其真偽。忽而繩落地上。術人驚曰：「殆矣！上有人斷吾繩，兒將焉託！」移時，一物墮，視之，其子首也。捧而泣曰：「是必偷桃為監者所覺。吾兒休矣！」又移時，一足落；無何，肢體紛墮，無復存者。術人大悲，一一拾置笥中而闔之。曰：「老夫止此兒，日從我南北遊。今承嚴命，不意罹此奇慘，當負去瘞之。」乃升堂而跪，曰：「為桃故，殺吾子矣！如憐小人而助之葬，當結草[7]以圖報耳。」坐客駭詫，各有賜金。術人受而纏諸腰，乃扣笥而呼曰：「八八兒，不出謝賞，將何待？」忽一蓬頭僮，首抵笥蓋而出，望北稽首，則其子也。以其術奇，故至今猶記之。後聞白蓮教[8]能為此術，意此其苗裔耶？

①藩司——官名，就是布政使。明初本是各省的行政長官，後來成為巡撫下面專管民政和財政的官員，也叫藩台、方伯。這裏指藩司的官署。

②嚌嘈——形容雜亂的人聲。

③了了——清楚、明白。

④王母——就是西王母，神話中的仙人，傳說她園中有仙桃，三千年一結果。

⑤階——這裏作動詞用，攀援、一層一層地爬的意思。

⑥萬仞——古時以八尺為仞。萬仞，形容極高極高。

⑦結草——死後報恩的意思。古代神話：春秋時，晉將魏顆打敗秦軍，捉獲秦國的力士杜回。當作戰時，魏顆本打不贏杜回，因為有一個老人用草把杜回絆跌，這才得勝。夜裏，魏顆夢見那個老人來說，他的女兒嫁給魏父為妾，魏父病時，囑咐死後將妾改嫁，病重時又囑咐將妾殉葬，後來魏還是將她嫁了，救了他女兒的命，因此他雖已死，魂靈還前來報恩。出《左傳》。

⑧白蓮教——下層羣眾的一種祕密會社，十三、四世紀間便產生了。當時通過對宗教的信仰，團結組織起來進行反抗元朝的鬥爭。清時發展為「反滿復明」的民間組織，在好幾省起事，持續了十幾年，後來被清朝以殘酷屠殺的手段鎮壓了下去。

口技

村中來一女子，年廿有四五，攜一藥囊，售其醫[1]。有問病者，女不能自為方，俟暮夜請諸神。晚潔斗室，閉置其中。眾遶門窗，傾耳寂聽；但竊竊語，莫敢咳，內外動息俱冥。至半更許，忽聞簾聲，女在內曰：「九姑來耶？」一女子答云：「來矣。」又曰：「臘梅從九姑來耶？」似一婢答云：「來矣。」三人絮語間雜，刺刺[2]不休。俄聞簾鉤復動，女曰：「六姑至矣。」亂言曰：「春梅亦抱小郎子來耶？」一女子曰：「拗哥子，嗚之不睡，定要從娘子來。身如百鈞重，負累煞人！」旋聞女子殷勤聲，九姑問訊聲，六姑寒暄聲，二婢慰勞聲，小兒喜笑聲，一齊嘈雜。即聞女子笑曰：「小郎君亦大好耍，遠迢迢抱貓兒來。」既而聲漸疏。簾又響，滿室俱譁，曰：「四姑來何遲也？」有一小女子細聲曰：「路有千里且溢[3]，與阿姑走爾許時始至，阿姑行且緩。」遂各道溫涼；並移坐聲，喚添坐聲，參差[4]並作，喧繁滿室，食頃始定。即聞女子問病。九姑以為宜得參，六姑以為宜得芪，四姑以為宜得朮。參酌移時，即聞九姑喚筆硯。無何，折紙戢戢然，拔筆擲帽[5]丁丁然，磨墨隆隆然；既而投筆觸几，震震作響，使聞撮藥包裹蘇蘇然。頃之，女子推簾，呼病者授藥並方。反身入室，即聞三姑作別，三婢作別，小兒啞啞，貓兒唔唔，又一時並起。九姑之聲清以越，六姑之聲緩以蒼，四姑之聲嬌以婉，以及三婢之聲，各有態響，聽之了了可辨。羣訝以為真神；而試其方，亦不甚效。此即所謂口技，特藉之以售其術耳。然亦奇矣。

①售其醫——行醫。

②刺刺——話多的樣子。

③溢——多餘的意思。這裏「千里且溢」，就是一千多里。

④參差——不整齊，這裏形容聲音的雜亂。

⑤帽——這裏指筆套。

王十

高苑民王十，負鹽於博興。夜為兩人所獲。意為土商①之邏卒也，捨鹽欲遁，而足苦不前。遂就縛。固哀之。二人曰：「我非鹽肆中人，乃鬼卒也。」十懼，但乞至家，一別妻子。鬼不許，曰：「此去亦未便至死，不過暫役耳。」十問：「何事？」曰：「冥中新閻羅蒞任，見奈河淤平，十八獄②廁坑俱滿，故捉三種人使淘河：小偷、私鑄、私鹽③；又一等人使滌廁：樂戶④也。」十從入城郭，至一官署，見閻羅在上，方稽名籍。鬼上曰：「捉一私販王十至。」閻羅視之，怒曰：「私鹽者，上漏國稅，下蠹民生者也。若世之暴官奸商所指為私販者，皆天下之良民。貧人竭錙銖之本，求升斗之息，何為私哉！」責二鬼，罰使市鹽四斗，並十所負，代運至家。留十，授以蒺藜骨朵⑤，令隨諸鬼督河工。鬼引十去，至奈河邊，見河內人夫，繈續⑥如蟻。又視河水渾赤，近之，臭不可聞。淘河者皆赤體持畚鍤，出沒其中。朽骨腐屍，盈筐負舁而出；深處則滅頂求之。惰者輒以骨朵擊背股。同監者以香綿丸如巨菽，使含口中，乃近岸。見高苑肆商，亦在其中。十獨苛遇之：入河楚背，上岸敲股。商懼，常沒身水中。十乃已。經三晝夜，河夫半死，河工亦竣。前二鬼仍送至家，醒然而蘇。先是，十負鹽未歸，天明，妻啓戶，則鹽兩囊置庭中，而十久不至。使人徧覓之，則死途中。舁之而歸，奄有微息。大惑，不解其故。既醒，始言之。肆商亦於前日死，至是始甦。骨朵擊處，皆成巨疽，渾身腐潰，臭不可近。十故詣之。望見十，猶縮首衾中，如在奈河狀。一年始瘉，不復為商矣。

異史氏曰：「鹽之一道，朝廷之所謂私，乃不從乎公者也；官與商之所謂私，乃不從乎其私者也。近日齊、魯新規，土商隨在設肆，各限疆域。不惟此邑之民，不得去之彼邑；即此肆之民，不得去之彼肆。而肆中則潛設餌以釣他邑之民：其售於他邑，則廉其直；而售諸土人，則倍其價以昂之。而又設邏於道，使境內之人，皆不得逃吾網。其有境內冒他邑以來者，法不宥。彼此之相釣，而越肆假冒之愚民益多。一被邏獲，則先以刀杖殘其脛股，而後送諸官；官則桎梏之[7]，是名『私鹽』。嗚呼！冤哉！漏數萬之稅非私，而負升斗之鹽則私之；本境售諸他境非私，而本境買諸本境則私之。冤矣！律中『鹽法』最嚴，而獨於貧難軍民，背負易食者，不之禁[8]；今則一切不禁，而專殺此貧難軍民！且夫貧難軍民，妻子嗷嗷[9]，上守法而不盜，下知恥而不娼；不得已，而揭十母而求一子[10]。使邑盡此民，即『夜不閉戶』可也，非天下之良民乎哉！彼肆商者，不但使之淘奈河，直當使滌廁耳！而官於春秋節，受其斯須之潤[11]，遂以『三尺法』[12]助使殺吾良民。然則為貧民計，莫若為盜及私鑄耳：盜者白晝劫人，而官若聾；鑄者爐火亘天，而官若瞽。即異日淘河，尚不至如負販者所得無幾，而官刑立至也。嗚呼！上無慈惠之師，而聽奸商之法，日變日詭，奈何不顧民日生，而良民日死哉！」

故事⑬：邑中肆商，以如干石鹽貲，歲奉邑宰，名曰「食鹽」⑭；又逢節序，具厚儀。商以事謁官，官則禮貌之，坐與語，或茶⑮焉。送鹽販至，重懲不遑。張公石年宰淄，肆商來見，循舊規，但揖不拜。公怒曰：「前令受賄，故不得不隆汝禮；我市鹽而食，何物商人，敢公堂抗禮⑯乎！」捋襟將笞。商叩頭謝過，乃釋之。後肆中得二負販者，其一逃去，其一被執至官。公問：「販者二人，其一焉往？」販者云：「奔去矣。」公曰：「汝股病不能奔耶？」曰：「能奔。」公曰：「既被捉，必不能奔；果能，可起試奔，驗汝能否。」其人奔數步欲止。公曰：「大奔勿止！」其人疾奔，竟出公門而去。見者皆笑。公愛民之事不一，此其閒情，邑人猶樂誦之。

①土商——當地的鹽商。
②十八獄——十八層地獄的省詞。
③私鑄、私鹽——封建時代，鑄錢和賣鹽是政府專利的事業。凡是不通過政府而鑄錢、賣鹽，都被認

為是私鑄、私鹽，查出就處以嚴刑。

④樂戶——本指官妓院，後來作為一般妓院的泛稱。

⑤蒺藜骨朵——骨朵，古時一種長柄的兵器，一端是圓形，有如金瓜、蒜頭。蒺藜骨朵，是圓頭上面附有鐵刺的骨朵。

⑥繈續——繈，網繩。繈續，用繩子拴着，一個連着一個。

⑦桎梏之——桎梏，腳鐐和手銬之類的東西。桎梏之，給犯人戴上腳鐐和手銬。

⑧背負易食者，不之禁——清代鹽法規定：貧苦老弱和有殘疾的人，可以每天買鹽四十斤挑賣，不算私販。這一項規定，是對貧民的小恩小惠，實際上是怕貧民「鋌而走險」，因貧而「造反」。但是當時的官吏，並沒有能夠遵守這一規定，對於賣鹽的貧民還是任意拘捕留難，施以刑罰。

⑨嗷嗷——飢餓要吃的樣子。

⑩揭十母而求一子——揭，持取。母，指本錢；子，指利潤。

⑪潤——好處、利益。

⑫「三尺法」——法律條文。古代沒有紙，把法律條文寫在三尺長的竹簡上，所以叫三尺法。

⑬故事——這裏是慣例、老規矩的意思。

⑭「食鹽」——吃的鹽。這裏是說，鹽商送好多擔鹽的代價給縣官，只說這是供應縣官吃的鹽。

⑮茶——這裏作動詞用，敬茶的意思。

⑯抗禮——行彼此平等的禮節。

臙脂

東昌卞氏，業牛醫者，有女，小字臙脂，才姿惠麗。父寶愛之，欲占鳳[1]於清門，而世族鄙其寒賤，不屑締盟，以故及笄未字。對戶龔姓之妻王氏，佻脫善謔，女閨中談友也。一日，送至門，見一少年過，白服裙帽，丰采甚都。女意似動，秋波縈轉之。少年俯其首，趨而去。去既遠，女猶凝眺。王窺其意，戲之曰：「以娘子才貌，得配若人，庶可無恨。」女暈紅上頰，脈脈[2]不作一語。王問：「識得此郎否？」答云：「不識。」王曰：「此南巷鄂秀才秋隼，故孝廉之子。妾向與同里，故識之。世間男子，無其溫婉。今衣素，以妻服未闋[3]也。娘子如有意，當寄語使委冰焉。」女無言。王笑而去。數日無耗，心疑王氏未暇即往，又疑宦裔不肯俯拾。邑邑徘徊，縈念頗苦；漸廢飲食，寢疾惙頓[4]。王氏適來省視，研詰病因。答言：「自亦不知。但爾日別後，即覺忽忽不快，延命假息[5]，朝暮人[6]也。」王小語曰：「我家男子，負販未歸，尚無人致聲鄂郎。芳體違和[7]，非為此否？」女赬顏良久。王戲之曰：「果為此者，病已至是，尚何顧忌？先令夜來一聚，彼豈不肯？」女歎息曰：「事至此，已不能收[8]。但渠不嫌寒賤，即遣媒來，疾當瘉；若私約，則斷斷不可！」王頷之，遂去。王幼時與鄰生宿介通；既嫁，宿偵夫他出，輒尋舊好。是夜宿適來，因述女言為笑，戲囑致意鄂生。宿久知女美，聞之竊喜，幸其機之可乘也。將與婦謀，又恐其妒。乃假無心之詞，問女家閨闥甚悉。次夜，踰垣入，直達女所，以指叩窗。內問：「誰何？」答曰：「鄂生。」女曰：「妾所以念君者，為百年，不為一夕。郎果愛妾，但宜速倩冰人；若言私合，不敢從命。」宿姑諾之，苦求一握纖腕為信。女不忍過拒，力疾[9]啓扉。宿遽入，即抱求歡。女無力撐拒，仆地上，氣息不續。宿急曳之。女曰：「何來惡少，必非鄂郎；果是鄂郎，其人溫馴，知妾病由，當相憐恤，何遂狂暴如此！若復爾爾，便當鳴呼，品行虧損，兩無所益！」宿恐假跡敗露，不敢復強，但請後會。女以親迎為期。宿以為遠，又請之。女厭糾纏，約待病瘉。宿求信物，女不許。宿捉足解繡履而出。女呼之返，曰：「身已許君，復何吝惜？但恐『畫虎成狗』[10]，致貽污謗。今褻物已入君手，料不可反。君如負心，但有一死！」宿既出，又投宿王所。既臥，心不忘履，陰揣衣袂，竟已烏有。急起篝燈，振衣冥索。詰之，不應。疑婦藏匿。婦故笑以疑之。宿不能隱，實以情告。言已，遍燭門外，竟不可得，懊恨歸寢。竊幸深夜無人，遺落當猶在途也。早起尋之，亦復杳然。先是，巷中有毛大者，遊手無籍[11]，嘗挑王氏不得。知宿與洽，思掩執以脅之。是夜，過其門，推之未扃，潛入。方至窗外，踏一物，輭若絮帛，拾視，則巾裹女舄。伏聽之，聞宿自述甚悉，喜極，抽身而出。踰數夕，越牆入女家，門戶不悉，誤詣翁舍。翁窺窗，見男子，察其音跡，知為女來者。心忿怒，操刀直出。毛大駭，返走。方欲攀垣，而卞追已近，急無所逃，反身奪刃。媪起大呼。毛不得脫，因而殺之。女稍痊，聞喧始起。共燭之，翁腦裂不復能言，俄頃已絕。於牆下得繡履，媪視之，臙脂物也。逼女，女哭而實告之；但不忍貽累王氏，言鄂生之自至而已。天明，訟於邑。邑宰拘鄂。——鄂為人謹訥，年十九歲，見客羞澀如童子。——被執駭絕。上堂不知置詞，惟有戰慄。宰益信其情真，橫加梏械。書生不堪痛楚，以是誣服。既解郡，敲撲如邑。生寃氣填塞，每欲與女面相質；及相遭，女輒詬詈，遂結舌不能自伸。由是論死。往來覆訊，經數官無異詞。後委濟南府復案⑫。時吳公南岱守⑬濟南，一見鄂生，疑不類殺人者，陰使人從容私問之，俾得盡其詞。公以是益知鄂生寃。籌思數日，始鞫之。先問臙脂：「訂約後，有知者否？」答：「無之。」「遇鄂生時，別有人否？」亦答：「無之。」乃喚生上，溫語慰之。生自言：「曾過其門，但見舊鄰婦王氏與一少女出，某即趨避，過此並無一言。」吳公叱女曰：「適言側無他人，何以有鄰婦也？」欲刑之。女懼曰：「雖有王氏，與彼實無關涉。」公罷質，命拘王氏。數日已至。又禁不與女通。立刻出審，便問王：「殺人者誰？」王對：「不知。」公詐之曰：「臙脂供言，殺卞某汝悉知之，胡得隱匿？」婦呼曰：「寃哉！淫婢自思男子，我雖有媒合之言，特戲之耳。彼自引姦夫入院，我何知焉？」公細詰之，始述其前後相戲之詞。公呼女上，怒曰：「汝言彼不知情，今何以自供撮合哉？」女流涕曰：「自己不肖，致父慘死，訟結不知何年，又累他人，誠不忍耳。」公問王氏：「既戲後，曾語何人？」王供：「無之。」公怒曰：「夫妻在牀，應無不言者，何得云無？」王供：「丈夫久客未歸。」公曰：「雖然，凡戲人者，皆笑人之愚，以炫己之慧，更不向一人言，將誰欺？」命梏十指[14]。婦不得已，實供：「曾與宿言。」公於是釋鄂拘宿。宿至，自供：「不知。」公曰：「宿妓者必無良士！」嚴械之。宿自供：「賺女是真。自失履後未敢復往，殺人實不知情。」公怒曰：「踰牆者何所不至！」又械之。宿不任凌籍[15]，遂以自承。招成報上，無不稱吳公之神。鐵案如山，宿遂延頸以待秋決矣。然宿雖放縱無行，故東國[16]名士。聞學使施公愚山[17]賢能稱最，又有憐才恤士之德，因以一詞控其冤枉，語言愴惻。公討[18]其招供，反覆凝思之，拍案曰：「此生冤也！」遂請於院司[19]，移案再鞫。問宿生：「鞋遺何所？」供言：「忘之。但叩婦門時，猶在袖中。」轉詰王氏：「宿介之外，姦夫有幾？」供言：「無有。」公曰：「淫亂之人，豈得專私一人？」供言：「身與宿介，稚齒交合，故未能謝絕；後非無見挑者，身實未敢相從。」因使指其人以實之。供云：「同里毛大，屢挑而屢拒之矣。」公曰：「何忽貞白如此？」命搒之。婦頓首出血，力辯無有，乃釋之。又詰：「汝夫遠出，寧無有託故而來者?」曰:「有之,某甲、某乙,皆以借貸餽贈,曾一二次入小人家。」蓋甲、乙皆巷中遊蕩子,有心於婦而未發者也。公悉籍其名,並拘之。既集,公赴城隍廟,使盡伏案前。便謂:「曩夢神人相告,殺人者不出汝等四五人中。今對神明,不得有妄言。如肯自首,尚可原宥;虛者,廉得無赦!」同聲言無殺人之事。公以三木[20]置地,將並加之;括髮[21]裸身,齊鳴冤苦。公命釋之。謂曰:「既不自招,當使鬼神指之。」使人以氈褥悉幛殿窗,令無少隙;袒諸囚背,驅入暗中,始授盆水,一一命自盥訖;繫諸壁下,戒令「面壁勿動。殺人者,當有神書其背」。少間,喚出驗視,指毛曰:「此真殺人賊也!」蓋公先使人以灰塗壁,又以煙煤濯其手:殺人者恐神來書,故匿背於壁而有灰色;臨出以手護背,而有煙色也。公固疑是毛,至此益信。施以毒刑,盡吐其實。判曰:「宿介:蹈盆成括[22]殺身之道,成登徒子好色之名。只緣兩小無猜[23],遂野鶩如家雞之戀;為因一言有漏,致得隴興望蜀之心。將仲子而踰園牆[24],便如鳥墮;冒劉郎而至洞口[25],竟賺門開。感帨驚尨[26],鼠有皮[27]胡若此?攀花折樹,士無行其謂何!幸而聽病燕之嬌啼,猶為玉惜;憐弱柳之憔悴,未似鶯狂。而釋么鳳[28]於羅中,尚有文人之意;乃劫香盟於襪底,寧非無賴之尤!蝴蝶過牆,隔窗有耳;蓮花瓣卸,墮地無蹤。假中之假以生,冤外之冤誰信?天降禍起,酷械至於垂亡;自作孽盈,斷頭幾於不續。彼踰牆鑽隙,固有玷夫儒冠;而僵李代桃[29],誠難消其冤氣。

是宜稍寬笞扑，折其已受之慘；姑降青衣[30]，開其自新之路。若毛大者：刁猾無籍，市井凶徒。被鄰女之投梭[31]，淫心不死；伺狂童之入巷，賊智忽生。開戶迎風，喜得履張生之跡[32]；求漿值酒，妄思偷韓掾之香[33]。何意魄奪自天，魂攝於鬼。浪乘槎木，直入廣寒之宮[34]；逕泛漁舟，錯認桃源之路[35]。遂使情火息燄，慾海生波。刀橫直前，投鼠無他顧之意[36]；寇窮安往，急兔起反噬之心。越壁入人家，止期張有冠而李借[37]；奪兵遺繡履，遂教魚脫網而鴻離[38]。風流道乃生此惡魔，溫柔鄉何有此鬼蜮[39]哉！即斷首領，以快人心。臙脂：身猶未字，歲已及笄。以月殿之仙人，自應有郎似玉；原霓裳之舊隊，何愁貯屋無金[40]？而乃感關雎而念好逑[41]，竟繞春婆之夢[42]；怨摽梅而思吉士[43]，遂離倩女之魂。為因一綫纏縈，致使羣魔交至。爭婦女之顏色，恐失『臙脂』；惹鷙鳥之紛飛，並託『秋隼』。蓮鉤摘去，難保一瓣之香；鐵限[44]敲來，幾破連城之玉。嵌紅豆[45]於骰子，相思骨竟作厲階[46]；喪喬木[47]於斧斤，可憎才[48]真成禍水！葳蕤自守，幸白璧之無瑕；縲絏苦爭，喜錦衾之可覆[49]。嘉其入門之拒，猶潔白之情人；遂其擲果[50]之心，亦風流之雅事。仰[51]彼邑令，作爾冰人。」案既結，遐邇傳誦焉。自吳公鞫後，女始知鄂生冤。堂下相遇，靦然含涕，似有痛惜之詞，而未可言也。生感其眷戀之情，愛慕殊切；而又念其出身微[52]，且日登公堂，為千人所窺指，恐娶之為人姍笑。日夜縈迴，無以自主。判牒既下，意始安帖。邑令為之委禽，送鼓吹焉。

異史氏曰：「甚哉！聽訟之不可以不慎也！縱能知李代為冤，誰復思桃僵亦屈？然事雖暗昧，必有其間[53]，要非審思研察，不能得也。嗚呼！人皆服哲人[54]之折獄[55]明，而不知良工之用心苦矣。世之居民上者，棋局消日，紬被放衙[56]，下情民艱，更不肯一勞方寸[57]。至鼓動衙開[58]，巍然高坐，彼嘵嘵者[59]，直以桎梏[60]靜之，何怪覆盆[61]之下多沈冤哉！」

愚山先生吾師也。方見知時，余猶童子。竊見其獎進士子，拳拳如恐不盡；小有冤抑，必委曲呵護之，曾不肯作威學校，以媚權要。真宣聖之護法[62]，不止一代宗匠[63]，衡文無屈士已也。而愛才如命，尤非後世學使虛應故事者所及。嘗有名士入場，作「寶藏興焉」[64]文，誤記「水下」；錄畢而後悟之，料無不黜之理。作詞曰：「寶藏在山間，誤認卻在水邊。山頭蓋起水晶殿。瑚[65]長峯尖，珠結樹顛。這一回崖中跌死撐船漢！告蒼天：留點蒂兒，好與友朋看。」先生閱文至此，和之曰：「寶藏將山誇，忽然見在水涯。樵夫漫說漁翁話。題目雖差，文字卻佳。怎肯放在他人下。常見他，登高怕險；那曾見，會水淹[66]殺？」此亦風雅之一斑、憐才之一事也。

①占鳳——許嫁的意思。春秋時故事：懿氏打算把女兒嫁給陳敬仲；懿妻卜卦，占得「鳳凰于飛，其

嗚鏘鏘」的吉利課。
②脈脈——含蓄多情的樣子。
③妻服未闋——妻死，給妻服喪，還沒有滿期。
④惙頓——委頓、憂困。
⑤假息——意思是說，氣息是借來的，不能長久。
⑥朝暮人——朝不保暮的人，意思是一半天就要死了。
⑦違和——生病。
⑧收——停止、結束。
⑨力疾——有病而勉強支持着。
⑩「畫虎成狗」——語出東漢馬援誡姪書，原是跟別人學而學得不好以致變了樣的意思，這裏卻借用作把好事做壞了。
⑪無籍——沒有戶口，沒有固定住址和職業。
⑫復案——重審的意思。
⑬守——這裏作動詞用，做太守，指濟南府知府。
⑭梏十指——古時一種拶指的酷刑。用細木棍貫穿了繩子，套在受刑人手上，然後收緊，使受刑人感到很大的痛苦。梏，這裏作動詞用。

⑮凌籍——籍，這裏同藉。凌籍，蹂躪、踐踏，指酷刑。
⑯東國——指山東。
⑰施公愚山——清文學家施閏章，號愚山。與王士禎齊名，曾任侍讀等官。
⑱討——研究。
⑲院司——院，指撫台；司，指臬台。
⑳三木——枷、杻、械，加在犯人頭上、手上和腳上的刑具。杻、械，就是手銬、腳鐐。
㉑括髮——把頭髮束起來，受刑前的一種準備動作。
㉒盆成括——盆成複姓，名括，戰國時人。孟軻聽說盆成括到齊國去做官，認為他有小才能而不知道大道理，是自找死路的，後來盆成括果然被殺。
㉓兩小無猜——男孩和女孩在一起遊戲，彼此年幼，不知道避什麼嫌疑，叫兩小無猜。這裏指童年時的宿介和王氏。
㉔將仲子而踰園牆——將，請求的意思；仲子，男子的名字。語出《詩經》：「將仲子兮，無踰我牆。」歷來解釋為女子拒絕男子爬牆追求，以免被家人發覺的意思。這裏指宿介的爬牆。
㉕冒劉郎而至洞口——劉郎，指劉晨，參看《翩翩》篇「劉阮返棹」註。這裏指宿介冒充鄂秋隼。
㉖感帨驚尨——感，在這裏同撼，動的意思；帨，佩巾；尨，狗。語出《詩經》：「無感我帨兮，無使尨也吠。」意思是不要動我的佩巾，不要驚動狗叫。歷來解釋為女子貞潔自守，拒絕男子追求的表

示。這裏是指宿介的前來擾亂。
㉗鼠有皮——語出《詩經》：「相鼠有皮，人而無儀；人而無儀，不死何為！」意思是看老鼠那樣的小動物還有皮，一個人豈能沒有禮貌？
㉘么鳳——桐花鳳，四川出產的一種五色小鳥。這裏比喻少女。
㉙僵李代桃——以甲代乙的比喻。語出《樂府雞鳴篇》：「桃生露井上，李樹生桃旁。蟲來齧桃根，李樹代桃僵。桃本身相代，兄弟還相忘！」這裏是指宿介代毛大受屈。
㉚青衣——秀才裏比附生還要低一等的階層。
㉛被鄰女之投梭——調戲婦女被拒絕。故事出《晉書》：謝鯤調戲鄰女，被鄰女用織布的梭投擲，打落了兩個牙齒。
㉜開戶迎風，喜得履張生之跡——故事出《西廂記》：張珙和崔鶯鶯戀愛，有「待月西廂下，迎風戶半開；隔牆花影動，疑是玉人來」的詩句。這裏指臙脂期待鄂秋隼，毛大冒充鄂秋隼。
㉝偷韓掾之香——晉韓壽是賈充手下的掾吏，和賈充的女兒有了愛情。賈女把皇帝賜給賈充的異香偷送韓壽。後來賈充知道了，便把女兒嫁給了韓壽。
㉞浪乘槎木，直入廣寒之宮——槎木，指船。神話傳說：地下的海和天上的天河相通，有人曾乘船從海裏到了天上。見《博物志》。「廣寒之宮」參看《嬌娜》篇「廣寒」註。
㉟逕泛漁舟，錯認桃源之路——晉陶潛作《桃花源記》，說有一漁舟，誤入桃花源，遇到了秦代避難

的人，其地和外間隔絕，竟不知有時代變遷之事。後人多用「桃花源」比喻世外安樂之地。這裏只是借用這一故事，指毛大誤闖到卞翁窗外。

㊱投鼠無他顧之意——成語「投鼠忌器」：意思是說，看見老鼠，要用東西去投擲；但因老鼠在器皿旁邊，因為怕毀壞器皿，就不免有顧忌。「投鼠無他顧之意」，是「投鼠忌器」的反語，肆意而為，不管後果如何的意思。這裏指毛大殺卞翁。

㊲張有冠而李借——俗語「張冠李戴」，比喻甲做的事情被誤認到乙的身上。這裏指毛大殺人，宿介受冤。

㊳魚脫網而鴻離——離，遭遇的意思。語出《詩經》：「魚網之設，鴻則離之。」指張網捕魚，鴻卻鑽進了網。這裏指毛大脫逃、宿介被捕。

㊴鬼蜮——蜮，古代傳說中的一種蟲，在水裏暗處，含沙射人，被射中身子的就要生瘡，僅被射中影子的，也要得病。鬼蜮，比喻陰險小人。

㊵何愁貯屋無金——不怕嫁不到好丈夫的意思。這裏是引用漢武帝「金屋藏嬌」的故事。參看《天宮》篇「金屋變而長門」註。

㊶感關雎而念好逑——關雎，關關雎鳩的省詞。雎鳩，一種水鳥；關關，雎鳩雌雄和應的聲音；逑，配偶。這裏的意思是，因為聽到雎鳩雌雄和應的聲音，因而想到需要一個好配偶。「關雎」是《詩經》裏描寫男女戀情的一章。

㊷春婆之夢——宋代故事：蘇軾貶居昌化時，有一老婦對他說：你當年富貴，如今是一場春夢。當時就稱老婦為「春夢婆」。這裏引用這一典故，是一場空的意思。

㊸怨摽梅而思吉士——指女子到了適當年齡，有和異性戀愛的需求。語出《詩經．摽有梅》篇：「摽有梅，其實七兮；求我庶士，迨其吉兮。」摽，落的意思。梅子熟透了就要落下來，所以女子見了梅子的落，聯想到自己年華已大，再不出嫁便要過時了。

㊹鐵限——本是鐵門檻，這裏指棍棒。

㊺紅豆——一種豆科植物，結有黑色斑點的紅豆，古來以它象徵相思，也叫相思子。

㊻厲階——惡端。

㊼喬木——指父；古來把喬（也作橋）、梓兩木比作父子。

㊽可憎才——猶如說「討厭的傢伙」。男女間把所愛的人叫「討厭的傢伙」，是表示親暱。元曲《西廂記》有「與我那可憎才居止處門兒相向」等句。這裏意指情人。

㊾錦衾之可覆——遮蓋的意思。元、明小說話本中常用語，《水滸》有「一牀錦被遮蓋則個」句。

㊿擲果——晉潘岳是美男子，在洛陽的時候，每逢外出，路上婦女看見了，都用果子投擲他，以表示愛慕，叫作「擲果潘郎」。

51仰——公文裏上級對下級的命令語。

52微——卑賤。

㊸間——本是縫隙的意思，在這裏引申作漏洞解釋。
㊹哲人——賢明而有智慧的人。
㊺折獄——判斷案件。
㊻棋局消日，紬被放衙——以下棋來消磨時間，睡在紬（同綢）被裏叫衙門裏的人散值。形容官署主官的不負責任的情況。
㊼方寸——指心。
㊽鼓動衙開——古時官署衙前置鼓以為作息信號；把鼓一擂動，就表示開始辦公、問案了。
㊾嘵嘵者——嘵嘵，多話、說話不歇的樣子。這裏「嘵嘵者」，指陳述冤屈的老百姓。
㊿靜——這裏是鎮壓、箝制的意思。
61覆盆——黑暗的意思，比喻含冤不白。語出《漢書．司馬遷傳》：「戴覆盆何以望天。」
62護法——佛家把保護佛教的人叫作護法；這裏說給孔丘護法，也就是指保護儒教。
63宗匠——標準人物、典型人物的意思。
64「寶藏興焉」——寶藏，指山裏蘊藏的寶物。語出《中庸》。
65瑚——珊瑚的省詞。
66滃——本是將下雨時，地氣蒸騰潤濕的樣子；這裏用同「淹」。

商三官

故諸葛城有商士禹者，士人也。以醉謔忤邑豪；豪嗾家奴亂捶之，舁歸而斃。禹二子：長曰臣，次曰禮。一女曰三官，年十六，出閣有期，以父故不果。兩兄出訟，經歲不得結。婿家遣人參母，請從權畢姻事。母將許之；女進曰：「焉有父屍未寒而行吉禮①？彼獨無父母乎！」婿家聞之，慚而止。無何，兩兄訟不得直，負屈歸，舉家悲憤。兄弟謀留父屍，張再訟之本②。三官曰：「人被殺而不理，時事可知矣。天將為汝兄弟專生一閻羅包老③耶？骸骨暴露，於心何忍矣？」二兄服其言，乃葬父。葬已，三官夜遁，不知所往。母慚怍，惟恐婿家聞，不敢告族黨，但囑二子冥冥④偵察之。幾半歲，杳不可尋。會豪誕辰，招優為戲。優人孫淯，攜二弟子往執役⑤：其一王成，姿容平等，而音詞清徹，羣讚賞焉；其一李玉，貌韻秀如好女，呼令歌，辭以不稔，強之，所度曲半雜兒女俚謠，合座為之鼓掌。孫大慚，白主人：「此子從學未久，只解行觴耳。幸勿罪責！」即命行酒。玉往來給奉，善覷主人意向。豪悅之。酒闌人散，留與同寢。玉代豪拂榻解履，殷勤周至⑥。醉語狎之，但有展笑。豪益惑之。盡遣諸僕去，獨留玉。玉俟諸僕出，闔扉下鍵焉。

諸僕就別室飲。移時，聞廳事中格格有聲；一僕往覘之，見室內冥黑，寂不聞聲。行將旋踵[7]，忽有響聲甚厲，如懸重物而斷其索。亟問之，並無應者。呼眾排闥入，則主人身首兩斷；玉自經死，繩絕墮地上，樑間頸際，殘綆儼然。眾大駭，傳告內闥，羣集莫解。眾移玉屍於庭，覺其襪履虛若無足。解之，則素舄如鉤，蓋女子也。益駭。呼孫淯研詰之。淯駭極，不知所對，但云：「玉月前投作弟子，願從壽主人，實不知所自來。」以其服凶[8]，疑其商家刺客，暫以二人邏守之。女貌如玉，撫之，肢體溫輭，二人竊謀淫之。一人抱屍轉側，方將緩其結束，忽腦如物擊，口血暴注，頃刻已死。其一大驚告眾，眾敬若神明焉。且以告郡。郡官問臣及禮，並言不知；但妹亡去已半載矣。俾往驗視，果三官。官奇之，判二兄領葬，勅[9]豪家勿集讐。

　異史氏曰：「家有『女豫讓[10]』而不知，則兄之為丈夫者可知矣。然三官之為人，即『蕭蕭易水』，亦將羞而不流[11]，況碌碌[12]與世沉浮者耶！願天下閨中人，買絲繡之，其功德當不減於奉壯繆[13]也。」

①吉禮——古時把祭祀叫作吉禮，結婚叫作嘉禮，後來也稱婚禮為吉禮。

②張再訟之本——預先準備應付後來的事叫作張本；張再訟之本，指作再打官司的準備。

③閻羅包老——指民間故事傳說裏的包拯。歷史記載：包拯是宋代一位公正無私、不畏豪貴的官員。當時流行這麼一句話：「關節不到，有閻羅包老。」傳說陰間有閻羅，是鐵面無私的；所以人們把包拯和閻羅放在一起，認為這才是一點私弊也沒有的官吏。

④冥冥——暗地的意思。

⑤執役——服務。

⑥周至——周到。

⑦旋踵——走回去的意思。

⑧服凶——從前把喪家穿的白衣叫作凶服。服凶，穿着凶服的意思。

⑨勅——飭誡。

⑩豫讓——古時為友報仇的義士。歷史記載：豫讓，戰國時晉人，智伯的門客。智伯被趙襄子（無恤）殺害，豫讓就用漆把自己漆成癩子，又吞炭使喉嚨變啞，讓別人都認不出自己來，然後去謀刺趙襄子。但幾次謀刺都沒有成功，他最後在趙襄子面前自殺而死。

⑪「蕭蕭易水」，亦將羞而不流——歷史記載：戰國時，燕太子丹叫俠士荊軻去刺秦王。臨行時，在易水邊送行；荊軻高歌「風蕭蕭兮易水寒，壯士一去兮不復還」的句子，當時的氣氛是很悲壯的。後來荊軻刺秦王失敗被害。這裏以商三官行刺復仇比如荊軻刺秦王，並且認為由於她的智勇而獲得成

功，荊軻對之應有愧色，所以說易水「亦將羞而不流」。

⑫碌碌——沒有能力的樣子。

⑬奉壯繆——奉，奉祀的意思。壯繆，指三國時蜀關羽，壯繆是他死後的謚號。封建統治者利用關羽忠於劉備、不降曹操的故事，把他作為崇奉正統的典型人物，所以歷朝帝王，多追加關羽封號，並設廟祀奉，想藉這種示範的宣傳，來加強自己的統治地位。歷來民間也認為關羽是忠義之士，尊為「關聖」，而普遍加以供奉。參看後文《細侯》篇「壽亭侯之歸漢」註。

細侯

昌化滿生，設帳於餘杭。偶步廛市，經臨街閣下，忽有荔殼墜肩頭。仰視，一雛姬憑閣上，妖姿要妙[1]，不覺注目發狂。姬俯哂而入。詢之，知為倡樓賈氏女細侯也。其聲價頗高，自顧不能適願。歸齋冥想，終宵不枕[2]。明日，往投以刺，相見，言笑甚歡，心志益迷。託故假貸同人，斂金如干，攜以赴女，款洽臻至。即枕上口占一絕贈之云：「膏膩銅盤[3]夜未央[4]，牀頭小語麝蘭香。新鬟明日重妝鳳，無復行雲夢楚王。」細侯蹙然曰：「妾雖污賤，每願得同心而事之。君既無婦，視妾可當家否？」生大悅，即叮嚀，堅相約。細侯亦喜曰：「吟咏之事，妾自謂無難。每於無人處，欲傚作一首，恐未能便佳，為觀聽所譏。倘得相從，幸教妾也。」因問生家田產幾何，答曰：「薄田半頃，破屋數椽而已。」細侯曰：「妾歸君後，當長相守，勿復設帳為也。四十畝聊足自給，十畝可以種黍，織五疋絹，納太平之稅有餘矣。閉戶相對，君讀妾織，則詩酒可遣，千戶侯何足貴！」生曰：「卿身價略可幾多？」曰：「依媼貪志，何能盈也？多不過二百金足矣。可恨妾齒稚，不知重貲財，得輒歸母，所私蓄者區區無多。君能辦百金，過此即非所慮。」生曰：「小生之落寞，卿所知也。百金何能自致。有同盟友，令於湖南，屢相見招，僕以道遠，故憚於行。今為卿故，當往謀之。計三四月，可以歸復，幸耐相候。」細侯諾之。生即棄館南遊，至則令已免官，以罣誤居民舍，宦囊空虛，不能為禮⑤。生落魄難返，就邑中授徒焉。三年，莫能歸。偶笞弟子，弟子自溺死。東翁痛子而訟其師，因被逮囹圄。幸有他門人，憐師無過，時致餽遺，以是得無苦。細侯自別生，杜門不交一客。母詰知故，不可奪，亦姑聽之。有富賈某，慕細侯名，託媒於媼，務在必得，不靳直。細侯不可。賈以負販詣湖南，敬偵生耗。時獄已將解，賈以金賂當事吏，使久錮之。歸告媼云：「生已瘐死⑥。」細侯疑其信不確。媼曰：「無論滿生已死，縱或不死，與其從窮措大，以椎布⑦終也，何如衣錦而厭粱肉乎？」細侯曰：「滿生雖貧，其骨清也；守齷齪商，誠非所願。且道路之言，何足憑信？」賈又轉囑他商，假作滿生絕命書寄細侯，以絕其望。細侯得書，惟朝夕哀哭。媼曰：「我自幼於汝撫育良劬。汝成人二三年，所得報者，日亦無多。既不願隸籍⑧，即又不嫁，何以謀生活？」細侯不得已，遂嫁賈。賈衣服簪珥，供給豐侈。年餘，生一子。無何，生得門人力，昭雪而出，始知賈之錮己也；然念素無郤，反覆不得其由。門人義助資斧以歸。既聞細侯已嫁，心甚激楚，因以所苦，託市媼賣漿者達細侯。細侯大悲。方悟前此多端，悉賈之詭謀。乘賈他出，殺抱中兒，攜所有亡歸滿；凡賈家服飾，一無所取。賈歸，怒質於官。官原其情，置不問。嗚呼！壽亭侯之歸漢⑨，亦復何殊？顧殺子而行，亦天下之忍人也！

①要眇——本作要眇，美好的樣子。

②不枕——睡不安枕、睡不着的意思。

③銅盤——這裏指燭盤。

④夜未央——夜已深而未盡的時候。

⑤為禮——指贈送金錢。

⑥瘐死——囚犯在獄裏因受刑、飢寒或疾病而死。

⑦椎布——椎髻布衣的省詞，形容儉樸。椎髻是梳在頭頂，直如棒槌的髻。

⑧隸籍——隸屬於樂籍，就是當妓女。

⑨壽亭侯之歸漢——壽亭侯，漢壽亭侯的省詞，指關羽，因為關羽曾被封這一爵位。這裏指關羽兵敗歸降曹操，後來仍然回到劉備那裏去的故事。

考弊司

聞人生，河南人。抱病經日，見一秀才入，伏謁牀下，謙抑盡禮。已而請生少步，把臂長語，刺刺且行，數里外猶不言別。生佇足，拱手致辭。秀才云：「更煩移趾，僕有一事相求。」生問之。答云：「吾輩悉屬考弊司轄。司主名虛肚鬼王。初見之，例應割髀肉。浼君一緩頰耳。」生驚問：「何罪而至於此？」曰：「不必有罪，此是舊例。若豐於賄者，可贖也。然而我貧。」生曰：「我素不稔鬼王，何能效力？」曰：「君前世是伊大父行，宜可聽從。」言次，已入城郭。至一府署，廨宇不甚弘敞，惟一堂高廣，堂下兩碣東西立，綠書大於栲栳①，一云「孝弟忠信」，一云「禮義廉恥」。歷階而進，見堂上一匾，大書「考弊司」。楹間板雕翠字一聯云：「曰校、曰序、曰庠②，兩字德行陰教化；上士、中士、下士③，一堂禮樂鬼門生。」遊覽未已，官已出，鬈髮鮐背，若數百年人。而鼻孔撩天，唇外傾不承其齒。從一主簿吏，虎首人身。又十餘人列侍，半獰惡若山精。秀才曰：「此鬼王也。」生駭極，欲卻退；鬼王已睹，降階揖生上，便問興居④。生但諾諾。又問：「何事見臨？」生以秀才意具白之。鬼王色變曰：「此有成例，即父命所不敢承！」氣象森凜[5]，似不可入一詞。生不敢言，驟起告別；鬼王側行送之，至門外始返。生不歸，潛入以觀其變。至堂下，則秀才已與同輩數人，交臂歷指[6]，儼然在徽纆中[7]。一獰人[8]持刀來，裸其股，割片肉，可駢三指許[9]。秀才大嗥欲嗄[10]。生少年負義[11]，憤不自持，大呼曰：「慘慘如此，成何世界！」鬼王驚起，暫令止割，蹻履[12]逆生。生忿然已出，遍告市人，將控上帝。或笑曰：「迂哉！藍蔚蒼蒼[13]，何處覓上帝而訴之冤也？此輩惟與閻羅近，呼之或可應耳。」乃示之途。趨而往，果見殿陛威赫，閻羅方坐；伏階號屈。王召訊已，立命諸鬼綰綆提鎚而去。少頃，鬼王及秀才並至。審其情確，大怒曰：「憐爾夙世攻苦，暫委此任，候生貴家；今乃敢爾！其去若善筋，增若惡骨，罰令生生世世不得發跡也。」鬼乃箠之，仆地，顛落一齒；以刀割指端，抽筋出，亮白如絲。鬼王呼痛，聲類斬豕。手足並抽訖，有二鬼押去。生稽首而出。秀才從其後，感荷殷殷。挽送過市，見一戶，垂朱簾，內一女子露半面，容妝絕美。生問：「誰家？」秀才曰：「此曲巷[14]也。」既過，生低徊不能捨，遂堅止秀才。秀才曰：「君為僕來，而令踽踽以去，心何忍。」生固辭，乃去。生望秀才去遠，急趨入簾內。女接見，喜形於色。入室促坐，相道姓名。女自言：「柳氏，小字秋華。」一嫗出，為具酒餚。酒闌，入帷，歡愛殊濃，切切訂昏嫁。既曙，嫗入曰：「薪水告竭，要耗郎君金貲，奈何！」生頓念腰橐空虛，惶愧無聲。久之，曰：「我實不曾攜得一文，宜署券保，歸即奉酬。」嫗變色曰：「曾聞夜度娘⑮索逋欠耶？」秋華嚬蹙，不作一語。生暫解衣為質。嫗持笑曰：「此尚不能償酒直耳！」呶呶⑯不滿志，與女俱入。生慙，移時，猶冀女出展別，再訂前約；久久無音。潛入窺之，見嫗與秋華，自肩以上化為牛鬼，目睒睒相對立。大懼，趨出；欲歸，則百道歧出，莫知所從。問之市人，並無知其村名者。徘徊廛肆之間，歷兩昏曉，悽意含酸，響腸鳴餓，進退無以自決。忽秀才過，望見之，驚曰：「何尚未歸，而簡褻若此？」生靦顏莫對。秀才曰：「有之矣！得勿為夜叉所迷耶？」遂盛氣而往曰：「秋華母子，何遽不少施面目耶！」去少時，即以衣來付生曰：「淫婢無禮，已叱罵之矣。」送生至家而去。生暴絕，三日而甦，言之歷歷。

①栲栳——柳條或竹篾所編的盛器，巴斗之類。這裏「綠書大於栲栳」，意思是說字有巴斗大。
②校、序、庠——古代教育機關，含有學校意義的鄉學。
③上士、中士、下士——本是古代官名，這裏指讀書人。
④問興居——問好、問候起居。
⑤森凜——嚴肅的樣子。
⑥交臂歷指——交臂，把兩手放在背後綑綁起來。歷，這裏同櫪；歷指，就是拶指。參看《臙脂》篇

「梏十指」註。

⑦在徽纆中——徽，兩股絞在一起的繩子；纆，三股絞在一起的繩子：都是古時綑綁囚犯的繩索。在徽纆中，就是被綑綁的意思。

⑧獰人——惡人、凶人。

⑨駢三指許——駢，並的意思。駢三指許，指有三個指頭併起來那樣寬。

⑩嗄——力竭聲嘶，喉嚨喊啞了。

⑪負義——仗義。

⑫蹻履——舉腳的意思。

⑬蒼蒼——深青色，天的代詞。

⑭曲巷——原是妓院聚集的街巷，這裏指妓院。參看前文《翩翩》篇「狹邪遊」註。

⑮夜度娘——娼妓的代詞。

⑯呶呶——嚕囌，無休無止地說話。

□ 責任編輯：劉　華
□ 再版校對：張利方
□ 裝幀設計：陳少烽
□ 再版排版：黎品先
□ 印　　務：周展棚

聊齋志異

□
著者
蒲松齡
選註
張友鶴

□
出版
中華書局（香港）有限公司
香港北角英皇道 499 號北角工業大廈一樓 B
電話：(852) 2137 2338　傳真：(852) 2713 8202
電子郵件：info@chunghwabook.com.hk
網址：http://www.chunghwabook.com.hk

□
發行
香港聯合書刊物流有限公司
香港新界荃灣德士古道 220-248 號
荃灣工業中心 16 樓
電話：(852) 2150 2100　傳真：(852) 2407 3062
電子郵件：info@suplogistics.com.hk

□
印刷
深圳市雅德印刷有限公司
深圳市龍崗區平湖街道輔城坳工業大道 83 號 A14 棟

□
版次
2012 年 5 月初版
2024 年 5 月第 4 次印刷

□
規格
32 開（210 mm × 153 mm）

□
ISBN：978-988-8148-55-4